清网行动

中国警方史上最大追逃

行动 纪实

董保存 著
丁一鹤

群众出版社

图书在版编目（CIP）数据

清网行动：中国警方史上最大追逃行动纪实／董保存，丁一鹤著.
--北京：群众出版社，2012.9
ISBN978-7-5014-5033-6

Ⅰ.①清… Ⅱ.①董… ②丁… Ⅲ.①纪实文学—中国—当代 Ⅳ.①I25

中国版本图书馆CIP数据核字（2012）第225088号

清网行动
——中国警方史上最大追逃行动纪实
董保存　丁一鹤　著

出版发行：群众出版社
地　　址：北京市西城区木樨地南里
邮政编码：100038
经　　销：新华书店
印　　刷：北京通天印刷有限责任公司

版　　次：2012年10月第1版
印　　次：2012年10月第1次
印　　张：22.5
开　　本：787毫米×1092毫米　1/16
字　　数：350千字

书　　号：ISBN 978-7-5014-5033-6
定　　价：**66.00元**

网　　址：www.qzcbs.com
电子邮箱：qzcbs@sohu.com

营销中心电话：010-83903254
读者服务部电话（门市）：010-83903257
警官读者俱乐部电话（网购、邮购）：010-83903253
啄木鸟杂志社电话：010-83901923

目　录

"我的热血在沸腾！"

第三章 天网恢恢

一根电话线拴住两个野鸳鸯

虚拟世界里的缉捕

第四章　大网无形

第五章　拉网咏叹

第一章　晒网，清网

这是一张和每个中国人都有关系的网。

2011年春夏之交，中国警方决定晒一晒这张网。

网上情况，触目惊心，令警方高层寝食难安。于是，二百万中国警察，爆发出超乎寻常的正能量，一场史无前例的清网行动拉开战幕……

2011年5月26日，全国公安机关网上追逃专项督察"清网行动"动员部署电视电话会议召开

网，一个典型的中文象形字。

网，是我们的祖先为了生存而发明的一种捕鸟兽、捞鱼虾的工具。古文称捕鸟兽的工具为"网"，捕鱼的器具为"罟"。《说文》释义：网，谓之罟。

随着人类的进步、社会的发展，在"网"字的基础上派生出来很多很多的词汇，比如电网、水网、路网、通信网、雷达网等等。有的网络是有形的，有的则是无形的。任何一个组织都是一张网，任何一个系统也是一张网，不同的信仰更是不同的网……

在所有与网有关的词汇中，有一个名词"大"得可怕，那就是互联网。

上个世纪六十年代，美国国防部高级计划署的阿帕网（ARPANET）出现，罗伯茨设计的"资源共享的电脑网络"成为现实后，互联网就把全世界的人罩了起来。网络以迅雷不及掩耳之势遍布世界的每一个角落，仅中国就有数亿网民……互联网不仅仅拉近人与人之间的距离，为我们的生活、工作提供了便利，同时也把人变为网络的奴隶。

正因为如此，不管你高兴也好，不高兴也好，愿意也好，不愿意也好，活在这个世界上的每个人，都是"网"中人。我们在享受网络带来的各种便利的同时，也成为网中的一根线或者一个疙瘩，也被网罩住了，仿佛掉进传说中的天罗地网。因此，我们爱网、用网，也痛恨网、排斥网。

以"人肉搜索"为标志的网络现象，以搜索隐私的方式，渗透到人们生活的各个角落，而网络商城的出现，使我们坐在家里就可以购买几乎所有的商品……在二十一世纪的今天，谁都无法否认，我们身边的网越织越密，网络的力量也越来越强大。有些人甚至用"无网不胜"来形容今天的战争。

下面我们所说的网，更是一张神奇的网，是一张维护中国社会稳定的网，是和每一个中国人都有关系的网——中华人民共和国公安网。

一、晴天朗日好"晒网"

如果说，中国公安是保障十三亿中国公民安全的一张大网，那么，任何一个罪犯，只不过是这张网里的小小尘埃。但尘埃层层积淀，就会形成难以清除的污垢，所以这张警网更需要放到阳光下晾晒！

公安姓公，民警姓民，近年来公安机关开展的"大走访"、开门评警等活动，就是在全国人民面前"晒一晒"这张网。

公安民警听民声，访民意，察民情，了解人民群众对公安工作的意见建议，请他们对公安机关的工作评头论足，就是为了让这张网更有张力，用公安部领导同志的话说：我们就是要让公安工作更有针对性、实效性，更好地为人民服务。

2011年年初，在料峭的寒风中，这张网动了起来，每个网格上的民警都动了起来。他们走街串巷，进工厂下车间，走机关入学校，走进寻常百姓家里，用这张二百万人组成的大网，捕捉百姓不同的声音。这声音中，有真诚的褒扬，也有尖锐的批评。而老百姓反映最集中的突出问题之一，就是要求公安机关尽快抓捕在逃人员。

黑龙江省哈尔滨市一个叫张桂芝的老人多年上访，就是其中的典型事例。十九年前，两名凶手将她的儿子汪顺利杀死后潜逃，从那天起，她就把儿子的房门锁起来，走上了上访之路。张桂芝说："这把锁，锁住的是我的心门。抓不到杀我儿子的凶手，我就不打开这把锁。公安局不给我个说法，我死不瞑目！"

也正是在"大走访"过程中，一家媒体披露了安徽省临泉县网上逃犯戴庆成，在逃期间制造系列强奸案的恶劣事件。国务委员、公安部部长孟建柱立即批示，派治安管理局、警务督察局等单位组成工作组，前往安徽明察暗访，彻底搞清情况，坚决查处。

工作组调查发现，案情比媒体的报道更加触目惊心。1993年至2009年的十六年间，戴庆成在安徽临泉县及相邻的河南沈丘县等地农村，先后强奸妇女多人。此人因涉嫌故意伤害，2007年9月29日被阜阳市公安局颍州区分局刑警大队上网追逃，由于未采取有效措施进行抓捕，致使其又作恶两年多。

公安部工作组的领导雷霆震怒，责问当地公安局领导："你看看我们头顶上是什么？国徽！你懂国徽是什么吗？那是一个国家的脸面！戴庆成案让国徽蒙尘、警服失色！一个逃犯在你们眼皮底下作恶这么多起，就是抓不到，老百姓拿钱养活我们这些警察，干吗用？如果早点儿抓获这个恶魔，又何至于发生如此惊天动地的大案、丑案？！"

几乎与此同时，广东茂名一个通缉犯当上村官的消息，在网上广泛流传，也反映到了公安部。

1999年5月13日，广东茂名信宜市新宝镇清水村人叶冬青，伙同李星章、欧文昌、陈辉、叶金汉等九人，合谋诱骗事主叶大有在信宜市思贺镇成龙旅店赌博。他们以叶大有赌博出千为由，殴打叶大有及其司机，抢走叶大有和其司机身上价值两万九千多元的财物。之后又将叶大有强行带到新宝镇清水村，勒索八万元。信宜市公安局三名办案民警在侦办此案过程中，没有认真履行职责，对已经决定批捕的犯罪嫌疑人叶冬青，在其自首后又将其放走，在其潜逃后也没有将叶冬青的在逃信息上网，致使叶冬青一直没有归案。更令人匪夷所思的是，逃犯叶冬青不仅顺利入党，而且先后当选清水村党支部副书记、支部书记，造成恶劣影响。

2011年3月23日，广东省公安厅警务督察总队上报的《关于广东信宜一通缉犯当上村支书引发网民质疑的情况报告》，送到了公安部副部长、纪委书记、督察长刘金国案头。刘金国拍案而起，当即批示："教训极为深刻。全国各类逃犯知多少？有几种形态？上网逃犯是否准确、及时、动态？摸清全部底数，该追的追，该撤的撤，不该上网的及时纠正。这是一个大工程。"

这期间，另一份情况通报，也让公安部的领导同志感到，公安内部存在的问题必须引起足够的重视——

2011年三四月份，福建省公安厅成功破获以周强生为首的特大组织他人偷越国（边）境案，抓获涉案人员十九名，缴获银行卡九十余张以及一批出入境证件。该犯罪团伙自2003年以来以每人七至八万美元的价格，先后组织一百二十余名中国公民经香港、台湾转道偷渡美国，其中四十八人偷渡成功。此案令人错愕之处在于，主犯周强生竟然拥有十个身份证件，其中福建福州、广东惠州等地居民身份证六个，另有台湾居民证两个，澳门居民证、秘鲁国民证各一个。

而且类似的情况不止一处。湖南省公安厅报告称，2010年以来，他们应用人像比对科技发现，全省数百名逃犯的身份被"漂白"——他们换了身份证，成了另外一个人。

一个省有数百个逃犯身份被漂白，那全国该有多少？想一下都会令人毛骨悚然！

接二连三的恶性事件，让公安部的决策者们芒刺在背、心结淤积。他们决心，一定要查清逃犯底数，查清网上还存在多少疑点，查清我们的工作机制还有什么问题！

一场摧枯拉朽的暴风骤雨，正悄悄积聚着强大的能量。

二、清查，督察

查！

谁来牵头查？当然是公安部警务督察局。

警务督察局是1997年6月20日国务院《公安机关督察条例》正式发布施行后建立起来的。这是一支特殊而又令警察生畏的队伍，他们的警服和别的警察没有什么区别，却是警察中的警察，是专管警察的警察！警务督察部门的职责可用八个字概括：查纠、防范、服务、保障。听起来温文尔雅，动起来雷霆万钧！

2010年年底，公安部警务督察局就悄悄展开了新年度的工作谋划和调研。对挂在网上的逃犯，特别是犯下惊天大案至今下落不明的重犯，他们进行了认真梳理——

十八年前，北京至莫斯科的K3次国际列车驶出国门后，先后遭到三个犯罪团伙的血腥劫掠，歹徒抢劫乘客钱财，强奸、轮奸妇女，无恶不作，气焰嚣张。此案震惊中外，史称"中俄国际列车大劫案"。中国警方先后抓获六十八名劫匪，但贾小明、宗立勇等部分主犯和邵迅等小喽啰逃之夭夭。

十七年前，在青海省可可西里无人区，环保卫士索南达杰押送盗猎藏羚羊的歹徒行至太阳湖附近时，与十八名持枪盗猎者英勇对战，流尽了最后一滴血。被风雪塑成一尊冰雕的索南达杰，被人们在无人区找到时，还保持着换子弹的姿势，他的眼睛在戈壁的风沙中依然怒目而视。2003年，以索南达杰为原型的电影《可可西里》上映后，在国内外引起强烈反响。但参与枪杀索南达杰的歹徒，尚有多人在逃……

这样的例子不胜枚举：当年让全国人民惊恐万状的"刨锛党"余孽，在全国连杀十人碎尸抢劫的黑龙江杨树彬犯罪团伙，在山西平遥当街打死解放军的逃犯，命案在身的江西黑恶势力头目熊安兴，为扬名立腕儿追到医院捅死对手的"沈阳一号公案"凶手铁军……

还有从事非法证券回购、涉案金额数十亿元的逃犯高岭，六年前诈骗三十五亿元的蒲永福，涉嫌拐卖儿童三十余名的公安部A级通缉犯吴正莲……

还有厦门远华案主犯赖昌星等逃亡境外的形形色色的逃犯……

更可恨的是，一个延边逃犯在北京犯罪后，还肆无忌惮地在网上叫嚣：你们北京警察抓不到我，我回延边了！

在重庆市酉阳县武陵山区，潜逃回老家的撬盗保险柜五十多起的两个逃犯，在电话里向民警叫板：我就住在这云朵里，抓我们得用直升机。

山东兖州的一个逃犯，居然把电话打到了公安局长的手机上，说：我就在这里，你们有本事来抓我呀！

……

这么多逃犯挂在网上，埋在人群中，他们是星罗棋布的地雷！特别是那些被部、省级通缉的A、B级严重暴力犯罪逃犯，那些血债累累的杀人恶魔，那些让人们提起来就心惊肉跳的惊天重犯，都是"行走在人群中的恶狼"，随时都有可能再次危害老百姓的安全。

对于我们这个人口大国来说，任何数字都是一个可怕的概念。尽管每年绝大多数逃犯都能被及时抓获，但改革开放以来多年的积累，也形成了一个庞大的数字。

对逃犯数量居高不下的原因，公安部督察局也进行了认真分析。追捕逃犯，古今中外都不是一件轻松的事情。从某种意义上说，《水浒传》中的一百零八个好汉，大部分是朝廷追捕的逃犯；二战后纳粹德国的法西斯分子，有的隐藏了几十年后才被抓到；而美国动用大量的人力物力抓捕"世界头号通缉犯"本·拉登，也用了整整十年时间。

随着城镇一体化的推进、打工潮的出现，前所未有的人口海量流动，为逃犯提供了一定的活动空间。逃犯也在变化，越来越狡猾，越来越警觉，越来越会藏，反侦查能力与以往不可同日而语。交通、通信的日益发展，也为逃犯躲避警方的追捕提供了条件……

同时，警察力量有限，分布不均。有的地方一个县只有二百来个警察，要管几十万人，应付日常工作任务尚且勉力支撑，追逃哪里还抽得出人手？还有的地方办案经费不足，现有的追逃费用难以支撑远距离抓捕逃犯……

在认真梳理的同时，警务督察局主动与公安部经侦局、刑侦局等业务局协商。这些单位一致认为，单靠一个省、一个警种来抓或区域性部署，很难使逃犯数量有明显下降，必须作为一项全局性的工作来部署。为此，警务督察局建议借鉴奥运会、世博会、亚运会等大型活动安保工作中的经验做法，运用近年来加强基层基础、信息化建设、区域警务协作等工作成果，集中时间，集中力量，部署开展一次大的行动。

三、清网！清网！

晒网的目的在于清网。案子不破，就是欠老百姓的债，逃犯抓不回来，就是警察的耻辱。

从2011年5月底开始，中国媒体出现了一个新词汇——"清网"。不明就里的读者一时搞不懂什么是"清网"。他们问："清网"？清的是什么网啊？

"清网"是公安机关使用的一个专有名词，和另一个名词"网上追逃"有着直接的联系。网上追逃源于公安机关1999年建立的网上追逃制度。那时公安部有一个"全国在逃人员信息系统"，仅供公安机关查询比对，对外绝对保密。有些没有条件并入"全国在逃人员信息系统"的单位，公安部下发"全国在逃人员信息光盘"，以便各地快速查询、比对、抓获在逃犯罪嫌疑人。网上追逃人员的范围，包括司法机关已批准或决定逮捕、刑事拘留和有证据证明已构成犯罪需要追究刑事责任的犯罪嫌疑人，逃离居住地、监视地、作案地，经办案机关抓捕未归案的，以及从看守、劳改、劳教场所脱逃的犯罪嫌疑人、罪犯或劳教人员。

1999年7月至9月，全国公安机关首次开展网上追逃专项行动。同年12月7日，公安部印发的《中华人民共和国公安部关于实行"破案追逃"新机制的通知》，使网上追逃第一次以红头文件的形式界定下来。这份文件首次对重大在逃人员实行A、B级通缉，并确定，公安部A级通缉令是为了缉捕公安部认为应该重点通缉的在逃人员而发布的命令，公安部B级通缉令是公安部应各省级公安机关的请求而发布的缉捕在逃人员的命令。

2001年9月至11月，公安部再次组织全国公安机关开展为期七十天的网上追逃专项行动。自此之后，网上追逃就成为中国警方的经常性工作。这两次集中追逃战果可观，但行动一结束，逃犯数量很快又上升了。

旧逃犯抓回来，新逃犯补进去。刚刚被打压下去的逃犯数量，又悄然上升。怎么办？

难题摆在了公安部警务督察局面前。要不要再组织这样的行动？能不能见到大效果？意见不同，众说纷纭，多数人都认为会担一定风险。

以往的追逃经验表明，任何一个地方如果出现"短板"、"洼地"，形成死角甚至死面，都会成为逃犯的"避风港"，使追逃的努力功亏一篑。要有效破解逃犯总量长期居高不下的难题，仅靠一个警种不行，开展局部性、区域性行动也不行，必须作为一项全国性、全局性的工作来部署。

督察局在调研过程中，结合以往经验分析，除少数罪大恶极的逃犯外，大多数逃犯人性并未泯灭，多数还与家人、亲朋好友保持着某种联系，同时为了生存，在吃、住、行、消、娱方面也都留下了蛛丝马迹。有公安机关这些年来在经费、警力、装备、信息化建设等方面的工作成果作保障，如果把决心下到底，把手段用到极致，实现追捕逃犯的突破指日可待。

第二次全国规模的网上追逃距今已有十年，现在，就是要总结前两次追逃的经验，组织、谋划好"这一次"的行动！必须背水一战，杀出一条血路。超常的决心和勇气，是这次行动的前提。这张网怎么撒出去，最难的不是撒网的技巧，而是义无反顾的坚定决心。

勇气有时比智慧更重要。

名不正则言不顺，此次行动用个什么名称？有人提出应该叫"大追逃行动"；也有人说，既然和网有关，就该叫"天网行动"……报到刘金国副部长那里，刘金国想了想说："不能这么叫，我们的目的不单纯是清剿逃犯，还要清理信息、清查问题。我看应该叫'清网行动'。"

清网行动！好记、易懂、朗朗上口！

警务督察局在研究这次清网行动目标时，对于能抓到多少，谁都没有底，调研人员也有很多不同意见。最后，警务督察局谨慎地提出，通过十三个月的努力，即从2011年6月初到2012年6月底，"确保行动前网上逃犯存量下降50%以上"。

但还是有人对这个目标心存顾虑，把目标定高了，最后完不成怎么办？对上对下怎么交代？最后确定，为期一年的清网行动目标"力争下降50%左右"。

2011年4月28日，警务督察局会同经济犯罪侦查局、刑事侦查局呈报了《关于组织开展全国公安机关网上追逃专项督察"清网行动"的请示》。公安部常务副部长杨焕宁，副部长刘金国、张新枫、黄明，政治部主任蔡安季等领导都迅速作出批示：坚决支持开展全国性的清网行动！

行动计划以最快的速度报到国务委员、公安部部长孟建柱的案头。2011年5月5日，孟建柱部长重重地写下两个大字：同意。

一个重大的决策就这样形成了！一场全国大追捕的序幕由此拉开！

2011年5月26日，是一个值得二百万公安民警永远铭记的日子。这一天，九百六十万平方公里大地上的每个公安派出所都接到如下通知：下午三时准时参加全国公安机关网上追逃专项督察"清网行动"动员部署电视电话会议。

北京主会场气氛庄严，坐在主席台上的几位领导个个表情凝重。后来当选

刘金国副部长代表公安部对清网行动提出具体要求（丁一鹤供图）

2011年度"感动中国十大人物"的公安部副部长、纪委书记、督察长刘金国，代表公安部对清网行动进行部署。刘金国慷慨激昂地说：逃犯存量居高不下，特别是那么多杀人犯在逃，我们又怎能睡得着、坐得住？！我们要痛下决心，克服一切困难，坚决打赢清网行动这场硬仗。

刘金国代表公安部提出明确要求：为期一年的清网行动，要实现"一降、二升、三提高"的目标，即行动前网上在逃人员总量力争下降50%左右；历年网上在逃人员、命案逃犯的抓捕率明显上升；网上在逃人员信息质量、网上追逃工作规范化水平、全警追逃破案能力大幅提高，进而带动基层基础工作、队伍建设的全面加强。

这次会议上，刘金国要求务必做到四个突破：一要在重点地区追逃上取得新突破；二要在抓捕重点逃犯上取得新突破；三要在重点时段、场所控制上取得新突破；四要在治理整改重点问题上取得新突破……

最后宣布：公安部全国公安机关网上追逃专项督察清网行动工作领导小组正式成立，刘金国任组长，警务督察局、经济犯罪侦查局、治安管理局、刑事侦查局的主要领导分别任副组长，成员单位由二十多个业务局组成，领导小组特设清网行动办公室，警务督察局局长张京兼任办公室主任。

此次行动开始时间确定为：2011年5月27日零时。

第二章　法网张开

　　大网拉开，全国齐动。真可谓：地不分南北，处处是追逃战场；人不分官兵，个个奋勇追逃；时不分昼夜，分分秒秒有惊心动魄的鏖战。

　　清网行动的战略核心是"全警动、全民动、全国动"。全警一股绳、警民一条心、全国一盘棋，形成了对逃犯高压、合围之势，在九百六十万平方公里的中国大地上，最大限度地挤压了逃犯的活动空间。

辽宁省沈阳市公安局清网行动誓师大会（辽宁省沈阳市公安局供图）

一、号令一出全国动

清网行动大网拉开，就创造了中国警察史上的无数个前所未有。

清网行动展开后一月有余，6月30日，孟建柱部长即在清网行动领导小组办公室工作周报第四期上批示："清网行动声势大、社会反映好，望不断总结各地好的做法，一抓到底，取得更大的成效。"

"一把手工程"

在中国，领导的决心与决策往往决定了事情的成败。清网行动这一历史性重大决策的出台和顺利推进，公安部敢下决心，全国各地党政领导纷纷响应，是关键的关键！

清网行动一开始，就从公安部的专项督察行动迅速上升为全国各地党委政府的行为，在不少地方成为了"一把手工程"。

上有公安部领导把握大局，下有全国民警奋勇争先一往无前，各地党委政府领导看在眼里、记在心里，更重要的是落实在对清网行动的支持上。

广东省网上逃犯总量占全国总量的8.4%，位居全国首位，外省逃犯多、抓捕任务重。中共中央政治局委员、广东省省委书记汪洋对此极为重视，多次对清网行动作出批示，要经费给经费，要政策给政策。广东省公安厅率先出台二十条追逃举措，甚至外地公安机关抓获广东逃犯，广东也给予重奖。不仅如

江西省横峰县县委书记程文对公安局长周志强（右）说：你带队去抓逃犯，公安局大楼我给你当监工（丁一鹤供图）

此，在广东省公安厅统一组织的赴外追逃行动中，省厅领导从厅长到所有副厅长，全部轮番赶赴外地追逃。

辽宁省委书记王珉，省长陈政高，省委常委、政法委书记李峰等省领导，在清网行动一开始就先后作出批示。各市、区、县党委政府分别召开各种会议二百三十五次，解决清网行动所需办案经费和警务装备。沈阳市副市长、公安局长许文有自有妙招。为赢得地方党委政府的支持，他给每个区、县的党委政府领导写亲笔信，派人一封封送到领导手里。说一千道一万，你得支持清网，不然对不起我这个穿警服的副市长！

江西上饶的横峰县是个只有二十万人的小县、穷县，警力不过二百人。县委书记程文对清网期间刚刚到任的副县长、公安局长周志强说："你带队去抓逃犯，公安局大楼我给你当监工，清网完毕我给你交钥匙。"县政府在财政全额保障追逃经费的前提下，再追加二十万元重奖追逃民警。局长周志强与各所、队负责人签订"军令状"，对重点逃犯逐人攻坚，逐个突破。横峰的清网率一路领跑江西，被江西警界称作"横峰奇迹"。

清网行动开展一个多月，十七个省区市公安厅局的"一把手"亲任领导小组组长；到8月中下旬，全国所有省、自治区、直辖市公安厅、局的"一把手"都亲任组长，所有市、县公安机关也都由"一把手"担任追逃组长。这是以往任何一次专项行动从没有过的。

各地"一把手"压力之大非同寻常，付出的努力也非同寻常，想清网、议清网、抓清网，废寝忘食，夜以继日。"一把手"不仅亲自协调解决难题，还深入基层督导，带头开展规劝，带队赴外追逃。时任四川省公安厅厅长曾省权亲笔给各市、州公安局局长写信，言词恳切，既鼓干劲，更压担子、教方法。不仅如此，他还亲自沉到基层做工作。2011年10月，他轻车简从赴自贡、内江两地。在自贡市沿滩区刘山乡红光村，他来到潜逃二十一年的在逃人员钟某家中，用真情实意打动其妻儿，钟某两天后便赶回家乡投案。在内江市资中县，他耐心做通在逃十六年的黄某家人的工作，与黄某通过电话进行交流，最终说服黄某投案自首。

各级厅局领导班子成员全部上阵、齐抓共管，人力、物力、财力超常投入。领导包案、包片，冲在劝投抓捕第一线。

重中之重

各地公安机关把清网行动作为重中之重，以最坚决的态度、最有力的措施、最过硬的作风、最严格的纪律，狠抓落实，重视程度之高、决心之大、措施之实，前所未有。

辽宁省公安厅采取"一天一排名、一天一通报"的办法，强力推动落实追逃。当月任务完不成排名末位的市局，全省通报批评。黑土地的性格就是黑白分明，辽宁警方对追逃的奖惩也泾渭分明。对战绩突出的民警，辽宁省公安厅打破常规，即抓即奖。省厅和市县公安机关分别拿出专项奖励经费。

重奖重罚的同时，还有条件极为苛刻的监督。如此高压的态势，难免不会出现弄虚作假。省厅早想到了这一点。警务督察严格把关，无论是被抓回来还是劝回来的逃犯，不经督察验明正身签字画押，概不算数，不能撤网。

与辽宁异曲同工的是福建厦门警方在清网行动中几乎不近人情的"刚性问责"。所有领导职务悬挂，追逃不利者，两级党委谈话。

最先检讨的厦门市公安局纪委书记、督察长孙兆洪是一位正师级军队转业干部。在厦门市公安局的党委会上，他带头做检讨时说："我在部队三十一年没做过检讨，为清网行动，这次我做了。从今天开始，我带队去督察第一线，也请大家监督我。"

随后，三个分局长带着全体班子到市局，集体挨批，向市局领导面对面做检查。

接着是连续四个晚上的挑灯开会，四个分局、三个支队、一个处，逐个向局党委表态。

王小洪是在清网行动开始一个月后，从福建省公安厅分管刑侦的副厅长到厦门市担任副市长、公安局长的。当时在全国三十六个大城市中，厦门在清网行动中的排名并不靠前。上任后，王小洪与党委班子分析原因时发现，厦门大型活动多，客观上动用警力多而导致追逃警力不够。但厦门又存在巨大优势，厦门有从全国各地选拔过来的警察，整体素质好，经费充足，装备精良，清网行动抓不好，上对不起党委政府，下对不起老百姓，中间对不起自己的民警。

天微微亮时，"车轮会议"结束，王小洪对一位排名末尾的局长说："你现在不是领导了，去追逃犯吧。抓到人，我给你恢复职务，抓不到不用来见我了。做领导推功揽过是胸怀，破案追逃是责任。"

这次刚性问责，让厦门市公安局所有带"长"的领导们都担子在肩，他们肩负着这份为警察荣誉而战的责任，踏上了追逃之路。

厦门市副市长、公安局长王小洪向作者丁一鹤介绍厦门清网行动战果（陆志成供图）

为实现重点突破，以点带面，深入推进清网行动，6月15日，公安部"清网办"在河南郑州召集浙、闽、鲁、豫、粤五个重点省份公安机关开会，督促五省打赢这场硬仗。

　　与此同时，从中央电视台到省市县电视台甚至乡镇广播站，从京城各大报纸到各地方的小报，从劝投信、宣传单到大街小巷的标语横幅，处处都能看到敦促在逃犯罪人员投案自首的通告……这种清网行动宣传战既给在逃人员以出路，更形成了强大的社会舆论和威慑力。

　　在公安内部，情报战撒开天网，各省区市情报信息中心迅速行动，积极采取有效措施全力参与。辽宁省公安厅情报信息中心全面梳理筛查重要逃犯；四川省公安厅情报信息中心对在逃人员逐人建档、逐人研判，利用情报平台整合各类资源，与有关部门协同作战；河南省公安厅情报信息中心采取五项措施精确追逃，力争"上一抓一，不留积压"……

　　全国三十六个大城市在清网行动前，网上逃犯占全国四分之一，只要强力推动大城市的追逃，重点突破，就可带动全国。公安部紧抓大城市不放，2011年7月21日，清网行动第一次现场推进会在辽宁召开，推广沈阳、大连等地的典型做法，开展清网竞赛，以先进促后进，推动清网行动的整体进展。

　　比学赶帮超中，辽宁一马当先，在全国率先完成清网率突破30%的工作目标。网上逃犯总量位居全国第二的河南，突然集中发力，奇迹般地率先突破70%，清网率连续六十七天领跑全国，并率先突破80%大关。

　　公安部及时召开两个现场会，全面推广他们的经验做法。

　　清网行动第四个月，全国清网率突破50%，有的县级公安局甚至达到100%，开始跃跃欲试准备帮着别人摘果子了。

　　在赴河南、四川等地调研考察时，孟部长走进几个县公安局长的办公室，发现几个局长几乎都将全局辖内逃犯照片贴在办公室里，天天盯着。有的公安局把逃犯照片拼成一面逃犯墙，想尽一切办法"摘牌"。有的局长甚至把逃犯照片贴在卧室里，连睡觉前都不忘看一眼逃犯……

二、联合作战全警动

清网行动的核心战术，一靠政策二靠科技。以最优惠的政策攻心、最新式的高科技追身，能劝回来的给予优惠政策，劝不动的就抓。两大主要战术稳、准、狠，是清网行动成功的"两大法宝"，好比车之两轮、鹰之双翼。

劝得动、追得上、抓得住，是行动的根本保证。有组织、有目标、有声势、有群众广泛参与，清网行动由开始的专项督察行动，逐渐演变成声势浩大深得民心的"清网风暴"。清网行动更锤炼出一支具有坚强战斗力的公安队伍。

天下公安是一家

孟部长反复强调：要牢固树立合作就是资源、整合就是战斗力的理念，既要各司其职、各负其责，又要密切配合、通力协作，大力加强部门、警种之间的协作配合。

清网行动中的全警协同作战，是一场前所未有的合成战，打得酣畅淋漓、荡气回肠。

上至公安部下到基层科所队，层层成立清网领导小组。省、市、县三级公安机关几乎启动了所有警种、部门，协同全警作战。刑侦、治安、经侦、交管、禁毒、监管、边防等警种主战推进，网安、技侦、科信、情报部门提供有力技术支持，出入境、国际合作部门积极配合境外追逃，人事、宣传、法制、装财等部门特事特办、保障到位……

警务督察部门强化日常协调指导，充分发挥了在协调全警、加强检查、推动落实方面的特殊职能作用。为了追踪到逃犯线索，为了实施抓捕，各地普遍打破警种、部门界限，组成专门工作组，优势互补，联手作战。

在另一个鲜为人知的清网战场，一场对网中之鱼"过筛"的行动在全国展开。全国各地看守所在清网行动中，充分发挥监管场所的"违法犯罪信息库"优势，在监内形成强大追逃政策攻势，鼓励、引导被监管人员主动坦白或检举、揭发在逃人员线索，取得了显著战果。一些改名换姓以轻罪"逃进"监狱躲藏的逃犯现出原形，一些逃犯的"昔日好友"在清网行动中纷纷"阵前倒戈"。

浙江省温岭市看守所，一名在押人员检举女同乡1993年杀死一名鱼塘看护人后逃跑，并提供了嫌疑人在温岭的落脚点。获悉此重大案件线索后，2011年6月3日，看守所深挖犯罪中队立即通过信息比对，锁定了犯罪嫌疑人孙传玲。在当地派出所的配合下，成功地抓获了在逃十八年的女逃犯。

陆俊仁因贩毒被江苏盐城警方抓获，取保候审期间外逃，被盐城警方上网追逃。江苏省海安县看守所民警发现涉嫌诈骗的在押人员祁某的丈夫就是陆俊仁，于是张网以待。5月31日下午，陆俊仁按惯例到看守所给祁某送物时，被看守所民警当场抓获。

在坚持立足"本地、本职、本岗"抓逃的同时，各地充分运用区域警务协作机制，户籍地、落脚地公安机关与立逃上网单位积极配合，互通情报信息，联合开展规劝、抓捕。清网行动期间，全国公安机关共派出两万多个追逃小组。

2011年6月15日，江苏省盐城市公安局接到福建省公安厅紧急协作函件，称涉嫌参与一起特大走私枪支弹药入境案的重大网上逃犯林某可能潜藏在盐城市境内，并且可能随身携带枪支，请求立即设法将其抓获。逃犯林某从国外走私枪管累计达六百余支，被海关缉私部门上网追逃。公安部部长孟建柱、海关总署署长于广洲等领导对此案高度关注，先后作出重要批示。接报后，盐城市公安局立即按照公安部的部署，组织六十余名民警，对相关地段进行秘密巡查和重点控制，于6月16日凌晨六时许，在盐城市亭湖区一居民小区内将犯罪嫌疑人林某成功抓获。

"天下公安是一家"，这是外出抓捕逃犯的民警由衷的感慨。

"清网第一案"

2011年6月1日，公安部清网行动领导小组办公室的第二十五期《清网行动工作简报》，标题为"江苏公安机关三天抓获三名潜逃九年以上的命案逃犯"，其中案例之一来自江苏省江阴市。

在清网行动开始前的2011年5月20日，江阴刑警在信息战中，发现有一个叫张芝的女性曾住在江阴市澄西新村，而张芝的丈夫王石平是云南警方网上追逃九年多的命案逃犯。江阴警方立即会同澄西新村派出所专线侦查。经过查询得知，张芝已离开江阴，搬到惠山区租住，与张芝同室租住的人，是一个叫谢军的男子，但谢军暂住证上的照片，与户籍信息库中警方查到的照片并不是一个人。警方拿这张照片与王石平的照片比对，居然非常相似。

警方判断，王石平可能冒用谢军的身份，与妻子一起居住在此。江阴民警秘密进村察访，邻居反映张芝是与丈夫"小平"一起搬走的。"小平"真名叫什么，谁也不知道。但民警坚信，这个"小平"就是王石平。

通过就业信息平台，江阴警方查明张芝在惠山区一家印染厂打工，随即对她展开跟踪，一直追到她新的租住地。5月27日晚10时，张芝前脚上班刚走，民警随即冲进出租屋，将正在看电视的王石平抓获。

这是清网行动中官方公布的"清网第一案"。公安部清网行动领导小组随即发出第一份贺电，称赞他们打响"第一炮"，警务督察局张京局长亲赴江苏慰问。

在清网行动中，江苏省清网率达92.5%，位居全国第一，南京市位居全国三十六个大城市第一。

江苏的战绩来自于他们的四个"最大限度"：最大限度形成合力，最大限度强化追逃攻坚，最大限度挖掘潜能，最大限度确保战果真实。

在江苏，清网行动变成一次全警协同联动的实战练兵，各级公安机关打破警种、部门界限，有效整合资源，集中力量，合力攻坚，全省形成了一个横向到边、纵向到底的追逃大战场。

以往追逃大多是刑警的活儿，可随着人、财、物流动的加剧，逃犯流窜性、跳跃性、多样性作案更加明显，给警方侦破带来新的挑战：有的案件破了，但案犯却逃之夭夭；逃犯类型也变得形形色色，已经不仅仅是杀人放火坑蒙拐骗的那种惯常犯罪，经常是一个逃犯身负多项罪名。新一轮追逃要求全警联动打合成战，打破警种、部门、地域界限合力追逃，定人、定责、定案，把追逃责任落实到每个警种、每个办案单位和每个警察，而且逃犯抓回来，督察部门还要跟踪督办。

中秋三天假期，南京警方一百二十八个抓捕小组奔走在全国各地，四十六名逃犯被押解回南京；国庆长假一周，又抓回来五十多个。

在这场追逃战役中，江苏的情报战发挥了重要作用。正是信息情报的精确制导，将一个个深藏多年的逃犯找了出来。

三、攻心为上全民动

《孙子兵法·谋攻》中有一句话我们都很熟悉：不战而屈人之兵，善之善者也。谋定而后动，实现孙子所讲的"不战而屈人之兵"，自然是"上上之策"。

政策攻心是中国警方的传统，在清网行动中也做到了极致。按照既严格、公正、规范执法，又理性、平和、文明执法的要求，公安部反复权衡，认为对大多数逃犯要坚持"抓劝并举、以劝开路、先劝后抓"的工作思路。因此，刘金国逢会必讲，始终强调要把政策感召、攻心规劝放在重中之重的位置。

全国三十一个省区市公安厅局联合检法部门，先后发布了敦促在逃犯罪人员投案自首的通告，这在中国公安史上是没有过的。在此基础上，9月21日，公安部又会同最高法、最高检、司法部出台联合通告，在更高层面上形成了新一轮强大政策攻势。

上有"优惠政策"，下有创造性的做法。全国各地警方召开三十三万人次参加的逃犯家属劝投会八万五千余次，成功敦促一大批逃犯认清形势，丢掉幻想，主动投案自首。

清网行动战役打响后不久，5月30日，江苏省盐城市公安局亭湖分局就根据群众举报的线索成功抓获逃犯李申。

2002年4月3日凌晨，离刘晓梅家不远的盐城市纺西南路，二十九岁的青年女子周某被害，死者生前有被性侵害的迹象，另外，被害人的耳垂被撕裂。案发九年，警方一直没有找到真凶，受害人的家属痛苦不堪。

清网行动一开始，在强大的宣传战、攻心战之下，刘晓梅向警方报案："我前夫李申是杀人凶手。"刘晓梅说，当年凶杀案发后半个月，刘晓梅在当搓澡工的丈夫李申口袋里，发现一对接口变形的金耳环，像是强行拽下来的。在刘晓梅的再三追问下，李申承认周某是他杀死的。原来，嗜赌成性的李申翻墙进入周某家偷东西时，被周某发现，他用枕头将周某捂死在床上，抢走了周某的耳环，并制造了强奸杀人的假象。此后，刘晓梅揣着这个惊天秘密，惶惶不可终日。因为心理压力太大，两人经常吵架，终至离婚。

相信清网行动的宣传，刘晓梅说出了真相。2011年12月20日，盐城市中级人民法院一审以故意杀人罪判处李申死刑。

在强大的追逃攻势和政策感召下，从川南监狱脱逃三十二年的网上逃犯周振兴到四川省珙县公安局投案自首。周振兴1973年因盗窃罪获刑入狱。1979年11月1日，正在川南监狱服刑的周振兴在劳动过程中脱逃。清网行动开始后，珙县公安局、川南监狱民警组成的追捕小组在深挖线索的同时，向周振兴家属发放《告在逃人员家属的一封信》，一边是政策感召，一边是法律高压，周振兴的儿子从最初的抵触，到最后主动配合劝投。最终，儿子陪着父亲向公安机关投案。周振兴也成为清网行动中被抓获的潜逃时间最长的网上逃犯之一。

而上海市公安局静安分局从美国劝投的郑某，也成为清网行动中从境外投案的第一人。郑某因销售假冒商品，涉案金额三千万元，于2010年带着女儿逃到美国。在得知郑某逃到美国后没有生活来源，靠朋友接济度日，女儿也无法入学的情况后，静安分局领导召集清网办、督察支队、经侦支队等部门，轮番劝返。2011年6月7日，郑某从美国投案自首。

父送子、妇送夫、哥送弟甚至逃犯劝逃犯投案自首的案例，在全国各地不断出现，真正收到了"不战而屈人之兵"的奇效。

7月10日，福建省建宁县公安局召开在逃人员家属规劝会。会上，建宁县公安局请刑满释放人员谢某现身说法。谢某于2001年1月因琐事将邻居打成重伤后逃窜，因怕暴露身份，逃亡期间只能到煤矿、砖瓦场干活。每当看到警察或警车他就心惊肉跳，境况苦不堪言。谢某说，逃亡的日子不是人过的，希望所有在逃人员早日投案，争取宽大处理。现场三十余名在逃人员家属很受触动，纷纷表示："我们一定配合警方的工作，不能再让亲人执迷不悟了。"

河南省公安机关一开始就把追逃的重点放在劝投上，按照"抓劝并举、以劝开路、先劝后抓、先易后难"的思路开展追逃工作。这样的做法，省时省力，且有人情味儿，更好地体现了法律效果和社会效果的统一。

"我把孩儿交给你了，希望你们能帮他好好改造……"在漯河市临颍县公安局瓦店派出所院内，七十一岁头发花白的老大娘拉着所长潘学民的手，流着泪说。正是民警的诚心打动了她，老母亲千里奔波，举牌寻儿投案。

逃犯潜逃，不但失去了原有的稳定生活，也疏离了亲情。劝他们回来，不但是对他们家庭、生活的挽救，更是对他们的心灵救赎。

十七年前参与枪杀电影《可可西里》主人公原型、青海省治多县县委副书记索南达杰的六名案犯，在凌厉的攻心战中纷纷投案。当年犯罪团伙十六名成员，两名主犯中有一人被索南达杰当场击毙，一人被抓获后判处死刑。清网行动前夕，十四名在逃人员中，有两名被抓获后判刑，有一名被证实病故。清网行动开始后，玉树州公安局副局长李智海带领专案组，千里奔波做逃犯家属工作，讲政策，讲法律，用已被判刑、服刑后回归社会过上正常人生活的事例进行引导教育，促使韩牙哈羊等六名犯罪嫌疑人投案自首。清网行动结束后，当地公安机关根据线索又抓获两名逃犯。

四、旗开得胜

沈阳的逃犯占辽宁全省近半数，这对沈阳市副市长、公安局长许文有来说，更像一剂强心针。他瞄准的是全省第一、全国第一。

许文有对自己的手下发出一个声音：坚定信心、咬紧牙关、挑战极限，把第一的红旗扛到底！把沈阳警察的声威打出来！

许文有"包追"的"老狐狸"宋涛，是清网行动中落网的第一个A级逃犯！

活要见人，死要见尸

坊间有传闻，公安部的一级英模，活着的不如死的多。其实，活着而且活得很好的一级英模有很多，在辽宁，最著名的要算许文有。

英模称号许文有就有两个，一个是十多年前的二级英模，一个是几年前的一级英模。在成为沈阳市公安局长之前，许文有是辽宁著名的打黑英雄，他无数次与歹徒肉搏交锋，干工作抓逃犯就俩字：玩命。有一次被歹徒持刀架在了颈动脉处，他空手夺刀制伏歹徒，虎口被豁开，至今手仍不能完全张合；再一次劫匪挟持十岁的孩子为人质，向警察要车要枪，不然就杀人！许文有上前送枪，在歹徒接枪瞬间，两颗子弹准确射入劫匪的眉心。

许文有性格鲜明，打黑不手软，破案不言败。2005年8月26日的《人民日报》报道许文有的标题是"一把永不生锈的钢刀"。这把钢刀，终于在清网行动中等到了出鞘的机会。这次，他带领的是一万七千多名沈阳警察。

对于清网行动，许文有站在国家安全、百姓安危的高度。对于清网行动的标准，许文有只有三个字——零容忍！对逃犯零容忍；对工作不力、敷衍塞责、弄虚作假的单位和个人零容忍。

对逃犯零容忍，打不尽豺狼决不下战场；对工作不力、敷衍塞责、弄虚作假的单位和个人，一律按照零容忍的规定进行跟踪问责。这规定，一条条都是红线，一道道都是硬杠杠，像地雷，更像老虎尾巴，摸不得、触不得。

许文有拉开的清网阵势也与众不同，在沈阳奥体中心体育场，誓师大会上作为背景的宣传牌，面积顶得上半个足球场，各警种数千名警察荷枪实弹列开阵势，把体育场填得满满当当，口号喊得山呼海啸：立足沈阳抓全国逃犯！面向全国抓沈阳逃犯！

许文有一出手就是狠招：我自己的逃犯要抓，别人的逃犯在沈阳，我也抓！

有了零容忍，有了狠招，有了超乎常规的重奖重罚，仅五十五天的时间，沈阳市清网率突破50%；一百二十五天突破80%；一百七十七天突破90%。连续四个月，沈阳警方的清网率领跑全国三十六个大城市。

对公安部A、B级逃犯，沈阳市局党委委员分别承包。许文有包追公安部A级逃犯宋涛！他撂下狠话：活要见人，死要见尸！追逃无亚军，态度定成败！我敢于包追宋涛，因为我了解这支队伍！

谁都不知道的是，此时，许文有的妻子患上了重病，这个消息他一直压着没说。妻子有一个多年心愿，希望和丈夫补拍一张结婚照。可是许文有经常几天不着家，一直找不到拍照机会，几次事先说好的安排也泡了汤。实在逼急了，许文有就让人拿俩人的照片合成了一张赝品，拿回去哄媳妇。对此，妻子耿耿于怀，许文有愧疚不已。

网上锁狐踪

在沈阳警察眼里，宋涛不但是只异常狡猾的老狐狸，更是一条独狼，连他的长相也大有司马懿的"狼顾之相"，谨慎、警觉、多疑。

宋涛1971年5月15日出生，吉林省延边州和龙市人。他与同伙盗窃广州本田系列轿车六十余辆、涉案价值一千余万元，可他从未走到前台盗车，只在幕后操纵。2007年沈阳警方破获了这个特大盗车团伙，只有幕后主使"豪哥"漏网。豪哥的手下交代说："他想让你找到他，就能找到，不想让你找到他，怎么做也徒劳。"多数情况下，团伙成员只有听他摆布的份儿。

2007年3月，宋涛被确定为公安部A级逃犯。四年多来，一千六百多个日日夜夜，沈阳民警与宋涛的较量一刻都没停止。辗转几万公里、跑遍大半个中国、堆起来半米多高的卷宗、每人案头翻得卷边的工作日志……

这个宋涛与一般逃犯不同，在犯罪之初就隐藏幕后遥控车辆盗销，每次与同伙接头总要变换三四次地点；他逃亡在外，父母妻女都不联系；他警觉异常，警察蹲守抓捕他时，他听几声流浪狗叫竟能嗅出警察的味道；盗车时用过宋坤泽、宋子豪等好多名字，但同伙只知道他叫"豪哥"，没人知道他的真名；潜逃中他三次改名换姓漂白身份，四次逃脱抓捕，最近的一次与民警只相距五十米。追捕民警说，宋涛就像一缕轻烟，飘散在空气中，闻得到、抓不着。在追捕宋涛的日子里，沈阳警察吃饭、休息甚至做梦时，想的都是宋涛。四年来，追捕他的民警恨得牙根痒痒，每得到关于宋涛的线索或信息，所有人心里的第一感觉都是不能信，要查了才敢确定真假。

就是这样一个狼一般凶狠、狐狸一般狡猾的逃犯，最终落在许文有和他的战友手中。

许文有包追宋涛后，案件落实到沈阳市公安局于洪分局，局长战涛成为第一责任人。

信息战在追捕宋涛一战中发挥了关键作用。民警高波在全国公安信息库中检索碰撞，发现了一个叫"宋坤泽"的人，此人的照片与宋涛相符。

2011年6月20日上午，当民警们围拢在局长战涛电脑前，看到"宋坤泽"的照片时，忍不住欢呼起来：宋涛！

战涛的写字台前一直放着宋涛的照片，宋涛的眼神充满警觉和防备，让战涛一眼就认了出来：这样的眼神，只有宋涛才有！

许文有看到宋涛这张照片，只说了一句话："是时候了，该收网了。"

专案组围绕宋涛的信息进一步调查发现，要想找到宋涛，必须从正在服刑的宋涛团伙成员王勇那里寻找突破口。

6月28日，王勇提供了三条可能与宋涛密切相关的线索，其中一条是：宋涛的延边老乡老徐，是沈阳一家工厂的老板，跟宋涛是发小。

6月30日上午，沈阳市公安局于洪分局食品药品犯罪侦查大队大队长刘广、副大队长马峰找到了老徐，但老徐说："我和宋涛已经几年没联系了。"

"你现在事业发展不错，可别让宋涛这样的朋友连累了。故意隐瞒，是要触犯法律、追究刑事责任的。"刘广、马峰留下这句话。离开半小时后，老徐突然打来了电话，久未露面的宋涛刚刚联系了他！

电话中，宋涛约老徐下午一点在沈阳市北一路附近碰面。

"这是真的吗？"听到消息，追逃四年多的民警们简直不敢相信自己的耳朵！战涛把老徐迎进自己的办公室，仔仔细细地听他讲述了一遍。

时间紧迫，不容迟疑！战涛抓起电话就打给了许文有。许文有立即进行部署，沈阳市公安局副局长张振铎、纪委书记田维、刑警支队长于江直接调度，于洪分局的精干力量全部进入预定位置。

"我想死你了！"

6月30日十三时，一辆地方牌照的轿车驶出于洪分局大院，坐在车内的老徐如期赴宋涛之约。

老徐车后几十米，一辆出租车不远不近地跟着。车内，于洪分局副局长王爽与参战的刘广、马峰三人，六只眼睛牢牢盯住前方老徐的车。中午的日头晒得车厢里像个闷罐，几人手心里满是湿滑的汗。

只能成功，不能失败！出发前，战涛的命令清晰在耳："抓住宝贵战机，当场活捉宋涛！"

然而，几年逃亡生活把宋涛折磨成一只惊弓之鸟，谨慎、多疑的性格已经融入了他的血液。

前方老徐的车子，一会儿左拐，一会儿右转，后来停在了北一路一个小区门前。

是宋涛在电话中指挥老徐的车！他依然习惯隐匿在幕后"遥控"。十几分钟过去了，宋涛依然没有露面。

"沉住气！静观其变。"因为有过跟宋涛打交道的经验，跟踪民警们深知，此时不能轻举妄动，或许宋涛正在某个制高点观察着周围的动静。此时也万万不能联系老徐，一旦宋涛发现老徐电话占线，他就会警觉生疑。

十几分钟后，老徐的车突然拐弯开上了人行道，往东逆行。

"宋涛这家伙，太贼了！"出租车上几个人忍不住骂起来。分局指挥部内，几名坐镇指挥的领导听闻该情况，也不禁捏了一把汗。宋涛在电话中这样指路，明显是要甩掉可能跟踪的车辆。

追踪的民警马峰等人只好悄然下车，貌似散步一样跟上了慢慢前行的老徐的车，一直跟到附近的万达广场。

在万达广场大型雕塑边，老徐下车四处张望。从雕塑背面突然转出一个戴墨镜的男子，马峰只一眼就锁定：宋涛！

惊险的一幕出现在宋涛钻进老徐车门的那一瞬，马峰一个箭步扑了过去，猛地拉开车门，双手把戴墨镜的男子死死地摁在座椅上。包抄过来的民警王爽和刘广随后扑了上来，一个抱脚，一个摁腿，将男子牢牢控制住。

"叫什么名字？"马峰厉声问。

"宋子豪。"男子喘着粗气。

"到底叫什么？"

……

等戴上手铐，戴墨镜的男子终于承认自己是宋涛。

宋涛落网的消息传到于洪分局，办公楼的走廊里如开闸的洪水在奔腾，几

2011年6月30日，沈阳警方抓获在逃四年的公安部A级逃犯宋涛（辽宁省沈阳市公安局供图）

乎每个人声音都变了调："抓到宋涛了！抓到宋涛了啊！"

押解宋涛回局的车是马峰开的，他刚刚按住宋涛的双手却几乎把不住方向盘，脚下离合也踩得不那么利索了。坐在副驾驶的同事吓得连声安抚说："稳住！稳住！"

正在外地调查的于洪分局刑警大队政委邵勇和高鸿飞等人听说抓到宋涛后，激动得差点儿把手中的笔记本电脑摔在地上。

战涛接到抓获宋涛的电话，他不知自己是怎么迈下公安局楼前那么多台阶的，"反正三步并作两步地跑，啥都顾不上了！"

站在宋涛面前，战涛笑了："来，拥抱一下，宋涛，我想死你了！"

宋涛也笑了，是苦笑。

"我的热血在沸腾！"

对于落网，宋涛早有思想准备。他的朋友也跟他说过，犯下这么大的事儿，跑不了。可他确定同伙被捕之后，第一时间想到的，还是跑！

得知同伙落网，他没白没黑地一直逃到了广西南宁。接着，宋涛又花钱偷渡到了越南。往返几次之后，他开始越南、广西两头跑，弄一些越南服装、饰品、食品、小工艺品等特产到国内卖。有时候也摆地摊，好的时候一天能赚几千块钱。这点儿钱比起他盗销轿车而言太小儿科了，但对逃亡中的宋涛来说，能让他生存下来的生意，都是好生意。后来宋涛觉得，做稳定的小生意挺好，可惜明白的时候已经晚了。他不敢在一个地方呆太久，又偷渡到泰国待了一阵子，回国后又到了太原，那地方认识他的人少。

在逃亡过程中，宋涛甚至还看到过几次电视里播放的抓他的通缉令，此时宋涛感觉这一切就像剧本，他自欺欺人地觉得，那是说别人的事儿，与自己无关。

父母去世的时候，宋涛两次都被关在看守所，一次在吉林珲春，一次在河北廊坊，他都没在老人身边，恨得他直骂自己不是玩意儿。但出来之后，犯罪依然升级。

最终他还是自己打败了自己，或者说是他败在了自己的情感上。

宋涛有过三次婚姻，他最放心不下的就是案发时刚出生几个月的女儿。在逃亡的日子里，宋涛经常晚上躺在床上想：孩子现在什么样了？是不是会跑了？上没上幼儿园？

都说逃犯容易做噩梦，宋涛却不一样，他做的都是好梦、温馨的梦，梦到孩子的笑，梦到他在阳光下给孩子洗尿布。这些好梦折磨着宋涛的神经，最后他一狠心：回沈阳，看看孩子，哪怕只看一眼！

正是宋涛人性中最柔软的部分，让他一步步走进沈阳警方张开的大网。落网后，他苦笑着说："也许我就要在监狱里了却此生了。"

宋涛知道自己落网是迟早的事，但他跟别的逃犯想法不一样。在没有落网之前，他一直想抓个比他罪行更严重的逃犯，以此作为与警方交换的筹码，获得立功、减刑的机会，可以在监狱少待几年。逃亡的日子里，他经常上网查找与他一样的A级逃犯，但几年来始终都没找到。

直到被捕见到许文有之后，宋涛才明白，作为能让许文有这样的一级英模惦记的逃犯，自己已经很不一般。

许文有也安慰他说："你都是A级逃犯了，在沈阳，也没哪个逃犯比你级别更高了。"

宋涛落网，孟建柱部长批示：抓得好！

刘金国副部长的批示激情飞扬：文友同志，沈阳，只有沈阳才会创造如此战绩。我的激情在燃烧！我的热血在沸腾！奖！一百万元！

第三章　天网恢恢

"天网恢恢，疏而不失。"两千多年前，老子这么说。

在今天，中国警方织就了一张看不见、摸不着却威力无穷的网，这就是强大的公安信息网络。在清网行动中，依托这张"天网"，精确定位，准确打击，只要鼠标轻点，就可运筹帷幄，决胜千里。

国务委员、公安部部长孟建柱感慨地说：清网行动，信息战当居首功！

公安部A级通缉犯冯斌被深圳警方抓捕归案（广东省深圳市公安局布吉派出所供图）

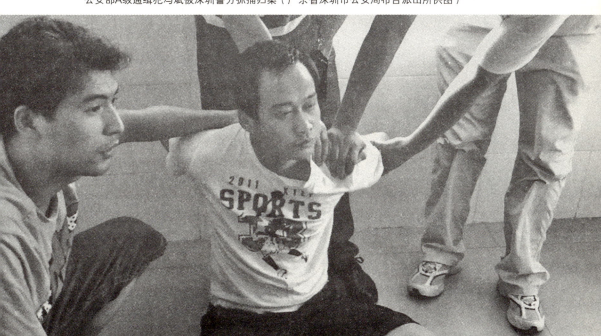

一、八闽第一神捕

厦门社区警察人手一个警务通，说简单点儿，就是警察手上的"手机"。但这个"手机"不是用来打电话的，而是警察网络作战的移动信息终端。只要轻按键盘上的一个指定操作键，就可以随时随地查询常住与暂住人员、重点人口、逃犯及车辆的信息。

社区民警也就是我们所说的片警。厦门有个被称作"八闽第一神捕"的小片警，连厦门岛都不出，靠着一台电脑和一个警务通，在厦门岛守株待兔两年多，就有一百零八个逃犯撞进他的网里。

一百零八个逃犯，要是放在一个公安局，估计要举全局之力才能抓住；要是把这些逃犯交给一个派出所，估计所长头都大了；要是交给一个片警，结果会如何？

用两年多的业余时间，亲手挖出和抓获一百零八个逃犯，厦门一个小片警被派出所把门的老大爷称作"铁罗"。媒体报道之后，"铁罗"这个绰号广为人知，连逃犯都知道。

"铁罗"大名卓加罗，厦门市公安局湖里分局禾山派出所坂尚社区民警。他手头的警务通，像老太太逛市场手上的菜篮子，随时都挂在腰上、提在手上。

卓加罗平均每周抓一个逃犯，所里同事戏称他"每周一哥"，媒体称他是"八闽第一神捕"。

"给我儿子道歉！"

没几个人知道，这个后来成为"神捕"的"铁罗"，经历过一番怎样的人生淬火，才有今天的铁骨铮铮。

1998年卓加罗从福建省公安高等专科学校毕业。身材健硕，加上刑侦专业全优，他觉得怎么着也得到刑警队冲锋陷阵吧。没想到，管分配的人一竿子把他派到了最基层的湖里分局禾山派出所，当了个社区民警，整天跟一帮居委会老大妈打交道。

更没想到，这社区警察一干就是十几年。这事窝囊，但不揪心。接下来，就是人生折磨。

2001年，卓加罗跟毕业于名校的厦门市公安局经侦支队女刑警小石相爱。2006年3月，妻子一朝分娩，初为人父的卓加罗蹦了个高，攥紧拳头挥舞了两下："我有儿子啦！长大后又是一个小警察！"

没想到，一个晴天霹雳在头顶炸响。医生告诉卓加罗，孩子确诊为先天脑发育不全，就是脑瘫。

患了脑瘫的孩子，就是被判了"死刑"；有了脑瘫孩子的家庭，无异于被判了"无期徒刑"。从儿子出生起，卓加罗工作之余就是带着儿子四处求医。希望之后接着是一次次更深的失望，像命运交替的双脚，踩踏着卓加罗的心。几年下来，北京、上海、广州的大医院都去过了，儿子健康成长的梦想成为泡影。

2009年9月13日晚上，妻子去加班办一个大案，卓加罗牵着孩子去中山路步行街玩。

快到路北口的时候，儿子突然被撞得一个趔趄摔倒在地，一个身影从他身边蹿了过去，接着是一片"抓小偷"的喊声。

"站住！"卓加罗左脚一发力，一个箭步就飞了出去，没出一百米，那小子就被抓小鸡一样提溜回来。

"给我儿子道歉！"卓加罗毫不客气。

"对不起了小朋友！"小偷也很乖。

儿子仿佛瞬间忘了摔倒的疼痛，拍着带血的小手说："爸爸真厉害！"

卓加罗把小偷送到派出所，一问，这小子竟然是个飞毛腿式的惯偷，还是个被网上通缉的逃犯。这么轻易就能抓个逃犯，虽然是个小毛贼，但卓加罗心情很不错。

第二天一大早，加班的妻子回来，卓加罗赶紧表功。没想到妻子拉过儿子受伤的手说："抓个小毛贼算什么？昨晚我们经侦支队又破了一个大案，抓了十几个跨国逃犯。"

妻子的话本来无意，但卓加罗听了，却很不是滋味，堂堂老爷们儿，连个弱女子都不如。这男人做的，窝囊。

再窝囊也不好跟妻子发作，卓加罗郁闷地早早上班去了。到单位后，随手打开电脑上网，突然，在"全国在逃人员信息库"中，一个熟悉的名字蹦了出来。卓加罗揉揉眼，再仔细看一眼，果然不错。

坂尚社区——孙志。

片警也能抓逃犯

坂尚是厦门有名的城中村，外来人口多，且多为引车贩浆之流。卓加罗2009年初调到坂尚社区当警长。一到岗，他就走访了几乎全部社区居民的家。孙志的家，卓加罗去过，这个三十多岁的男人是老住户，怎么是个逃犯呢？

而厦门市江头派出所上网追逃的，正是这个孙志，涉嫌寻衅滋事在逃。

卓加罗赶紧把孙志请到了派出所。先是坐下来喝茶，厦门人只要一端起茶来，喝几口便成了一家人。

孙志也不隐瞒，几个月前，他与几个朋友到江头那边的大排档吃夜宵，喝高兴了就摔啤酒瓶子玩，玻璃碴子伤了邻桌的客人，双方动起手来。孙志他们把对方打伤后，他的几个朋友被闻讯赶来的警察抓了，孙志趁乱跑回家，再也不敢出门。江头派出所警察上门来找，他躲在大衣柜里，让父母把警察支走了。

"事不大，但打人后逃跑，性质就不一样。"卓加罗正跟孙志聊着，孙志一家老老小小全来了，口气还有些虚张声势："听说新来的警察把我们家人抓

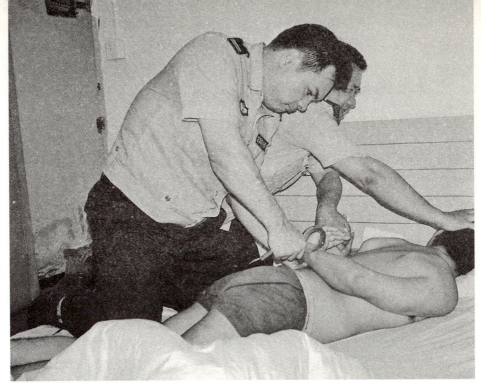

卓加罗（左一）与同事抓获逃犯现场（福建省厦门市公安局供图）

了，凭什么啊？"

卓加罗笑了，眼睛眯起来像月牙："就是闲聊个天，都是街里街坊的，不用那么紧张。"

话是这么说，孙志家人怨气不小。人家江头派出所都不来抓了，你刚来的一个片警，凭啥就抓我们？

孙志家里人的怨恨，卓加罗听明白了。孙志父母年迈，妻子没工作，孩子还小，他是家里唯一的经济来源。打架后，孙志不敢抛头露面，如果这次被抓，家里生活会更加举步维艰。

卓加罗不温不火地把道理、法律和人情掰开来揉碎了讲给孙志家人听，直到把孙志家人讲得像啄米的鸡一样不停点头。

2009年9月14日下午，卓加罗领着孙志来到江头派出所，通过调解，孙志赔偿伤者两万多块钱，伤者不再追究孙志的责任。

完事之后，孙志带着一家老小来到派出所，千恩万谢送了一包茶。

茶不敢收，感谢倒是可以留下。看着孙志一家人牵手走出派出所，卓加罗像孩子受到老师表扬，拍起了自己的大腿："有门儿，片警也能抓逃犯。"

"你踩狗屎上了，我踩着你了"

在片警的岗位上，也能干刑警的事情，如果集中精力抓逃犯，既在妻子那里挣回来面子，也能淡化儿子脑瘫带给他的烦恼，何乐而不为？

卓加罗开始学会上网比对信息。此时，全国各地都建立起了公安信息系统，但大多数都相对独立，卓加罗就把全国各地的不同系统关联起来，分析逃犯的行动轨迹、家属情况等信息。

仅仅过了两天，2009年9月16日一大早，卓加罗发现逃犯信息库里，有个江苏无锡江阴市滨江派出所新上网的逃犯陈斌，涉嫌抢劫在逃。

他把陈斌的信息与厦门市有关就业信息比对时，电脑上突然蹦出一行红字：这个傻小子陈斌，竟然用真名登记，在厦门市一家皮具厂打工，上班还不到一周。扔下鼠标，卓加罗驱车来到皮具厂，将陈斌拉回了派出所。

从对追逃感兴趣到初战告捷，只用了两天，这下卓加罗追逃上瘾了。

从此之后，卓加罗每天提早四十分钟到派出所上班，把头一天全国上网的逃犯搜索出来，再与他们在厦门的信息关联一下，从中发现逃犯的蛛丝马迹。等到别人上班，发现逃犯踪迹的时候，卓加罗已经在抓捕路上，或者已经将逃犯抓到了。

逃犯抓得多了，什么好玩的事情都能碰到。2010年1月，卓加罗发现四川的网上逃犯邵康，突然出现在鼓浪屿一个家庭旅馆。他连忙跑到鼓浪屿，没想到却扑了个空。卓加罗很沮丧，老板神秘地耳语说："邵康走了，可他男朋友还在！"

"开玩笑，我找的是个男人，不是女人。"卓加罗说。

"男人就没男朋友？亏你还是个警察呢。"老板的一句话把卓加罗逗笑了。同性恋逃犯？以前听说过，还真没见过带着男朋友逃亡的男逃犯。既然男朋友在，邵康就走不远。卓加罗逐个家庭旅馆一家家打听过去，没出半天就找到了正在跟老板谈工钱的邵康。

原来，这小子为了满足同性恋男友的花销，涉嫌职务侵占，被发现后干脆带着男朋友到鼓浪屿逍遥来了，本想找个家庭旅馆长期居住，工作还没找到，就被卓加罗找到了。

这是路人用手机拍摄的卓加罗抓捕逃犯的一个瞬间（福建省厦门市公安局供图）

更好玩的是另一次。卓加罗锁定四川逃犯王某住在湖里区的一个出租屋，可他敲开门之后，一看年龄、身高、长相、口音都不对。一问是刚来的租户，姓林。

卓加罗正要转身走人，突然拧回身说，拿你身份证我看看。掏出随身的警务通一比对，卓加罗傻眼了：这个姓林的竟然是个聚众斗殴的逃犯，刚被福建省晋江市公安局刑侦大队网上追逃不到两天。

姓林的嘟囔着："真他妈的踩狗屎上了！"

"错了小子，你踩狗屎上了，我踩着你了。"卓加罗笑着说，"咱俩走的都是狗屎运！只不过你运气比我差点儿。"

一夜逮回仨

追逃，让卓加罗从家庭的痛苦中走出来。此后的日子里，卓加罗追逃，充满了激情。

到过厦门的人都知道，出入厦门岛都要过桥。为了追三个逃犯，卓加罗从岛内追到岛外，九个小时，行程两百公里，共交了四次过桥费。

时间是2010年4月19日。当天晚上，原本打算开车回家的卓加罗，突然记起一个线索，逃犯林凯住在西柯，这小子是个惯偷，习惯于昼伏夜出，被福建省永安市公安局网上追逃后，跑到厦门来了。

现在天刚黑，估计林凯正在家里还没出门。卓加罗一打方向盘，车子奔往第一站：西柯镇。

西柯镇离厦门岛十多公里。卓加罗在林凯的出租房门口蹲了近三个小时，房子里漆黑一片，可能林凯是去上"夜班"了。第一站，卓加罗扑了个空。

既然出来就不能白跑。卓加罗锁定第二站：厦门岛内的马垅。

二十五分钟后，卓加罗将逃犯罗宜春和一袋换洗衣物，一起从马垅带回了派出所。这个江西小伙子罪过不大，罪名倒不少，涉嫌窝藏、转移、收购、销售赃物四宗罪。

核对完罗宜春的身份后已是零点，本想再去西柯，但估计林凯这个惯于夜间行盗的家伙不一定这么早就收工回家。此时卓加罗正在兴头上，干脆到辖区巡逻一圈儿再说。

巡逻的时候，碰到一个在街上游荡的四川人，租住在坂尚小区。卓加罗拦住问："这么晚不睡觉，干吗呢？"

这个四川人说："一个很会打架的老乡来厦门了，好像在老家犯了点儿事，来厦门找女朋友呢，给我打电话让我带路。"

卓加罗记下那个会打架的四川人叫祝江，回所里上网一查，这个祝江竟然是四川省万源市公安局刑侦大队打黑除恶专业队网上追缉的逃犯。

打架就打架呗，这小子还涉黑。卓加罗不敢大意，叫上一名值班协警，马不停蹄奔赴第三站：集美。两小时后，刚见到女友还没来得及亲热的祝江，被卓加罗逮回派出所。

此时，已经是凌晨三点半了。先眯一会儿再说，睡觉前，他把闹钟定在四点四十分。去第一站西柯时没抓到夜盗林凯，估计天亮他该回巢了，此时杀一个回马枪说不定能见效。

闹钟准时响了，卓加罗拿凉水抹一把脸，一脚油门直奔西柯而去。巧的是，林凯忙活了一晚上空手而归，正要回家开门的时候，卓加罗从身后拧住了他的胳膊，他还耍赖皮说："我都饿了一晚上了，饭还没吃呢。"

"正好跟我到派出所吃早饭。"卓加罗也很大方，"反正公家的，不用我掏腰包，窝头管够！"

"又抓来一个？"一晚上看到卓加罗三进三出，派出所看门的老头儿顺嘴给卓加罗起了个绰号，"你小子铁打的罗汉啊，铁罗！比佐罗还佐罗！"

卓加罗哪顾得上跟大爷开玩笑，肚子早叫唤起来，连忙摇下车窗叫唤："大爷，赶紧帮我买四份豆浆油条，每人两份，这小子饿坏了，我也饿坏了。"

这一仗，福建媒体把卓加罗叫作"厦门最牛警察"、"八闽第一神捕"。

一个人的清网

在清网行动之前，卓加罗就开始了属于他一个人的清网。为了抓逃，卓加罗几乎拿着警务通走遍了厦门的大街小巷，许多以前听都没听说过的地名，也因为追逃而烂熟于心。在卓加罗手上，有一张以逃犯被抓获的地点为标注的厦门地图，还有一份三年来抓获逃犯的流水账。什么时候在哪里抓过什么人，抓人的时候发生了些什么故事，卓加罗都记得一清二楚。

2009年，四个月抓了十二个逃犯。

2010年抓了整整六十个。

2011年清网行动开始后，卓加罗却傻眼了。全国警察都在撒开大网抓逃犯，卓加罗是每天早起四十分钟上班，可很多警察根本不回家，吃住都在单位里，等卓加罗到单位发现逃犯信息，逃犯已眼睁睁被别人抓走了。

更可气的是，一个被卓加罗抓住的逃犯说："看报道的时候就知道了，犯事了千万别到厦门岛，半小时内铁罗就会上门给你送手铐。有这样的报道，谁敢来自投罗网啊！我也是侥幸心理，早知道是真的，我也不来厦门。"

一番话，差点儿把卓加罗气得吐血！

郁闷归郁闷，逃犯还得抓。卓加罗想到了一根难啃的骨头，一个叫梁健的逃犯逃了十一年，来到厦门岛后行踪不定，卓加罗抓了好几次都没抓到。

梁健找不到，卓加罗盯上了梁健在厦门打工的妻子。通过居委会的计生信息，卓加罗查询到梁健的妻子在厦门岛的牛头山水兵营一带居住。这一带是厦门岛的棚户区，卓加罗去侦查了几次，都没发现梁健和妻子的踪迹。

2011年7月1日，卓加罗自告奋勇要带儿子到牛头山公园玩。妻子一听很高兴，收拾停当就让爷儿俩出门了。

卓加罗带着儿子进了公园，没一会儿就出小门来到了牛头山水兵营的棚户区，挨家挨户打听。到晚上十点的时候，他终于打听到了梁健的一个工友，才知道梁健在码头当搬运工，他的妻子在牛头山公园脚下的公交站附近卖麻辣烫。

干脆，带着儿子吃麻辣烫去。

也不知道吃了多少串麻辣烫，深夜一点多，醉醺醺的梁健来帮妻子收摊。卓加罗连忙叫来一名协警，抓住了梁健。

把梁健塞进警车的时候，卓加罗才发现儿子坐在马路牙子上睡着了，手里还拿着一串麻辣烫。卓加罗拍了一下脑袋："差点儿坏了大事！"连忙把孩子抱起来上了警车，一路上不忘叮嘱协警说，"打死你也不能告诉你嫂子啊，要不我就完蛋了！"

清网行动到了攻坚阶段，有一天早上出门的时候，儿子说有点儿难受，卓加罗摸了摸儿子的头，有点儿发烧，妻子说："你带儿子去医院看病吧。"

卓加罗面露难色，刚要解释，妻子明白了，挥手说："那你走吧。"

卓加罗没敢告诉妻子，他的追逃笔记上刚记录下一个信息：张诚，涉嫌黑恶犯罪，是重庆市公安局经侦总队上网追逃的逃犯。卓加罗调取近期内重庆到厦门人员的记录，发现张诚四天前飞到厦门，曾在一家酒店入住。

卓加罗赶去酒店，却发现人已经走了。

"会不会有一同入住的人？"卓加罗发现一名吴姓女子，和张诚登记入住的时间相差不到一分钟，再一查，还是入住同一房间。"这小子逃亡途中艳福不浅啊。"卓加罗查询到吴姓女子在轮渡附近一家酒店预订了一房间。

卓加罗掉头赶到轮渡那家酒店，房间内没人。调取酒店监控得知，张诚进入1207房间后，很快空手出门了。

"人出去了，手上没带行李，肯定还会回来。"担心在抵近侦查时手机突然响起来被逃犯发觉，卓加罗干脆把手机关了。等了九个多小时，当晚十一点，卓加罗一把将刚进酒店的张诚摁住。

当卓加罗押着逃犯张诚回到所里时，派出所所长正火急火燎地四处派人找他呢。

原来，卓加罗早上离开家不久，儿子突然高烧40℃，妻子束手无策，打卓加罗电话却怎么都打不通，只好一个人带着孩子去医院。

又挂号，又排队，妻子背着儿子，满头大汗地在医院的楼道里跑来跑去。突然，背上的儿子凄厉地喊了一声"妈妈"，就从妻子背上滚了下来。躺在地上的孩子，两眼凝视着天花板，狠狠地咬着牙根，身体痉挛着。妻子怕痉挛的儿子咬掉舌头，找不到毛巾，一伸手把四个指头伸进儿子嘴里，被儿子一口咬住再也不松口……

这边孩子刚有些好转，那边丈夫又关了手机，妻子担心丈夫出事，转身扔下病情刚缓解的孩子，又找到了派出所，所长派出去几队人马火急火燎地找卓加罗。

见到卓加罗的瞬间，这个坚强的女刑警哇的一声哭了出来："死铁罗，你死哪里去了？你要是把我们娘儿俩扔下，我们咋活啊！"卓加罗一脸的热泪与冷汗，抓着妻子血迹犹在的手，愣在那里说不出话来。

从那以后，卓加罗再也不敢关手机，二十四小时全天候待命。

这一次，儿子虽然抢救及时，保住了性命，但随之而来的后遗症却可怕地出现了。每次发病，不是痉挛抽筋就是全身僵硬，就好似在鬼门关前转了一圈儿，全家人也像跟着他死过去一回。每次看到儿子抽搐时青紫的小脸和妻子伤痕累累的手指，卓加罗心中无比愧疚，想说句安慰的暖和话，却怎么都憋不出来。

后来，媒体报道了卓加罗带着儿子抓逃犯的事情，妻子连续一个礼拜没跟卓加罗说话。在漳州电厂工作的岳父老石看到报道后，当即向单位提出了提前退休。单位领导说："老石，你可要想好了，你现在一个月可是八千多元的收入，退休的话只能拿一千八百元。可别后悔哦！"

"我就一个女儿，女儿就这么一个儿子，你说钱重要还是孩子重要？我不能让老石家的香火断了。"老石的话像硬邦邦的石头，噎人，但实在。

追逃就像谈恋爱

2011年6月，公安部副部长张新枫到厦门调研信息化追逃及大情报系统应用建设情况时，专门听取了卓加罗的汇报。听完之后，张新枫副部长说："卓加罗把基础信息采集好、把重点人员管控好、把动态情况反馈好的做法，值得社区民警学习借鉴。"

2011年9月17日，公安部刘金国副部长在专门介绍"卓加罗信息追逃法"的清网行动简报上作出批示："不断创新方法，作用十分突出"。

9月24日，刘金国副部长再次批示："对卓加罗这样认真负责、勤于动脑、不怕吃苦的民警要表彰、奖励、重用。"

福建省公安厅牛纪刚厅长要求全省公安机关传达学习卓加罗追逃法，并将《卓加罗信息追逃法》印发全省公安机关。很多警察用卓加罗的办法，在清网行动中抓住了不少逃犯。

卓加罗追逃追出了名气，在于他的追逃方法与众不同。

卓加罗说，追逃就像追女朋友一样，要多用心。他打了一个比方：男孩子要是喜欢一个女孩儿，要留意她喜欢什么颜色的衣服，喜欢去哪里游玩或者逛街，还有喜欢跟哪几个闺蜜在一起，然后才能作出正确的追求计划。追逃也是一样，知道逃犯的喜好，才能制定追逃计划，事半功倍。

卓加罗总结的六种追逃法，被福建警界称为"六大追逃秘笈"。不妨公开一下，让大家共享这些简单实用的办法——

卓加罗每次入户访查时，遇到一些形迹可疑的人员，他就会拿着警务通当场查验。卓加罗每次出门，手机和警务通，一个都不能少。

随着人口不断增长，靠脚步丈量上街找逃犯越来越难。卓加罗在平时走访中，把电子邮箱和电话号码留给企业主以及出租房屋房东。这样做，除了可及时为外来流动人员办理暂住证，还可把社区内原本零散的信息，在第一时间整合起来，为追逃建立一个信息源。收到信息后，与全国追逃系统进行比对碰撞，是逃犯的，碰一个抓一个。2011年9月28日，卓加罗收到一份新招员工名单，录入比对后发现逃犯王川，在他上班第一天就把他抓了回来。目前国内的社区民警对流动人口的信息大多有收集和统计，但就是少了碰撞这一步。靠这一小步，卓加罗守株待兔在社区等来好几个逃犯。

信息碰撞成功后，接下来的工作就是信息追踪。不少逃犯反侦查能力非常强，把断层的信息再次链接起来十分重要。为此，卓加罗的追逃目光，不再停留在社区的自扫门前雪，而是把整个厦门当成自己的"狩猎场"。重庆涉黑逃犯张诚，就是卓加罗在别人的社区抓到的。卓加罗说，当时在酒店没查到关于张诚的任何信息，他杀了一个回马枪，进行信息追踪倒查，从逃犯身边的吴姓女子入手，跨辖区抓获了涉黑逃犯。

全国每天新上网入库的在逃人员信息与其他系统平台之间，存在一定的时间差，导致当天上网人员无法在第一时间被预警，而此时往往是追逃的黄金时间。为此，卓加罗将追逃也提前一步，提前四十分钟上班，比对当天上网的全国在逃人员在厦门的信息，发现可疑线索后，第一时间将逃犯抓获。卓加罗把这招叫作早起的鸟儿有虫吃。

虽然逃犯会千方百计隐瞒真实身份，但人是社会性动物，不可能脱离社会单独生存，他必然会跟社会发生各种各样的关联，比如家人、朋友等。在追逃中，这些关联信息十分重要，值得特别关注。2011年11月21日，情报平台发来红色预警指令，有一个叫徐彬的逃犯暂住在辖区，卓加罗立即去抓，但此人已经离开。后来卓加罗通过系统查询其亲属信息，得知徐彬有一个女儿，就暂住在厦门岛内，他推断徐彬很有可能与女儿住在一起。经进一步核实，证实了卓加罗的推测。

除了紧盯各种公安信息系统，卓加罗也十分关注社区的刑释解教、吸贩毒等重点人员，他通过入户访查，了解重点人员居住、就业、经济状况等，全面掌握他们的活动，力争从中发现线索、查破案件。2011年5月11日，卓加罗发现辖区吸毒人员陈跃经常与一些小混混在一起，获得那些小混混的身份信息后入库比对，发现其中一个叫钟余的人竟然是网上逃犯，卓加罗顺手将他抓获。

卓加罗在厦门岛内守"网"待兔，他一个人清网两年多，共抓获一百零八名网上逃犯，其中包括命案逃犯六名，潜逃十年以上的重大逃犯六名……

卓加罗把他所有的追逃秘笈总结成了一句话：追逃就像追女朋友一样，只要用心，就一定能追得到……

二、深圳小警察死磕A级逃犯

以前追逃，往往受制于经费、信息、人员保障等因素。信息化建设带来的科技应用，使公安机关如虎添翼，织就真正的天罗地网。公安部警务督察局领导说，清网行动战果显著，首先得益于公安机关八大信息平台一百多个信息系统的建设。经过十余年的发展，网上追逃工作条件已经成熟。将逃犯信息上网后，全国上至公安部、下至派出所的每一名民警，都可以查看逃犯信息并实施抓捕。而追逃的成果，更来自于民警对网上追逃信息的普遍掌握与运用。

与卓加罗守"网"待兔不同的是，深圳布吉派出所的两个小警察，盯上了湖北武汉的一个A级逃犯，循线追踪与逃犯死磕，最后把一个杀人如麻的恶魔踩在脚下。

网上"碰"出"A级"

2011年5月31日，公安部向全国紧急发布了对杀人犯冯斌的A级通缉令。这是清网行动开始后，公安部发布的第一个A级通缉令。

消息一出，各地警方闻讯而动，这可是条新鲜的大鱼啊。

在深圳市布吉街道派出所，二十八岁的侦查队探长陈吉冈也盯住了这个冯斌。

深圳布吉在改为街道之前是个镇，而且曾经是广东省最富的第一镇。布吉离香港八公里，深圳最著名的"二奶村"就在布吉，2012年的"龙年第一拆"也在布吉。这地方既是风水宝地，又是鱼龙混杂之处。

"这小子来没来过深圳？来没来过布吉？"老家湖南的陈吉冈突发奇想。他注意的焦点是，冯斌于2008年11月至2009年2月期间伙同高峰、李虎彪等人，在湖南长沙、娄底和湖北黄石、荆州等地，抢劫四名女性并杀人抛尸，被湖南娄底市公安局娄星分局刑警大队上网追逃。

在对全国的命案逃犯进行梳理时，陈吉冈重点把冯斌的信息与深圳各情报信息系统进行比对碰撞。冥冥之中，陈吉冈觉得这个冯斌仿佛与深圳有着某种联系。

有个特殊的现象是，以长江为界，长江以北的人愿意往北京、上海跑，而长江以南的人，则愿意到广州、深圳捞生活，尤其在布吉，湖南、湖北人占了很大比例。

2011年8月1日晚上，距离第二十六届世界大运会开幕还有十二天时间，陈吉冈意外从网上发现了冯斌的蛛丝马迹。2008年5月到2010年8月，冯斌与一个叫展笑眉的女人，在宾馆开过十八次房。2010年8月以后，再也没有任何记录。

那么，这个冯斌为什么突然人间蒸发呢？

陈吉冈查询了全国在逃人员撤销信息，又得到另一条网上追逃线索：湖北省武汉市公安局桥口分局宗关街派出所，于2010年7月1日以涉嫌抢劫、绑架、强奸罪，上网追逃冯斌。

湖南、湖北两地警方都在追捕冯斌，而冯斌又在深圳出现过，一定会留下痕迹。沿着这个思路，陈吉冈查询深圳警方各情报系统，发现冯斌于2010年8月13日被黄贝岭派出所抓获。当天，冯斌正在黄贝岭的一家网吧上网，被警方堵在网吧里。

根据陈吉冈查证的线索，2010年8月19日，深圳警方将冯斌移交给武汉市警方，已经押回武汉，关押在武汉市某看守所。陈吉冈查证时发现，冯斌只有进所记录，没有出所记录。看来，冯斌仍然被关押在看守所。

这就奇怪了！为何A级通缉犯关在武汉市看守所，在逃信息系统上却依然挂着呢？难道武汉警方没有发现冯斌是A级通缉犯？难道娄底警方也不知道冯斌已经进了看守所？难道公安部也不知道冯斌已经落网？

陈吉冈脑子里一团乱麻，解不开疙瘩时，他想到了好友刘子凡。四十岁的刘子凡是湖北人，当过兵，退伍后先是在武汉市公安局治安处行动队和百步亭社区工作。2004年深圳市公安局在全国招警，刘子凡来到深圳布吉派出所，现在是新三村警务室警长。

陈吉冈跟刘子凡算是半拉老乡，脾气相投，都不爱热闹，都内向，都爱琢磨事。凡有搞不清楚的问题，陈吉冈都要问问这个老大哥，况且刘子凡在武汉警界工作过多年。

8月1日深夜，陈吉冈打电话给刘子凡，道出了自己的疑问。

刘子凡听完后说："这个看守所关押的大多是中级法院一审的重犯，冯斌如果没有出所记录和移交服刑记录，应该已经移交检察院或者法院了吧。"

"不对啊，冯斌是湖南娄底追捕的逃犯，按理说应该移交娄底并案审理，不该在武汉。"陈吉冈坚持说。

刘子凡一拍脑袋："我想起来了，前几天武汉检察院的一个朋友说过，他们正在督捕一个荆门的抢劫杀人逃犯，搞不好就是冯斌！"

"那你赶紧问你的朋友！"陈吉冈催促道。

凌晨一点多，刘子凡拨通武汉检察院朋友的电话，确定武汉检方督捕的逃犯，就是陈吉冈发现的冯斌。朋友听说后，立即说："你提供的消息太好了，我明天就去看守所提审冯斌。"

两个深圳派出所的小警察，从武汉看守所挖出一个A级逃犯，这消息太令人振奋了。两人连夜请示布吉派出所所长赵世东和分管刑侦的副所长王黎后，陈吉冈把冯斌在深圳与展笑眉开房的情况及目前的下落，连夜报告给公安部刑侦局、武汉市公安局刑侦局、湖南省娄底市公安局刑侦支队。

发完传真，刘子凡拍着肥肥厚厚的胸脯说："夜宵我请！"

凌晨两点，两个小警察为自己的大收获，在马路边的大排档，手把可乐，嘿嘿笑着庆祝了一番。这哥儿俩酒量都不咋地，沾酒就醉。

落网的鱼跑了！

可他俩高兴得太早了！

第二天上午九点，陈吉冈接到湖南娄底警方电话，刑侦支队王副支队长遗憾地说："我们娄底破这个杀人案的时候，冯斌的同伙当时没把他供出来，我们也是今年3月份才上网。而去年武汉警方抓他的时候，虽然涉嫌抢劫和强奸，但当时他肺结核都咳血了，这种传染病威胁看守所其他在押人员的安全，进看守所一个月后的2010年9月上旬，就办了保外就医。这小子自知罪孽深重，一出看守所就没影了。"

听到这话，陈吉冈心里像堵了一块冰，凉冰冰的。他将这一噩耗告诉了刘子凡，刘子凡直皱眉头。涉嫌抢劫、绑架、强奸的案犯怎么能保外就医呢？！这时，刘子凡在武汉检察院的朋友也反馈说：当地公检法机关正在召开联席会议，倒查整件事情的来龙去脉。

落网的鱼跑啦！"郁闷啊！"两个小警察气得两顿饭都没吃。

这小子会跑哪儿去呢？会不会再来深圳？会不会来找展笑眉？两人讨论的结果是：冯斌所有的信息记录显示，他根本不跟荆门老家的亲友联系，近几年唯一的联系人就是展笑眉。

展笑眉是湖北荆州人，生于1978年，她跟一个陕西人结婚后离异，带着十岁的女儿在深圳生活。展笑眉与冯斌十八次开房同居，在此期间却没有与其他男人的开房记录，说明两人已经不仅仅是皮肉交易，肯定有一定感情，最起码也是一对性伴侣。

2011年8月3日中午，刘子凡打开社区警务系统查询，惊奇地发现消失近半年的展笑眉居然再次出现。

2011年8月1日晚十时四十五分，展笑眉与一个名叫何畅的香港人在罗湖区黄贝岭一家旅馆开房入住。

这个叫何畅的香港人会不会是冯斌？

管他是不是呢，就当买一次彩票，试一把。万一是冯斌，那可是张"A级彩票"！

刘子凡立即打电话给陈吉冈，连拨五次，电话都没人接。刘子凡当然不知道，陈吉冈头一天晚上通宵加班夜查，备战大运会，此刻正在酣睡之中。

来不及去找陈吉冈，刘子凡叫上一位同事，立即赶往罗湖区黄贝岭的旅馆调查，找到了展笑眉与何畅入住时的录像资料。

录像中的何畅与通缉令上的冯斌，身高、年龄、相貌差距都很大，排除了是冯斌的可能。而入住登记单显示，第二天一早，他们相继离开。

回布吉派出所以后，刘子凡查询了何畅的出入境和住宿记录，发现几个月来何畅每隔几天都会来深圳，到黄贝岭一带的桑拿娱乐场所消费住宿。最近几次都是入住某休闲中心，与展笑眉开房。但此时何畅已经出境，无法查找。

8月4日晚上，刘子凡和陈吉冈执行设卡盘查任务。在盘查中，刘子凡手气极旺，通过警务通查证时，抓获了一名广东省潮州警方上网追逃的抢劫汽车逃犯。正在兴头上的刘子凡拉住陈吉冈："老弟，我跟你聊聊冯斌的事。"

"好啊，你刚抓了一个逃犯，这是个好彩头！"

两人来到派出所情报室，刘子凡神秘地说："我昨天叫你去查展笑眉，你睡得像死猪。我去黄贝岭旅馆查，展笑眉傍上了一个香港人。"

"展笑眉几年没做皮肉生意，这次重出江湖，是不是冯斌逃到她这里，她为了养活冯斌才出来做的？"陈吉冈设想说，"要是这样，这个展笑眉还真是个重情重义的可怜女子哦！"

两人分析冯斌连杀四人，性格应该很极端。从他抢劫杀人只选择女性来看，生性又很懦弱。根据冯斌逃亡留下的痕迹，他只在深圳与展笑眉有交集。由此，刘子凡、陈吉冈认定，冯斌逃亡后极有可能与展笑眉联系。锁定展笑眉，也许能找到冯斌。

两个深夜下班都不回家的派出所小民警，做着他们的清秋大梦："好不容易遇上个A级通缉犯，既然揪住了狐狸尾巴，就一定要搞定他！"

"只要有梦想，就会有奇迹！要想中奖，必须先买彩票。"此时，中国公安机关最基层的两个小警察约定组成二人追逃小组，不把冯斌踩到脚下，誓不罢休！

港客钓出"女友"

当时是2011年8月4日晚上十一时，两个小警察被自己撩拨起来的热情烧得热血沸腾。说干就干，两人分析展笑眉极有可能在黄贝岭的娱乐场所工作，如果是，此时展笑眉应该在上班。顾不上时间已近凌晨，两人开车直奔罗湖区黄贝岭，一家一家地洗脚、泡澡。

边洗脚边跟服务员聊天，两人点的都是湖北妹子，聊不上几句，就问这里有没有湖北籍长发女子，说这个女子是他们老乡。两人还拿出手机，让洗脚妹看一下展笑眉在旅馆录像中的视频截图。直到两人把脚揉得走不动路、把身上的皮都泡得起皱，快到天亮时，一个足浴城的经理指认截图中的女子是63号按摩小姐。

两个小警察兴奋得不能自已，连忙对经理说："我们马上有几十个客户要来洗脚，你把63号叫来服务。"

等63号来了之后，两人一看，此人长相确实有些像录像中的展笑眉，都是长头发、细长脸。

"先试试你的按摩技术吧，我们接待的是大客户，满意了加钱。"接下来又是揉脚，刘子凡苦笑着悄悄对陈吉冈说："兄弟，你上。"已经洗了六七回的陈吉冈忍痛上阵。经过一个小时的旁敲侧击，最终确认63号并非展笑眉。

折腾了一晚上，到天亮什么线索都没找到。

8月5日，陈吉冈从信息库中查到展笑眉2010年在深圳办理过临时居住证，同时查到办证时留下的手机号码。陈吉冈到街上找了个公用电话，试着拨了一下，这个号码已经停用。

回到所里，陈吉冈又把冯斌、展笑眉两个人的家庭成员资料仔细梳理了一遍，发现展笑眉的弟弟、弟媳都在深圳福田区工作生活，但是经过细致调查，还是没发现展笑眉的住址和手机号码。

展笑眉的线索找不到，就无法查出冯斌。陈吉冈把冯斌2010年8月13日在黄贝岭的网吧上网时留下的IP地址、上网时间、设备终端编号，发给深圳市局的网监民警，请求查询冯斌当时上网的QQ号码。但网监民警一番查询后，告诉陈吉冈，没有查到冯斌的QQ号码。

线索都断了，陈吉冈很沮丧，但刘子凡热情不减，他安慰说："心急吃不了热豆腐，只要功夫深，咱俩就能把冯斌这根铁杵磨成牙签！我们再加把火，多加几个人死盯。"

当晚，刘子凡集中新三村十几名协警开会，除了安排警力保障大运会外，确定协警龚伟和柯文才为机动力量，日夜备勤另有他用，随时听候调遣。至于干什么，刘子凡秘而不宣。

8月6日早上九点，刘子凡突然从网上住宿信息中发现，香港人何畅凌晨入境，刚刚在罗湖区黄贝岭一家桑拿中心开房。他立即叫上陈吉冈赶赴桑拿中心，将正要退房的何畅堵在了前台。

在何畅的两部手机中，存有一个名为"梅子"的手机号，还有"梅子"发给何畅的一条短信提到了一个银行卡号，这条短信的内容是"梅子"让何畅给她汇两千元钱。

何畅承认，"梅子"就是和他开房的展笑眉。

对于展笑眉的情况，何畅知道的并不多。他只知道展笑眉是湖北人，三十来岁，是在黄贝岭一个休闲中心认识的。何畅还提到一个细节，展笑眉有个同居男友好像有肺病，经常咳嗽，展笑眉也老在咳嗽，体力不太好，好像被传染了肺结核。何畅还说，展笑眉住在深圳龙岗一带，每次与何畅见面都需要坐车一两个小时。

"你见过展笑眉的男友没？他在不在深圳？"两人急切地问。但何畅一问三不知。

听到这里，强烈的恐惧笼罩着两个小警察。冯斌这个犯下抢劫、绑架、强奸重罪的杀人恶魔，万一要是在深圳，那问题就严重了！大运会召开在即，这可是一颗定时炸弹！

必须尽快摸清展笑眉的住处，排除隐患。

此时，两人仿佛闻到冯斌的气息了，刘子凡按捺着紧张亢奋的情绪，对何畅说："我们找展笑眉，是调查休闲中心的问题。你要是泄露给展笑眉，深圳警方会通知香港警方，至于你在深圳嫖宿的情况，我们也会按照大陆法律抓你。这次放你一马，以后你跟展笑眉可以继续来往，我们可以睁一眼闭一眼，明白不？"

两人反反复复对何畅讲明利害关系，防止何畅把警察询问的事情透露给展笑眉。因为有短处落在深圳警察手上，何畅吓得双腿不停颤抖，连忙答应下来。

此时已经是8月6日上午十一点多，刘子凡立即调集机动备勤的协警龚伟、柯文才赶到黄贝岭，以保护何畅的名义伺机跟踪。两人商定的策略是让何畅钓出展笑眉，再通过展笑眉钓出冯斌！

到中午十二点，经过一番劝说，何畅答应配合警方行动，并当场给展笑眉发短信，约展笑眉来黄贝岭见面。展笑眉立即回短信说："我这就从龙岗过来，大概两个小时到。"

两个小时后，展笑眉如约到达黄贝岭，与何畅先吃饭、后开房。两个民警、两个协警呈四角守候在旅馆周围，做好随时跟踪的准备。

半个小时后，展笑眉独自一人下楼，到就近的农业银行存款两千六百元，然后向黄贝岭地铁站走去。一路上，展笑眉极度警觉，三步一回头，五步一张望，快速钻进黄贝岭地铁站，挤进了去龙岗方向的列车。

两个协警被展笑眉甩掉，刘子凡、陈吉冈在车厢两头，一前一后夹住了展笑眉。展笑眉不断警惕地观察周围的人群，同时用手机不断地发送信息。

到龙岗下车后，展笑眉突然从公交站台冲上马路，上了迎面而来的阳光6路车。

刘子凡、陈吉冈火速挤上客车，一前一后守住车门。

车行半个小时，展笑眉在广东惠州市惠阳区新圩镇下车，两人跟下车后，看着周围陌生的环境和商铺上面的电话区号0752，才知道客车开到了惠州市。展笑眉住在龙岗的可能性排除了，冯斌对大运会的威胁也小了很多。

展笑眉对何畅隐瞒了居住地，她的警惕性不可小觑。

跟上去，跟上去！

展笑眉在惠州市新圩镇东风村下车后，先后在路边三个水果摊前蹲下买水果。但看样子她无心选水果，而是不断地观察周围的环境。刘子凡他们只能远远地吊着，根本无法靠近。买完水果后，她突然闪进一条巷子里，一路走一路跟行人打招呼。看来，展笑眉在这个地方住了很久。

走到一条小巷中间，展笑眉突然回身，站在路中间往巷口张望。刘子凡和陈吉冈只能闪身躲开，等到他俩再出来观察时，展笑眉已经失去了踪迹。显然，展笑眉已经进入了巷子里的楼房。

只要找到当地警务室，查看暂住人口登记，就能够确定展笑眉的具体地址。可接待他们的当地民警说："我们这里没有登记暂住人口。"两个小警察只能失望地回到深圳。

失望却不绝望，他们很快发现，整个东风村街上只有一台ATM取款机。展笑眉身上从不放过多现金，每次取款都是二百、五百等一笔笔地支取。瞄准取款机，就能找到展笑眉！

8月9日上午，刘子凡和陈吉冈带领协警龚伟、林尚南，在东风村以月租一百八十元租下一间出租屋蹲坑守候。两人的分工是，当过六年协警的龚伟守住展笑眉消失的路口，长相不起眼的林尚南守住ATM取款机。

可是，连续几天都没有发现展笑眉的行踪。大运会开幕在即，冯斌这颗炸弹随时会爆响，两个小民警快熬不住了。

"既然展笑眉经常取款，就会留下取款记录，从取款时留下的图像中，能不能查到有关信息？"陈吉冈刚说完，刘子凡一拍大腿："走！马上去查，我怎么没想到这一点呢？"

8月11日下午，两个小民警来到某银行总部保卫科。录像时间跳到2011年6月6日18时52分35秒，展笑眉和她的女儿出现在了监控屏幕上。

"哇噻！"两个小警察几乎从椅子上蹦起来！

冯斌也出现在屏幕上！

在取款的展笑眉身后，冯斌嘴里叼着一根香烟，手上拿着一个手机包装盒，正在和边上的一个妇女讨价还价，还检查了盒里面的手机，随后展笑眉把取出的一千二百元钱递给了那个妇女。

冯斌跟展笑眉住在一起！

但是，抵近跟踪的协警龚伟、林尚南连续多日都没有发现任何线索。心烦的时候，陈吉冈沮丧地对刘子凡说："哥，等到大运会结束后，我们把资料交给市局，让他们破案吧。"

刘子凡说："我们这么辛苦，好不容易走到这一步了，熬吧。"

两个协警每天蹲在展笑眉消失的路口，买一瓶水都要在小摊上坐三四个小时。几天下来，他们产生了疑问，展笑眉到底是不是住在东风村？是不是情报搞错了？

陈吉冈的口气很坚定："没搞错，情报是准确的。大家一定要坚持到底！死守路口，死守取款机！"

8月17日上午，刘子凡突然接到协警龚伟的电话："快，我在龙岗的双龙地铁站跟上了香港人何畅！这小子又来深圳了！"

这个意外雷倒了所有人！何畅和展笑眉见面，这样的机会无论如何不能放过。

果然展笑眉出现了，依然那么警觉，依然那么绰约。

刘子凡跟陈吉冈兵分两路：一路跟踪展笑眉，一路到东风村蹲守。刘子凡带上一个望远镜、一支手枪和十发子弹，马上赶往惠州。

下午六点，与何畅交易后的展笑眉回到了东风村。此时展笑眉依然高度警惕，回家路上一步一回头。

跟刘子凡会合后，陈吉冈沮丧地说："我女朋友让我陪她去医院看

这是追捕冯斌的部分民警与协警的合影（左二为刘子凡）（丁一鹤供图）

病，你一个电话把我叫来，她气得抹着眼泪掉头跑了，她要是跟我吹了，你得负责！"

"还是冯斌重要！抓住冯斌，你女朋友跑不了！"刘子凡宽慰他。

陈吉冈赶紧跑到展笑眉最后消失的那条巷子里，化装成租客先期潜入，一手提着桃子、苹果，一手拿着大煎饼，一边嚼着一边等待展笑眉出现。

眼见展笑眉独自走进一栋楼，陈吉冈尾随上楼。刚走到二楼，突然楼梯口传来一个女声的断喝："不许动！"

高度紧张的陈吉冈一惊，手里的大饼桃子散落一地。回过神来，陈吉冈发现站在面前的是展笑眉的女儿，估计她认错人了。

陈吉冈连声用湖南方言说："吓死我了！吓死我了！"

展笑眉的女儿误以为陈吉冈在骂她"傻子"，随口骂了陈吉冈一句："你才是傻子呢。"说完，手里拿着气球的小女孩儿扭头跑下楼去。

"能跟在展笑眉身后上楼的男人，最有可能的就是冯斌！孩子一定把我当冯斌了！"想到这一节，陈吉冈继续往上走，但走到五楼都没看到展笑眉，她肯定进房间了。

为了避免打草惊蛇，陈吉冈赶紧下楼离开。不过，这已经是非常惊喜的结果了，这个单元只有几户人家，这么小的范围，展笑眉跑不了。

"知道为什么抓你吗？"

陈吉冈立即打电话向所长赵世东汇报，赵所长说："只要时机成熟，该出手就出手，我马上派人支援你们。"

晚上九点，第一拨赶来增援的大个子协警李刚、马占奎赶到。

晚上十点，开着车围着小楼转圈儿侦查的林尚南报告，在面向马路的四楼的一个窗口，出现了一个小女孩儿和气球。展笑眉的住处锁定为403房。

得到消息的刘子凡，趴在离小楼五十米远的树丛里，举着望远镜朝403房的窗户一眼不眨地盯着，汗水湿透了全身，他全然不觉。

这一夜，在展笑眉家的楼下，从傍晚到深夜几乎没有消停下来。先是一个小偷因为偷女人内衣被当地联防队员抓住；接着是楼上的一个女人被丈夫打出楼门；再就是两帮酒鬼在楼下火并，差点儿跟蹲坑侦查的协警动起手来。每一次状况出现，都揪着刘子凡和陈吉冈的心。

晚上十一点，外围侦查的协警龚伟电话报告说："有一个很像冯斌的男人上了展笑眉那栋楼。"

过了十来分钟，那个男子出现在展笑眉家客厅的窗户边。

"怎么办？动还是不动？万一搞错了怎么办？"陈吉冈的问话里带着颤音。

刘子凡举望远镜的手也在颤抖，突然，他的呼吸加快，大口喘着气，亢奋地把望远镜递给了陈吉冈说："你自己看！就是冯斌！"说着，从腰里摸出了手枪。

就在这个时候，一束手电筒的强光打在了两人脸上。"干什么的？"两个男人随即扑到刘子凡、陈吉冈面前。

"闭嘴！"刘子凡一抬手，黑洞洞的枪口颤抖着对准了来人，来人一下子吓得坐在了地上。陈吉冈连忙抱住刘子凡，夺过枪后才知道，这两人是当地派出所的联防队员，把他们两个当作踩点的毛贼了。

劝走两个联防队员，刘子凡惊出一身冷汗，衣服全部湿透。

"案情紧急，情况重大，向所里汇报吧。咱俩不能在这里挂了，老子可不想步赛买提的后尘，变成一棵不朽的胡杨。"刘子凡嘟囔着。

刘子凡的话不是没有道理。2006年6月，布吉派出所的维族警察赛买提被歹徒当街杀害，公安部追授二级英模称号，有位作家专门为赛买提写了一本书叫作《不朽的胡杨》。赛买提牺牲后的2006年10月，从武汉来布吉派出所的刘子凡，住的就是赛买提生前住过的房子。每次下班回家，刘子凡都跟儿子嘟囔说："今天又赚了，你老子能平平安安回家就不错了。"为此，儿子一直把他这个老爸当作胆小鬼，对他很是不屑，搞得刘子凡很没脾气。

刘子凡、陈吉冈向赵世东所长汇报。所长指示，固守待援！

8月18日凌晨两点，分管刑侦的王黎副所长带第二拨队伍赶到现场，准备瓮中捉鳖。

考虑到厨房有菜刀和煤气，担心强攻时遭到冯斌抵抗，造成被动，王黎将现场参战人员分成三个小组。王黎带领三个身强力壮的民警为攻击小组，负责抓捕；陈吉冈带一队负责保护展笑眉及女儿；刘子凡带队负责抓捕现场的警戒。

从凌晨两点，直到早上六点，参战人员有的坐在地面上，有的隐藏在草丛中，有的趴在泥沙地上，耐心地等待战机。

六点多，楼内有一个老太太出楼门时，协警龚伟、林尚南一把抓住铁门，参战人员陆续上楼，守候在三楼和四楼的楼梯口，对403房间封锁观察。

接下来又是漫长的等待与煎熬。直到九点四十分，403房内传出洗漱的声音，接着听到里面冯斌的说话声："爸爸要走了。"

当房门内铁闩被拉开的那一瞬间，王黎带领四人飞身扑上，一下把冯斌压倒在身下。

摁头、抱腿、上铐、搜身一气呵成，前后不到十秒钟。民警当场从冯斌身上搜出一把匕首。

刘子凡用几乎喊破嗓子的声调高喊："冯斌！是不是？冯斌！是不是？"刘子凡手中的枪都在颤。

冯斌应了一声："是。"

刘子凡又高声问道："冯斌，知道为什么抓你吗？"

冯斌的脸被摁在地上，他连忙说："我知道，我配合，我承认，我从网上都看到了！别吓着小孩子！我只希望不要影响小孩子，她年龄这么小，怕对我印象不好！"

"既然你配合，那我们马上跟小孩子说一下，你放心。"王黎安抚冯斌。

押着冯斌出门的时候，王黎和刘子凡对展笑眉的女儿说："别害怕，我们跟他闹着玩的，捉迷藏呢。"孩子似懂非懂地含泪点了点头。

抢劫强奸杀死四人、被公安部A级通缉令通缉的杀人恶魔冯斌落网！刘子凡掩饰不住自己的激动，在押解冯斌回深圳的路上，他禁不住感慨："这是送给大运会最好的礼物！"

陈吉冈笑着说："算了吧，大运会可不愿要这小子当礼物，给咱俩还差不多。"

8月19日下午，冯斌落网的消息传到公安部。公安部警务督察局张京局长受李东生、刘金国两位副部长委托，专程到布吉派出所对参战人员进行慰问，并宣读公安部贺电。贺电称：在举世瞩目的深圳世界大学生运动会期间，在全国公安机关深入推进清网行动之际，深圳警方一举擒获丧心病狂的杀人恶魔冯斌！冯斌的落网，再次证明了深圳市公安机关是一支特别能战斗的队伍！

A级逃犯落网，按例要论功行赏。因为指标有限，刘子凡说："我已经四十多岁，不指望有啥进步了，一等功给陈吉冈，他还年轻，说不定下一步混个所长干干，将来还能安排个轻快活儿给我。"

一等功让了，刘子凡却跑到所长那里，软磨硬泡让领导去做上面的工作，把参与追逃的两个协警的户口迁到了深圳。他的目的很简单："兄弟们跟我这个小片警出生入死，不能光让马儿跑不让马儿吃草。"解决深圳户口的龚伟和林尚南，以前一个在西双版纳种甘蔗，一个在湛江老家种芒果，落户深圳是他们想都不敢想的事情。

参与抓捕的大个子协警李刚，到另一个公安分局去应聘，人家问他有什么

公安部警务督察局张京局长（左一）到布吉派出所慰问时与刘子凡（右一）握手（广东省深圳市布吉派出所供图）

技能，李刚说："我亲手把A级逃犯冯斌摁在地上。"人家一听，立即任命李刚当了分局治安大队的协警队长。

陈吉冈相恋十年的女朋友跟他领了结婚证，只是因为忙还没来得及举行仪式。

比起立功受奖，刘子凡仿佛更看重妻儿的感受。抓住冯斌，最让刘子凡得意的是，现在他终于在家里挺起腰杆了。妻子跟他调到深圳之前，是武汉市机关幼儿园的园长，调到深圳实验学校还当幼儿园长，在家里本来就高刘子凡这个小片警一头，这次不得不对老公竖了好几回大拇哥。以前儿子对这个回家就知道呼呼大睡的爸爸总是爱搭不理，可抓住冯斌后，儿子的老师拿给刘子凡一篇作文，作文的题目是"我一直都想对你说"，里面有几句话是这么写的：

你对我说：别让别人告诉你，你成不了才。你不去尝试，你都不知道你

刘子凡（左一）请求领导把参与追逃的两个协警龚伟和林尚南的户口迁到深圳（丁一鹤供图）

会获得多大成就。一个小小的民警还想抓住一个A级逃犯？别人都说我很傻，说这是不可能的事情，但是现在，没有人再去说什么，他们眼里剩下的只有敬佩。你只要努力去做了，你一定会得到回报的。

　　爸爸，我一直都想对你说，你要注意身体，多休息，祝你快乐！

　　在儿子不屑一顾的神态背后，是一颗柔软的心。刘子凡落泪了，不仅仅是为了儿子的爱。他知道，一战成名并不重要，重要的是让儿子记住他的话：只要努力去做，一定会得到回报。

三、中原网上"女神探"

　　田爱军生活的一半时间，不是在现实世界中，而是在网上。如果你是她的QQ好友就会发现，通常情况下，即便到了深夜两点，属于她的那个叫"越跑越追"的小企鹅，依然在闪亮。

　　这个小企鹅，是田爱军追逃的法宝之一。

　　田爱军的本职工作是河南安阳一个派出所的户籍警察。说话轻轻的、缓缓的，很文静。如果不是有人特别提醒，你无论如何也想不到她是个"女神探"，名扬全国的"户籍追逃第一人"，共抓获各类网上在逃人员三百一十五人，其中公安部通缉的A、B级故意杀人在逃人员四人，为全国各地公安机关提供信息抓获在逃人员七千余人……

她还是清网行动中唯一因为信息追逃被授予二级英模称号的女民警！

本地的姜不辣？

2002年，山西蒲县发生一起恶性杀人案，犯罪嫌疑人杀死老太太，把老头儿砍成植物人，抢了钱物逃走。警方追捕几年未获，办案的警长、警察因此而被停职专司追逃。后来，被害人家属提供信息说，嫌疑人逃到天津打工。山西警方立即奔赴天津，又查了两个多月，依然没有进展。

束手无策之下，天津的同行对山西警察说："河南安阳有个田爱军，她通过网上信息帮我们抓过三个逃犯，你们不妨找找她，看她能不能帮你们找到这个人。"抱着试一试的想法，蒲县公安局刑警队杨队长来到安阳，田爱军回答得很干脆："我试试看。"

山西警方提供给田爱军的信息，嫌疑人是河南内黄人，姓宗，四十岁上下，妻子已死，有一儿一女。田爱军上网一查，头都大了。内黄县姓宗的人有一万多，仅三十五到四十岁的男性就上千。再查到天津的打工者，也找到了四百多人……

她在电脑前连续"泡"了四十多天，查出一百余人符合嫌疑人的条件，再通过各种各样的信息比对，大海捞针一般，终于锁定杀人者是内黄县亳城乡的宗保德。

田爱军立即将信息报告河南警方，警方紧急出动，于当日凌晨将回家探亲的嫌疑人一举抓获。消息传到还在天津的山西同行们那里，他们很惊讶，苦苦找了九年的逃犯就这样让田爱军给找到了，不由连连赞叹："网上追逃能手"的确名不虚传！

紧接着，田爱军又用网上信息"反查"出山西命案在逃嫌疑人鹿军亭。此人2005年9月25日把前妻杀死后潜逃，2008年6月被公安部通缉。

鹿军亭被上网通缉当天，田爱军就在网上查找他的信息。可是，全国人口信息库中都没有他的个人信息。他难道从人间"蒸发"了？改名了？另办了户口？一连几个昼夜，田爱军守在电脑旁，运用多种方法进行网上信息碰撞，还是没有结果。

鹿军亭会不会有另一个身份证号码？通过仔细搜查网上信息，终于在河南省周口市交通违章网络信息中，发现一个叫鹿军亭的司机。这会不会就是那个逃犯？田爱军马上拨通了车主的电话，询问有关情况。车主提供的信息和鹿军亭的情况吻合。情况很快反馈给山西省公安厅。山西警方简直难以置信，火速派人到周口市，核对鹿军亭的详细情况，确认正是他们苦苦追捕了好几年的嫌疑人！

鹿军亭落网后，山西警方专门组织人员到安阳学习追逃经验。田爱军的现场操作让山西民警大开眼界。刑警队长说："我们搞了二十多年的刑侦，怎么就没想到用这种方法去查找呢？"山西省公安厅领导对河南省公安厅刑侦总队刘延东副总队长说："你们安阳的户籍女警田爱军，协助我们破了两个大案，为我们节省了上百万元的追逃经费啊！"

俗话说"本地的姜不辣"，田爱军在外面名气越来越大，安阳当地的一些同行心存疑问，是不是真像外面传说的那么神？时任安阳市公安局巡警支队副支队长的魏保富，来到田爱军所在的楼前路派出所，请她帮助追查跑了九年的抢劫出租车杀害司机的凶手许书保。

接到任务，田爱军立即行动，在网上调集了许书保的所有户籍资料，然而，怎么也查不到他的身份证信息。田爱军改变思路，查到了他有三个哥哥一个姐姐。只要有这条线索，就能先搞清他为什么没有身份证。田爱军把电话打到他们所在乡的派出所，要村支书的电话，村支书不在，又找村会计。村会计的电话很快打通了，田爱军问："你们村有没有一个许书保？"回答说有，而且前几天见到过这个人。

田爱军惊喜不已，赶紧说："我捡到一个存折，是许书保的，能不能把他的电话给我？"会计说，他不在村里，我也没有他的电话，我马上去叫他家里人回你电话。

十几分钟后，田爱军的电话响了。田爱军问他是谁，回答是许书保。问他是否丢了存折。他说是。这就怪了！根本不存在的存折居然有人来认领？田爱

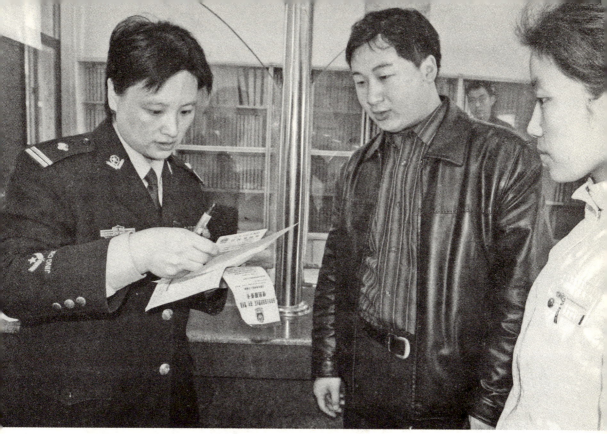

田爱军（左一）在核对当事人的身份信息（河南省安阳市公安局供图）

军灵机一动，说："我也没有见过你，你报一下户口本身份证号码，我看对不对。"那人报来号码，田爱军立即上网查询，系统显示，此人不是许书保，而是他的侄子。

怎么办？田爱军当机立断，约他来见面，有冒名的许书保，就能找到真正的许书保！

第二天早上五点，"许书保"打来电话，说当天来不了，改个时间，并且叫田爱军找个高级饭店，他要请客。

田爱军立刻将情况通报给魏保富。魏保富他们通过特殊渠道侦知，假许书保正在和真许书保频繁通话，有可能两人一起来安阳。田爱军假戏真做，继续"钓鱼"。

几天后的一个下午，真许书保被"钓"到安阳的约定地点，警方立即将其抓获。

一个九年没有破的案子就这样被拿下了，消息立即在安阳市警界传开，魏保富朝田爱军竖起大拇指说："以前觉得本地姜不辣，真没想到呀，你一个弱女子比我们男爷们儿还能干，服你！"

"本地的姜不辣，那是你没咬一下试试。"田爱军笑了。

寻"堂弟"追到包头

1998年9月11日中午，河南安阳市梅东路一饭店门前发生一起血案，二十一岁的李辉与三十一岁的常伟因经济纠纷发生厮打，李辉用菜刀朝常伟连砍数刀。民警赶到时，常伟气绝身亡，李辉早已不见踪影。一个多月后，李辉的女友杨凤娟也神秘失踪。

案发当天，公安机关就开始了对李辉的追捕。但北上南下十几次，辗转上万公里，每次看似就要抓到李辉了，却又与他失之交臂。一晃十三年过去了，仍然没有抓到。

2011年清网行动开始后，安阳警方专门成立了以田爱军牵头的"田爱军追逃工作室"。安阳市公安局将李辉列为一号抓捕目标，"田爱军工作室"全面介入此案。田爱军通过网络对李辉和杨凤娟的社会关系逐一细致排查，经过二十二个昼夜的分析，她认为李辉的堂弟李勇可能对案件最有帮助。

李勇与李辉长相有些相似，他身上有很多疑点：一是李勇家庭户籍信息变动比较频繁，多次补办身份证；二是全国多个城市出现李勇入住高级酒店、旅馆的登记信息；三是李勇的户口在河南，却有多起交通违章记录出现在内蒙古包头市，其名下还有一辆包头牌照的别克商务轿车。

户籍显示，李勇举家迁往驻马店市遂平县。

田爱军立即赶赴遂平县，对李勇的父亲和街坊邻居进行走访调查。李勇的父亲抱怨说："李勇两口子在广东打工，也不回来，把孩子扔在家里不管了。"

"李勇开什么车？"田爱军紧追不舍。

"他一个打工的，哪有钱买车啊，他根本不会开车，连钱都很少往家拿。"李勇父亲继续抱怨。

李勇父亲的抱怨，与专案组掌握的信息根本对不上。如果李勇靠打工维持生活，怎么会入住全国多个城市的高级酒店？李勇不会开车，为什么在内蒙古包头市有交通违章记录，还有价值几十万元的轿车？会不会是李辉冒用李勇的身份？

包头！所有的信息都指向包头！

2011年8月9日下午，田爱军和两名同事赶到包头，在包头警方的配合下摸排调查，很快便查到了李勇在包头市昆都仑区团结大街的暂住信息。

在包头警方的陪同下，田爱军来到团结大街李勇的暂居处。敲了半天，房门紧闭，没有动静。周围邻居说，四五个月前这里就没人住了。拿出李勇照片让邻居和居委会工作人员辨认，他们一致确认，以前在此暂住的就是这个人。

田爱军的心顿时凉了半截，看来此地住的果然是李勇，不是李辉。

查到此处，信息短路了。两个同事挺不住了，坐在楼下台阶上边擦汗边说，咱回吧。

不，我再试试。田爱军坚持着。

在宾馆里想了一晚上，第二天，田爱军又来到团结大街居委会。这次她想查的是李勇的房东。

双网互动揪住"千万富豪"

通过网上查询和再次走访，田爱军了解到房主叫杨涛祎，女性，三十二岁，祖籍山东，河南口音。田爱军眼前一亮，李辉的女友也姓杨啊！

在居委会里，怎么也找不到杨涛祎的联系方式。田爱军想，杨涛祎是这里的业主，又是年轻的适龄女子，社区的计划生育部门会不会有她的登记？一查，果然查到了她的电话号码。

田爱军马上请计生干部和杨涛祎通话，请她来填写有关的登记表。杨涛祎说她很忙，要去外地出差。田爱军拿笔在纸上写道：问她忙啥？

杨涛祎说经营化妆品，做某品牌的代理。

田爱军又在纸上写：请她代买一套化妆品，让她来送。

谁知杨涛祎说："这些具体事情我不做，可以让我的业务人员给你们送去。"

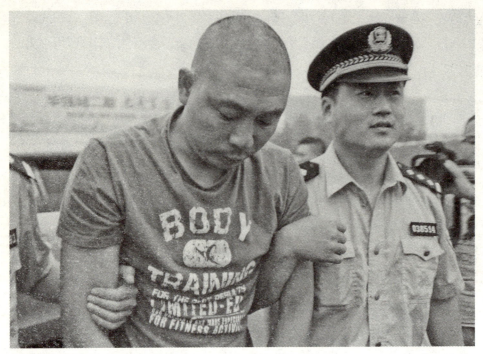
潜逃十三年的部督逃犯李辉在内蒙古自治区包头市被抓获（河南省安阳市公安局供图）

　　田爱军只好又写：问清楚她代理的品牌。

　　杨涛祎说了一个名牌，还补充说她是这个品牌的包头总代理。

　　田爱军开始走访包头该品牌的专卖店和柜台。跑了一百多家，累得腿都走肿了，还是找不见杨涛祎的踪影。

　　既然内网作战已经无法查证，就从外网入手。晚上回到招待所，田爱军到互联网上查该品牌的代理，一下搜出来几十条。

　　网上的信息显示：杨涛祎是包头市某化妆品公司的法人代表，在其名下拥有两家规模较大的公司、多处房产和十几部汽车，公司不仅经营化妆品，还向餐饮业进军，总资产上千万。

　　网上不仅有她的介绍，还有她的照片。田爱军看到杨涛祎照片的一瞬间，立即叫了起来："杨凤娟！"

　　毕竟过去十几年了，当年二十来岁的小姑娘已变成了成熟少妇。田爱军怕弄错，用手机将杨涛祎的照片拍下来，发到河南省公安厅刑事科学技术研究所，对照片进行人像比对。

当晚十二点，消息传来："杨涛祎与杨凤娟系同一人。"真是柳暗花明又一村！田爱军坚信，找到杨凤娟就可能找到李辉。

　　随即，田爱军连夜查遍杨凤娟公司网站的每个角落。

　　突然，在公司网页上出现了这样一句话："在公司领军人物李嘉军的带领下……"

　　"李嘉军"是谁？李辉当过兵，有军人情结。李嘉军是不是李辉的化名？

　　很快，田爱军又在互联网上找到了一张该公司慰问部队的照片。照片上有李嘉军，有杨凤娟，也有最开始查找的李辉的堂弟李勇，此时的李勇就在李嘉军的公司工作。为确保万无一失，田爱军又把李辉1998年逃跑时的照片和李嘉军的照片发到河南省公安厅刑事科学技术研究所进行比对。

　　比对结果让田爱军和同伴们十分激动：李辉和李嘉军为同一人。

　　终于揪住了李辉的狐狸尾巴！但锁定了李辉，却见不到他人影。专案组假扮客户，到杨凤娟的公司侦查，不仅没有发现李辉，就连他的任何音讯都未打听到。得知杨凤娟的公司派人到呼和浩特参加订货会，专案组赶赴呼市，以保安和客户的身份轮番转悠到他们的摊位套话，仍旧无果而归。

　　一天、两天、三天……连续十四天音讯全无，连最初查到的李辉的手机也停机了！

　　"难道李辉嗅出了危险再次逃匿？要不咱回安阳等消息吧。"同事们有些灰心。

　　"再等等，我想我们没惊动他！"田爱军的拧劲儿上来了。

　　就在专案组等得十分焦急时，包头警方传来消息：李辉出现了，他去了宁夏，刚从银川回到包头！专案组民警跟踪追击，当日中午，李辉进入一家盲人按摩店后，包头警方和专案组紧密配合，迅速将李辉抓获。

　　面对老家来的警察，李辉未做任何反抗，他的眼泪落了下来，甚至说："感谢你们，我终于解脱了！"

　　一个个无头案件在田爱军的电脑前找到了头绪，一个个罪大恶极的在逃人员在她的鼠标点动下落网。她的工作越是出色，在逃人员对她就越加仇恨。

　　没想到，田爱军用信息战追逃，在逃人员也以其人之道还治其人之身。一天，田爱军正在值班，突然电话铃响了。她刚拿起电话说了声"你好"，就听

田爱军在人民大会堂参加清网行动英模报告会

到里面的人嚷道："你是田爱军吧,以后还是少管点儿闲事,不然别怪我对你不客气!"说完,对方"啪"的一声挂断了电话。

还有一次,田爱军收到这样一条短信:"三天内你会后悔的,我会把你和你全家人的器官卖掉。"

对此,田爱军说:"我倒不怕,我是一名人民警察,正义绝不能在邪恶面前退缩。可我为丈夫、儿子、父母的安全担心,他们不能因为我而受到什么伤害啊。"

田爱军知道,没有家庭这个坚强的后盾,自己是很难取得这样的成就的。她出生在一个军人家庭,家里只有她没有当过兵。父母对她说:"警察也是兵,从你当警察这天起,我们家就又多了一个兵,当兵就是冲锋陷阵,怕什么!"

四、追逃就像"扫雷"

2011年11月4日,公安部召开全国三十六个大城市公安机关清网行动电视电话会议。在这次会议上，刘金国副部长强调说："大连基层民警介绍了清网行动情报追逃工作的技战法，十分精彩。清网决战只剩五十七天了，任务仍很艰巨。虽然民警极度疲惫，但我们必须咬紧牙关，决战到底，直至最后胜利。"刘金国着重强调，清网行动已进入深水区，各大城市公安机关要进一步创新战法，实现最大突破。

刘金国所说的"大连基层民警"，是在这次全国会议上介绍追逃经验的大连市沙河口分局情报研判室民警姜小妮。在此之前的9月25日，姜小妮还代表辽宁省公安厅向孟建柱部长汇报过她的"扫雷战法"，大连市公安局授予姜小妮"网上追逃能手"称号，并在全局开展向姜小妮学习的活动。

"扫雷"扫出个数据库

要不是在派出所当了一辈子警察的老爸逼着，姜小妮是不会当警察的。当警察前她最大的爱好是玩游戏，她想做游戏设计，更想当个网络黑客什么的。

可她再拧，也拧不过当警察的老爸，只好乖乖上警校，然后乖乖分到了派

英姿飒爽姜小妮

出所工作。所长一听姜小妮是个电脑高手，说你负责信息录入吧，免得跟一帮子老爷们儿日晒雨淋了。

姜小妮就成了"打字员"，天天把所里的一些工作信息敲进电脑里。当然，偶尔饭后她还会偷偷摸摸玩一下游戏，不过电脑里预装的游戏都很小儿科，唯一能玩的就是扫雷游戏。

再小儿科的游戏，也总比无聊呆着强。

2009年3月的一天，姜小妮在录入一个叫刘铮的人的自然信息时，突然发现此人的身份证号有问题，他的居住地跟身份证号的数字排序不符。

这就有点儿蹊跷了，心里没鬼改什么身份证啊。几乎是个下意识的动作，她顺手在"全国在逃人员信息系统"里输入了刘铮的名字，一比对，电脑上蹦出一行红字：刘铮竟然是辽阳警方上网通缉的故意伤害逃犯。

"快来看，快来看，这里有个逃犯！"姜小妮叫了起来。

接着，姜小妮又通过同样的方式发现了另一网上逃犯。

收集信息居然还能发现逃犯！这让姜小妮觉得很新奇。短短三天，一个派出所辖区通过信息录入比对，就可以发现两个网上逃犯，全大连市民警每天录入警务综合平台上万条信息，那得发现多少全国网上逃犯啊？

只可惜，姜小妮发现的这两个逃犯，却让同事们白跑腿空手而归，她只恨自己没多出两只手把逃犯抓住。她暗下决心，再发现逃犯，决不能让他溜掉。

也正在这时，所长提醒她说："你不是爱扫雷吗？你就把这些逃犯当地雷扫。至于怎么个扫法，咱们内部网上有很多追逃战法，好好学学吧。"

为了"雪耻"，为了不让战友白跑腿，怎么着也要找到逃犯踪迹。从此之后，姜小妮"焊"在了电脑前。

从大连的警务信息综合应用平台，到辽宁省厅的情报信息分析研判平台，再到全国各大信息作战平台，姜小妮潜心研究这些作战平台的框架结构、技术标准和应用方法，很快在平台上了解掌握了相关警种的业务知识。接着是全国追逃的最新战术，外省市的网上追逃经验。姜小妮反复琢磨推敲之后，拿到辽宁三大信息作战平台一试，有些招数果然管用，但有些招数在外地行，到了辽宁却不行。

别人嚼过的馍不香，那我就自己和面自己蒸。就像玩游戏，别人的游戏不好玩，我自己开发一套游戏软件，玩起来岂不得心应手？

说干就干，姜小妮每天早晨一上班，就先进入辽宁省各市局的警务综合平台摘取数据，进行碰撞比对，以便捕捉网上在逃人员信息，及时录入自己建立的"每日辽宁省综合数据库"。

随后，这个数据库慢慢变成了姜小妮自己的全国数据库。

很快，这个数据库起了作用。2010年7月17日，姜小妮在铁岭市警务综合平台发现一个潜逃十五年的山东籍逃犯高鲁的妻子刘某的信息，刘某在铁岭的开原市买了一套商品房。这个信息立即引起了姜小妮的警觉。高鲁是个水暖工，1995年在锦州杀人后潜逃，他在山东农村老家的妻子，没文化又没有手艺，哪来的钱跑到千里之外的开原买房？要么是另嫁他人，要么是跟高鲁生活在一起。

想到这一层，姜小妮立即把相关信息电话通知铁岭警方。办案民警当天奔赴开原，得知刘某买的新房已经出租数月，房主不知去向。姜小妮对铁岭警方说："高鲁以前是水暖工，逃亡路上也没心思明目张胆学其他手艺，一定在开原干水暖工，你们排查当地新建的房子，看有没有装修的。"

受姜小妮启发，办案民警逐个排查新楼房，最终在一个新小区将蹲在厕所装暖气的高鲁抓获。

追逃追出个"扫雷战法"

通过几次追逃的摸索，姜小妮发现，网上研判逃犯信息就像电脑中的扫雷游戏一样，游戏的目的就是根据关联信息，尽快扫清雷区中所有的地雷。那么，追逃中网上的信息平台就是"雷区"，逃犯就是"地雷"，只要有了正确的信息关联、比对，通过错假信息排查、数据碰撞、关联布控、轨迹研判，就可以锁定隐藏在每一处暗角下的逃犯，像扫雷一样把他们挖出来。

2010年7月26日，姜小妮在研判信息时发现，吉林省逃犯周松的妻子在辽宁葫芦岛市洗车，女儿在葫芦岛一个商场做售货员。通过轨迹研判和关联查询，姜小妮发现，周松1993年杀人逃亡前，他的家庭成员是十一人，但2009年12月却突然分了户。从常理上分析，杀人犯的老婆要跑早跑了，而时隔十六年，这一家三口才从大家庭分出来，又举家从吉林来到辽宁的葫芦岛市，这说明周松极有可能与老婆女儿住在一起。

姜小妮立即向葫芦岛警方提供了相关信息，葫芦岛民警在周松妻女的出租屋前蹲守六天后，轻松地将周松拿下。

经过实践的检验，姜小妮摸索出一套自己的"扫雷追逃战法"。遇到可疑人员，用这个战法一般都能查个八九不离十。

与此同时，姜小妮还运用追逃软件，做好信息的关联、比对、查询、碰撞，在最短的时间内，关联最有效的信息，以最快的速度扫清平台中的逃犯。

姜小妮的"扫雷追逃战法"一出，仅用两个月的时间，就协助派出所抓获九个网上逃犯，让身边的男刑警们对姜小妮刮目相看、艳羡不已，纷纷对姜小妮竖起了大拇指。

2010年3月，姜小妮的"扫雷战法"引起上级注意，沙河分局将姜小妮调入指挥中心情报研判室。在清网行动中，姜小妮的"扫雷战法"取得了许多实战胜利，抓获逃犯二十二人，其中包括两个潜逃十五年以上的外省命案逃犯。

也从此，姜小妮"心安理得"地在老爸面前邋遢起来，网上逃犯的信息稍纵即逝，姜小妮以这个理由把节假日都在电脑前度过。

而在单位，为了能及时捕捉到更新的信息，姜小妮每天要在办公室坐上八九个小时，连上厕所都一路小跑。在姜小妮的办公桌上有五样"宝贝"：两台电脑，一台公安内网、一台互联网；两部电话，一部办公座机、一部办公手机；一瓶用来缓解眼睛疲劳的眼药水。

天天"焊"在椅子上，"钉"在电脑前，姜小妮的视力急剧下降，最低到了0.4，可她偏偏又不爱戴眼镜。

至今单身的姜小妮出名之后，有很多帅哥看她穿警服的照片英姿飒爽，单凤眼炯炯有神，标准的单眼皮美女，就开始打她的主意。可见了本人才发现，她根本不像个"80后"女孩儿，不打扮、不逛街，天天像个宅女，脑子里整天琢磨逃犯，甚至还让将要退休的老爸深夜帮她抓逃犯。那些帅哥心里就打起了鼓。

女儿指挥老爸抓逃犯

说起让老爸帮着追逃犯，姜小妮至今心有余悸。

清网行动开始后不久，姜小妮分早、中、晚三个时间段，对全省各市警务综合平台信息进行梳理，以便尽快发现网上逃犯信息，根本回不了家。

6月23日深夜，在办公室加班的姜小妮突然发现刚上网的非法采伐林木的逃犯王彬的信息。通过信息查询，此人家在锦州，前两天还没有列为逃犯，现正住在大连市瓦房店的一个宾馆里。网上的信息显示，此人从锦州刚进入瓦房店不久，而且一个地方只住一晚上，极有可能再次逃跑。

事不宜迟，姜小妮立即打电话到抓捕部门，不巧的是，当天民警均在外地追逃。姜小妮没招了，只好打电话问老爸怎么办。

姜小妮的老爸已经五十八岁，是交通分局的老治安警察，遇有大事难事，姜小妮总要让老爸出个点子。她万万没想到，那边已经躺下打呼噜的老爸，一听有逃犯，从床上一跃而起，像命令似的对女儿说："我去，你继续盯着网上，千万别让他退房跑了！"

姜小妮心头一惊，五十八岁的老爸腿关节一直不好，从部队转业二十多年了，却始终风风火火。瓦房店距离大连近二百公里，他能行吗？

还没等姜小妮反应过来，那端就挂断了电话，再打过去的时候，老爸已经坐上了去单位的出租车。二十分钟后，老爸打电话过来告诉姜小妮说："我找了单位的一个同事开车，现在已经上了去瓦房店的高速公路。"

"老爸真有干劲！"姜小妮嘟囔了一声，推开办公室窗户想透口气，这一下可让她的心猛然揪了起来：窗外大雾弥漫，对面不到五十米的楼都看不清。

这样的大雾中上高速多危险呀，老爸能行吗？姜小妮后悔了，眼角不自觉地湿润了……

此时她更不敢给老爸打电话，怕影响高速上开车。她也顾不上多想，立即返回电脑前，紧盯着王某的信息是否变动，每隔半个小时左右就给老爸发一次短信，一则反馈信息，同时询问老爸的位置。

平时一个小时的路程，老爸他们却走了三个多小时。老爸直扑宾馆抓到逃犯后，给姜小妮打来了电话，只有简短的六个字："抓住了，放心吧。"

听到这里，姜小妮才后怕起来。这个盗伐林木的逃犯是个身强力壮的小伙子，要是反抗起来，还有两年就要退休的老爸肯定不是对手。要是有个三长两短，自己可不就成了不孝之女？

第二天一早，领导得知消息，狠狠训了姜小妮一番之后，又表扬了她，搞得姜小妮一会儿心如冰窖一会儿热血沸腾。但回家见到老爸，姜小妮却调皮地逗老爸说："老爸，这一晚你可能白忙活啦，你抓了逃犯，追逃数不一定算谁的呢，搞不好立功受奖没你啥事，你信不？"

老爸也不客气："雷是老爸挖的，凭啥算你的？"

五、"情报处长"

"情报科长"或者"情报处长"在当今警察序列中，已经是一个普通职务。不管是叫"情报处长"还是叫"信息组长"，反正意思都差不多，就是专为一线民警提供情报信息。他们的手段多到你想破头都想不到。简单一点儿说，只要逃犯有个风吹草动，立即会被他们捕捉到。

清网利器

"你们得注意了，有一名吉林籍男子刚刚住进你们派出所辖区的宾馆，他有两次入室盗窃的前科，要严密监控，我马上把资料传给你们。"大连市公安局甘井子区公安分局情报科科长车宏祥，将一条情报通报给了辖区派出所。

此时，距这个有前科的男子到宾馆开房还不到十分钟，他当然不知道，自己刚到大连就被警方盯上了。

在大连，甘井子公安分局是个小局，2009年刚刚成立，但工作亮点却不少，最为外界津津乐道的就算情报科了。清网行动中，甘井子分局共抓获二百二十四名逃犯，根据车宏祥自主研发的信息系统抓获的逃犯就有一百八十一人。2011年7月21日，全国公安机关网上追逃专项督察清网行动大连现场推进会上，公安部副部长刘金国接见了车宏祥，对他的清网成果给予充分肯定。孟建柱部长到大连视察，当地警方请孟部长参观的，也是甘井子分局的情报科。

2011年11月10日，车宏祥比对信息时，发现大连逃犯赵永财的父母和弟弟全家搬到了黑龙江。甘井子刑警连夜奔袭黑龙江，却扑了个空。但刑警们没有空手而归，而是从赵永财家人嘴里，抠出了赵永财化名为赵才的信息。

车宏祥立即利用跨省平台监控，发现这个赵永财竟然逃到了浙江金华，给女富商龙桦开车。车宏祥注意到的一个细节是，每次外出住宿，两人只开一个房间。外形帅气的赵永财，难道逃亡路上当起了小白脸？

管他呢，甘井子刑警立即从黑龙江掉头，直奔浙江金华。可是，他们在黑龙江调查赵永财的父母时，已经惊动了赵永财。他们刚到浙江，就发现赵永财已经停止使用漂白过的身份证和手机号。抓捕行动陷入僵局。远在浙江的刑警给车宏祥打来电话问："怎么办？"

"赵永财轻易不会离开龙桦，他是辽宁人，跑到南方无亲无故，必须要有经济依靠，离开龙桦他没法生存。你们在金华等一下，我很快就会找到他的蛛丝马迹。"车宏祥肯定地说。

话是这么说，但赵永财已经扔掉所有可以被追踪的线索，怎么追？

赵永财是个司机，通过监控设备，查找过往的车辆就会找到他。车宏祥想到了浙江车辆卡口系统，通过这个平台就可以锁定龙桦的轿车。

11月14日晚上八点，车宏祥终于发现，龙桦的本田轿车途经浙江57省道平阳县的卡口，正从温州返回金华。在高速公路的卡口上，开车男子的相貌被拍摄下来，坐在副驾驶座上的正是龙桦。经过比对，警方确定开车的男子就是赵永财。

当晚八点三十分，车宏祥发现，龙桦与一个名叫"王国明"的男人登记入住金华假日大酒店。车宏祥马上对"王国明"进行轨迹分析，确认此人正在福建，而且跟龙桦并无重合的轨迹。这个"王国明"很可能是赵永财伪造的假身份。

车宏祥立即通知守候在金华的甘井子刑警，刑警们赶到假日大酒店，将赵永财堵在了房间里。

除了利用科技平台收集和分析情报，指挥刑警抓捕逃犯，车宏祥还通过拓宽报警渠道来发动群众，给犯罪分子布下天罗地网。

甘井子分局在辖区内的12155个地点，设置了犯罪线索有奖举报宣传板。考虑到公安部门的专项行动比较多，原来这些行动每个都有举报电话，群众都记住比较困难，车宏祥将这些热线电话进行了整合，只留下两个座机号和一个手机号，另外还留下电子邮箱便于报警。这一措施卓有成效，两个月内就有七名逃犯落网。

情报搜集和整理是个漫长的过程，只有达到一定的数量，又经过梳理形成体系后，才能发挥真正的威力。车宏祥注意到，甘井子区的暂住人口中福建人密集居住，在这些人员中，有个名叫伍跃的建筑器材公司老板非常可疑，他在大连八年竟没回老家一趟。

车宏祥从信息平台上查证时发现，福建也有一个叫伍跃的人，所有的身份信息与在大连的这个伍跃相同，但八年来一直呆在福建，没出过省。

出现了两个伍跃，其中一个肯定是假的。车宏祥经过比对检索，发现逃犯方阁与大连的这个"伍跃"情况非常吻合。1999年，方阁与同伙在沈阳虚开增值税发票两千五百万元，当时此案被沈阳经侦界列为"99经侦第一案"，整个犯罪团伙均为福建人，案发后主犯方阁潜逃。车宏祥连忙调取了方阁的照片，与"伍跃"身份证上的照片对比后，最终认定大连的"伍跃"就是方阁。

很快，潜藏十一年的方阁在大连落网。

很多逃犯都像方阁一样，总是在做梦也想不到的时候落网。

2011年6月30日晚上二十二时，车宏祥在对逃犯家属进行批量比对时，突然发现特大合同诈骗案逃犯于大伟的儿子，近期在大连市中山区一带频繁活动。他是于大伟唯一的儿子，儿子在大连，于大伟会不会也藏在大连呢？车宏祥立即安排民警对其子实施跟踪。

当晚二十三时，监控民警发现了其子的行踪。7月1日凌晨一时，其子返回大连市中山区一处住所。为了不打草惊蛇，民警在楼房周围蹲守了一夜。

7月1日早上九点，于大伟的妻子出门买菜。民警调查得知，这间出租屋里确实住了一家三口，民警拿出车宏祥从手机上发来的于大伟的照片，邻居看后说，这人就是男主人。

十一点，于大伟的妻子买菜回来。就在她开门进房的瞬间，两个民警扑进房门，一把将于大伟按在了地上。

直到最后于大伟也不明白，自己很少出门，马脚到底是怎么露出来的呢？

一根电话线拴住两个野鸳鸯

在大连，像车宏祥这样的情报警察，海了去了。最神的要数范晨曦，硬是顺着一根电话线抓到了两个逃犯，而且这两个逃犯还是一对逃命野鸳鸯。

范晨曦的职务说起来很长，大连市公安局刑侦支队情报信息处信息管理中队代理中队长，干的是跟车宏祥一样的活儿。

范晨曦追捕的逃犯叫高森，辽宁庄河市人。这个逃犯与众不同，先后被大连、鞍山、大石桥和辽阳立案追逃四次，可几个地方的警察都抓不住他。更可气的是，这个高森逃跑的时候，还带着被大石桥市追逃的女逃犯宋波。两人双宿双飞的痕迹，被范晨曦通过一根电话线捋了出来。就像牛群冯巩说的相声一样：拽着绳头，倒啊倒啊倒出一头驴来。

在案发前，这对野鸳鸯就早已做好了防范，两人在逃亡前一共使用过十九部手机，查起来相当繁琐。范晨曦对高森的十九部手机逐个展开分析，最终发现其中一部手机于2010年曾经使用过一个黑龙江尚志地区的号码，现已停机。范晨曦对这个号码的通讯关系人深入分析，分析到第三层通讯关系人时，出现了一部大连座机号码，经查证，此人正是宋波的堂兄。

根据这个结论，范晨曦认定高森、宋波两人一起逃亡，很有可能驻足过哈尔滨尚志一带，而尚志一个手机尾号4123的机主与高森、宋波的联系最为密切。沿着这条电话线，就可能挖出高森二人。

分局领导立即安排范晨曦与追逃组连夜驱车北上，赶到哈尔滨尚志市与黑龙江追逃组会合，来到了著名的中国雪乡亚布力。在亚布力林业公安局配合下，查明尾号4123的机主绰号"二驴子"，跟高森一样也是辽宁庄河人，是亚布力地区的社会闲散人员，三次被公安机关打击过，在亚布力林区经营一家养鸡场。经了解，养鸡场有三个合伙的老板，除了二驴子，还有高森和宋波。

可当民警们赶到养鸡场抓捕时，发现养鸡场连人带鸡都不见了，只有一个看门的老头儿留守。老头儿说老板离开四五天了，说是养鸡场赔钱不干了，鸡都卖了，但二驴子好像还在亚布力。

11月12日中午，范晨曦他们的车在亚布力镇跟踪上了二驴子驾驶的一辆微型面包车。可刚跟踪到一个山根的拐弯处，面包车突然不见了。大雪无痕，车辆怎么会突然人间蒸发？范晨曦他们随即下车四处寻找，这时，同伴往山沟里一指说："在那里！"

面包车四轮朝天翻倒在地，原来是掉沟里了。难道是跟踪时被目标发现，二驴子仓皇之中将车开翻了？范晨曦很是愧疚，觉得太对不起这个二驴子了。过了一会儿，二驴子从车里爬了出来，范晨曦连忙下到沟里，帮着把车翻过来。二驴子千恩万谢："这倒霉催的，接个电话一不小心把车开沟里了，太谢谢啦！"

"还有更倒霉的呢，跟我走一趟吧。"范晨曦还没等二驴子说完，就亮出了警官证。

"雪地里碰见鬼了，怪不得早晨起来眼皮跳呢。"二驴子嘟囔了一句。

二驴子倒是很实在，范晨曦一问，他就实话实说了："高森是我表叔，一年前带着宋波投奔我，合伙办了这个养鸡场。我前些天回庄河老家，听说高森在外面欠了一千多万，公安局的和债主都在找他。回来之后我就跟表叔说，你别在我这儿了，你惹这么大的事，赶紧走吧，别把我连累了，没准儿过几天就有人找上门来。"

就在今天一大早，高森和宋波离开了鸡场。刚离开不久，二驴子就被范晨曦盯上了。可高森他们去了哪里，二驴子也不知道。

"你再想想，还有什么办法能找到他们？"范晨曦问。

"就一个皮箱搁在我家里，别的没了。"二驴子倒也干脆。

范晨曦他们连忙兵分两路，一路去车站蹲守，一路去二驴子家里住下，以防高森杀个回马枪。

晚饭后，二驴子突然说："他们很可能去苇河我表姑家，我们这边就这么一个亲戚。"

范晨曦他们连夜开车赶往二十公里外的苇河。通过外围观察，二驴子表姑家里只有老头儿老太太两个人，看不出有外人来的迹象。范晨曦他们没有惊动两位老人。赶回亚布力后，让二驴子给他表姑打电话，告诉他们如果高森来的话，给他回个电话，养鸡场里有事找他。

当晚，范晨曦他们躺在逃犯高森、宋波头一天还睡过的被窝里，拉着二驴子聊个不停。望着窗外飘散的雪花，不知不觉间天就亮了。还没起床，二驴子的电话就响了，正是高森打来的，告诉二驴子他们已经安全到达苇河。

顾不上吃早饭，范晨曦他们驾车再次直奔苇河。从亚布力赶往苇河的路上，看着茫茫雪原，生长在东北的范晨曦也后怕起来。昨夜连夜赶路看不清，这一路多半是盘山公路，一边是高山，一边是深沟，要是不小心掉下去可真就粉身碎骨了。

就是这二十公里山路，范晨曦他们遇到了两次险情。第一次是车陷入雪堆中，他们在零下三十度的严寒中，用双手一把一把将两个车轮挖出雪堆，但仍无法前行，最后只好脱下外套垫在轮胎下面，车才像老牛一样拱出雪窝。

刚开起来没多会儿，第二次险情又发生了。对面一辆农用车横着向范晨曦他们的车漂移过来，显然是天冷路滑控制不住了。这头开车的警察也傻了眼，猛打方向盘也不灵光。右面是大山，左面是山沟，眼看着只能奔着山撞去了，大家都闭上眼做好了撞个头破血流的准备。可就在这千钧一发之际，农用车竟然正了过来，和他们的车擦肩而过。

悬在嗓子眼的心终于暂时放下了。天知道能不能抓住高森他们，雪这么大，随便往雪窝里一趴，谁都看不见。

不过，到了苇河抓捕高森倒是很顺利。范晨曦问他怎么这么乖地束手就擒，高森说："我在这儿生活一年多了，这样的大雪天跑出去，不是冻死就是饿死，还不如跟你回去呢，起码有吃有喝有地方住，反正俺俩这罪也判不了死刑。"

"你倒想得开，知不知道我追踪你十九部手机追得有多辛苦？"

"我用过那么多手机吗？想不起来了，可能是吧。不过你也够行的，有你这劲头，干啥都能成。"戴着手铐的高森，还不忘他诈骗的老本行，一路忽悠。

虚拟世界里的缉捕

大连网警支队案件侦查大队的刘彦，也是网上作战高手。他的高超在于，凭一个虚拟QQ号码，就能抓住黑龙江籍的命案逃犯。

刘彦心气很高，他不屑于抓那些小鱼小虾。清网一开始，他就盯住那些A、B级的逃犯和命案逃犯，他觉得抓几个像样的逃犯才过瘾。

刘彦将2007年以来所有与重大逃犯相关的一万五千余条数据进行比对，共梳理出二百余名逃犯在虚拟世界活动的线索。随后再逐一进行深入分析，发现黑龙江籍命案逃犯董龙的虚拟身份，于2010年在大连有过登录的记录。

黑龙江的杀人逃犯来过大连，此消息立即引起网警支队领导的重视。在案情分析会上，所有人都感到这个董龙不那么容易抓，因为他杀人的案发时间是2010年5月，但直到2011年6月才被确定为犯罪嫌疑人，破案时间跨度超过一年，说明董龙的作案手法极其隐蔽，具有很强的反侦查意识。

既然刘彦想啃这块硬骨头，领导也只有一个要求：格外小心，避免打草惊蛇。

董龙很狡猾，刘彦追捕的过程，也印证了案情分析会上大家的判断。但董龙滥情的弱点，最终还是出卖了他自己。

刘彦在调取董龙登录QQ的轨迹后发现，这个QQ号已于2011年6月8日停用。之前他的活动地点集中在鞍山一带，上网方式为无线上网，对应的手机号码也已停机，侦查陷入了僵局。但多年来与逃犯在虚拟世界中交战的经验告诉刘彦，董龙既然之前痴迷上网，在逃亡中，网络联系相对于手机等传统方式更隐蔽，应该是他的首选，他很可能变换虚拟身份，再次出现在网络上。

坚定侦查方向后，刘彦对董龙停用的QQ登录情况进行分析，利用地图软件勾勒出董龙6月8日前的活动轨迹。除主要活动地点为鞍山市外，董龙还偶尔出现在大连市的庄河地区。

他来大连究竟做什么？与谁联系呢？为排除这些疑问，刘彦对董龙的一百八十多个QQ好友进行过筛。6月22日，刘彦发现董龙停用的QQ号，曾与瓦房店的已婚女性牛某联系密切，而且两人网上聊天时言语暧昧，极具挑逗意味。

再查牛某的现实活动轨迹，发现牛某竟然有在庄河的住宿记录，与董龙在庄河的活动时间段相符。那么，这个牛某与董龙，会不会是现实中的情人关系？如果是，两人很可能还会有网上联系。根据这个推测，刘彦盯上了牛某的QQ，开始进行反向追踪。

6月23日凌晨四点，一个新的QQ号将牛某加为好友，巧合的是，这个最新出现的QQ号居然在瓦房店市。

刘彦没有马上行动，而是经过反复核实，确认这个QQ号的确是董龙的。根据两人的聊天记录，董龙一周前由鞍山跑到瓦房店，藏匿在瓦房店市街心公园后面第二栋楼内的一间出租屋里。

6月23日早上九点，刘彦赶到了瓦房店。与当地警方取得联系后发现，这栋楼是上世纪八十年代的老楼，共三个单元六十八户，其中多半为出租房。摆在刘彦面前的有两条路：一是先控制牛某，通过讯问获取董龙的具体住址，但这种方式时间长，容易贻误战机；另一条路是直接寻找战机抓捕董龙。

刘彦突然想到，之前董龙在聊天中提到过，出租屋的有线电视出过故障，准备报修。秘密走访的时候，也确认这栋楼的分线盒出了故障。刘彦现场制定方案，兵分两路，一路到负责电视入户的公司，查看近期报修记录，另一路留在原地监视。

有线公司提供的近期报修记录中，一个报修号码与董龙的新手机号码相符。刘彦当即决定化装成维修工人入户抓捕。

6月23日下午两点，刘彦和另一名侦查员身穿有线公司维修人员制服，通过电话与董龙联系维修。电话中，董龙告诉刘彦他们，维修地址是三单元四楼三室。按照第一套预案，刘彦没有贸然出击，而是身穿维修工作服去敲门。结果，开门的是个老太太，根本没报修过电视网络故障。

这个老狐狸，肯定提供了假地址。刘彦拿起电话，生气地打给董龙："你把地址给我们报错了，你到底修不修啊？我们忙着呢，不修我们走了！"

董龙再次报出了一个地址：一单元三楼四室。

刘彦立即通知所有民警启动第二套预案。他敲开一单元三楼四室的门，一眼就认出眼前的男子就是董龙。但他没有急于动手，一边装模作样地查找线路，一边以打电话询问公司的名义向其他抓捕人员发出信号。

　　董龙见刘彦撅着腚在地上满头大汗查线路，很快放松了警惕。正当他转身准备去厨房给刘彦倒水时，冲进房内的民警一拥而上，迅速将董龙制伏。

　　董龙怎么也想不到，正是他耐不住寂寞，逃亡路上不忘泡妞，才被刘彦死死盯住。

第四章　大网无形

　　"人民战争的汪洋大海"，这话我们耳熟能详。在追逃过程中，发动群众，让广大群众和公安机关一起来织网、清网，是克敌制胜的法宝。

　　"人民群众"就是一张无形的天网，任何逃犯掉进这张网都插翅难逃，在清网行动的三大战术中，重要的一条就是全民动！

　　而清网行动的优惠政策，对那些身负命案的逃犯，更是救命的稻草，甚至是最后一根稻草！

投案自首的徐先和说，我连豆子都没捡过邻居家一个，哪知道什么叫红豆杉啊（江西省横峰县公安局供图）

一、天尽头，回头是唯一出口

你认或不认，事实就在那里，法网恢恢，疏而不漏；

你信或不信，政策就在那里，坦白从宽，抗拒从严；

你想或不想，亲人就在那里，望穿秋水，只盼君还；

你愿或不愿，机会就在那里，机不可失，失不再来；

你投或不投，铐子就在那里，拒不投案，牢底坐穿！

这是著名的仓央嘉措体、带有强烈清网特色的劝投文字，时尚、新锐，带有鲜明网络色彩。

在清网行动的劝投攻心战中，各地警方屡出奇招，以草根、亲民、敢于创新的形象受到网民的称赞，取得了良好的社会效果。

在网络上，"最萌警察"们运用各种方式劝投，令人耳目一新，反响热烈。其特点就是逢人就叫"亲"，演绎的是时尚的"淘宝体"、"仓央嘉措体"。此体一出，立即在网络上爆红，连逃犯看着都"亲"。通过声势浩大的法律政策攻心战，许多在逃人员及家属对相关的法律、政策有了进一步的认识，主动联系并到公安机关投案自首。

福州市公安局警务微博发布公告称："亲，想结束居无定所、四处漂泊的日子吗？想早日回到家人的身边吗？亲，家中的老母已经哭干了眼泪，无助的孩子已经模糊了父亲的模样。亲，现在起至12月15日，您拨打二十四小时免费热线110，包全身体检，包吃住，有许多划算的'优惠套餐'。亲，快回家

江苏省南京市公安局白下分局发布"三国杀"通缉令后，三名逃犯自首（公安部清网行动展览图片）

吧！在外吃不好、睡不好，白天不敢出门，晚上怕见警灯，这哪是人过的日子？回来了，警察会听你诉说的。"

厦门市公安局湖里分局警务微博发布："亲，到派出所自首可享受同等优惠哦，我们还有明亮、宽敞、通风的空调房哦！"此微博受到广大网民的热烈追捧，被大量转发。

一些民警利用自己在歌词创作和古诗词方面的才能，创作和改编了一些劝投歌曲和劝投诗词，收到了意想不到的效果。

河南兰考"80后"民警彭沛创作歌曲《天有尽头》，从在逃人员的视角出发，真实地描述了在逃人员整日提心吊胆、惶惶不可终日的内心世界，用人性化的方式表达了只有迷途知返才是正确选择，被网友称为"清网规劝歌"。歌中唱道："你可知天也有尽头，回头是唯一出口"。歌曲MV在网上发布的当天，就引来众多网民追捧。据统计，歌曲日点击量高达数万。

浙江金华民警创作了《将进酒》版劝诫自首书："君不见，法网恢恢终不漏，天涯海角亦枉然。君不见，高堂明镜悲白发，朝如青丝暮成雪。浪子回头金不换，悬崖勒马莫迟疑……"

福建泉州市公安局民警陈荣省的微博上，一首名为《江城子·追逃》的词引来很多网友转发："十年生死两茫茫，心仓惶，自逃亡。千里孤魂，四处皆凄凉。纵使活着终不易，尘满面，发如霜。夜里被抓遣回乡，小铁窗，卸倦妆。不听规劝，唯有入牢房。料得年年肠断处，家妻儿，日夜望。"

广东江门市公安局蓬江分局民警套用风靡一时的"仓央嘉措体"，在微博上发布劝投公告："你认或不认，事实就在那里，法网恢恢，疏而不漏……你愿或不愿，中秋就要到了，人月能否两团圆？此情此景，在外漂泊的你还能hold住吗？赶紧拨打二十四小时免费热线110，自首圆你回家梦！"

刘金国从公安部清网办工作简报中看到这条劝投公告后，专门批示要求查找到这名民警，然后大笔一挥，直接动用"部长预备金"，奖励一万元。

还有的公安局利用网络游戏模式，设计通缉令，打动了很多网友和部分在逃犯。

江苏省南京市公安局白下分局制作了"三国杀"版通缉令，将命案逃犯姓名、头像、犯罪信息印在"三国杀"各类卡牌中，发动广大网友寻找通缉犯、向警方提供线索，并悬赏缉凶。"三国杀"版通缉令发布后，引来网络微博的迅速转发，两天内就有三名犯罪嫌疑人不堪压力主动投案。在云南丽江涉嫌抢劫的逃犯张某在南京躲避途中，上网看到这一通缉令后，便惶惶不可终日，晚上睡觉时好几次梦见自己成为网上通缉的"三国杀"卡牌里的人物，下场非常悲惨。最终，他不堪压力，在网上查到白下公安分局地址，打车前往该分局自首。

2010年以来，环首都、西北、泛西南、苏浙皖沪等覆盖全国的七大区域警务合作机制全面建成。借助区域警务合作机制和警种间协作机制，各地公安机关通力合作，破除了隐匿在逃人员的"洼地"，创造了一个个协同作战、警务合作的经典案例。

"无论是信息化手段的运用、新型警务机制的尝试，还是全民动员参与追逃，清网行动都是一次烈火真金的考验。上应天意，下顺民心。"公安部警务督察局领导如是说。

各地公安机关尽最大可能规劝在逃人员投案自首，使得这场追逃风暴既打科技牌、法律牌，又打出了感情牌。

各地追逃民警走街串户，纷纷上门，不厌其烦地向在逃人员家属做工作，讲明利害，消除疑虑。

北京市海淀区一位民警给在逃人员家属打了二百余次电话，终于打动在逃人员家属和嫌疑人，使其投案自首。

四川省在清网决战阶段，连续三天发出四道"免死金牌"。10月11日，四川省公、检、法、司四家联合发布《关于敦促在逃犯罪嫌疑人和监狱服刑脱逃人员投案自首的通告》。10月13日，四川省公安厅发布《四川省公安厅致广大人民群众的一封信》和《致在逃人员家属的一封信》。10月14日，省公、检、法、司四家再次发布《关于再次敦促在逃犯罪人员投案自首的通告》。这是只有在特殊的时期、特定的阶段才会出台的特殊政策，通告除了对主动投案自首者予以从轻、减轻甚至免除处罚外，还对在逃人员的强制措施使用、对群众检举举报犯罪嫌疑人的奖励，以及在逃人员自首途径的选择等方面，作出了明确规定。对"可能判处三年以下有期徒刑的在逃犯罪人员投案自首的，依法采取取保候审、监视居住等非羁押性强制措施"，这意味着许多在逃人员在自首后依然享有一定的人身自由，不会立即面对牢狱之苦。

在很多人看来，自首就意味着要到公安机关去交代罪行。但在清网行动中，逃犯不仅可以向公安机关投案，也可以到检察院、法院、监狱或者所在单位、城乡基层组织等有关单位投案。

而自首的方式也更为宽泛，"本人因特殊情况不能在本通告期限内投案自首，委托家属、亲友或以电报、电话、信件等方式，向公安司法机关作出自首保证并及时归案，如实供述自己罪行的，视为在期限内主动投案自首。"暂时无法自首的在逃人员，可以"预约"报名，同样有效。

亲人、朋友犯罪以后，自己爱莫能助？不会。根据通告，"由亲友规劝、陪同投案的犯罪人员，原则上都以投案自首认定。对没有投案自首的在逃犯罪人员，亲友主动检举揭发或将其扭送公安机关的，可视情节对其从宽处罚。"所以，亲友主动配合公安机关，也是在帮在逃人员"赎罪"。

……

第一次见在逃人员王某的堂弟，重庆市九龙坡区公安分局华岩派出所女所长陈炜把自己喝吐了。陈炜说："他信任我了，放松了，才会愿意听我跟他讲道理。"陈炜在清网行动中规劝了十二名逃犯自首，华岩派出所成为重庆市首个"双清零"派出所，辖区内逃犯为零、积案为零。

在江苏省邳州市，每份"劝投书"都独一无二，每名在逃人员涉及的罪名、可能判处的刑罚以及相关政策都一一列明。邳州警方还给在逃人员算了三笔账，那就是逃跑再久也要承担法律责任的法律账、潜逃让家人惶惶不可终日的亲情账、拖到被抓罪刑不减的时间账。这三笔账一算完，很多逃犯投案自首，生怕错过了优惠政策。

浙江台州开通了网上公安局"在线自首"栏目，在逃嫌疑人投案前可预约，这被认为是全国首创，且被赋予法律效力。万一路上被抓到或遇到其他意外，也可以认定他是投案自首，这样就大大减轻了逃犯的思想负担，打消了顾虑。仅仅三个月的时间，就有近二百人网上预约自首。

为了取得嫌疑人家属的信任，河南公安机关会邀请法院、检察院的人员一同劝投。新野县公安局局长卢志远说："如果我一家的承诺你不信，公、检、法都这么说，你总信了吧。"

所有投案自首的逃犯，几乎众口一词：在外潜逃压力太大了，回家才是唯一的出路。

二、清网！你咋不早点儿来？

河南南阳市公安局梅溪派出所民警程建中，一米九三的个头、浓眉大眼的帅小伙。当年曾是河南省队的男篮前锋，获过全国比赛冠军。2000年当上警察，2011年又成了南阳市清网行动中的"冠军"，清网开始一百天就搞定十八个逃犯！就连河南省公安厅的督察人员也怀疑程建中造假。最后一一核对了卷宗，见过所有十八个逃犯后，才竖起大拇指，直夸这个不是警察科班出身的"土八路"有一套。

程建中的这一套，第一招就是攻心战。

清网行动开始之后的一百余天时间里，南阳市公安局梅溪派出所民警程建中连劝带抓，使十八名网上逃犯接连落网（河南省南阳市公安局供图）

哪家破就是他家

2001年元月11日，南阳市东方红歌舞厅发生一起故意伤害致死案，一位市民被四人砍倒，不治身亡。案发后三个嫌疑人落网，唯有拿刀砍人的袁二峰不知下落，这一跑，就是十年。

当年二十六岁的袁二峰跑了，撇下七十多岁的老母亲，还有苦苦守候的妻子和儿子。

程建中和民警刘李斌，提着鸡蛋、牛奶、水果，去找袁二峰的家人。虽然袁二峰家住南阳市卧龙区，可他们家离市区还有一百多里路，住的地方根本不通公路，要走七八里山路才能在村委会门前的公路边搭上大巴车。

下午一点，两人提着大包小包，气喘吁吁从山间小路拐进村，一问袁二峰家，路边玩耍的孩子一指说："哪家破就是他家。"

这个偏僻小山村的房子盖得可不落后，家家户户不是瓦房就是二层小楼。按照孩子的指点，程建中他们推开了村子角落一座茅草屋的大门。

一个十三四岁的男孩子审视着他们，那眼神空洞、犹疑又充满敌意。接着佝偻着腰走出门的是袁二峰七十八岁的老母亲，她身后是一个神情痴呆的中年妇女，满头是草屑。

程建中明白，这三个人就是袁二峰的至亲，儿子、母亲、妻子。

程建中弯腰走进屋子，只见东屋有一口烧柴的大锅，中间屋子有一台破旧的黑白电视机，天线歪倒在桌子边上，除此之外的家具就是西屋的两张旧木床了。屋内的墙上被烟熏得黑黢黢的，尽管外面阳光很好，但屋里依然很暗，而且散发着一股难闻的霉味儿。这一刻，程建中第一次明白了什么叫家徒四壁。

院子里有一棵大皂角树，树荫很好。袁家人没有让他们坐，程建中和刘李斌在院里找了两块木头墩子坐下。程建中对袁母说：“我们是梅溪派出所的，今天来，是想看看你们家二峰有没有消息，劝劝二峰早日回来投案自首，争取宽大处理。”

袁母是个明白人，接过话茬说道：“是啊，我们也想让二峰早点儿回来，可是我们也不知道他在哪里啊。”

程建中听得出，老太太在糊弄他们。见老太太的手上贴了一块胶布，程建中拉起来看看，老太太说不碍事，是被烧火棍不小心烫着了。

程建中连忙顺着往下说：“要是二峰在家，打打工，整点儿山货，经济上不就活泛了？咱家不也可以像别家那样用上煤火炉、电炉子，还受这烟熏火燎的罪？”

袁母叹了一声：“唉，咋说哩。”

程建中见袁母似乎心里有些活动，就又继续劝说：“常言说，儿行千里母担忧，人家那出远门的人，或是读书赶考中状元，或是贩骡子贩马跑生意，可二峰算咋说哩，这啥是行千里，是躲千里、藏千里、漂千里，要是能够早点儿回来，早点儿找政府有个了断，说不定早回家来了，咱也像别人家一样，盖上新房子，换上新彩电。看他跑这么多年，苦了老婆、孩子不说，你这七八十岁的老人也跟着遭罪。”说着，程建中指着正在院里玩耍的孩子说，“这是二峰的娃吧，都这么大了。二峰走时这娃才两三岁吧，二峰不想他娃，难道这娃就没有问过他的爹上哪儿去了？”

这话戳到了老人的痛处，老太太一边抹泪，一边欲言又止。袁妻痴痴呆呆地傍着门框，袁二峰的儿子先是在旁边玩石子，这时也竖起耳朵静静听他们说话。

见天已擦黑，程建中他们告辞出门。在村头，两人一商量，干脆住下来，一鼓作气，把这锅"馍"蒸熟了。

不蒸"馍"也要争口气，程建中在所里号称铁嘴钢牙，要是连个老太太都劝不动，丢不起那个人。

"想你爹不？"

偏僻乡村连个旅店都没有，但村西头有两间已经废弃的旧校舍，里边还有一张旧木板床。两人买回五箱方便面、两箱矿泉水以及蚊香、被子和凉席，直接住了进去。

这一夜，两人把蚊子都喂饱了。早上爬起来拿着洗漱用具到村外的小河边刷牙时，程建中和刘李斌相互看了看，都哈哈笑开了。刘李斌说："在单位你要这个样上班，大家还以为打架让老婆挠的呢。"原来夜间蚊子肆虐，两人狂抓狂挠，背上、脸上甚至耳朵后、脖子上都抓了许多血印子。

吃了方便面，两人又去了袁家。在门口就听到院子里有人说话，孩子在嬉闹，但一推门，却从里面闩死了，怎么喊怎么敲都无人应。喊得急了，袁母在院里说："你们说的话我不想听，袁二峰和我们没有关系，他是他，我们是我们，沟死沟埋、路死路埋，那是他自作自受。"

不能进院说话，那只有隔着院墙谈，反正一墙之隔，墙里头的袁家人也能听得到。程建中说："大娘啊，昨天的话还没有说透哩，我们今天主要是想给你老人家讲讲法律政策，你好和家里人商量，好揣摩揣摩。"

整整一上午，程建中和刘李斌隔着院墙，轮番讲了南阳市公安局关于投案自首的通告，以及有关的法律法规。两个人在外面像开广播会，可院子里始终没人搭腔。

下午，两人没再去。程建中和刘李斌分析，吃闭门羹不是坏事，反正把应该讲的都讲了，今天不开门，正说明昨天夜里他们一定商量过这个事，最起码对袁家人已经有了触动。现在，他们心里矛盾着理不出头绪。哪道菜吃着中意，让袁家人先自个儿品着再说。

第三天一早，天刚亮两人连忙就往袁家赶，好趁袁家开门时进院去。谁知袁家仍是大门紧闭，叫也叫不开。

不开门干脆就不敲了，不如先在村里打听一下袁家的情况。

这一打听，弄得程建中和刘李斌心里都很沉重。袁家在村里本来就是独门独户，袁二峰出事后，村上人更不跟他们来往了，基本上是关着门过日子。袁二峰潜逃后，家里塌了半边天，一家人断了经济来源，袁二峰的妻子患上了间歇性精神病。不仅如此，2009年一开春，袁妻为琐事与邻居吵架，竟将对方打成了轻伤，人家花去医疗费七八千元，正闹着要求赔偿，但袁家哪里拿得起？再说致人轻伤还要承担刑事责任，这个案子至今仍在悬着。

程建中他们正与村人聊着呢，只见袁二峰的儿子出了院门。程建中把孩子叫过来问："想你爹不想？"

孩子低着头，用脚踢着地下的小石头子说："想。"

程建中说："我们是来劝你爹早点儿回来，你奶奶咋不让我们进院？"

孩子依然低着头说："我也不知道。"

程建中拿出一张南阳市公安局规劝投案自首的通告，对孩子说："娃，你拿回去给你奶奶念念，叔叔给你好吃的。"说完，他们把孩子领到住的地方，给了孩子几包方便面和几瓶矿泉水，孩子高兴地一溜烟跑回去了。

第四天一早去敲门，又是闭门羹。两人刚回住的地方，袁二峰的儿子来了。

程建中先是拿出一袋方便面给孩子，然后问："娃，你拿回去的那张纸，给你奶奶念了没有？"

孩子边啃方便面边说："念了，我奶奶听得可认真了，眼泪都下来了。不过，我是隔着字念的，有些字我不认识。"

刘李斌又拿出一张通告，让孩子指指哪些字不认识，然后在这个字头上注上汉语拼音，教读几遍再交给孩子，同时又塞给孩子几包方便面。最后，程建中突然想起来，出门前女儿往他的公文包里装了一盒巧克力。程建中连忙拿出巧克力给孩子，孩子先是不要，程建中便说："你尝尝，好吃，要是你爹回来了，给你们挣钱了，你会有吃不完的巧克力。"

孩子点点头，看样子舍不得吃，把巧克力装进口袋里就跑了。

替逃犯家还债

第五天一大早，两人一开门，只见袁母站在门口。老太太说："警察同志，你们来四天了，难为你们了，上午到我们家去吃个饭吧。我们家虽然穷，但总能把水烧热、把饭煮熟吧。"

见此情形，程建中拉着老太太的手去了袁家。刘李斌连忙上街赶集，买回了米面、青菜和肉。中午，程建中掌勺，袁母烧火，边做饭边唠嗑。

不知道是烟呛的，还是伤心，袁母一边说话一边流泪，絮絮叨叨总是那句车轱辘话："二峰要是在家里，日子咋能过成这样哩。"

程建中趁势说："是啊，二峰这样跑着会有个啥结果？娘不要了，老婆不要了，娃也不要了。啥时候是个头啊，还不如早点儿回来，该咋整咋整，也好早点儿把家置起来。"

不一会儿，午饭做好了，一锅捞面条，肉炒蒜薹的卤子。

边吃午饭，边聊起袁妻打伤人一事，袁母唉叹一声说："人家要八千块，你看俺们家现在这个样，咋赔得起？"

不要说袁二峰是负案在逃，单就袁家现在这个穷破的样子，再加上欠下的一屁股债，恐怕他也不愿意回来。两人一商量，得想办法先把袁二峰妻子的伤害案了结，把他家欠的账平了才行。

第六天一大早，刘李斌赶到袁家，一边帮袁母干活，一边同她唠家常。程建中赶第一班车回到南阳。上午九时多，程建中回到单位，单位同事一听程建中他们这几天的劝投情况和袁家目前所面临的窘境，二话没说就凑了三千元钱。加上程建中和刘李斌的两千元，总共凑齐了五千元。

下午三点，程建中返回了小山村，拿着钱领着袁母，找到与袁妻纠纷的受害方商议。对方见程建中他们与袁家非亲非故，反而这么掏心掏肺地为他们办事，也很感动，降低了赔偿要求，同意五千元达成赔偿协议。

随后，程建中又打电话联系检察机关，检察院的同志们了解到有关情况后，同时考虑到袁妻的精神状况，同意对袁妻不予起诉从轻处理。

只用了一整天，困扰袁家多年的愁事就圆满解决。袁母感动地说："你们这是真心为我们办事啊，二峰回来交到你们手上，不论怎么处理，我们都放心，都没话说。我这就打电话让他哥大峰回来，咱们一起商量商量，咋办这事。"

敢情这家里主事的并不是袁老太太，而是袁大峰。也难怪，家有长子国有大臣，这家里的事还真得长子说了算。

皂角树下嚎啕大哭的老娘

第七天早上，袁母领着袁大峰找到了程建中他们。对于劝说袁二峰投案自首，袁大峰表示同意。但在商量怎么接袁二峰自首的具体细节时，袁大峰总是吞吞吐吐，既怕漏了袁二峰的行踪，又怕程建中他们说话不算数。

程建中和刘李斌为了打消袁大峰的顾虑，两人干脆拉着袁大峰赶到南阳市，去见公安局主管副局长马建峰。

马建峰对袁大峰反复讲解了自首从宽的原则之后，在三人回村的路上，袁大峰才彻底交了实底。

原来，袁二峰潜逃后跑到了广东清远市，生怕露出河南口音被抓，便装成聋哑人在当地以开摩的为生，吃尽千辛万苦也没有挣到几个钱。2007年春天，袁二峰在街上见到一辆警车尾随自己，以为行踪败露，慌忙逃跑时撞在了路边的石头上，车报废了，腿也撞瘸了，因为没钱治病，伤口都化了脓。无奈到医院去消毒包扎，一个打扫卫生的好心人问袁二峰为什么不住院，装哑巴的袁二峰听此人口音是河南南召老乡，立即拿笔写了一张纸条，让这个老乡捎回河南老家，求母亲准备点儿钱捎到清远来治伤。

袁大峰母子见那纸条上的字迹确为袁二峰手书，当即卖了家里仅有的两头猪，凑钱交给那个南召人。再后来，与袁二峰的往来联系都是通过那个南召人捎口信。袁老太太得知二儿子的消息更揪心，她警告袁大峰，要是说出二峰的事，她就上吊自尽。

当天晚上，袁大峰见过马局长返回村里安慰了母亲后，立即去了南召捎信人的家里，问清了袁二峰的联系电话，并打电话给袁二峰，告诉他这些天家里发生的一切。袁二峰答应投案自首，只是想让哥哥再与警察最后敲定一次，就怕警察说话不算数。

第八天，袁大峰和母亲想问程建中要一个准话儿，就是袁二峰投案后会有啥处理结果。程建中不厌其烦地反复解释，为了保证自己说的话算数，说完后再拨通马局长的电话，让马局长在电话里对袁大峰再说一遍投案从宽从轻的政策。

最后，程建中指天发誓："国家政策是铁的，是硬杠杠，我哪里敢造假啊。要相信政府说话是算数的，不能错过机会。我保证二峰枪毙不了，至于坐几年牢我说了不算，得法院判才行。我帮着你们去求法院，只要在法律允许的范围内，能少判点儿就少判点儿，行不行？"

听到这里，袁大峰含着热泪说："你们这些天为俺家做的事，不但俺家人知道，俺们村的人都看到了，您是真心实意对我们家好，对二峰好。你们二位别在这里受这罪了，这三五天，我一定带着二峰去投案自首。"袁大峰说着，弯腿就要往地下跪，程建中急忙搀住他。

山村八日，两个警察终于把这锅"馍"蒸熟了。第九天早晨，两人赶早班车回到单位。

第十天两人一上班，袁大峰就带着弟弟袁二峰来到程建中办公室投案自首。装了十年聋哑人的袁二峰，此时已经接近半失语状态，他磕磕绊绊地说："我相信你们说的一切，相信你们对我家所做的一切，都是真心为我好，为我们家好，谢谢你们！"说完，深深地鞠了一躬。

见袁二峰背着大包小包，程建中一问，袁二峰是刚下长途车就来自首，他连忙叫了一辆车，对袁家兄弟说："刚回来，我先送你们回老家见见亲人，再回来办自首手续吧。"

说完，程建中和刘李斌再次去了那个小山村。程建中知道，袁二峰的老母亲、痴呆的妻子和郁郁寡欢的儿子，此刻正在村口望眼欲穿！

袁二峰的老母亲，她已白发苍苍别无他求，只需要看上儿子一眼就足够了！

站在袁家的皂角树下，袁老太太远远望见逃亡十年的儿子一瘸一拐走来，双手拍膝嚎啕大哭："清网！清网！你咋不早点儿来啊？"

三、替逃犯尽孝

十五年前，两个三十出头的年轻人因为一桩持枪抢劫案，他们的命运交会在一起。

十五年过去了，两人都已年近五旬。当年追逃的派出所长依然是派出所长，杀人逃犯一路躲藏依然难逃法网。只是，这十五年的人生沉淀了太多的恩怨情仇，在两个人的人生道路上留下深深的印痕。甚至不仅仅是印痕，而是一道永远无法愈合的伤痕。

逃亡十五年后，劫匪被派出所长抓住。两人第一次相见，劫匪不逃跑不反抗，而是在派出所长面前长跪不起——子欲养而亲不在，代替他尽孝的却是追踪了他十五年的派出所长……

抢劫万元户

山东的逃犯往东北跑，东北的逃犯落脚地往往在山东，这是清网行动中一个特殊的现象。其中的原因很简单，起码一半的东北人祖籍在山东，山东人与东北有着千丝万缕的关系。

山东人闯关东，山西人走西口，广东人下南洋，是中国乃至世界移民史上的重大事件。而山东人闯关东，规模最大，持续时间最长，迁徙人数也最多，堪称历史壮举。二十世纪六十年代的困难时期，山东沂蒙山地区十几个县市区的老百姓，根据当时的有关政策，成为最后一批闯关东的山东人。

到二十世纪九十年代中期，随着山东经济形势的好转，大批六十年代闯关东的山东人开始回迁。1995年冬天，年近六旬的沈家民带着三十岁的二儿子沈万和，落叶归根回到了祖籍山东沂水县。

当戴着狗皮帽子、穿着黑棉袄、说着跟普通话差不多的东北话的沈万和回到他父亲的村庄时，村里的老少爷们儿羡慕得要命。沈万和也不含糊："我这狗皮帽子不一般，下雪的时候，雪花离帽子一尺高时自动就化了，你说这个皮帽子有多暖和！"

"吹吧，这么能，还逃荒要饭闯关东？三十岁啦，连个媳妇都找不着？"

石金伟在与当事人谈话（丁一鹤供图）

沈万和的堂哥沈万信，望着在他家大吃二喝的沈万和醉醺醺远去的背影，忍不住嘟囔了一句。

也许是在东北的深山老林里懒散惯了，回到山东的沈万和在1995年的整个冬天就是四处混吃混喝。这还不算，他还把一起在东北长大的发小唐钢叫回沂水老家，哥儿俩一起把能走的亲戚都吃喝了几遍。1996年1月，两人吃到了山东临朐县九山镇的朋友沈强家。

当三个人喝得舌头都捋不直的时候，说到过了腊月就是过年。"哪有钱过这个年关啊？连个媳妇都娶不上！"唐钢的一句话捅了沈万和的肺管子。

"没钱咱不会抢啊？你们这里谁家最富？"沈万和问沈强。

"村东老赵是倒腾地瓜干生意的，家里怎么着也有个万儿八千的。"沈强说。

"他不认识咱俩，干脆抢他们去。"沈万和扭头对沈强说，"你去帮我弄杆猎枪用用，不信敲不出钱来。"

沈强就去找了同村的年轻猎户沈林，这个不知死活的家伙，竟然把抢劫当作是绿林好汉劫富济贫，扛着猎枪入了伙。

1996年1月14日下午，四个轮番盯梢、踩点的家伙，看见老赵刚卖出一卡车地瓜干，并且将一大包现金拿回家。当晚，四个劫匪扛着猎枪、砍刀、木棍，闯进了老赵家中。正巧老赵外出收购地瓜干去了，只有老赵的媳妇和女儿在家。四个劫匪将她们捆绑后，将老赵刚拿回家的一万多块钱货款抢走。

那个年代村里的首富叫"万元户"，这一万多元可不是个小数目。

在民风淳朴的沂山脚下，临近春节发生这么大的案子，三十二岁的派出所长石金伟坐不住了，劫匪抓不到，老少爷们儿这个年都过不好啊！

山东沂水县和临朐县相邻，但分别属于临沂市和潍坊市。

案发地临朐警方连夜出击，很快根据土猎枪这个线索，将沈强、沈林两个劫匪抓获。不到半个月，警方又赶到黑龙江省鹤岗市，将仓皇逃回东北的唐钢抓获归案。

但沈万和却音信全无。唐钢交代，他与沈万和犯事后逃回沂水，在听到沈强落网的消息后，两人在沂水县分手，各自逃亡。

第一次去沂水没抓到他们，石金伟又杀了个回马枪，再次赶往沂水县，找到沈万和年近六旬的老父亲沈家民。

沈家民是个朴实的老人，他也不隐瞒，实实在在地说："孩子前几天回来过，说在外面惹大事了，要躲到外地去。我本打算带二小子回山东老家给我养老送终，可这个不成器的二小子，没指望了。我就对他说，我管不了你，你也别管我死活了，能跑多远你就跑多远吧，这辈子别再回来了。第二天他就走了，去哪儿我也不知道。"

令沈家父子和石金伟都没有想到的是，沈家民一语成谶，这一别竟成永诀。

犯罪之后逃亡是出自本性，老人不希望自己儿子进监狱也是出于本性。一个老实巴交的山区农民，其情殷殷，其言可信。石金伟没有再追问下去，只好打道回府。

沈万和被警方上网追逃。

石金伟坚信，但凡逃犯都会跟亲友联系。沈万和的母亲早年去世，沈万和在东北出生，山东老家只有孤苦伶仃的老父亲沈家民，其他亲友没有跟他一起生活过，私交也不深。所以，能找到沈万和的唯一线索，只有沈家民。

比亲儿子还亲的派出所长

1999年9月，石金伟调任临朐县公安局刑警大队三中队队长，追踪沈万和成了他的分内工作。

自此之后，逢年过节，石金伟都要抽空赶一百五十多里山路去沂水，找老人打听沈万和的情况。因为沈家民家里太穷，根本装不起电话，石金伟只好上门打探。

刚开始去沂水，石金伟开警车穿警服鸣着警笛，弄得村里没人不知道沈家民的二小子犯下大罪。虽然沈家民一言不发闷坐在那里，但石金伟注意到，老人的抵触情绪很大。在民风淳朴的沂蒙山区，儿子犯罪，老人根本抬不起头来。

几次去沂水都空手而归，石金伟改变了策略，每次只要开警车，都在离村口很远的地方停下来，换上便服去沈家民家里。再后来，石金伟干脆不开警车，轻车熟路去找沈家民，顺手还把节假日单位发的过节物品带上一份，哪怕带个仨瓜俩枣也不空手。村里人还以为孤寡的沈家民有个城里的亲戚，就问沈家民，沈家民每次都是无言以对。

石金伟知道，沈家民一个孤寡老人不容易，好不容易带着二儿子落叶归根，指望将来养老送终，可这个希望变成了绝望。每次过年过节去沂水，打扰这个可怜的老人，他都有些不忍心，可这是他的分内工作，所以他总是顺手带点儿吃的喝的，从仨瓜俩枣变成了米面油盐。每次去，也不聊别的，就说顺道路过，拉拉家常。

沈家民虽是一介村夫，却也深明大义，多年来他没有任何沈万和的消息，只好说："我这辈子没亏欠过别人，也没得过别人的济。你才比俺家孩子大两岁，俺也不哄你，俺也是白天黑夜盼着孩子有个准信，可孩子不知道是死是活。要是我知道孩子在哪里，我一定带着他去找你投案！"

一年年下来，逢年过节去沂水，成了石金伟的必修课，像回家看望自己的父母一样。

2009年腊月二十三，正是农历小年，已经调任临朐县公安局刑警大队副大队长的石金伟按例提着单位发的一箱刀鱼和十几斤猪肉来到沂水。可进门后他发现老人躺在床上一病不起，小屋里冷得像冰窖。石金伟连忙将老人拉到镇上医院，挂了几瓶吊针后沈家民才缓过来。

看老人可怜，石金伟说："你都病成这样了，还不让你儿子回来啊？养儿防老，就是老二不敢回来，怎么着你也让老大回来照顾照顾你啊！"

"老二这些年一点儿音讯都没有，老大拖家带口那么远，来回一趟花不少钱，就别折腾他们了。再说，老大上哪里我也不知道，上回给我侄子来电话，说是给人家放羊呢。我那俩儿子还不如你呢，要不是你正巧赶上把我送医院来，说不定我连这个年关都过不去啊！"沈家民哀叹着说。

"不管老大还是老二联系你，你一定告诉我啊！起码让他们来给你尽孝啊！"石金伟见沈家民的确没有沈万和的消息，只好将老人送回家，留下二百块钱，回了临朐。

单位同事见石金伟逢年过节一次次提着东西去沂水，逃犯却追不回来，就劝石金伟说："那个劫匪老爹死不开口，你还去个什么劲啊。他儿子都不管，你倒比他孩子还孝顺！"

石金伟说："罪犯的爹也是爹啊，儿子犯罪，他老爹又没错，老头儿没人管可怜啊，见个要饭的咱还给俩馒头呢，何况抓沈万和只有这么一条线索，这线索断了就再也找不到了。你说不对他好点儿，能行吗？"

2010年中秋节，石金伟照例带着单位发的月饼来到沂水。他已调任五井镇派出所担任所长，他带着手下的刑警来认门，准备将这个案子移交一下。

可沈家民那两间低矮的草屋破门紧闭，门前早已荒草萋萋。石金伟连忙去找和沈家民血缘关系最近的侄子沈万信。

沈万信的话让石金伟的心凉透了："我大爷走俩月了！"

"沈万和回来过吗？老人有没有留下什么话？"石金伟急问。

"我堂弟没回来，倒是我大爷临走的时候还念叨你，说你是个好人，比亲儿子还亲。他托我给你带个话，想找沈万和，你就去黑龙江的鹤岗市，沈万和的亲哥哥在那边。我大爷说，沈万和不跟他联系，该和他大哥联系！要是找到沈万和，别忘回来让他在我大爷坟前烧刀纸、磕个头、添把土！"沈万信凄惶地说着，把沈万和大哥在黑龙江鹤岗的地址给了石金伟。

"沈万和的大哥回来没？"石金伟紧追不舍。

"也没回啊，我们都没见过，也不知道怎么联系！"沈万信说，沈家民死后，后事都是街坊邻居帮忙料理的，两个儿子都没回来。

石金伟不敢怠慢，按照沈家民死后留下的地址，直奔黑龙江鹤岗。可是，找到几个知情人，都异口同声说沈万和的大哥举家迁到了内蒙古去帮人放羊了，具体到内蒙古什么地方，谁也不知道。

十几年过去了，沈万和的同案犯唐钢等人陆续刑满释放，这些当年的同伙会不会再聚首呢？但随着连续几个月的跟踪调查，这几个当年的同伙根本没有再联系，各自有了新的生活。

只是沈万和踪迹全无，让石金伟这个慢慢变老的刑警耿耿于怀。2010年石金伟到五井镇当派出所长前，离任时把沈万和的卷宗材料交给了下一任刑警队长。

到2011年，沈万和已潜逃十五年，一直没出现过。

追回不孝之子

2011年清网行动开始后，石金伟对五井镇辖区内的逃犯展开劝投抓捕的同时，仍将沈万和列为重点抓捕对象。石金伟觉得，这辈子抓不住沈万和，一对不起他死去的老父亲沈家民，二对不起被抢的老赵一家，三对不起自己这十五年的辛苦。

2011年10月23日，石金伟已经把五井辖区的逃犯抓得差不多了，他跟派出所教导员高志商量，再去一趟沂水打探一下。高志早从石金伟那里听说过好多遍沈万和了。他说："这趟你别去了，我带人去试试，说不定换换手气有收获呢。"

当天，高志带领民警刘岩来到沂水，这次果然有了新进展。进村不久，高志在走访中从一名村民口中听说，沈万和2011年清明节前后回来过，在堂哥沈万信家住过几天。

十五年了，这是临朐警方第一次找到沈万和的线索。面对这久违的喜讯，高志欣喜若狂，立即到沈万信家查证。

此时，只有沈万信的妻子在家。她先是死活不承认见过沈万和，高志等几个警察一番耐心劝说，她才吞吞吐吐说："清明节前后是来过一个人，说是沈万信的堂兄弟，不知道是不是你们找的人，在俺家待了不到二十分钟就走了。"

高志问："你知道他现在住哪儿吗？他有没有留下住址和电话号码？"沈万信妻子又是一问三不知。

就在这时，眼尖的高志发现床上放着一部手机，假装不经意地问了一句："这手机是谁的？"

"孩子他爹的，他出门都不带。"沈万信妻子实话实说。

高志摁了两下按键，调出手机通讯录，发现只有寥寥十几个号码，都是本地的，其中只有一个电话号码没有存储姓名。细心的高志默默将这个电话号码背了下来。

一出门，高志试着拨打了一下就关掉，这样对方接不到电话，但在高志的手机上，却显示这个电话号码来自北京。

这个电话号码很可疑！

高志连忙把这个号码传给石金伟。经调查，这个手机号的开户地在北京市石景山区，开户时间为2010年，是从街上买的号码，并不显示机主名字，现仍在使用。

警方确认沈万信没有任何亲属或朋友在北京。这个2011年清明节期间存储在沈万信手机里的号码，恰好是沈万和回到沂水的时间，线索直接指向了沈万和！

为了给入土的老人一个交代，也要把沈万和这个不孝之子追回来。2011年11月2日，石金伟带领副所长陈宏召、民警王秀山驱车赶往北京查证。但令他们意想不到的是，从11月3日开始，这个手机号码却连续两天没有开机。难道沈万和已经有所警觉？

不可能，高志在查看电话的时候，只是随手拿起电话按了几个键就放下了，并没引起沈万信妻子的警觉。没开机只能说明这个号码并不常用，只到关键时候才拿出来用。

根据这个思路，石金伟分析机主极有可能在北京石景山区附近活动，而且平时基本上不用手机。

从最底层的建筑工地查起，目标是山东人和东北人聚集的建筑队，石金伟作出决定。这个排查的办法，其实是最冒险的。北京是个国际化的大都市，外来人口数百万，想从如此庞大的人群中查找线索，犹如大海捞针。

但石金伟依然坚持自己的想法。沈万和是个没上过几年学的农民，除了一身力气并无其他特长，他能去的地方只有出大力的建筑工地。另外，这个手机号机主的开机时间大多数是晚上，主要通话地点就在石景山区永定镇一带，这一带是查找的重点。石金伟他们每人手拿一张沈万和十五年前的老照片，在人口密集的石景山区，用最笨最原始的方法展开了调查摸排。

三个穿便装的警察都是一个借口："我们是沈万和山东老家来的，他爹病重，让他回家，再不回家就赶不上了！"

七天之后，在石景山区永定镇的一个建筑工地上，一个与沈万和共事过的工友认出了沈万和。他告诉石金伟，这几天沈万和正在朝阳区一个工地干装修呢。

当然，此时的沈万和已经化名"沈龙"。

11月10日，石金伟三人立即赶往北京市朝阳区，在朝阳公安分局刑警支队的配合下，找到了正在刷墙的沈万和。此时，只有四十五岁的沈万和头发斑白，看起来比实际年龄足足大了十几岁，岁月的风霜在他脸上留下刀劈斧砍般的沟壑，当年持枪抢劫的手，皲裂出一道道血口子。

见到石金伟，沈万和木讷地说："我知道你，我爹死的时候念叨过你。我这个做儿子的，尽的孝道还不如你这个警察！我得谢谢你！可后悔有什么法子啊，我也是个当了爹的人，为了孩子我不敢回家，只能偷偷哭啊！"

说完，沈万和向石金伟一躬到地！

整整十五年，沈万和的逃亡之路终于到了尽头。

逃亡路上还顾得上谁

为当年的持枪抢劫坐牢，沈万和是有心理准备的。可让人到中年的沈万和牵肠挂肚的是，如今他已在北京生下了两个孩子，大儿子十四岁，小女儿九岁，正是成长的关键时期。身为家中顶梁柱的沈万和去蹲了监狱，这两个孩子怎么办？

"我后悔死了！早知道我投案自首啊，早知道我不找对象不生孩子啊！"沈万和在被押解回山东的路上，一路自责一路垂泪，向石金伟讲述了这十五年的逃亡过程。

1996年1月案发后，沈万和回沂水老家，咚咚咚磕了三个响头与父亲告别，然后踏上逃亡之路。他担心警方会找到黑龙江，所以他根本没踏过山海关一步，也没跟他的大哥联系。

沈万和更不敢和独自一人在沂水的老父亲联系，而且也无法联系，老家穷得根本装不起电话，逃亡路上哪里还顾得上尽孝？

沈万和靠着双脚，一路从山东往北走，走到河北地段的时候，看到路边有不少修路的工棚，他就询问包工头要不要人，随后就加入了筑路大军，从此开始了打工生涯。

修路第二年，沈万和认识了一个在工地上做饭的山东聊城女子，工友们把这对大龄男女撮合在一起。1997年底，妻子生下了一个男孩儿，几年后又生下一个女孩儿。

由于沈万和跟妻子没领结婚证，他又没有户口，这两个孩子至今没有落户，随着他们夫妻四处住工棚、租平房。

因为怕在外面惹事被警察抓住，沈万和打工时处处受人欺负。每一次打掉了牙，他都和着血水吞进肚里。时间久了，原本脾气暴躁的沈万和变成了一个哑巴一样的窝囊男人。倒是妻子儿女在极端贫困之下依然对他不离不弃。

后来，他辗转打听到父亲去世的消息，但他不敢回家奔丧，只能躲在打工的工地上偷偷哭泣，然后抹一把泪水，笑着回家把当天的工钱交给妻子。

善良的妻子始终没有问过沈万和的过去，更不知道沈万和在老家犯下如此罪恶。她只相信自己老实巴交男人的一句话："父母双亡，沂水老家早没亲人了。"

2011年清明节，沈万和悄悄回老家，在老父亲的坟前磕了个头、烧了几刀纸钱，又悄悄回了北京。他没有想到，他留给堂哥那个平时他舍不得用的手机号码，暴露了他的行踪。

而现在，逃亡十五年的沈万和终于回到山东老家了，他脸上的皱纹仿佛舒展了很多，也有了丝丝笑意。因为石金伟告诉他，这次清网行动有一些优惠政策，即使他享受不到，石金伟也会帮着做做被抢劫的老赵家的工作，争取老赵一家的原谅，不再深究沈万和，这样判刑的时候会轻一些。

"毕竟十五年过去了，咱都是奔五十的人了，这辈子咱能图个平安就行了！"把沈万和送进看守所的时候，石金伟给沈万和留下这句话。平安是福啊！

望着石金伟转身走开的背影，沈万和嘴巴张了张，又闭上了。他本想喊一声大哥的，但隔着铁栏，一个戴手铐的犯人喊一个警察大哥，他有些张不开口。这一声大哥，只能在心里轻轻地喊！

四、汪洋大海，泅渡无涯

在强大的舆论攻势和政策感召下，清网行动中出现了父劝子、妻劝夫、企业老板劝员工的良好氛围。中央政法机关四部门发布联合通告后，不到两个月，就有大量在逃人员向公安机关投案自首。

清网风暴所过之处，大批"沉寂"多年的网上在逃人员纷纷落网，被害人及家属奔走相告，大量信访积案随之化解，老百姓拍手称快。

千万富豪带老乡自首

清网行动一开始，常州钟楼公安分局西林派出所所长董峰，就来到了常州志宏物流市场，找到了这个市场的老总马健。

因为是老朋友，董峰也就不再拐弯抹角："公安部搞了个清网行动，这次力度不小，要把以前的逃犯都追回来。你这个市场鱼龙混杂，难说有没有藏着一两个逃犯，你帮我盯着点儿。这几天我安排警务站向商户发放一些清网行动的宣传材料，先跟你打个招呼。"

马健一听，爽朗地笑了："要是我这里有犯事儿的，我第一时间给你送过去，你放心吧，我可不愿趟这浑水。"

"搞不好这浑水还得你帮着趟一下啊，我所里有两个逃犯，是你一个县的老乡，事儿不大，也就是偷个仨瓜俩枣的小毛贼。可他们跑了，你帮我劝劝吧，回来自首最好。"董峰说出了来此的最终目的。

说着，董峰把吴刚、葛峰的案卷材料摆在了马健面前。

马健一看，吴刚、葛峰两个安徽萧县籍的年轻人，在常州打工的时候因为想弄点儿钱回家过年，竟然合伙去偷，涉案金额只有两千多元。两人偷完东西就跑了，被钟楼分局西林派出所上网追逃。

"我给打听打听吧，只要能联系上他们家里人，我可以帮忙试试做做工作。不过，这事我可不敢保证能劝回来，你们抓回来都挺费劲，是吧？"马健笑了。

马健之所以这样说，是因为十年前他就从安徽萧县老家来常州打工，从建筑工地的小工做起，经过一番艰苦打拼，在常州和无锡分别拥有了自己的物流企业。虽然身家过千万，但马健致富不忘家乡父老，仅在他的常州志宏物流市场里，从事物流业的萧县籍经营户就达七百多户，从业人员超过三千人。

马健是这三千萧县老乡的头儿，这可不是一个小数目，在这些人中，拐弯抹角怎么也能找到吴刚、葛峰两人的同村人，或者找到他们八竿子打不着的亲戚。

另外一个原因是，马健的企业在常州这么多年，归西林派出所管辖。派出所一直对外来企业照顾有加，服务态度很好。再说物流企业人多事杂，加上这么多老乡聚集在常州唯马健的马首是瞻，难免有些事情麻烦派出所，董峰的这个忙还真不能不帮。

再说，谁不愿在公安局有仨俩的熟人呢，就是没事也以防万一啊。所以，马健答应得很痛快，事情办起来也就雷厉风行。

第二天，马健就找到在他的市场里打工的吴刚、葛峰的同村人，也很快找到了吴刚、葛峰家人的电话。接着，马健就把电话打到了吴刚、葛峰两人的家里。

一听是在老家赫赫有名的大能人马老板打来的电话，老乡一开口也就不再掖着藏着，两家人很快道出了实情：这俩人没跑远，找是能找到，就怕自首了再为那两千多块钱坐几年牢，在家的老婆孩子咋活啊。

接着，马健开始谈清网的政策。可吴刚、葛峰家人只认一条：你马老板的话我们信，要是常州公安局那边说话不算数怎么办啊？进了公安局可就由不得我们这些小老百姓了。

理儿也是这个理儿，的确，马健也不能给董峰打包票，他直接对董峰说："人家想投案，但你说投案就能依法从轻处理，真要把人关进监狱呆个三年五载，还不如在外面跑呢。最后弄得我里外不是人。"

"放心吧，这俩小子是赶上好政策了。你要是还不放心，我亲自跟你到老家走一趟，你不也好久没回萧县老家了嘛，干脆回家一趟看看老人，顺便帮我们把逃犯领回来得了，要不，你的路费我们派出所给你出？"董峰不失时机地将了马健一军。

马健哈哈一笑："算了吧，你们派出所那点儿办案经费，要是有那么多钱追逃，还用我帮你们啊，等我给你们劝回来，请我喝一壶倒是可以。"

为了彻底打消吴刚、葛峰及其家人的疑虑，2011年8月2日，马健、董峰等人一起来到了安徽萧县，马健没来得及回家看望父母，就先跟董峰来到吴刚、葛峰家中。

让马健和董峰措手不及的是，吴刚、葛峰的家人又提了一个要求：常州警察我们不信，我们信萧县的公检法。你们不是说清网行动全国一个政策一个规矩嘛，只要萧县这边的公检法跟你们说法一样，我们全家把人送到常州。

董峰有点儿懵，本以为来了萧县直接就能把逃犯接回去，没想到出了这个岔子。虽说天下公安是一家，要找萧县警方，人家要是先把逃犯劝到自己局里，那可就算萧县的追逃数，到嘴的肥肉可就飞了。即便萧县警察好说话，这萧县检察院和法院咱也不熟啊。

"来了萧县，你不用急，这点儿事难不倒咱们，咱俩这就到县城找人去。"马健豪爽地说。

很快，情况反映到了萧县政法委，政法委领导一听，带着公检法机关的领导，跟着马健和董峰来到了吴刚、葛峰家中。

有当地政法委的领导帮着做工作，两人家里都爽快答应尽快劝孩子自首，他们坦诚地对董峰和马健说："你俩先回常州等好消息吧，我们这就去找孩子，找到孩子就立即送到常州去。"

回到常州，董峰果真自己掏腰包，在派出所附近的一家饭馆请马健喝了一顿酒。喝酒的时候，董峰一高兴，酒桌上就打电话把马健帮着劝回两个逃犯的消息告诉了钟楼分局局长。局长一听，喜上眉梢，连忙说："告诉马健，我也请他喝酒，咱们分局还有两名萧县籍故意伤害案逃犯，只要他能帮着劝回来，想喝什么好酒，任他选！"

董峰把局长的话一转述，马健拍起了胸脯："包在我身上！"

回到常州第三天，热心的马健再次陪同民警回到萧县老家，这次，马健在家乡得到了英雄般的欢迎，两个涉嫌故意伤害的逃犯家属也很快答应劝亲人投案自首。

2011年8月11日，吴刚的父母匆匆赶到常州，住进了马健市场里的一家旅馆。两位老人还是有点儿不放心，怕儿子自首后，常州警方不会像公开宣传的那样给予从宽处理，专程来找老乡马健再次求证。

"只要你们回去劝儿子来投案自首，只要他们能如实向警方交代所有案情，我可以用人格担保依法从轻……你们想想，孩子们东躲西藏也不是个事，逢年过节回趟家还要提心吊胆。自首之后，孩子们就能早点儿重返社会，做个有用的人。"马健的话入情入理。

随后，马健、董峰又带着吴刚的父母，专程到钟楼分局见到了几位局领导。领导的话，让吴刚的父母打消了顾虑。

第二天，他们返回萧县老家，不仅做通了自己儿子的思想工作，还向另外三名逃犯家属传递了这个好消息。

8月25日下午，钟楼公安分局上网的四名萧县籍逃犯一起出现在常州。马健和董峰开车到长途车站接车时，两人会心地笑了。

当晚，马健没有直接领他们去公安局投案，而是以老乡的身份安排他们住在市场的宾馆里，并请四名逃犯和他们的亲人吃了一顿饭。马健端着酒杯说："亲不亲故乡人，咱们萧县老乡能在常州相聚也是缘分，等你们出来后，要是愿意在常州打工，就留在我这个物流市场，我这里永远对萧县老乡敞开！"

8月26日，连续阴霾了多日的天空终于放了晴，在常州市钟楼公安分局大门外，四个来自安徽萧县的年轻男子围聚一起，显得有些局促不安。他们的父母或蹲或坐在路边的牙石上，小声地嘀咕着什么。显然，对于跨进公安局的大门，他们还是有些迟疑。

马健给吴刚打气说："大侄子，不用怕。问题交代清楚就好了，人家不会为难你，放心吧。"

"马叔，您生意做得这么大，工作这么忙，还到我家里来做工作，又陪我一起到公安局，我听您的……"吴刚诚恳地说。

四个年轻人都围拢在马健身边，听马健的最后嘱托："进去以后，好好交代，争取立功的机会，出来后一定要洗心革面、重新做人。家里有困难，我肯定不会不管的，你们放心去吧！"贴切的话语，声声入耳。说完之后，四名负案潜逃三到五年的萧县小伙子，跟着董峰踏上了钟楼公安分局门前的台阶。

站在公安局门口，马健大声喊了一嗓子："出来记着到市场去找我马健！"

公安厅长千里劝投

在清网行动中，四川省有近三分之一的逃犯是投案自首的。

四川省公安厅厅长曾省权面对逃犯亲属，除了晓之以理，还要说同样一句动情的话："我是从农村走出来的，说话一定算数！希望你们劝亲人早日归案自首，争取从轻处理，让这个家早日破镜重圆。"

在曾省权的劝说下，逃亡二十一年的盗窃犯钟某、涉嫌故意杀人潜逃十六年的黄某，主动赶回家乡自首。

二十一年前，家在自贡农村的钟某跟随杨某等人，在自贡的大安、贡井、沿滩、荣县等地，趁夜黑风高之机盗窃拆毁二十多台变压器，当时计算经济损失为十二万余元。1990年10月，自贡市公安局沿滩分局立案侦查。1992年，钟某同伙落网后被法院判刑，只有钟某一人在逃。

在钟某逃亡的二十一年中，追捕他的派出所合并三次，派出所长换了十几任，当初侦办此案的毛头小伙已人到中年，了解案情的老民警只剩下三四个人。公安局的人年年来劝投，连钟某的家人都记不清楚，到底有多少警察来过家里，可钟某的妻子从没答应过，仿佛等待着某个时机的某个人。

2011年10月29日，钟某的家里来了几辆轿车，车上下来几个人。一个年纪看起来六十岁左右的人一进钟家，就热情地与钟某的妻子和二十多岁的儿子打招呼。钟某的妻子搞不清这些人的来头，就愣愣地看着来人。站在边上的自贡市副市长、公安局局长马宏连忙介绍说："这是省公安厅曾厅长，专门来看望你们的。"

钟某的妻子搞不清这个曾厅长是多大的官儿，但他是自贡市副市长陪着来的，那就应该比副市长官儿大。这么大的官儿来干什么？该不是孩子他爹在逃亡路上又犯啥大事了吧？

曾厅长拉着钟某儿子的手，对钟某妻子说："我也是农民出身，年轻时候就在农村工作，知道咱老百姓不容易。尤其孩子他爸爸不在家，缺了顶梁柱，更不容易啊。赶紧让孩子爸爸回来吧，在家千日好，出门一时难啊。"

曾厅长跟钟某的妻子、儿子聊了一个多小时。

临走前，曾厅长专门拉上钟某的妻儿，一定要在钟家门口合影留念。他意味深长地指着钟家大门上的春联说："这上面有'合家欢乐'四个字，我们家家户户都需要合家欢乐，让孩子他爸爸回来吧，我们一定按照政策办。你们自贡、沿滩的两个公安局长都在，我说话算数，一定兑现政策。"

曾厅长离开后，钟某的妻子连续打了两次电话，联系到藏匿在山东烟台的丈夫，让他一定回来投案。钟某的妻子说："那个姓曾的大官儿说了，你回来了，这个家就团圆了。"

曾厅长离开的第二天，也就是10月30日下午，钟某立即从山东烟台动身返乡，31日到西安后，归心似箭的钟某又坐长途客车到了自贡，11月1日马不停蹄打车回到阔别了二十一年的家乡，在妻子和儿子的陪同下到派出所投案自首。

当年钟某逃亡时，在襁褓里的儿子才四十天，二十一年来钟某第一次见到比自己还魁梧高大的儿子。而说起这些年的逃亡经历，钟某说："那不是人过的日子啊，太累了。我干过修路工、建筑工、挖矿工，最苦的时候还捡过垃圾、睡过马路，每次在街上看到警车，我都把头埋得低低的，远远地躲开去。在山东烟台挖金矿时，别人一月拿五千多元，而我只能拿两千多元。老板狠心克扣工钱，别人都可以去劳动部门反映、去闹，而我不敢，只能吃哑巴亏。现在回到家才知道，这世上没有什么地方比家更踏实啊。"

就在钟某回到自贡老家投案自首的同时，2011年10月31日，四川内江市的黄某也结束了十六年的逃亡，带着病妻踏上久违的故土。

曾省权厅长在离开自贡钟某家的第二天，又辗转千里赶到了内江的资中市，当天就打电话把黄某劝了回来。

四十五岁的黄某是四川内江资中市农民，1995年因涉嫌故意杀人潜逃。在这逃亡的十六年中，黄某本来幸福团圆的家庭经历了家破人亡。先是父母离世，接着是妻子罹患绝症，儿子中途辍学，女儿只好寄养在姐姐家中。姐姐一家靠种地和外出打工维持生计，多年帮弟弟抚养女儿更是负担沉重。

曾省权担任过内江市市委书记，得知此事后，见到了黄某的姐姐、姐夫。曾省权对黄某的姐姐说："幺妹儿，我也是地道的农民。从农民角度来讲，我们是一家人；从公安方面来讲，我们更是一家人。这些年，你们夫妇为你弟弟照顾这个女儿付出了许多，其中艰辛可想而知。逃避终究不是办法，你忍心看着你弟弟东躲西藏，整天像惊弓之鸟一样担惊受怕吗？你忍心看你弟弟妻离子散，全家濒临支离破碎的边缘吗？你忍心看着你弟弟的儿女教育缺失，远离父母关爱孤独地成长吗？"望着语重心长的曾厅长，过早衰老的黄某姐姐不由得眼睛湿润了，伸出手将靠在怀里的侄女抱得更紧。

黄某姐姐热泪盈眶地对曾厅长说："这些天来，民警再三来家里做工作，我们知道公安真心为我弟弟好，就四处托人联系。前几天找到了他的手机号，给他打了电话，他想回来自首，但一时放不下得了绝症的妻子。"

得知这一消息，曾厅长说："你给他打个电话，我劝劝他……"

电话拨出去了，黄某接起了电话，曾厅长在电话中说："我是曾省权，不知道你还记得我不，我以前在内江当过市委书记，对资中很有感情。我今天专门接你姐姐、姐夫一起来吃个饭，你的女儿很乖。你现在在哪里啊？身体怎么样？吃住有没有困难啊？"刚刚接通电话，曾厅长一连几句嘘寒问暖，打动了在场的人，显然也打动了电话那头错愕的黄某。

曾厅长继续说："你比我年纪小，算是我的小老弟，你一定要听我的话。你的一双儿女远离父母关爱，他们都需要你啊。听说你妻子生病了，我派人接你们回来好不好？过去做了错事不要紧，希望你从今天起放下包袱，堂堂正正做人。只要回来，家里有困难也不怕，我们会全力帮你渡过难关。"曾厅长诚恳地说，"你回来后，还要好好感谢你的姐姐和姐夫，他们为你们这个家庭付出了许多，非常不容易。"

临挂机时，曾厅长像长者一般，再三解释清网行动的政策，再三嘱咐黄某要懂得感恩家人。

与黄某的姐姐一家合影后，曾厅长吃饭时还将黄某的女儿叫到身边坐下，不时询问女孩儿要喝什么饮料。饭后，曾厅长还赠送给黄某的女儿一份学习用品。

当天晚上七点整，黄某带着病重的妻子赶回内江，向内江市市中区公安分局投案自首。

十六年的逃亡噩梦，在曾厅长的点化下才如梦初醒。十六年前黄某跑到西藏打小工，"5·12"大地震后回到四川，混在灾后重建的临时工队伍中。直到2010年底，患上绝症的妻子千辛万苦找到他，面对不离不弃的妻子，黄某边打工挣钱边为妻子治病。在人生绝望的边缘，曾厅长打来电话，黄某抓住了最后的救命稻草！

乡村路带你回家

江西省横峰县姚家乡百家村的老人林水凤，今年已七十四岁，稀稀疏疏的满头白发披散在脖颈处，上牙床已找不到一颗牙齿。看见照顾她多年的老所长杨喜旺，她扁着嘴巴努了努，几次想说话都说不出来，眼里流下了浑浊的泪。

她的丈夫偏瘫，两个孙子一个七岁、一个两岁，一边一个闷不作声，这老老小小全由林水凤照料。不管春夏秋冬，每天早晨，她要穿四个人的衣服，夏天，还要洗四个人的澡。这些都不算花力气，她还做得了。只是砍柴，望着砍倒在山坡上的柴草，她已经搬不动了。搬不回柴火，饭就吃不上。割稻子她也已弯不下腰，更挑不动谷子，只能用编织袋一点儿一点儿背回家。

本来，这些活儿都应该是她的小儿子干的，可小儿子跑了。

她的小儿子因为多次在火车站抢劫，跑了十年都不敢回家。逃跑的路上还作孽，在外面找了老婆，生下两个孩子，孩子妈知道他是逃犯后，把两个孩子悄悄送回来，自己回了娘家。

两个孩子都是黑户。林水凤已经很老了，哪里养得大这兄弟俩啊？林水凤狠狠心，把两个小娃娃送到孩子外婆家，被孩子外公赶出来："你儿子害了我女儿，还想让两个小孽种来害我们两个老的啊？"

林水凤一路哭着，抱一个，拖一个，回到村里。村里人叫林水凤去法院告儿媳扔下小孩儿不管，可林水凤不忍心，毕竟，孩子妈给老林家留下了两棵苗。

林水凤想给两个孩子办低保，乡政府的人不给办，说罪犯的小孩儿还想赖国家养？没户口，大孙子上不了学，只能漫山遍野乱跑。就这样还不算，乡里计生部门的人说，这俩小孩儿违反计划生育政策，要罚款。林水凤一家刚刚能勉强吃饱饭，拿什么交罚款？

幸亏清网来得及时，曾在乡里当过多年派出所所长的杨喜旺，终于把小儿子从外地劝了回来。这下好了，两个孙子有了爹，林水凤老两口也松了一口气。

说到这里，还得感谢乡里派出所的何所长。林水凤的小儿子劝回来之后，他出了个主意，给爷儿仨做了亲子鉴定，又给两个孩子上了户口。本来要去南昌鉴定的，可是鉴定下来要花费四千多块钱。何所长想了个办法，找了局长周志强，就在县公安局做，一分钱没收。两个孙子都有了户口，分到了口粮地，大孙子也能上学了。

随后，在派出所帮助下，两个孙子吃上了低保，而且林水凤夫妻都超过七十岁，每月有养老金可以领。这样，林水凤就不用再种稻子了。

从看守所看望儿子回来，林水凤老人又流下浑浊的泪，她抹了很久，总是抹不干，最后把贴在额前的白发抹成一团。她扁着漏风的嘴巴说："政府好！公安局对老百姓好！就是清网咋不早点儿来哦？早来我哪用受这么多憋屈啊！"

那一刻，她像受了委屈的孩子。

在横峰县，想让清网行动早点儿来的还有新篁村的徐先和。2009年6月1日，他盗伐国家珍稀植物红豆杉两个立方，被横峰县林业公安分局查获。红豆杉是国家一级保护珍稀植物，有植物中的"活化石"和植物中的"大熊猫"之称。亲友们议论，这次他要么罚款三十万元，要么判刑三十年。一身病痛、家徒四壁的他吓得魂飞魄散，连夜外逃。

五十三岁的徐先和怀揣家里仅有的三百多块钱，从江西一路跑到了内蒙古的包头市。他不敢在城里停留，白天，在别人的乡村路上独自行走，夜里，睡在别人的屋檐下。没有钱的时候，就捡一些路边和垃圾堆里的塑料瓶卖几毛钱。连废铜烂铁他都不敢要，他怕收购站问他这些东西的来路，暴露了自己的身份。

好在几毛钱可以买一个馒头，就着凉水，一天吃两个可以勉强维持生存。为了一块钱一天的伙食，他每天要从清晨转到黄昏，流一天的汗，弯一天的腰，有时候捡不到一块钱的废品，就得挨饿，饿得头昏眼花，连要饭的力气都没有。连续三天没吃的，只好喝凉水哄哄肚子，那个挠心挠肺的滋味，徐先和一辈子也不会忘记！

焦躁、恐惧、营养不良，逃亡路上徐先和病倒了，胸部疼痛难耐，胃部胀痛不已，连水也吞不下去。

难道他要死在五十三岁？所有的角票、硬币凑在一起，只有两块七毛钱。进不了医院，没有吃的，必死无疑。可怜自己死在哪里家人都不知道，他哭得连眼泪都流不出来了！

他决定一路讨饭讨到浙江常山去。他曾经在那儿打过三个月的工，离老家横峰也近。就算一口气缓不上来，也勉强算作落叶归根。

和他一起捡破烂的六位老人一共凑了八百元钱，让他坐火车回家。他不敢坐火车，一段一段地坐短途车往浙江赶。路上，有三回卖票的人见他可怜，没要他的车费。天下的好人实在太多！自己算什么人？好人？砍红豆杉之前是好人，连豆子都没捡过邻居一个。现在是逃犯，逃犯肯定不是好人，那就是坏人。八辈子祖宗的脸都被自己丢尽了！原本老老实实的山里人，居然偷了那么值钱的东西，真是活见鬼！狗日的红豆杉！

在常山，徐先和还是捡破烂。思念、恐惧、痛苦，一刻也没有离开他。他的双腿因为风湿病肿痛得厉害，几乎不能走路。

清网行动开始后，横峰县森林公安局局长徐云群和刑侦队负责人孟文辉分头调查分析了徐先和的三个儿子：老大已成家，性格懦弱作不了主；老二当了上门女婿，夫妻俩在浙江义乌打工；老三尚未成家，在义乌某理发店打工。

2011年8月19日，孟文辉赶到义乌，去找徐先和的二儿子。通情达理的二儿子坦言，我们兄弟几个也想找到爸爸。他身体差，找不回来是要丢命的。

8月21日，他们再次悄悄前往义乌，烈日下蹲守一星期，观察徐先和两个儿子的动静，没有发现徐先和在这里的迹象。

没有踪迹可寻，只能攻心为上。回到横峰后，孟文辉先是打长途跟徐的小儿子长谈，之后开始发短信，告诉徐的小儿子，法律规定的有期徒刑的刑期最高才二十年，根本没有三十年一说，徐先和投案不会判三十年，徐先和犯的罪离二十年还差得远，不信可以在义乌问问懂法律的人，或者上网查查。

9月19日，徐先和的小儿子来短信：我问了，你说得对，自首可以宽大处理吗？

孟文辉随即回短信：只要你父亲投案，局里一定按照政策对他宽大处理。我相信你会帮助父亲的，毕竟血浓于水。不管是有钱的家，还是没钱的家，都要有一个完整的家。

接下来，徐先和的二儿子和二儿媳也来了短信。六十多条短信之后，三个儿子陪着浑身伤病的徐先和回到横峰老家投案自首。

2011年11月18日，上饶火车站，一个满头白发、骨瘦如柴的瘸腿老人拄着拐棍蹒跚而出，三个儿子陪着他。见到孟文辉，徐先和猛然扑倒在地，一边哭喊着："恩人！恩人！"一边叩头不止。

孟文辉连忙搀扶徐先和起来，他怎么也没有想到，这就是两年前还满头青丝的徐先和。

在车上，徐先和的老伴哭得像个泪人："你们的网怎么不早点儿清啊？"

水多泡倒墙

江西省抚州市公安局金巢经济开发区分局，是抚州市人数最少的分局。局长熊晓华从部队转业，担任金巢分局局长之后，他就定了个规矩：有案必破、有逃必追、不留后患。

金巢追逃谋略有效，在于细化劝投工作，降低追逃成本，减少社会治安隐患和社会对立情绪，用熊晓华的话说就是："水多泡倒墙。"

动员逃犯投案自首是一场十分复杂的系列攻心战，是一项需要极大付出的艰苦工作，不仅需要耐心、细致、扎实，同时还需要拓宽思路，因地制宜，因人施策，利用一切可以利用的关系，采取灵活多样的方式，才能取得良好的效果。

王军自小父母离异，十岁的时候父亲又给他娶了个后妈，王军跟后妈一直过不到一块儿去，最后父母管不了，就把王军送去参军。两年后王军退伍，一回到老家，就跟当地的一些社会混混儿混到了一起。

有一天，王军跟着两个小哥们儿开着捷达车在街上风驰电掣，险些和对面一辆货车相撞。货车司机指了一下王军这辆车。这下，王军的哥们儿不干了，三个人提着刀就奔那辆货车而去，拉开车门，把对方拽下来说："怎么着吧，你俩看着办。"

面对三把尖刀，两个货车司机吓得说不出话。既然货车司机不知道怎么办，这哥儿仨先是一顿拳打脚踢，然后点了个道儿说："我们也不为难你俩，拿二百块钱买两条烟给我们消消气。"

两个货车司机都说身上没钱。这哥儿仨哪里肯信，上前摁着司机，翻出一百多元钱，扬长而去之前，还警告货车司机说："别报警，你俩的车号我们可都记住了。"

但司机还是报了警。金巢分局很快锁定了王军等三人。此后不久，其中一名犯罪嫌疑人自首。王军闻讯而逃。

金巢分局刑侦大队教导员张志军负责王军的劝投工作。按照熊晓华的劝投策略，考虑到在逃人员的亲属重传统、要面子、顾亲情的心理共性，上门时不穿警服、不开警车。打听到王军从小跟姑姑一起生活，张志军找到了王军的姑姑。但是，王军逃亡后根本没跟姑姑联系，第一招没起作用。

第二招是借助外力。王军的大伯是张志军的初中语文老师，按说王军的爸爸能听哥哥的话。张志军找上门去，试图借助王军大伯的力量，劝说王军归案。虽然王军的大伯答应下来做工作，但最终还是没有任何效果。张志军催得急了，王军大伯也不耐烦了："抓王军是你们警察的事，抓不到他，你总不能把你恩师抓起来吧？"这话一说，张志军没脾气了。

两招都不好使，张志军使出第三招，发动群众打人民战争。王军家人不是

江西省抚州市公安局金巢分局局长熊晓华与当事人家属交流谈心（洪向峰供图）

怕别人知道孩子是逃犯吗？那就在劝投工作开展过程中，加大宣传攻势，充分发动群众参与，把《关于敦促在逃犯罪嫌疑人自首的公告》在王军家附近和他家人可能去的地方广泛张贴，敦促逃犯投案自首，争取从宽处理。借助入户走访等方式，发动广大群众对逃犯亲友和逃犯进行攻心，将追逃工作由"公安效应"上升为"社会效应"，打一场追逃的攻心战。

这三招下来，效果还是不怎么样。张志军跟熊晓华汇报后，熊晓华说："不着急，咱招数还多着呢，单纯的政策攻心往往很难直接达到劝投目的，只有追捕的脚步离其越来越近，在逃人员到了山穷水尽、走投无路的时刻，其投案自首的决心才会越来越坚定。你现在把重心放在追捕上，让王军家人知道，警方在全力抓捕他。"

张志军立即展开强大的外部追捕高压态势，不断挤压王军家人的心理空间，让王军亲属切实感受到公安机关抓捕王军的决心和信心，最大限度地击破其侥幸心理。参战民警一方面加大对王军亲属的宣传力度，另一方面毫不放松对王军的调查和追捕。

张志军实施高压态势这是第四招，同时，熊晓华使出第五招，安排分管刑侦的副局长祝文祥直接找到了王军父亲的老板，请他做王军父亲的工作，老板爽快地答应了。

熊晓华的这一招叫加码劝投，是分层次进行劝投，依据不同阶段，出动不同规劝人员，逐步施加压力。劝投人员从办案民警到科所队长，再到分管局长，最后是局长出面，按照这个顺序，使劝投有锲而不舍的连续性，绝不寄希望于一两次偶然的劝投工作就把逃犯劝回来。

果然，这一招开始见效，祝文祥副局长与工厂老板和王军的父亲见面后，既表明了公安机关不抓到逃犯决不收兵的决心，又说明政策、分析利害，消除王军父亲的顾虑。当王军父亲得知王军的同伙自首得到法院判缓刑的消息后，他也看到了希望，与其在外面躲藏，还不如投案自首得到依法从轻处理。

但是，王军父亲答应下来，却迟迟不见动静。

前两个批次的劝投虽然没有结果，但经过几十次的劝说，强大的宣传攻势加上警方放出风来已经掌握了王军的动向，时刻准备抓捕，此时的王军父亲，就像雨季中的危墙，只需要再加一场及时雨，就能把这堵横在警方和逃犯之间的墙泡松、泡软、泡倒。最后，熊晓华来到了王军家里。

果然，王军父亲在跟熊晓华局长聊了一个多小时之后说："局长，我信你的，我这就把孩子从深圳叫回来。"

原来，王军逃亡后，他的父亲时常处于忧愁、担心、焦虑的状态。而王军也经受着、恐慌、孤独、无奈、思乡的精神折磨和心理压力。2011年11月16日，王军在父亲的陪同下，来到抚州市公安局金巢分局自首。

五、亲娘的煎熬

辽宁锦州的黑山、凌河都是辽沈战役的主战场，中国战争史上著名的黑山阻击战就发生在这里。

黑脸的马刚、白脸的韩俊，在清网行动之前，分别担任黑山县公安局局长、锦州市公安局凌河分局局长。而且两人共同面对的是两个杀人逃犯，一个亡命八载，一个出逃十七年，两人身负血债、浪迹天涯。为了让两个命案逃犯归案自首，两个局长作出了同一个选择，找逃犯的母亲劝投。

哪一位母亲愿意把自己的孩子亲手送上刑场、送进监狱？她们会承受多少心理煎熬？她们该用什么样的方式擦拭儿子的悔泪？

带儿自首还是继续隐藏，两个母亲在煎熬；是请君入瓮还是放虎归山，两个公安局长也在纠结。在这场博弈中，谁的心情都不轻松！

两个一言不发的母亲

2011年一个春寒料峭的清晨，辽宁省锦州市黑山县公安局刑警大队一中队中队长梁吉，迎着刺骨的寒风赶到八道壕镇去找王彪的母亲。

在梁吉的职业生涯中，这是最让他头疼的一项任务。王彪是黑山县公安局通缉追捕的杀人逃犯，已经逃亡了八年，梁吉也劝了八年。

王彪是个孝子，仅凭这一点，梁吉就坚信，王彪无论跑多远，都会跟孤身一人的老母亲保持某种联系。想要抓到王彪，最好的突破口就是他的母亲。梁吉就冲着这份母子之爱和这份亲情，一次次奔波在黑山县城与八道壕的路上，尽管他经常吃到的是一份闭门羹。

但梁吉能理解，你去抓人家亲儿子，人家老太太能不反感吗？

再反感也得去，不然完不成任务。孤身一人的王彪母亲已经七十多岁了，没有任何经济收入，每月只能靠镇上给的那点儿低保费生活。梁吉到八道壕探望王彪母亲，都会给老人捎点儿大米、豆油什么的。

但无论梁吉做什么，老太太自始至终没有透露王彪的半点儿信息。

梁吉也不说什么，依然坚持着往来于黑山与八道壕之间，风雨无阻！

在锦州，雷打不动每周都到凌河分局"上班"的，还有一位年逾古稀的老太太，这位老人在儿子董某十七年前被徐亮杀害之后，上访了十七年。十七年中，她从歇斯底里的哭喊变成了心平气和的倾诉，新上任的凌河分局局长韩俊接待老人时，奇怪地发现，这个老太太从来不吵不喊，但她平静地诉说自己老来丧子之痛时，那冷静的话语像一只攥住你心脏的手，一下一下，拽得人心疼。

因为这种心疼，逃犯徐亮的名字成了凌河公安分局的一个梦魇。而董某老母亲每周到公安局"上班"的那份执著，更像一根尖刺扎在凌河民警的心头。

为了给老人一个说法，十七年来，凌河分局的历任局长、刑警队长，都费尽全力抓捕徐亮。除东北三省之外，河北、山东、江苏，但凡能得到一丝一毫线索的地方，凌河警方都要赶去追捕。这不计其数的追捕行动花费了几十万元，最后都扑了空。

凌河的局长和刑警队长换了好几茬，但专案组一直没有撤。

与黑山的梁吉一样，凌河分局刑警大队副大队长魏志炜也是徐亮母亲家的常客。徐亮的母亲原来是凌河一个街道的社区书记，魏志炜几次做工作，她都表态说："如果联系上徐亮，肯定劝他归案，肯定给你送到公安机关。"

但在徐亮母亲通情达理的背后，却是敷衍和推脱。她始终否认和徐亮有任何联系，话外的意思是我不是不想找，是我找不到，既然找不到，就没法劝徐亮回来自首。

而根据魏志炜的调查分析，徐亮与黑山追捕的王彪性格相似，为人仗义，对父母非常孝顺。而徐亮的父亲精神状况不太好，他跟母亲肯定会有联系。

但两地警方对于逃犯与母亲联系的猜测，始终得不到有利的证据支持。同时，他们十分清楚，让一位母亲把自己犯下命案的孩子亲手送上刑场、送进监狱，事情可没有那么简单。无论王彪母亲的一言不发，还是徐亮母亲的通情达理，都像镜花水月那样不真实。

但王彪和徐亮犯下的都是命案，杀人偿命欠债还钱的道理，谁都懂。

那个血染的夜

徐亮犯下命案是在1994年3月的一个夜晚，在锦州凌河的一个小树林中，一场仇人之间的对决悄然展开。一方是带着猎枪的徐亮和手持菜刀石块的两个帮手，一方是赤手空拳的董某。双方一见面，徐亮的帮手将菜刀和石块向董某招呼，接着是徐亮手中的猎枪喷出两道火焰，在两声沉闷的枪响之后，董某当场死亡。

徐亮杀人出气之后亡命天涯，而痛失爱子的董某父母，在最初的震惊之后，开始以自己的方式向凌河分局的领导和刑警们，诉说着撕心裂肺的丧子之痛，催促他们尽快抓到凶手。

凌河分局刑警大队副大队长魏志炜每周都能看见董某的老母亲，风雨无阻地来公安局上访，从六十多岁到将近八十岁，十七年来老人只干了这一件事。

更让凌河分局全体民警羞愧的是，董某的父亲在2009年去世时，临终前的那一刻，老泪纵横的董大爷紧紧抓着前来探望他的凌河公安分局领导的手，喃喃地说："徐亮没抓到，让我怎么去见九泉之下的儿子？怎么跟我儿子交代啊？"

而黑山县的王彪，与徐亮极其相似。

2003年3月的一个夜晚，在黑山县八道壕镇的一个饭店，聂某正跟老板商议明天的宴席，他要给孩子办满月酒。

聂某跟老板边喝酒边谈事，醉醺醺的王彪走了进来，在酒桌上多了几句嘴。聂某不愿和一个醉汉纠缠，让王彪一边呆着去。一言不合，两人趁着酒劲斯打着出了饭店。出门时王彪拿了一把水果刀，将聂某乱刀扎倒，又将一个劝架的人扎伤，骑上摩托车就跑了，这一逃就是八年。

如同徐亮一样，王彪的名字也成为了黑山县公安局的一块心病。

聂某被王彪扎死后，刚刚满月的幼子被送给外人，而妻子则改嫁他人。本该幸福和美的家庭，被王彪那把带血的尖刀，切割得七零八落，最后家里只剩下聂某年迈的老母亲，孤身一人以泪洗面，眼睛都快哭瞎了。每次到公安局上访的时候，她都要拄着根拐棍儿，见了人先摸摸索索一番，然后坐下就哭，哭完了撩起袖口擦一把眼泪，再拄着拐棍儿颤颤巍巍离开公安局。

老人的眼睛几乎看不见东西，她说："趁我还能模模糊糊看得见人影，你们快把王彪抓回来吧，你们总要让我这瞎眼老婆子见见是谁杀了我儿子吧？"

两起命案让两个家庭妻离子散、家破人亡，犯罪嫌疑人在逃，被害人的母亲风雨无阻地上访，成为压在办案人员心头的千斤重担。逃犯得不到法律制裁，对法律是践踏；抓不回逃犯，对被害人和他们的亲人更不公平。

把儿子送上刑场？

两起命案，四个家庭支离破碎；一时冲动，四位母亲肝肠寸断。生离如死别，儿子亡命天涯，母亲望穿一双泪眼；儿子被害丧命，白发人送黑发人，母亲们苦熬无数日夜。

两地警方年年抓、年年劝，年年劝不回、抓不到。自知罪孽深重的徐亮和王彪，隐姓埋名，远走高飞。能否把他们抓捕归案，对于所有参战的民警都是一个未知数。

徐亮和王彪一时的冲动，也给自己的家庭带来无尽的耻辱和痛苦。身为逃犯的母亲，内心的彷徨与无助，精神的煎熬与折磨，警方的一次次来访，让她们度过无数个不眠之夜。工作做到最后，两位母亲对警方的回答惊人地一致："只要知道孩子下落，一定给你们送去！"

黑山县公安局在王彪母亲那里找不到突破口，开始调查王彪的其他亲属，而随着调查的深入，王彪母亲的不幸遭遇震撼了办案人员。

王彪的父亲是八道壕煤矿职工，王彪杀人后父亲气绝身亡。王彪原有兄弟四人，三个哥哥都出了意外。老大出车祸死了，老二十多岁的时候走丢了，老三十来岁又被狗咬死了。四个儿子只剩下杀人逃亡的王彪，暂时还活在这个世界上。面对已经失去了三个儿子的母亲，办案人员心里明白，王彪制造的血案一死一伤，如果被抓捕归案，很可能被判死刑，不但意味着老王家从此断了香火成为绝户，还意味着无人给王彪的母亲养老送终。

让梁吉纠结的是，无论怎么同情王彪的母亲，只能在法律的限度内争取在定罪量刑上对王彪从轻，毕竟法不容情，王彪必须给被害人一个交代，给法律一个交代。

在黑山，警方无法从王彪母亲那里得到任何线索，而凌河分局虽然得到了徐亮母亲的承诺，可是她始终不承认与儿子有任何联系。警方没有办法从逃犯家人身上找到任何案件的突破口。

就在这两起案件的侦破陷入僵局时，清网行动开始了，两地警方再次看到了希望的曙光。毕竟，对于那些身负命案的逃犯，这次清网行动的好政策前所未有，对那些自首的命案逃犯，可以说是一次机会。

黑山县公、检、法三家联合追逃，公安局长、检察长、法院院长联合到逃犯的亲属家去做工作。黑山县公安局局长马刚认为，王彪母亲之前拒绝配合警方的主要原因，是她不能承受丧子之痛。而按照清网行动的新政策，如果她劝王彪投案自首，有可能保住王彪一条命，对老人来讲也是一种解脱。

　　随后，派出所长，刑警队长，公安局政委、局长轮番去做王彪母亲的工作，连法院院长、检察院检察长也一起来劝，一句话："你只要劝儿子回来就能依法从轻！"

　　清网行动开始之后，黑山、凌河从街头巷尾的流动警务车，到群众活动广场的大屏幕，从派出所的服务窗口，到社区街道的告示栏，都在宣传着有关清网行动和国家四部委联合通告的相关信息。

　　网上逃犯末路穷途，警方对劝投充满期待，但逃犯家属的内心依然彷徨。在这种情况下，公安机关只能"上手段"。

　　就像重庆谈判，最好的手段就是边打边谈，你要不把对方打得龇牙咧嘴地疼，对方绝不松口。

　　黑山警方决定：一方面继续加大对王彪母亲的工作力度，另一方面派出侦查员在八道壕镇进行布控。

　　作为母亲，对自己儿子所应受到的法律制裁，总是心存顾虑。凌河公安分局在做徐亮母亲的工作时，也面临着同样的困境。

　　凌河分局刑警大队长孙海洋对徐亮母亲说："大姨啊，你带徐亮来投案吧，现在这政策多好。"

　　徐亮母亲抬头瞅瞅孙海洋问："他投案能从轻吗？"

　　孙海洋一连串说着："只要投案自首，一定能依法从轻！"

　　徐亮母亲同警方打了这么多年的交道，始终不承认与徐亮有任何联系，这次，她能敞开心扉向孙海洋提出如此敏感的问题，说明她的心态已经发生重大转变。最后徐亮母亲说："你们给我三天时间，我把他找回来。"

　　与此同时，凌河分局派出警力对徐亮家周边进行二十四小时全天候监控。黑山、凌河两地警方几乎采取了同样的策略，以规劝为重点，规劝不成就寻找战机抓捕。

　　两位逃犯的母亲，背负着逃犯家属的耻辱，默默思念着浪迹天涯的儿子，在两难的困境中煎熬，进行着心灵的挣扎。

法律的温度

2011年11月2日晚上十一点多，负责监视的凌河分局侦查员，突然发现徐亮家的单元楼内有个人影闪过。按照常理，回家的人一定会开灯，但此人进楼以后，任何一户的灯光都没有亮。

哪怕是进了盗贼，也会有些打斗的声音，但整个楼里没有任何动静。整整一个晚上，此人再也没有出来，是不是逃亡十七年的徐亮回家了？

得到消息的孙海洋说："采取围而不打的策略，要是徐亮，应该是投案来的。"

在逃十七年的犯罪嫌疑人徐亮要投案了，这让凌河分局的全体参战民警都兴奋异常。

但在黑山县，马刚期待的结果并未出现。一辈子的苦难已经让王彪母亲的心坚硬如铁，面对一次次上门来访的办案人员，她有一套应付办法。警方问起她还有什么亲人时，她反复强调自己孤身一人无依无靠。但警方知道她有个妹妹住在辽宁省绥中县，她隐瞒妹妹意味着什么？王彪会不会藏在那里？

黑山警方注意到，王彪母亲家里没电话，打电话只能到附近的几个公用电话亭去。办案人员找到附近几部公用电话的业主，要求他们留意老太太的电话内容。

时隔不久，一个公用电话业主向警方反映，王彪母亲打电话时说："现在形势挺紧哪，你告诉小立一声，这两天我感觉不好，你让二立躲好喽，扎点儿红绳避一避。"

王彪母亲拨打的电话，正是绥中县妹妹家的固定电话。

那么，小立是谁？二立是谁？会不会就是王彪？

就在黑山县公安局捕捉到了逃犯王彪与家里联系的蛛丝马迹之时，凌河分局那边出现了千载难逢的战机。负责蹲守的刑警大队副大队长魏志炜，悄悄地摸进了楼里，把耳朵贴在徐亮家门上，只听见徐亮的母亲说："投不投案就取决于你自己了……"

一定是在劝说徐亮投案，监控的民警非常兴奋，摩拳擦掌准备出击，但凌河分局局长韩俊冷静地告诉所有的办案人员说："先不要抓他，咱不能不讲诚信，给他一点儿时间。"

　　凌河分局给了徐亮和母亲商量的机会，但难熬的一夜过去之后，也就是徐亮回家的第二天上午，警方期待的自首场面没有出现。为了敦促徐亮投案自首，刑警大队长孙海洋敲开了徐亮母亲的家门，但孙海洋并没有发现徐亮。而警察已经包围了整个楼，不可能放走徐亮，他肯定是躲在家里的隐蔽之处。

　　为了打消徐亮母亲的顾虑，孙海洋决定请局长韩俊亲自面谈一次，给徐亮最后一个机会。下午两点，徐亮的父母和家人被请到凌河分局会议室，在与韩俊的谈话中，徐亮母亲突然说："再给我十天到十五天时间吧。"

　　韩俊非常清楚，徐亮此时就藏在父母家中。为了促使徐亮自首，凌河分局当场向徐亮家人作出六项承诺，白纸黑字，还盖上了凌河分局的公章。国家能给的政策，都给了。

　　但面对盖着鲜红大印的郑重承诺，三个多小时过去了，徐亮家人始终没吐口。

　　漫长的等待，对凌河分局所有参战民警都是一种煎熬。会议室内的僵局一直在持续，一个逃了十七年的命案逃犯就在眼前，唾手可得，可是就为了之前曾经的许诺，韩俊和孙海洋只好继续劝说，继续等待。

　　眼看天色已晚，韩俊和孙海洋走出会议室……

　　在凌河的僵持中，黑山警方的进展却很顺利。他们赶赴绥中后，很快找到小名里带"立"字的王彪表姐，并查到王彪藏匿在天津一个烧烤店打工。

　　办案人员火速赶往天津，找到了王彪化名"二立"打工的锦州烧烤店，烧烤店牌子上的电话，正是警方事先掌握的那个号码。

　　王彪一出门，中队长梁吉上前把王彪拽进了警车。在回锦州的路上，梁吉问王彪："你老妈啥情况知不知道？"

　　一提老母亲，王彪眼泪汪汪："我对不起我妈，对不起人家孩子。"

　　王彪落网之后，警方还面临着另一个大难题。按规定，抓到嫌疑人二十四小时内要通知家属。办案人员深知，王彪落网的消息对他的母亲意味着什么。

　　听说王彪被捕，老人泣不成声，可怎么后悔都晚了。老母亲盼着王彪将来能给自己送终，但已经七十多岁的老人也明白，如果王彪被抓住，也就不能给她送终了。而她为了这个渺茫的指望，错失了挽救孩子的良机。

几乎就在王彪落网的同时，韩俊在苦口婆心劝说徐亮家人三个多小时无果之后，走出会议室下达了破门抓捕徐亮的命令。当侦查员打开碗柜拖出徐亮时，他突然撕心裂肺地喊了起来："我投案！我投案！我投案！我是徐亮。"

这句话，凌河警方等了十七年，但此时此地，徐亮说得太迟了。

这场抓捕让韩俊和孙海洋他们的内心充满悲凉。当他们把这个消息告诉还在会议室跟警方玩捉迷藏的徐亮一家，并告知徐亮不符合任何从轻或减轻处罚的政策时，他们顿时哑口无言，傻在了那里。

两个母亲都没迈出劝子自首的那一步，但警方无法继续等待，不论为了良心还是为了警察的荣誉，他们都该将逃犯绳之以法。

王彪的母亲天天在家以泪洗面，双手捶打着炕席，将土炕捶打出了一个洞。而徐亮的母亲悔恨交加住进了医院，但是，再好的大夫也无法医治她心灵的痛苦。

得知徐亮被抓的消息后，被害人董某的母亲专门凑钱制作了一面锦旗，挂着拐棍来到她上访了十七年的凌河分局，她要亲眼看看徐亮的样子，还要跪谢韩俊，她觉得是这个新上任的局长让她死能瞑目。

一把拉起颤颤巍巍的老人，韩俊说："大姨，谁当这个局长，逃犯都得抓回来，一个都不能少。"

在清网行动中，法律是有温度的，而这种温度是有前提的，过了这个村就没那个店，冥顽不化，错过了好政策，只能自认倒霉。

不管两位逃犯的母亲多么令人同情，但是法不容情。没有母亲愿意将儿子亲手送上刑场、送进监狱，两位母亲的心情我们能够理解。但在人生抉择的关键处，把儿子引向光明的道路，更是母亲在煎熬中应该作出的理性抉择。

对于警方的手段和决心，决不能心存侥幸。中国警方的高科技追逃手段日新月异，你就是孙猴子，也终究逃不过如来佛的掌心。

第五章 拉网咏叹

心眼对心眼，钢刀对钢刀！

追逃是警察与逃犯面对面的较量，在这场比心理、比耐力、比智力、比勇气的较量中，谁能坚持到底，谁就是最后的胜利者。

所谓道高一尺，魔高一丈，指的就是这种较量。既然警察敢撒下千张网，目标就是一网打尽！追逃犯跟捕鱼一样，抓不同的鱼当然要下不同的网，收网的方式也各有不同。但收网者一定要机智、勇敢、百折不挠，要与逃犯斗智斗勇、见招拆招，才能最终打赢清网战役。

江西省横峰县公安局政工科长杨喜旺到看守所与逃犯张建涛谈话，了解案情（丁一鹤供图）

一、狭路相逢

牛眼、牛脸、说话满口大碴子味，偶尔还带点儿俏皮话。辽宁省岫岩县公安局刑警大队副大队长王大伟，给人的第一印象就一个字：虎！

在东北话中，这个"虎"字可不完全是褒义，多少还带点儿"愣"的意思。主要是说一个人做事不过脑子，不考虑后果，跟我们常说的"二"，基本

在清网行动报告会上的
王大伟（丁一鹤供图）

上算半斤八两。

2012年6月，在公安部组织的十五个全国巡回演讲的英模中，王大伟始终是最受关注的一个。他那满口大馇子味的东北普通话演讲起来，观众常常报以热烈掌声，一是为他追逃路上的"虎"捏一把汗，二是为他的"狐"会心一笑，甚至哈哈大笑！

三国猛张飞粗中有细，这个王大伟在追逃路上，每遇生死时刻都会使出匪夷所思的计谋，在化险为夷的同时将逃犯制伏，真可谓"虎有狐计"。

意外中的意外

明知对方是杀人逃犯，明知逃犯手持利器，身为警察，在诱敌上钩时，你敢不敢把最脆弱的软肋让给罪犯？

王大伟敢！

王大伟赌的是杀人逃犯王旭峰不敢！

王旭峰是辽宁籍的持枪杀人逃犯，十六年前，他伙同王恩杰在吉林用猎枪和匕首杀死两人后销声匿迹，吉林、辽宁两地警方追踪多年都没有结果。这两人的照片，一直挂在辽宁省岫岩县公安局刑警队的逃犯墙上。王大伟从十四年前当警察开始，一盯就盯了十四年。十四年来，王大伟是岫岩县公安局专司追逃的警察，从小警察干到中队长，王旭峰成为压在王大伟心上的石头。王旭峰的照片，也成了贴在他脸上的耻辱。

2011年5月清网行动开始后，局领导指着逃犯墙上王旭峰和王恩杰的照片说："这俩家伙的照片在咱们刑警队的时间最长，再逮不着他们俩，别说老百姓瞧不起咱，刑警队自己都没脸见人。"

听了这话，王大伟脸上直发烧。第二天一大早，王大伟就带队去了吉林。在路上，王大伟对战友说："这趟出来，再搂不着这两个家伙，我王大伟就没脸回岫岩！"

到了吉林案发地，王大伟和同事一头扎进案件卷宗里，对笔录里的每句话都仔细研究，并对涉案的三十多个知情人逐个做了电话回访，足足工作了一星期。最后，终于获悉王旭峰和王恩杰已经逃亡到抚顺打工，而且是被同一名老板所雇。

王大伟马不停蹄赶到抚顺，几经周折，终于在抚顺找到了这个老板，从他嘴里掏出一条重要信息：王旭峰就藏在抚顺市一栋居民楼的502房间。听到这句话，王大伟将信将疑，连忙打电话告诉岫岩那边，等摸准情况后，再派大部队抓捕。

随后，王大伟带着一位同事赶到了王旭峰躲藏的那栋楼下抵近侦查。按照老板的提示，王大伟发现502和402的窗户全开着。

为防止打草惊蛇，王大伟决定先从402入手，打听楼上住的究竟是不是王旭峰。

把车停在楼下之后，王大伟他们走进楼门。刚敲两下402的门，门就砰的一声从里面打开了。当王大伟看到开门人的一刹那，头皮一下麻了，连头发根都竖起来了：此人正是王旭峰！

在逃犯墙上盯了十几年，王大伟做梦都能记得王旭峰那凶神恶煞的样子。

王大伟一下子明白了，那个小老板故意把402房说成502房，就是想给王旭峰一个逃跑机会。402、502的一字之差，却让王大伟措手不及。

因为只是抵近侦查，王大伟和同事既没带枪，又没带手铐。干过刑警的都知道，赤手空拳遭遇一名持枪杀人逃犯，就跟碰上困在笼子里的野兽一样，对方指定玩命。

王大伟大脑突然一片空白，原来想好的对话全都不管用，脑子里只剩下三个字：怎么办？

两人足足对视了十秒钟。王旭峰突然见到陌生来客，他万分警觉。两人的脑门上都冒出细密的汗珠，王旭峰的右手慢慢地靠向身后。

难道他有枪？！

此时，王大伟手上哪怕有根烧火棍，都会冲上去拿下这小子。可他两手空空，如果冒险强攻，肯定会遭到暴力反抗，何况王大伟还不知道屋里到底什么情况。一旦有同伙，别说抓人，王大伟和同事没准儿都得搭进去。

时间已经不容王大伟再考虑，反正王旭峰已怀疑王大伟他们的身份了，王大伟决定冒险赌一把。

王大伟从怀里掏出警官证，故意压低声音说："我们是刑警队的，要抓一个叫王恩杰的人，听口音你是他的老乡吧？"

王旭峰见王大伟没认出他，而且抓的是另一个人，他紧张的神情略有缓和，那只摸向身后的手不自然地抬起来，挠了挠头说："我也挺长时间没看着他了，他不在这儿。"说着就要关门。

王大伟一把拽住房门，故意把王旭峰扒拉到一边，摆出一副目中无人的牛哄哄架势，冲进屋里东翻翻西敲敲，四处查看发现没有别人后，故意不回头，却大声嚷着问："王恩杰不在这里住吗？"

王大伟的同事站在门外，守住了门口。

把软肋"留"给敌手

看到王大伟根本没把他放在眼里，王旭峰当下心安了，看来这两个傻警察果然不是来抓自己的。他也虚张声势，口气强硬地吼道："都告诉你们了，王恩杰不在这儿住，你们听不懂中国话啊！"

其实，此时王大伟的神经都快绷断了。都在演戏，就看谁演得像，谁能从心理上战胜对方。

王大伟随即装出一副很失望的样子，掏出手机拨了一个号码说："喂，队长啊，你这什么破线索，王恩杰根本不在这儿住，你就别让武警、特警、狙击手他们上来了，这里就他一老乡，等我问完话马上下去，准备撤吧。"

挂断电话，王大伟不耐烦地对王旭峰说："你也真够倒霉的，摊上王恩杰这么个惹事的老乡，你还得帮我们回去做个材料。对了，你叫啥名来着？"

说着，王大伟把手伸到后腰上，假装拿手铐，想试探王旭峰的反应。王旭峰顿时紧张地说："我叫杨大庆。"与此同时，王旭峰的那只手，不由自主地又一次摸向身后。

看他这种谨慎的自卫反应，王大伟把手缩了回来，不耐烦地对王旭峰摆摆手说："算啦，算啦，你也不是我们要抓的人，就不给你上铐子了。你跟我们溜达一趟，做完笔录就回来。"

这时，王大伟已经断定，王旭峰的身后指定藏着家伙，不是刀，就是枪。

见王大伟满不在乎的样子，王旭峰皱起眉头，又把手缩回来，一脸委屈地说："王恩杰的事儿跟我有啥关系？再说总得让我换身衣服，把窗户关上吧。"

王大伟更不耐烦了："就几分钟的事，换啥换！赶紧跟我下去吧，底下还有不少人等着我呢。"说完后，王大伟扭过头，拉着同事就往门外走，王大伟把同事推在前面，故意把后背露给了王旭峰。

这个举动，大大出乎王旭峰的意料。略有常识的人都知道，后背是搏击时的软肋，把后背留给敌人是大忌。要么这俩警察傻，要么根本没把他当回事儿。

看样子这俩警察不傻啊，倒是有点儿"二"！

"快点儿吧，楼下还有武警和狙击手接应呢，别让他们等急了跑上来，多麻烦啊！"王大伟一边下楼，一边嚷嚷着。

王旭峰只好跟着下楼。昏暗的楼道里，王大伟走在前面，身后就是王旭峰，谁也不知道下一秒会发生什么。走到楼下，王大伟的后背已经被冷汗湿透了。

刚一上车，王大伟和同事一左一右立刻把王旭峰死死地挤在后座中间，迅速从车上抠出胶带，利索地把王旭峰捆起来。

这时，王旭峰还心存侥幸地吵嚷着说："你们抓错人了！我不是王恩杰！"

王大伟扳过王旭峰的脑袋，盯着他的眼睛一字一句地说："王旭峰，老子抓的就是你！"紧接着，王大伟从王旭峰的腰间搜出了一把半尺多长的折叠弹簧刀。

当王旭峰的照片从逃犯墙上拿下来时，辽宁省岫岩县刑警大队所有人凑在一起喝了顿大酒。局长敬酒时说："你小子空手套白狼，能把这个杀人逃犯抓回来，够虎的！"

王大伟也不谦虚，端着酒杯趁着酒劲说："那还说啥，王大伟抓逃犯，要抓就抓带劲的！"

血迷泪眼也要忍

如果说王大伟跟王旭峰是针锋相对的心理较量，两人都在赌侥幸赌心智，那么，接下来追捕王恩杰却是另一种较量，在流血流泪的辛酸和委屈中，王大伟下的赌注是生命和耐性。

2011年中秋节当天，根据王大伟研判的线索，他和一名同事来到了吉林梅河口一个偏僻的小山村，摸排潜逃至此投奔亲戚的王旭峰的同伙王恩杰。

在偏僻山区抓逃犯，由于地方封闭和家族保护，往往一有风吹草动就会惊动逃犯，搞不好会遭到全村族群的阻挠。这次抓王恩杰，为避免打草惊蛇，王大伟他们扮成收购山货的客商，以收松子做掩护，在村子里挨家挨户敲门调查。

谁知，刚走了几户人家，两个老太太就朝他们冲过来，听他们是外地口音，立即拽住他们说："看你俩还敢来，前两天就有人说是收松子，结果偷了俺家的手机和手表，你们肯定是一伙的！抓小偷啊！"

老太太的一声喊叫，立即引来村里的几个年轻人，不容王大伟他们解释，上来就把他俩围在中间，随即有人拿着棒子和砖头跑了过来，朝着他们劈头盖脸打。

动手的人越来越多，身旁的同事赶紧冲王大伟使了个眼色，小声嘀咕道："赶紧！赶紧亮身份，不然咱俩得被他们打死。"

当时，他们兜里揣着警官证和逮捕王恩杰的法律手续。可一旦亮出来，王恩杰肯定闻风而逃，所有工作将前功尽弃。在这种情况下，他们既不能说自己是警察，又不能报警找当地警察，虽有一身格斗本事，却也不能对老百姓动手。

村里看热闹的人都聚拢过来。王大伟突然发现一张眉眼很重的脸在人群中晃动。没错，就是王恩杰！王大伟的脑海里瞬间闪现出逃犯墙上王恩杰的照片。

被围攻下的王大伟拼命地往人群外面挤，想冲过去抓住王恩杰，不明真相的老百姓以为王大伟要跑，下手更狠了。他的头上和腿上接连被打了四五棒子，脸上挨了两砖头，一下子被打倒在地，血水模糊了双眼，眼前所有的一切都变成了红色。

在抱着头挨打的过程中，王大伟血红的双眼死死地盯住王恩杰，眼看着他拐进了一家小院。然后，王大伟突然蜷缩起身子躺在了地上。

王大伟其实是在装昏迷，以此躲避挨打。见王大伟满脸是血倒在地上，旁边的同事急眼了，几次想要掏出警官证，都被王大伟死死拽住。王大伟明白，这种情形之下，就算亮出身份，老百姓也未必相信他们是警察了，哪有这么一声不吭挨打的警察啊。

此时，王大伟咬紧牙关，宁可被打晕也不能暴露身份，没有百分之百的把握，绝不能惊动王恩杰。他一咬牙，翻身把同事护在身下，蜷缩在地上硬挺着。

当棍棒打在王大伟身上时，那种疼痛远没有心里的疼痛强烈。委屈的泪水和着血水，沾满了两人的脸庞和胸膛。

足足半个多小时，老百姓看两人被打得一身是血，也担心真出人命，慢慢散去。两人挣扎着走出村口，拦了辆农用车。一爬上车，王大伟就昏了过去，同事赶紧把他送到邻村的卫生所。

晚上，王大伟躺在诊所里冰冷的木板床上打着点滴，窗外十五的月光明晃晃地刺眼。恰在这时，六岁的女儿打来了电话，奶声奶气地说："爸爸今天过节，你吃月饼了吗？"

顿时，王大伟委屈的眼泪说啥也止不住了……

不过，这顿暴打让王大伟知道，老百姓最痛恨什么，而身为警察应该打击什么。为了追逃，有的战友连命都可以豁出去，这点儿委屈又算啥？

三天后，王大伟忍着伤痛，和战友们一起冲进王恩杰那天躲藏的小院，成功将他抓获。在打电话向领导报捷的时候，王大伟的眼泪刷地一下又涌了出来。

当了十四年的追逃刑警，王大伟像这样脆弱的时候并不多。但他不想掩饰自己，在无人相识的外地，就让眼泪先飞一会儿。因为无论回单位或者回家，他连流泪的资格都没有。

二、"闭关"难过鬼门关

2012年5月，全国公安系统英模表彰大会在北京人民大会堂召开，青岛市公安局崂山分局刑警大队副大队长赵海燕，被授予"全国优秀人民警察"称号。庆功会上，赵海燕爽朗大笑："军功章里，有那个闭关和尚的一半啊！"

追到手的是逃犯亲哥

这个逃犯叫陈传江。1997年底，二十二岁的陈传江从贵州省清镇市老家来到青岛崂山，在东北人张顺的一个洗涤剂作坊打工。张顺名字里有"顺"，脾气可不怎么顺，对手下的打工仔横挑鼻子竖挑眼，那架势，不比周扒皮对高玉宝的态度好多少。刚开始，胆小怕事的陈传江忍气吞声，但日积月累下来，这股怨气变成了仇恨。

1998年9月3日晚上，身高马大的张顺又呵斥五短身材的陈传江。陈传江不服气："克扣我工钱还把我当驴使唤，老子不干了。"

"不干？卷铺盖滚蛋！一分钱你也拿不着。"两人吵了起来。陈传江顺手抄起地上一把铁锤，朝着张顺后脑勺猛砸下去，直到张顺当场断气。然后陈传江从张顺身上搜出二百余元现金，连夜打车逃离青岛。

第二天，张顺的尸体被发现时，陈传江早已逃走。这一逃，就是十几年。崂山警方几次去陈传江的贵州老家，不但没抓到，还得知，陈传江是1997年偷了老家工厂的一千多块钱逃走的，当地警方还找他呢。他的家人根本不知道他逃到青岛，又犯下命案。

在多次抓捕未果后，崂山警方将陈传江列为网上逃犯。2011年"清网行动"后，崂山警方捷报频传，位列青岛市清网战绩第一名。可这个陈传江一直杳无音讯，派出去的几路人马都铩羽而归，所有男刑警都眼巴巴盯着崂山公安局刑警大队副大队长赵海燕。

"看什么看？我三十大几了才要孩子，孩子还不到四岁，你们忍心让我去？"赵海燕也不客气。

"你不去难以服众啊，赵大，这事非你赵大出马不可。"一群男刑警先是起哄，接着跟赵海燕立下军令状，"就这个小子难抓，你只要抓住陈传江，其他人我们都给你抓回来。"

话都到这分儿上了，赵海燕大手一挥："我到贵州去红色之旅，你们可别眼馋。"

"没人眼馋！你去了就知道了。"去过贵州的刑警们一个个坏笑，去了你就知道那小子难抓了。

2011年10月12日，赵海燕把四岁的孩子交给父母，带领女刑警史涛赶赴贵州。史涛曾是某野战军的话务员，对于云贵那片山岳丛林，并不陌生。

找陈传江，最直接的办法是从他的亲友入手。先期进入的两个小组，在陈传江老家的摸排中了解到，陈传江有兄弟五人，陈传江排行老三。

除了陈传江亲友的线索，前两组民警还到陈传江就读过的学校和工作过的工厂调查取证，结果是陈传江作案后，再也没有跟老家亲人联系。

唯一有点儿用的线索是，民警在学校里找到了陈传江当年的笔迹，陈传江写字一笔一画的特点，给赵海燕留下了深刻印象。

赵海燕梳理陈传江亲友的信息时，惊奇地发现，年轻时的陈传江与二哥陈乾长相极似。经过多方调查，陈乾这些年一直在桂林和老家打工，没有去过其他地方。但警方发现，陈乾的身份证在深圳办过信用卡，还开户炒股，涉及金额二十多万元。

这个在广西桂林的陈乾，是不是陈传江呢？因为按照他家人提供的信息，陈乾只在老家和桂林打工，没去过深圳。

怎么办？最简单的办法是，先查证这个陈乾，要是陈传江冒充二哥陈乾，直接去深圳抓回来就是。

可赵海燕没这么干，她知道来过的两拨警察没那么笨，陈传江逃了这么多年，怎么会这么容易抓到？搞不好会打草惊蛇。为了核实这个陈乾的真实身份，赵海燕先查到陈乾妻子的照片，又去当地民政部门查陈乾的结婚登记。陈乾结婚登记表上的照片，虽然跟陈传江很像，但照片上的女人的确是陈乾媳妇。

一只股票炒出三个地址

陈乾在深圳办信用卡、炒股，一定留下了笔迹。赵海燕认定，陈传江极有可能冒用陈乾的身份逃亡到深圳，她把目光盯在了千里之外的深圳。

10月25日，第二批增援的民警赶到贵州，赵海燕在贵州留下一组继续走访调查，她带一组立即赶赴深圳。

经过笔迹核对，深圳的开户笔迹，不是陈乾，而是写字一笔一画的陈传江。曙光初现，赵海燕不敢放松，在深圳警方的密切配合下，调取了"陈乾"开户时留下的身份证复印件。身份证上的信息是陈乾的，但头像却是逃亡多年已经秃顶的陈传江。

这是赵海燕第一次找到陈传江的近照。

赵海燕在深圳走访调查了上百人，通过照片辨认，得到一个极其重要的线索。2004年，一个与陈传江长相相似的"李老板"，在罗湖区做过蔬菜批发生意，也炒过股，但后来去向不明。追捕了十余年的陈传江终于露出了狐狸尾巴，这让她感到兴奋。循着陈传江的炒股信息，赵海燕顺线深追。

通过信息追踪，陈传江最新的踪迹是在2010年1月，上网抛售了全部股票，账上只剩下五万元。之后，再也没有陈传江的消息。

这次抛售股票的记录，陈传江留给赵海燕三条互不相关的信息。一个成都的电话号码，一个山西的QQ号，第三个是电脑登录的IP地址，却在浙江温州。陈传江是用笔记本上网抛售股票的，因为笔记本用的是滚动的IP地址，无法确定准确方位。

先查前两个信息。11月15日，赵海燕派出两个小组分头到太原和成都。通过在成都和太原两地的调查发现，陈传江根本不在成都和太原。成都的电话号码是编造的，QQ号是陈传江路过太原时临时注册的。目的很明显，就是制造假象。

两路民警返回深圳，刚到手的线索断了，案件走进了死胡同。

"走还是留？走，去哪儿？"赵海燕也拿不准主意，能找的线索也只有浙江温州，但根据一个滚动的IP地址去找人，无异于大海捞针。

赵海燕再次分兵，一路从深圳跳到浙江温州，迅速与警方的"江浙沪信息研判小组"取得联系，自己带一路留守深圳继续摸排。但赶赴温州的人马在整个长三角地区都没有查到任何陈传江的信息记录。当地警察也挠头说："太蹊跷了，要是这人来过，一定会留下信息，除非他是不吃不喝不住的神仙！"

得到这些消息，赵海燕也愣了。难道这个陈传江从深圳人间蒸发了？无奈之下，她打电话回青岛请示，局领导告诉赵海燕："我们刚从山西抓回来一个女诈骗犯，你猜猜她藏哪儿了？猜不到吧，她跑到五台山当了尼姑。"

"我们这个陈传江，会不会当和尚呢？长三角的警察说他除非是神仙，否则这社会，也只有云游的和尚道士吃住在寺庙里，倒是在社会上留不下线索，能那么巧吗？"赵海燕嘟囔着，一边跟青岛打着电话，一边顺手把陈传江留在开户信息上的电话号码输入电脑，一按回车键，竟然弹出一条来自弘法网的信息：解梦请找觉清法师，电话为……

天啊，这个电话是陈传江的，怎么跟和尚挂上钩了呢？赵海燕连忙围绕着这条信息进行查询。

尽管这个电话号码早已停用，网上的信息已经很陈旧，但弘法网是深圳弘

陈传江（中）被押回一别十三年的青岛，左一是赵海燕（刘海青供图）

法寺的官方网站，加上温州那边传来陈传江的信息零记录——只有出家的和尚道士，四处云游到寺庙吃住，才可以不在社会上留下信息。

陈传江难道真的藏身佛门？

万里追寻难觅真踪

赵海燕没急于登门去弘法寺，而是通过深圳警方联系当地佛教协会，沟通之后才展开调查。

在弘法寺，赵海燕从厚厚的俗名记录中，终于找到陈传江二哥陈乾的名字。根据记载，陈传江2002年周游过山西、福建的几个寺庙。2006年在弘法寺出家，陈乾的俗名改为"师顿摩"，法号"觉清"！

陈传江果然遁入佛门！

但陈传江早已离开弘法寺多年，不知去向。赵海燕问："能找到他的出家师傅吗？他的出家师傅应该对他了解更多。"很快，赵海燕在藏经楼找到了"觉清"的出家师傅静悟法师。这位法师身患癌症，不问世事多年，只在藏经楼抄写经书。他也无法提供觉清的有效线索，只提供了几个跟陈传江有关人员的电话。

史涛当过话务员，这工作得心应手，但经过她联系之后，这些人都不知道觉清的去向。

在弘法寺找不到陈传江，那就从陈传江联系较多的当地俗家居士那里入手调查。因为陈传江出家之后就没有别的生活来源，只有靠居士供养。

11月21日，赵海燕终于查到曾经供养过陈传江的郑女士。等赶到郑女士家时，却发现郑女士早已出国。最后，赵海燕又辗转联系到郑女士在美国的女儿。在越洋电话中，郑女士的女儿说："那个觉清和尚很会说话，非要认我妈当干妈，结果我妈将四万元打到觉清的银行卡上。后来觉清说，他老家的父母要买房子，缺钱，我妈妈一时仁慈，回家找我爸爸要五万元给觉清，闹得父母差点儿离婚。我妈妈一气之下来到美国跟我生活。"

郑女士女儿的越洋电话终于提供了一个线索，陈传江后来住在广州一个女居士家，并提供了那位女居士的具体地址。

赵海燕找到那位女居士家，才知道这位六十多岁的女居士带着一个女儿生活。因为陈传江住在家里多有不便，后来女儿将陈传江赶走了，自此再不知道陈传江的下落。这位女居士家中还有陈传江的一个邮包没有寄走，里面是衣物和陈传江做生意时的账本。说完，女居士取出了那个邮包。上面贴着一张纸条，一笔一画写着"请将账本寄往浙江温州平阳县玉峰寺"。

　　字体是陈传江的！

　　为了追捕陈传江，赵海燕已走访排查了两百余人，搜集分析了上千条线索，但陈传江变戏法般频繁变换身份和住地，踪影时隐时现，设下让人费解的障眼迷局。那么，浙江温州玉峰寺这条线索是不是迷局呢？

　　无论是不是圈套，都要试一试。毕竟这条线索后面有三种可能：一是字体是陈传江的，二是陈传江可能去玉峰寺挂单居住，三是此前陈传江在温州留下过上网的IP地址。

　　12月3日，赵海燕和史涛赶到温州。在当地警方协助下，她们翻山越岭走了三个多小时，才进入人迹罕至雾锁云罩的玉峰寺。这个偏僻的寺院只有七名僧人，却找不到陈传江。

　　查阅在这个寺里挂单的云游和尚，也没有"觉清"！

　　在玉峰寺的调查，让赵海燕一筹莫展。深山密林一望无尽，所有的线索，到这里又中断了。赵海燕觉得，这一次又让陈传江耍了。

回马一枪揪出闭关和尚

　　"再回深圳找他师傅，我就不信！他就是狡猾到上天入地，我也得把他抓回来。"赵海燕犯了犟脾气。赵海燕从警十八年，侦破命案四十多起，数十次亲手拿下歹徒。在崂山刑侦大队，没有她拿不下的案子，因此她成了青岛警方少有的女刑警大队长。

　　赵海燕和史涛回到深圳，再次到弘法寺藏经楼。此时，已经被癌症折磨得皮包骨头的静悟师傅，能提供的也只有几个与陈传江交往较好的师兄弟的电话。

　　赵海燕的心凉了。这些电话，上次静悟师傅大多给过，史涛也都分别联系过，没找到任何陈传江的线索。既然静悟和尚给了号码，只能再联系一次。史涛打到最后，只剩下一个大连的号码。

史涛已经不抱任何希望，但她还是拨通了这个号码。史涛当年是军队的女话务员，音色很好，她打过去之后说："您认识觉清师傅吗？我是广州的一个女居士。"

"觉清师弟啊！去年我还见他了呢。"对方很热情。

史涛顿时来了精神，连忙说："觉清师傅留在我这里有些衣物账本，我不知道他去了哪里啊，您要是知道他在哪儿，请告诉我。"

对方神秘地说："他在浙江温州玉峰寺，闭关呢。"

史涛连忙说："不可能啊，我朋友去过玉峰寺，他没在啊，寺里就没听说过觉清这个人。"

"想不到吧，这家伙在玉峰寺用的是另一个法名，是在太姥山的时候起的，叫圣彩，根本没用觉清这名字。他就在寺里二楼最右首的那间房子里闭关，都一年多了。我三个月前去玉峰寺还见过他，隔着小窗子跟他聊过几句。"觉清的师兄言之凿凿。

"哦，原来是这样，谢谢师兄了！"史涛连忙道谢。

放下电话，史涛把情况对赵海燕一说，赵海燕一拍脑袋："大意了，我怎么没想到这小子会化名呢，还以为他又设了圈套让我们钻呢。走，杀他个回马枪。"

12月13日，赵海燕带领三路警察集结到温州平阳县，在当地警方协助下进入寺内搜捕。当民警找到二楼最右边的房门时，却发现门是从里面封死的，只有一个小窗口用来送饭。从这个小窗口里望进去，里面黑洞洞一片，什么都看不清。陈传江布下的迷魂阵，赵海燕他们早已司空见惯，不管是不是陈传江，都要打开看一看才放心。

民警只好动用铁棍撬开房门，房门打开后，堵住房门的是一堆铁架子床和钉死门窗的木板木棍，整整撬了一个多小时才打开门。怪味熏天的房间里，一个头发花白的男人正在打坐，但掩饰不住浑身上下的颤抖。

虽然历时十余年，但赵海燕还是一眼认出，他就是陈传江。当民警喊出陈传江的名字时，陈传江浑身哆嗦了一下。

"哦……"陈传江呆滞了数秒钟后，长长地吐了一口气，有气无力地答应了一声，然后是长长的失语。与世隔绝近两年，陈传江已经不知道怎么说话了。

此时，离清网行动结束，只有两天。

十年隐身也枉然

回青岛的路上，恢复语言能力的陈传江竟然咧开嘴笑了："你们真行，我闭关都快两年了，你们都能找到我，够有本事的。"

"认倒霉吧，谁让你落我们赵大手里的！你是孙猴子，我们赵大就是观音娘娘。铁观音，明白了吧！"整整追踪了两个月的民警也忍不住打趣。

陈传江爽快地讲述了十三年来的逃亡经历。

案发当晚，陈传江打出租车逃出青岛，在潍坊一处高速路口附近下车后，翻过高速铁栏，拐上一条小道走了一夜。天亮后他走到了潍坊郊区的垃圾场，他装成哑巴，跟着拾荒人捡垃圾度日。

在垃圾场他捡到很多身份证，但都不像自己。后来他想到自己跟二哥陈乾长相差不多，就用二哥陈乾的身份证号，找假证贩子制作了一张陈乾的身份证，贴上自己的照片。十三年来陈传江一路流浪，先后在山东、江苏、浙江、安徽、山西、四川等地打工，下过窑厂，搬过麻包，贩卖过水果，每到一处，都会变换不同的名字，每个地方生活都不会超过三个月。

2004年陈传江化名到深圳后，倒卖水果赚了十余万元，随后办起水果批发部，当上了老板。

手头上有了十几万元，陈传江的野心开始膨胀，就把这十几万元投入股市，不料血本无归。为了翻本，陈传江向有业务往来的朋友借钱，全部扔进股市后，他欠了一屁股饥荒逃之夭夭。为了躲避警察和债主，他跑到山西五台山，躲进寺庙当了居士。后来，他又假冒云游和尚继续逃亡，偶尔在城市，偶尔在乡野，偶尔在古刹，法名也换了很多。

2006年陈传江在深圳弘法寺出家后，先后寄居在几个女居士家，以此躲避警方追捕。他用女居士的钱投入股市，最多的时候赚到了二十万元。

但股票也给他带来隐忧，因为他在开户时留下过自己的笔迹和联系方式。2010年1月，惶惶不可终日的陈传江用随身携带的笔记本电脑上网，抛售了所有股票，又给警方布下重重疑云，化名圣彩潜入温州平阳玉峰寺闭关修炼，断绝与外界的联系。

陈传江凭借多年来惯用的"隐身术"和"障眼法"，切断警方的线索。他担心自己的定力不够，外出看花花世界，干脆用钢铁和木条把房门钉死。

2011年12月15日，这天是清网行动的最后一天，三十六岁的陈传江在被押回青岛的路上，很认真地对赵海燕说："我命这么不好，估计是出生的年份不对，你看吧，我属虎，在平阳被抓叫虎落平阳吧！"

赵海燕笑了："你还以为你是你二哥陈乾呢，记住了，你二哥属虎，你属兔，按你的话说，该是兔子尾巴长不了吧？别迷信了，你就是怎么闭关，也得过这鬼门关。"

2012年6月，陈传江在青岛市中级人民法院出庭受审，经过十三年的逃亡，他最终还是站在了鬼门关前。

三、抓毛贼抓出杀人恶魔

如果突然看到黄小明本人，甚至只要看一眼他的照片，扑面而来的是一股夹带着寒意的杀气！这种杀气，会令人心头一颤。

"相由心生，这小子肯定有事，有大事！"江西省抚州市广昌县公安局刑侦大队中队长赖倡畅，靠这直观的第一眼，就锁定了黄小明。

江西抚州的男人，除了剽悍爽直有文化底蕴之外，还有一个特点，较真、认死理儿，不打破砂锅问到底绝不罢手。抚州的刑警，在这一点上尤为突出。不把一个案子搞得水落石出，轻易不会结案。也因此，抚州广昌县的三个警察外加一个不要命的装修工，在联手追踪一个毛贼的过程中，经过层层抽丝剥茧，竟然挖出一个纵横两省四市制造六起惊天命案的恶魔。

这么不要命，我服了

黄小明的一生，是"倒霉催"的一生。人生的处处倒霉，催生了这个身负六条人命的杀人恶魔。一切罪恶，都源于他极度的自卑和可怜的自尊！

黄小明的恶魔生涯，终结在江西省广昌县四个与他同龄的男人身上。正当这个杀人恶魔找到一个真心爱他的女人，准备金盆洗手的时候，四个广昌男人紧紧盯死了他。

黄小明最后的倒霉，是从2011年4月7日凌晨开始的。

这天凌晨两点钟，江西广昌县城老街一片静寂，四十二岁的装修工陈长明正在家呼呼大睡。突然，房门外传来一阵"咯吱咯吱"的轻微响声，像老鼠啃噬木头，门锁处正在轻轻抖动着。陈长明立刻翻身起床，对妻子小声说了一句："赶快报警！"随后抄起拖把，猛地打开门就冲了出去。

正在专心致志地撬门的中年男子，吓得一个屁股蹲就仰面摔在地上。但他反应机敏，顺势拖着铁撬棍爬起身就跑，动如脱兔。陈长明光着脚丫子紧追不舍，疾如猎狗。

逃跑的中年男子身高一米七五，虽然比陈长明身材高大，但除了手里的铁撬棍，身上还叮呤当啷地挎着包，跑起来当然不如陈长明迅速。陈长明追了三里多路，追到县城中心花园时，终于赶上喘着粗气狂奔的盗贼，陈长明一拖把甩过去，就把那人绊了一个趔趄。

眼看逃脱不了，那人回头就是一棍力劈华山。陈长明也不含糊，双手高举拖把一横，挡住头部，没想到对方力道太大，拖把咔嚓一声断成两截。"呀，不好！"还没等陈长明喊完，前额的鲜血就糊住了一只眼。

陈长明顾不上前额的伤痛，一手一截木棍挥舞着抵挡。对方急了眼，铁棍飞舞，招招致命。陈长明的头顶、胳膊、肩膀、前胸，处处留下伤痕。但他依然死死缠住中年男子紧追不放。十几个回合下来，陈长明已经满身是伤，但依然缠斗不止。

那个中年男子被陈长明不要命的劲头吓住了。他收住铁棍，喘着粗气说："你别追了，放我走吧，我把身上的钱全给你。"

陈长明毫不理会，仍然挥舞着半截拖把棍，奋力扑上去。中年男子再也不敢用铁棍还击，边退边走，躲到一个墙角，被陈长明死死逼住。

几分钟后，接到报警赶来的民警将中年男子抓获。那个中年男子开口第一句，竟然问陈长明："你干什么的？你得告诉我。"好像不问个水落石出决不罢休。陈长明愣了一下："怎么着？还想报复我啊？记住了，老子叫陈长明，搞装修的！"

中年男子接着说："这么不要命，比我有种，我服了。"

这个被抓住的中年男子就是黄小明。案发后，陈长明身上多处受伤，仅头顶就被缝了六针。

2012年3月1日，在江西省抚州市广昌县政法工作会议上，身披绶带的陈长明在全场热烈的掌声中，领取了"广昌县见义勇为先进个人"的奖章证书和六千元奖金。回到观众席上，他把证书往三个警察面前一递："这证书，有你仨警察一多半！"

这仨警察一个是广昌县刑侦大队长曾卫军，一个是教导员李宏华，一个是中队长赖倡畅。正是他们为陈长明力争到这个荣誉，也正是他们前赴后继把这个小偷死死盯住，最后挖出一个系列血腥大案。

证据不足"捉放曹"

黄小明被广昌县公安局刑事拘留后，怎么定罪，却给当地的司法部门出了一个大难题。广昌县刑侦大队中队长赖倡畅承办此案，他向大队长曾卫军和教导员李宏华汇报案情后，三人一边讨论，一边直挠头。

"黄小明只是拿着撬棍撬门，要是按照盗窃定罪，他连门都没进去，什么都没偷到，只能算盗窃未遂，那就太便宜这小子了。看他那一脸凶相，凭直觉我就认为这小子有问题，不止小偷小摸这简单。"赖倡畅说。

曾卫军接着说："关键是咱们现在没抓住他别的犯罪证据。但他持械打伤陈长明，只能按照抢劫罪报捕。"

在黄小明被捕后，赖倡畅专门做了黄小明的功课，摸清了他的人生轨迹。

黄小明出生在江西省赣州市于都县一个矿工家庭，家里穷得只供他念到初中，就辍学打工了。1983年，十八岁的黄小明跟着大哥到新疆给人家摘棉花，好不容易赚了点儿钱，就像《天下无贼》中王宝强演的那个傻根一样，揣着一包钱坐火车往老家赶。可惜他命不好，到了郑州一摸兜，发现钱没了，那小偷连饭钱都没给他剩下。

在举目无亲的郑州火车站，黄小明哭了，哭得稀里哗啦，没人上前问一句，也没有人给他口饭吃。

要吃饭，还要买张车票回家。黄小明没有别的办法，只好也去偷。可他刚把几十块钱从一个老太太身上摸出来，那只盗窃的手就被警察抓了个正着。几个月后，黄小明被判了三年徒刑。

三年后回到江西老家，黄小明再也没脸出门。他家里兄弟姐妹多，他是最小的一个，老母亲还没来得及怎么疼他，就早早离世了。黄小明跟谁都合不来，经常一个人郁郁寡欢。

直到1988年，哥哥姐姐们凑份子，给他娶了一房媳妇。婚后媳妇给他生了一个女儿，可是不久之后，媳妇就跟别人滚到一张床上。在外面打工的黄小明闻讯赶回家，掀开被子一看，睡在自家床上的不是别人，正是自己最好的哥们儿。他的脸气得一会儿黑成个紫茄子，一会儿歪成个树瘤子。正要发作，媳妇却很无所谓地说："你别怨我，你不行，我只能找别人。反正你都看到了，要么睁一只眼闭一只眼，要么离婚。跟你这不像男人的男人，我也过够了。"

黄小明知道自己的缺陷，一下蔫在了那里，眼睁睁看着妻子领着女儿潇洒地走了，头都没回一下。

从此，黄小明恨上了女人。因为这个女人，他没脸在老家呆下去，开始四处流浪。

1993年在江西崇义县，要吃要喝又没有什么技能的黄小明，管不住自己的手，因盗窃被判刑五年；2002年在江西信丰县，再次因为盗窃被判刑七年；2007年刑满释放之后，更没脸在于都老家生活，黄小明彻底变成了一个流浪汉。

此后黄小明在江西抚州的广昌、南丰、石城，福建三明、南平、龙岩等两省四市游荡。到2008年之后，基本固定在福建南平市。

黄小明没有工作，没有任何经济来源，却经常出入路边美容店、麻将馆、嫖娼、赌博。这些钱是哪里来的？赖倡畅认定，黄小明出狱后，长期流窜作案的可能性很大，起码不止一起盗窃案。

但在网上追逃的记录中，并没有黄小明的名字。因此报捕的时候，广昌县检察院不予批捕。因为按照黄小明的行为，既不构成盗窃罪，也不构成抢劫罪。

黄小明在看守所关了二十一天，警方只好放人。在办理取保候审的时候，赖倡畅赶到了看守所。

"采集指纹和血样，一并报送上级公安机关。"

赖倡畅坚信，这个黄小明一定有事，而且是大事。至于什么事，赖倡畅现在还说不上来。

DNA比中强奸案

正如心细如发的赖倡畅所料，在黄小明血样中提取的DNA，送到江西省公安厅的基因信息库后，2011年8月17日，江西省公安厅传来信息：2010年10月9日发生在广昌的一起入室盗窃强奸案的嫌疑人正是这个黄小明。

十个月前的这个案子，正是赖倡畅带队承办的。

那天一大早，正在睡梦中的赖倡畅接到110指挥中心电话，说是下面一个镇上发生了一起案件，一个小偷先强奸后盗窃。

赖倡畅带队赶到案发现场。

当天凌晨三点，二十二岁的杨丽正在临街的金店里酣睡，突然摸进来一个操着普通话的中年男子，戴着手套，手里拿着撬棍和螺丝刀。见杨丽青春年少，衣着裸露，男子用手一指床铺说："脱了，躺下！"

杨丽是这家私人金店的售货员，见来人眼里射出凶光，她不寒而栗、惊恐万状，顺从地按照中年男子的话去做了。

这个中年男子把杨丽强暴之后，竟然从容地打扫了"战场"，连擦拭的卫生纸都打包带走，现场并未取到任何有价值的痕迹物证。

更让赖倡畅感到匪夷所思的是，在强暴完杨丽之后，这人还从容地到一楼营业厅，撬开金店后门，盗走价值两万多元的玉器五十余件，然后扬长而去。

临走的时候，这个中年男子还不忘吓唬缩在床角的杨丽："今天放过你，敢报警，掐死你！"

在案发现场，赖倡畅发现犯罪嫌疑人直接从临街的金店撬开一楼防盗门入室作案。由于凌晨三点的小镇街上早无行人，也没有安装监控，根本无从查找犯罪的踪迹。而杨丽在案发后，不但没有保护现场，还哭着洗了澡，加上害怕，没及时报案。赖倡畅他们赶到时，已找不到什么破案线索。

幸运的是，警方从杨丽体内提取到犯罪嫌疑人的精子，送到抚州市公安局司法鉴定中心DNA实验室，获取了嫌疑人的DNA数据。

根据现场勘查及调查访问情况，赖倡畅分析，此案系一人作案，犯罪嫌疑人年龄在四十岁左右，操普通话，作案目的主要是针对一楼金铺进行盗窃，强奸只是捎带的。犯罪嫌疑人经济状况和生活层次较差，却有一定的反侦查能力，生性凶狠，心理素质较好，对作案现场和广昌周边情况有所了解，很可能是有犯罪前科、经常入室盗窃的本地或邻县人。

据此，专案组以DNA数据为切入点，对广昌及周边的各县重点人员进行全面摸排，并发出串并案件协查，但却一直没有查到线索。

没想到，清网行动中，DNA竟然比中了黄小明，而且两次在广昌境内作案，说明赖倡畅的判断没错。

根据掌握的信息，赖倡畅沿着黄小明最近几年的人生轨迹查找，发现从福建南平到江西于都没有直达车，需要经过广昌转车。广昌，就成了黄小明人生旅程的中转站。黄小明游荡在两省四市的十几个县，既然他在转车的中途都不忘作案，那么他在逗留的其他城市作案，就不足为奇，他身上应该背负大量案件。

此时正是清网行动的关键时期，抓捕黄小明迫在眉睫。

赖倡畅跟随刑警大队长曾卫军和教导员李宏华，走进了广昌县公安局新任局长尤晖的办公室。

"尤局，去年10月那个盗窃强奸案有眉目了，就是4月放走的黄小明。这家伙太狡猾了，要不是DNA比中了他，还真让这小子漏网了。我们认为，他应该是条大鱼，不止犯这两个小案！"三人向尤晖局长汇报。

"我跟你们的判断一样，赶快成立专案组，李宏华带队，一定把这小子抓回来。市局和省厅那边我去协调。"尤晖局长回答得很干脆。

案子上报到抚州市公安局分管刑侦的副局长罗会明案头，他安排刑侦支队支队长谭以平主抓此案，一是要求尽快将黄小明抓获归案，二是立即上报江西省公安厅，三是扩大DNA比对范围，查证黄小明有没有在其他地方作案。

根据已掌握的黄小明的大量信息，李宏华和赖倡畅很快确定黄小明正在福建尤溪县。

李宏华立即带队赶赴福建尤溪县，最终将黄小明的活动范围锁定在尤溪县医院。

8月24日，外围调查也取得进展。黄小明在南平市有一个女友陈芳，是个公交车的售票员。十几天之前，陈芳出了车祸，黄小明一直陪伴在病床前，只在吃饭的时候才离开病房。

李宏华穿着便装到病房门口转了一圈儿，透过门外的玻璃，只看了一眼背影，他就确定了陈芳病床前削苹果的那个人就是黄小明。

如果此时冲进去抓捕，不知道黄小明身上有没有带凶器。而且病房内的病人和陪床的家属很多，贸然抓捕很容易伤及无辜。为确保万无一失，李宏华决定抓捕民警在住院部楼下守候，等黄小明出门后伺机抓捕。

刚安排完，李宏华的手机突然响了起来，尤晖局长的一番话把李宏华惊得说不出话来："今天下午刚得到市局的消息，这个黄小明的DNA又比中了福建两起命案，黄小明连杀两人，你们千万别出纰漏，我派曾卫军去支援你们，一

黄小明落网后指认犯罪现场（江西省广昌县公安局供图）

定把这小子安全带回来。"

8月24日下午六点，走出医院大门买晚饭的黄小明，突然被几个人摁倒在地，还没来得及喊出声来，他的手机随即被收走，接着被塞进一辆警车。此时，他才听出来人的口音是江西广昌。

黄小明被抓捕归案，李宏华和赖倡畅回江西的半路上遇到赶来支援的曾卫军，两队警察合兵一处，连夜押解黄小明赶回广昌。

层层剥笋查出六起命案

8月25日，李宏华等人押着黄小明赶回广昌县公安局。迎接他们的除了尤晖局长，还有江西省公安厅刑警总队重案处政委易宾贵、抚州市公安局副局长罗会明。易宾贵政委对李宏华说："这个案件省厅领导很重视，省厅副厅长涂远征、刑警总队长胡景辉对黄小明的讯问工作高度重视，指派我和罗局长来广昌，共同研究对黄小明的讯问深挖工作。"

同时站在广昌公安局院子里的，还有福建省建瓯市公安局闻讯赶来的警察！福建龙岩的警察也在赶来广昌的路上。这下，广昌公安局热闹了。

此时，曾卫军和李宏华才知道，2008年和2010年，黄小明在福建建瓯市、龙岩市犯下两起命案，死者都是发廊小姐。

接下来就是讯问。黄小明曾经三进宫，又在外面游荡多年，面对这样一个多次受过打击、经验老到屡教不改的家伙，想让他立刻交代所有问题，基本不可能。

怎么尽快攻下黄小明，成为江西省厅、抚州市局和广昌县局三级公安机关的棘手问题。因为黄小明犯下的两起命案在福建，如果攻不下，意味着黄小明很快就会被移送到福建，那时候再讯问就更难了。

必须立即撬开黄小明的嘴巴！江西三级警方很快确定讯问深挖的思路：从黄小明的活动轨迹入手，以他习惯性的撬门入室和杀害小姐的作案手段，筛选串并案件，以广昌强奸案为突破口，以已经比中DNA的福建两起案件为基础，力争进一步扩大战果。

但是，讯问人员早已预料到的状况还是出现了。黄小明先是百般抵赖，后来干脆沉默不语，不交代任何犯罪事实。

曾卫军、李宏华、赖倡畅轮番上阵，经过三天三夜的苦熬和斗智斗勇，8月27日上午，黄小明见抵赖不过，交代了2010年10月9日在广昌入室盗窃、强奸一案。

"那你在强奸之后，又放过那个二十二岁的女孩儿，为什么没像以往那样杀人灭口？"曾小军趁热打铁，"说明你还有起码的人性！还没丧尽天良！"

"她听话，没反抗，跟我又没什么仇，我杀她做什么？"黄小明自言自语地反问了一句。

"那你在福建建瓯市杀人，人家跟你有仇吗？"曾小军揪住不放，随即把DNA的比对结果展示给了黄小明。

黄小明见警方已经掌握了他的犯罪证据，知道无法抵赖，随即说："仇是没有，可她一个小姐，竟然笑话我不管用，凭什么？我玩小姐又不是不给钱，那种贱人，也敢笑话我？这女人瞧不起我，我就掐着她脖子，用枕头捂住脸，把她弄死了。临走，我顺手拿走了她的手机，还有几百块钱和手上的戒指。我可不是为了钱杀人，主要是她瞧不起我，她那口气，跟我前妻一样！"

交代第一起杀人案之后，第二天，面对李宏华出示的2008年7月在福建武平县的杀人证据，黄小明又百般狡辩否认。整整一天下来，没有任何进展。

江西省广昌县公安局民警正在讯问黄小明（江西省广昌县公安局供图）

显然，黄小明的心理出现了波动，看来黄小明还心存幻想，希望侥幸过关。因为多次蹲过监狱的黄小明知道，如果只承认一起杀人案，还有活命的一线希望；如果两起都承认了，基本上没活路了，所以他干脆闭口不谈。

　　黄小明的求生欲望，此刻已经到了极限。李宏华干脆把讯问笔录合上，扔给黄小明一支烟说："我也累了，咱俩不谈案子了，聊聊家常吧。你父母和兄弟姐妹怎么样？"

　　听到李宏华说这些，黄小明松了一口气，一边抽烟，一边谨慎地跟李宏华聊了起来。当聊到妻子出轨离婚时，黄小明的脸扭曲着说："我身体是不好，有不管用的时候，但我毕竟是个男人，她再忍不住也不能跟我朋友上床吧？就是给我戴了绿帽子，不让我知道也行。可她不能瞧不起我，自从离婚后，我就恨上了女人，尤其是瞧不起我的女人，都该杀！"

　　李宏华随即开导说："可你对南平的女朋友很好啊。她出车祸你在医院陪床就没离开过，你不是恨所有女人啊。"

　　"她离婚了，跟我一样命苦，她是个好女人，对我很好。我本来打算等她出院后我们就结婚，好好过日子，再也不出去流浪，再也不偷东西，再也不杀人。可让你们抓住之后，我就知道，完了，这辈子我可能再也见不到她了，只能去阴间相见了。我作孽太重了。"黄小明说着，黯然神伤。

　　"放下思想包袱，现在把事情都说清楚，才对得起你的亲人，也对得起你女朋友。"李宏华不失时机地劝慰。

　　"嗨，我也知道，这次进来肯定是死刑。算了，我都说了吧，不让你们费劲了，交代一个是死，都交代也是死，不如死个痛快。"

　　8月29日，黄小明不再回避狡辩，像竹筒倒豆子一样，交代了2007年在福建泰宁县，2008年在江西石城县、福建建宁县、武平县，2010年在福建沙县等地抢劫杀害按摩女的六起案件。

　　这六名女性，被害的原因都相同，都是在黄小明作为男人最自卑的时候，笑话他不够男人。有的也许是无心的玩笑，有的也许是随口一句打破僵局的"咋这么快就不行了"。她们哪里知道，佛经上说，嘴是漏福的地方，也是招灾的地方。她们说完这句话之后，就被黄小明捂住了嘴巴。

四、秀才局长的铁腕

2012年7月，在公安部举办的全国新任公安局长学习班上，江西横峰县公安局长周志强谈起自己的追逃体会时说："让自己退无可退，让逃犯无路可逃！"

他使出三招，让江湖人称"横峰第一刀"的张建涛提着行李到公安局自首，让以富豪身份"衣锦还乡"的逃犯束手就擒，让成为千万富翁的杀人犯成为他手下败将……

文人当公安局长，手段之凌厉、信心之决绝，令逃犯心惊肉跳。

那纵身一扑的果敢与心颤

2011年7月12日，横峰县委书记、县长、政法委书记等几大班子领导，陪着一个白白净净戴眼镜的小伙子来到横峰县公安局。当宣布任命三十六岁的周志强为横峰县副县长、公安局长时，会议室里寥落的掌声，足足延迟了半分钟才响，而且只有稀稀落落的三五下。

这个年轻局长，以前大学里学的是建筑，参加工作后也是写材料出身。这样一个文弱白皙的眼镜男，来横峰当局长，能行吗？

县委、县政府四大班子成员出县委大门来送周志强上任时，门口蹲着一个上访的男子——他儿子被人砍死十二年了，公安局一直没抓着凶手占细兵。县委书记答应他，半年内给他一个满意答复。这话，一半是说给周志强听的。

周志强上任时清网行动已经过去一个半月，一问清网战果，横峰在上饶市排名倒数。周志强早就知道，横峰民风剽悍，好斗成风，一言不合便拔刀相向。遍地大大小小的黑恶势力、小混混儿，连警察都不敢抬头走路。

事出有因，多年前一歹徒当街殴打横峰公安局副政委，并叫嚣："我打的就是公安局的！"后来，小混混儿当街追打警察的事发生了好几起，警察在横峰都不敢昂首挺胸走路。

2009年，一个外地老板到横峰参与拍卖，竞标后一出门就被挑断脚筋。直到一年后惊动公安部，一场打黑除恶风暴席卷全县……

周志强上任后，县委书记一语双关地说："你专心清网，我给你公安局盖大楼当监工！有什么要求尽管提！"

不久，7月22日，《横峰县公安局"清网行动"月度工作量化表》下发至各科所队，每个业务单位都分到追逃数。在下发的相关材料中，还有一份《军令状》。很多人听过军令状，但真正见到军令状什么样子，这还是第一次。

二十天后，六个民警劝投成功拿到奖励。周志强这招"城门立木"，让民警们看到，这个耍笔杆子的新局长言必行行必果。

随即，周志强又在全局大会上说："清网行动，让自己退无可退，让逃犯无路可逃。"说完这话，周志强带队去福建追捕逃亡十二年的占细兵，给那个上访老人一个说法。

占细兵1998年4月在横峰县的一个卡拉OK厅，因一言不合打死一人后逃亡。横峰警方锁定占细兵在福建省福州市，改名换姓娶妻生子，成为一个大公司的老总。追逃民警几次赶赴福州抓获无果。

听说周志强到一线抓命案逃犯，同事们都劝他："你是局长，万一出了事，怎么办？"

"就因为我是局长，危急关头就要第一个往前冲！你们担心我这写材料的手抓不住逃犯，丢人是不是？"周志强的眼睛笑成了一条线。

周志强赶到福州后连夜召开案情分析会，占细兵已经步入成功企业家行列，他的安保产品占领了东南沿海数省市场，与一些要害部门的领导交往甚深。他在福州占地七百多平方米的三层豪宅周围，居然围着三四米的高墙，上面还装着最新的电子安防设备，入户抓捕不太现实。

"那就跟踪追捕，我们清网追逃等不起！"安排两个小组分头跟踪后，周志强一组在福州市科技园查到了占细兵的黑色奥迪车。

周志强他们租来一辆当地牌照的小车，在楼下守候。

占细兵身负命案，身材高大结实，习惯带刀带枪。等候中周志强不免心惊："刚当公安局长没几天，别牺牲在这里吧？"

苦守了三个多小时，占细兵才从办公楼走出来。就在占细兵走到奥迪车旁正要开门时，周志强跳下车，一个箭步扑了上去，死死扭住占细兵的手臂。

占细兵愣了一下，随即拉住车后门拼死挣扎，被随后冲上来的民警反扣脖子使劲一摔，重重倒在地上，接着被戴上手铐。

在占细兵的奥迪车后座上，放着一支装满铅弹的短铳，还有一把寒光闪闪的砍刀。看到这些，周志强才想起来后怕。明知占细兵是个亡命之徒，不怕是假的。但那一刻，身为局长不计后果地冲上去，决不让逃犯从眼前逃走，身先士卒也是真的。

占细兵落网后对周志强说："我是你这一把手局长亲手抓到的，下场不算惨吧？看不出来，你胆子够大的！"

周志强也不示弱："忘了告诉你，除了我，还有一位军人出身的局领导和一个武林高手，抓你的队伍配置是横峰最高的。"

占细兵落网后也不隐瞒这十三年的逃亡生涯。当年他杀人后，一路夜行晓宿，逃到福州后改名换姓娶妻生女。清网行动开始后，他不敢上网，不敢看电视新闻，试图远离这个话题。2011年6月他花钱办了移民，处置完所有财产，

江西省横峰县公安局局长周志强带领民警宣誓将所有逃犯追回归案（江西省横峰县公安局供图）

周志强到看守所看望占细兵时，占细兵连说"跟警察硬碰硬没好处"（丁一鹤供图）

侥幸地等待着清网结束。

占细兵对妻子说："如果有半年我没有回来，你就嫁人吧。你把一切财产都带走，别墅、奥迪A6已经在你的名下了，只要你照顾好女儿！"

妻子很决绝："你死了，我为你守寡；你坐牢，我等你到老。"占细兵落网后，妻子带着孩子到横峰，并请看守所长转告占细兵：我会等你到死。

周志强对占细兵说："看来你妻子深明大义啊，她还去了被害人家里，对被害人的母亲作了经济赔偿，将来对你判刑有利。"

听到这里，占细兵的神情微微有些自豪，转了个话头说："我喜欢看书，尤其爱看哲学书，为什么落到今天这个地步，可能我还没琢磨透吧。"

"你喜欢看书？我喜欢写书。"周志强眯起眼睛笑了。

"我也想写书啊，现身说法告诫青少年，不要用拳头和武力说话，跟警察硬碰硬没好处。"占细兵跟着顺竿爬，也许他的话真的是发自肺腑。

钢刀对钢刀

优惠归优惠，钢刀归钢刀！

靠清网行动的优惠政策真心实意地劝，劝不回来就真刀真枪地抓。到清网行动结束时，横峰县的清网率超过99%，这不到1%至今令周志强耿耿于怀，原因是最后一个逃犯，家人说已经死亡，周志强不信，说是活要见人死要见尸，最后全县发动一千多人进行拉网式搜山。活人没找到，坟头也没找到。

横峰积压下来的持刀持枪杀人案多，最难啃的就是这些硬骨头。

横峰县有个混混儿叫张建涛，性情暴烈残忍，动不动就拿刀砍人，江湖名号"横峰第一刀"。2010年10月24日晚，张建涛在路边夜宵摊吃饭时，因为媳妇叫他回家他不回，他觉得很丢面子，此时别人多看了他几眼，他就一刀将别人眼珠子砍瞎。

横峰警方多次抓捕，每次他都能逃脱。原因很简单，有人为他出逃提供资金，有人为他通风报信，更有人为他的罪恶开脱说情。

周志强出手砍下"三板斧"。第一板斧打掉他的"保护伞"。张建涛是横峰县一个省级龙头企业老总豢养的打手，这个老总涉嫌包庇窝藏资助张建涛，周志强先将老总抓起来论罪。第二板斧斩断张建涛的亲情链，让他的亲戚朋友不敢支持他逃窜。公安局印发了一万多份悬赏通告，贴遍全县大街小巷、村庄农户，电视台通告每天滚动播出十次，群众一打开电视就能看见。当地网站只要一点击就会自动弹出追踪张建涛的通缉令。张建涛的七大姑八大姨坐不住了，纷纷替公安局到张建涛家当起了说客。第三板斧断绝他的关系网。把为张建涛通风报信的情妇、酒肉朋友一个个全都依法抓起来、监控住，让张建涛四面楚歌，无路可逃。

离清网行动结束还有四天，张建涛自己拎着被子，到公安局投案自首。他问周志强："周局长，我的后台你们都敢抓，你们的后台是谁？"

"我的后台是老百姓，是共产党，是天地良心。"周志强告诉他，"你别以为我在说空话假话，这几条你哪一条都斗不过，对吧？"

比张建涛更"神"的逃犯叫杨鹏程，早年因盗窃被判处九年有期徒刑。2000年与他人合伙抢劫横峰县液化气站营业款三万元，分赃之后逃亡。逃亡中

号称"横峰第一刀"的张建涛自己拎着被子到公安局投案自首（丁一鹤供图）

的2001年1月12日，又与同伙持枪蒙面入户抢劫，还将户主打伤。此人武功高强，多次与警方交手，练就了特殊的嗅觉和自我保护方法。

杨鹏程胆大妄为，和妻子自降辈分冒用亲友姓名隐藏，从姨夫、姨娘降低辈分为外甥女婿和外甥女，在逃亡路上办公司、当老板，变成阔佬阔太。

更大胆的是，2011年4月杨鹏程带着浙江某大型企业的董事长回到横峰，与当地领导洽谈投资数亿元的大项目，一开口要征地上百亩。不知道内情的原县委领导、招商局长陪同吃饭，热情款待。

一句话，杨鹏程把追捕他的通缉令，当作了一张废纸。

横峰的清网行动摧枯拉朽，在当地引起巨大震动。当杨鹏程看到横峰公安局上网的最后十个逃犯名单，自己位列其中时，他感到，这回怕逃不掉了。

他曾经想过投案自首，可是每天几万元的进账，实在让他割舍不下。何况，他已经接下了一个过亿的订单，这单生意会让他的资产再次翻番。

他以为，用钱可以摆平一切，可惜，他摆不平法律，摆不开清网！"非常后悔！我应该投案自首的，现在错过了清网的好政策！"他在讯问室里摇着头叹息。

小警察摘牌追逃犯

横峰县公安局清网战绩骄人，但潜逃十三年的连重水却始终没有归案。十三年前，三十二岁的连重水怀疑妻子有外遇，持刀砍死妻子后逃亡，扔下三个孤苦伶仃的孩子。

2011年10月1日，周志强推行"竞争性追捕命案逃犯"机制，在全局挂牌招标，一个月内谁抓住连重水，奖金五万，提拔重用！此招一出，局里炸开了锅，刑警大队的年轻民警黄贤新上前摘牌。

随后，黄贤新组建追逃班子，当上了追捕组组长，集中火力专攻连重水。但他第一次摸排就碰了钉子，连重水家族在当地有一定的影响力，横峰民警数度深入当地摸排、抓捕，均无功而返。黄贤新他们一进村打听，就被轰了出来。

正面强攻不成，黄贤新改变战术，侧面迂回秘密摸排。他查找了连重水的所有关系人，对海量信息进行筛选、碰撞、深度发掘后，最后掌握了连重水三个子女的动向。

黄贤新发现连重水的次女曾被公安机关处理过，他立即调取了连重水次女的供述。供述称连重水依然健在，并在外地务工。很快他又查到连重水的长女、儿子在江西九江生活的线索。

10月18日，周志强得知这个消息后，带领追捕组与黄贤新一起赶赴九江。本以为这次可以手到擒来，但经过蹲守观察和摸排之后，只发现连重水的长女、儿子在九江，却没有发现连重水的踪迹。

这家伙到底藏在哪里呢？周志强带着黄贤新回到横峰后，开始抽丝剥茧细致研判，他不希望挫伤了这个年轻人的锐气。

周志强提醒黄贤新说："只要他的三个子女有风吹草动，立即盯上。"

10月27日，黄贤新发现连重水的长女出现在福建省南平市。周志强马上安排刑警大队大队长带领黄贤新抓捕组，当天赶到南平。

经过两昼夜紧张摸排，10月29日，抓捕组获悉一个重要情报，连重水将在南平市一小学门口与一个叫涂某的男子会面。抓捕组跟踪到现场后，连重水却没有出现。

在此紧要关头，抓捕民警果断采取第二套方案，快速控制涂某。经过对涂某的现场突审，证实与涂某约见的人就是连重水！

此时，离军令状最后时限还有一天，抓不住连重水，一切将前功尽弃！

为避免节外生枝，黄贤新立即制定诱捕方案，让涂某再次约连重水当天下

江西省横峰县公安局刑警大队的年轻民警黄贤新追回逃犯连重水后被任命为刑警大队副大队长（丁一鹤供图）

午见面，涂某只好答应下来。

10月29日下午五时二十分，连重水与涂某见面时被成功抓捕。

此时还不到五十岁的连重水，俨然是一个饱经风霜的老人。在亡命天涯的日子里，连重水像一只老鼠，常年躲在阴暗的地洞里，不敢见天日。当年杀人之后，连重水逃进了福建南平的山林之中，在山上打石头，一打就是整整十年。采石场停产时，他攒下了十几万元的积蓄，但舍不得花，因为他三个幼小的孩子正是用钱的时候。离开采石场，他抱着十几万元现金坐车进市区，准备把钱寄给他的老母亲。

可是，多年藏匿在深山的连重水，坐着公共汽车刚进城，就发现远处路口停着一辆警车，车边还站着几个警察在查车。他吓得躲进座椅底下瑟瑟发抖。邻座问他怎么了，他吓得说不出话来。邻座见他满头大汗浑身颤抖，就对司机喊："这位老人病了，快送他去医院。"好心的司机直接将公共汽车开进医院。邻座把他扶进医院，忙着挂号时，他趁机跑出医院，打量周围没有警车跟来，才靠在墙角大口喘气。

他定下神来，本想问邮局在哪里，可每一个路人在他眼里都像便衣警察。揣着十几万元钱，他不敢吃一餐饭，不敢抬头看人，失魂落魄地连夜逃回采石场。

这次惊吓之后，连重水病了好几天。从此他再也不敢出山，生活必需品就在采石场邻近的村里购买，直到采石场全部清空，他才最后一个离开深山，溜进南平的城乡接合部，靠卖苦力维持生计，化名过起了深居简出的半隐居生活。

清网行动开始后，无论投案自首的政策多么优惠，他都不想回去。因为有人命，有血债，他清楚，警察不立即把他当靶子打了，就算祖宗保佑了。

　　好死不如赖活着，活一天赚一天吧，反正孩子已经长大了。可是，亲情永远割不断，当已经长大的女儿联系他时，他还是动摇了。这种动摇，也使他的踪迹显露出来。

　　连重水落网后，周志强将五万元奖金当场发到黄贤新手上。不仅如此，周志强很快兑现了承诺，他找县委书记和组织部长，为黄贤新要来一个职务：刑警大队副大队长。

激将法激出父子兵

　　看到局长一线冒死抓逃，大家都说："局长把我们的退路堵死了，没啥好说的，一个字，冲！"靠着一股冲劲，横峰在上饶市和江西全省，第一个率先突破追逃任务90%！

　　政工科长杨喜旺是横峰公安局党委成员，他不是具体办案单位的领导。清网之初，他负责追踪一个持刀砍人的逃犯，可盯了没多久，目标就丢了。

　　这事没法深究，也深究不得。

　　杨喜旺办案外行吗？话可不能这么说。在此之前，杨喜旺是横峰县公安局的刑警大队长，人虽然老实厚道，但抓逃犯办案子却是手到擒来。你说杨喜旺当政工科长不会写写画画是个外行可以，说杨喜旺跟丢逃犯，全横峰公安局没几个人能信。

　　仿佛只有杨喜旺自己信，但他不说。

　　大家都知道杨喜旺肚子里憋着一股邪火，干得好好的一个刑警队长，去当杨喜旺自己眼里的"政治骗子"，他有一肚子委屈。

　　周志强也不信，但他不说，尽管杨喜旺挪位置是早年的事，但现在的刑警大队长干得好好的，何况，政工科长相当于政治处主任，又是党委委员，比刑警队长高半格呢。

　　只有让杨喜旺自己去悟。

　　周志强上任时杨喜旺没鼓掌，周志强出台那些政策的时候他冷眼旁观，直到周志强亲手把占细兵抓回来，他才有点儿服。

有一天在办公室，周志强看了他一眼，又指了指杨喜旺跟丢的持刀砍人逃犯周伟的照片说："这个还没有找到？"

这叫杨喜旺脸上发热。

当晚，他给名校毕业的儿子打电话说："你回横峰一趟。"

儿子刚刚考上浙江金华的公务员，正准备去上班呢，杨喜旺的第一句话却是："回来当警察吧！"

儿子死活不干，在横峰这样的穷县当警察，一个月顶多两千多块。要去浙江工作，比在横峰多赚好几倍，不比当个警察强啊？

可胳膊拧不过大腿，儿子犟不过老子。

办完入警手续，杨喜旺就带着儿子，把铺盖卷和一大包方便面矿泉水扔在私家车上，直接开到了洪客隆小区门口，爷儿俩开始蹲坑守候。

有情报说，上次杨喜旺跟丢的逃犯周伟，可能落脚在洪客隆住宅小区。小区有两个出口，相隔两百多米，杨喜旺和儿子一人守一个。

打虎亲兄弟，上阵父子兵。这爷儿俩开始日夜蹲坑守候，饿了，吃口方便面；困了，就在车上打个盹。那几天，山城横峰的夜里气温很低，又下起了雨。儿子考虑到父亲年纪大，就把车子让给父亲，自己撑伞，躲在另一个出口的楼下守候。

第一个晚上，儿子感冒了。

第二个晚上，儿子开始发烧。

到第三天，儿子低烧伴随着咳嗽。在小区二百米外的另一端，杨喜旺远远就听到儿子的咳嗽声。他心疼，要是在平日，他早就买好药送到儿子身边了。可是，已经守了两天两夜了，节骨眼上不能掉链子。他拿起手机，狠狠心说："儿子，你一步都不能离开啊，就是躺在那儿，也要给我盯住，千万不能让逃犯再从眼皮底下逃走。不然咱爷儿俩没脸见人啊。"

悄悄潜回横峰的周伟做梦也没有想到，这么冷的下雨天，还有人惦记着他。凌晨两点多钟，就在周伟像幽灵般闪出小区，准备进山躲避时，被杨喜旺父子逮个正着。

五、受伤警察为逃犯求情

2012年3月20日，浙江省杭州市萧山区人民法院，一个备受关注的刑事案件正在开庭。当刑庭审判长王丹丹宣布庭审暂停，合议庭进行合议时，坐在旁听席上一个脸上带着长长伤疤的年轻警察突然冲出法庭，拦住王丹丹和两位陪审员说："法官，我就是被这个被告人刺伤的警察周益斌，我想为王家友求个情！"

王丹丹一愣："为什么？"

周益斌急不可待地说："他拿刀刺我，是出于反抗本能，并不是真要害我。设身处地地想想，要是有人抓我，我也要反抗。他家人没来，也请不起律师，还身患重病，我想为他求个情，能少判他几天就少判几天吧！"

王丹丹法官这是第一次遇到这种情况，她点了点头，与陪审员走进合议室。二十分钟后，王丹丹法官回到法庭，当庭宣判，以盗窃罪和故意伤害罪，两罪并罚判处被告人王家友有期徒刑两年六个月。

听到这个判决结果，周益斌咧开带着伤疤的嘴角笑了。被告席上的王家友先是一愣，然后咧开他经典的厚嘴唇，也笑了。

被押出法庭的瞬间，周益斌叮嘱王家友说："好好改造，出来后一定来找我，别忘了有个警察哥哥等你回来！"

对峙"厚嘴唇"

周益斌第一次见到"厚嘴唇"王家友，是2010年10月的萧山街头。

10月初，二十八岁的浙江省杭州市萧山区城厢派出所民警周益斌，拿着一纸调令兴冲冲到萧山区分局报到，坐在了刑侦大队情报中队副中队长的椅子上。

文质彬彬的周益斌，是萧山区公安系统的信息研判高手，笑起来很可爱，做起事情来也很细心，网上追逃很有一套。

萧山地处杭州市的城乡接合部，刑侦大队业务很忙。以前周益斌在派出所，每天都要上街巡逻，到情报中队一上班，整天坐在办公室里盯着电脑，没几天，屁股就像长了刺，怎么也坐不住。

到分局上班不到一周，一天将要下班的时候，几个警察路过周益斌的办公室门口，喊了一嗓子："周队，我们去抓小偷，你敢不敢去？"

"去就去！又不是没抓过。"周益斌嘟囔着扔下鼠标，跟战友直奔蜀山街道桥头陈村而去。此前，民警们早已摸清，这个地方最近丢了不少电动车，有一伙盗车贼经常在光天化日之下偷车。

刚到桥头陈村，周益斌他们就看到一个身材瘦削的黄毛小伙子，旁若无人地撬开一辆电动自行车，然后一迈腿跨上，撮起厚厚的嘴唇吹了个口哨，斜刺里蹿出一个小伙子飞身坐在了后座上，正要离去。

"厚嘴唇！"战友们几乎异口同声说了一句，"这小子出来了？"

没等周益斌反应过来，两个战友冲上去把后座上的那个小子拽下来，别臂、按倒、上铐，动作干脆利索。

"厚嘴唇"骑车欲逃，周益斌追上去，一把将电动车后轮抬了起来。"厚嘴唇"越使劲，后轮空转越快。没几下，"厚嘴唇"歪歪扭扭从车上跳下来，手里多出了一把刀。

这把看起来并不起眼的尖刀足有二十多厘米长，周益斌一眼就看清楚了，那是用锯条磨成的，虽然毫无光泽却锋利无比。

"放下刀！"周益斌喊了一声。

"想都别想！你敢过来试试？过来我就捅你！""厚嘴唇"一边挥舞尖刀，一边四处查看逃跑路线。好奇的路人上前看热闹，"厚嘴唇"不管不顾，见人就刺，吓得路人赶紧躲开。

周益斌与"厚嘴唇"对峙着，就在他迟疑的瞬间，"厚嘴唇"突然往前冲过来，周益斌正要抵挡，"厚嘴唇"却在中途突然拐弯，冲进一个巷口，霎时间消失在傍晚的人群中。

等战友们收拾完那个叫王力的小毛贼时，跟踪追击的周益斌气喘吁吁，一脸热汗，两手空空，看不出是因为出汗还是羞愧，反正脸是红的。

周益斌记住了，这个小子嘴唇出奇地厚，也出奇地大，往前撅着，像根拴驴的桩子。

"谋生手段"

"丢人哪！"周益斌很沮丧。

刚到分局上班，眼睁睁放走了一个持刀的毛贼，别人不说什么，周益斌心里却像吃了苍蝇一样窝囊。大小也是个副中队长，就因为那把小刀放走犯罪嫌疑人，这糗出大了。

话是这么说，可萧山警察上街执勤都没有带枪的习惯。虽然上面要求出警要带武器，但下面的警察都不带，顶多带根警棍。在萧山闹市区，警察多年都没开过枪了。

城市环境和居民特点决定了一个地域警察的特点，越是发达和文化层次高的地区，居民对警察的要求越高，警察的心理压力也就越大，警察也越不敢带枪。要是杭州的闹市区响起枪声，那还不闹翻了天？

中国公安的警力系数，也就是一万人中警察的比例，国内平均在万分之二十左右，浙江是万分之十五，杭州是万分之十二，而萧山只有万分之五。也就是说，萧山区常住和外来全部人口二百多万，警察只有一千二百五十人，还要文明执法，上街又不敢带枪，难哪。

在杭州，经常有小偷被发现后，逃无可逃就跳到河里，死活不上岸，还哭着喊着让追他的人打110，直到警察到了，才敢上岸。为什么？因为现在的警察文明了，小偷宁愿让警察抓走关上几个月，也不愿让老百姓打个半死。

这种情况带来的结果是，小偷业内有句话：要干就去杭州干，那里的警察讲文明、不打人。"厚嘴唇"就是听了这话，来到萧山专职盗窃电动车的。

"厚嘴唇"本名王家友，1987年1月生于湖北阳新县农村，母亲早逝，父亲常年卧病在床。两个哥哥一个姐姐都在杭州打工，小学毕业后，王家友就跟着哥哥姐姐来到杭州。

早岁哪知世事艰，王家友品尝的人生第一次苦难，是在他十八岁的时候，患上了这个年纪不该有的病：严重的前列腺炎。

以前还有一把力气赚钱，生病之后再也不能干重活，连最起码的吃药打针维系生命都无法保障。大哥在杭州赚不到什么钱，回老家再也没回来。二哥和姐姐也都混个饱暖，帮不了他。最终，王家友想到帮助自己的办法，就是偷自行车到黑市上卖几十块钱，换两个馒头吃，剩下的钱买点儿药，再交上低廉的房租。

身无长技又不甘心回到老家受穷，想勤劳致富又因为身患重病成为泡影。生存的挤压，让这个贫穷的孩子在城市的夹缝中，以非法的手段维持生存。到2008年4月被萧山区法院以盗窃罪判处有期徒刑两年六个月时，二十一岁的王家友就有三次前科，两次被判刑，一次被治安处罚，还涉嫌抢劫。

2010年8月底，王家友出狱了。他出狱后的第一件事，就是找到一把钢锯条，用砂轮磨成了一把尖刀，这把刀长二十二厘米，宽三厘米，刀柄用铜丝缠牢，还有一个半圆形的护手，用红色毛线捆住。王家友用纸板做了一个刀鞘，连刀一起插在腰带上。

两年半的监狱生涯，王家友的前列腺炎更加严重。由于长期未能治愈，导致内分泌失调和神经衰弱等并发症。王家友心理压力很大，精神越来越恍惚。出狱后，最要紧的两件事，一是解决吃住这些生存问题，二是赶紧将病治好，起码控制住病情不再恶化。

王家友明白，出狱之后不能回老家，因为老父亲卧病在床还没钱治疗，回到老家无法生活，只能等死。他只有回到熟悉的杭州萧山，依然干偷电动车的老本行，别的他什么都干不了。

王家友随身带着一把刀，一是防警察抓，二是防车主抓，三是给自己壮胆。

2010年10月，王家友叫上同村的同龄伙伴王力去偷电动车，刚偷第二辆，王力就被周益斌他们抓了个正着，而王家友凭借手中的那把刀成功逃脱。

被警察撵着四处逃窜

王力被抓后，王家友知道，警察一定会找他的。

王家友不想继续坐牢。逃走之后，王家友去浙江温州那边避风头，可是温州那边查得也很严，所以只呆了几个月，正赶上2011年春节，他就偷偷摸摸回了趟老家。老父亲一见他，吓得赶紧把他拉进屋说："孩子，你是不是在浙江那边又犯事了？前段杭州那边来了两三拨警察，说你是网上逃犯，你赶紧跑吧！千万别再去杭州了！"说着，父亲拿出几封规劝逃犯投案自首的公开信。

春节之后，王家友没敢回萧山，而是来到余杭良渚一带，跟一个老乡去做水电工。随着清网行动的展开，余杭一带对身份证查得严，王家友不敢用自己的身份证，余杭那边也呆不下去了。

管他呢，越是危险的地方越安全，王家友侥幸指望萧山警察"灯下黑"。

2011年10月10日，王家友又回到了萧山，在蜀山街道租了一间小平房住了下来。王家友不敢出来找工作，也不敢再上街偷电动车，在家里憋得难受了，就悄悄到附近的棋牌室里打打牌散散心。

王家友的想法很简单，能躲就躲、能逃就逃。腰中的那把刀，就是逃脱的唯一利器。

王家友持刀与警察当街对峙，又趁乱逃走，成为萧山警方在清网行动中的重点抓捕对象。因为他比普通的盗车贼更具危险性，民警去抓他，他要拿刀捅，如果盗窃时被受害人发现，他一定也会拔出刀……

周益斌和同事们说起这个"厚嘴唇"，都很气愤，也很担心。

周益斌更注意到一个细节，王家友走在路上每次都用手捂着嘴巴，怕警察认出他来。凭着这份了解，周益斌和战友们开始用原始的摸排方式找人，一个月后，王家友的藏身之所被锁定在蜀山街道曹家桥一带。

王家友被警方列为逃犯，追逃的恰恰又是周益斌。局里能派出去的警察都派出去了，身为情报人员的周益斌，就像战争年代让伙夫端着枪守住阵地一样。让周益斌这样一个文质彬彬的警察去抓王家友，慷慨一点儿说，是为警察的荣誉而战，现实一点儿说，是为多完成一个追逃指标。

蜀山街道一带地处城中村，人员、地理环境比较复杂。为了不打草惊蛇，周益斌决定在王家友经常出入的棋牌室等地秘密蹲点守候。每天出发前，周益斌都会再三叮嘱同事，"厚嘴唇"身上有把锋利的刀，大家千万要小心。

但十多天过去了，每天蹲守都没有结果。周益斌把QQ签名改成了"坚持"两个字，每天提醒自己，只要坚持，肯定抓得到。

10月26日中午，周益斌和刑侦中队指导员周玉生等四位民警再次来到蜀山街道曹家桥社区。下午四点，王家友从棋牌室的小弄堂里走了出来，准备坐摩的离开。

"这次再也不能让他跑了！"周益斌自言自语。

带血的手铐

当王家友捂着厚嘴唇从周益斌身边走过时，周益斌跟了上去，准备从侧面扑上去控制王家友。此时，王家友也感到背后有人，他突然回头，与周益斌对视了一眼。王家友愣了一下，顾不上捂嘴唇，拔腿就跑。

周益斌哪里肯放他走，紧追不舍。奔跑中，周益斌一个前扑，想把王家友扑倒在地。王家友和上次一样，早已拔出腰间的那把尖刀，回身一刀就朝他刺了过来……

周益斌知道王家友身上有刀，但他擒贼心切，试图去夺王家友的刀。他按照学校学来的功夫，抓住王家友的手腕用力一拧，刀却没有如愿掉下来。

周益斌受伤后被战友们紧急送诊（李志平供图）

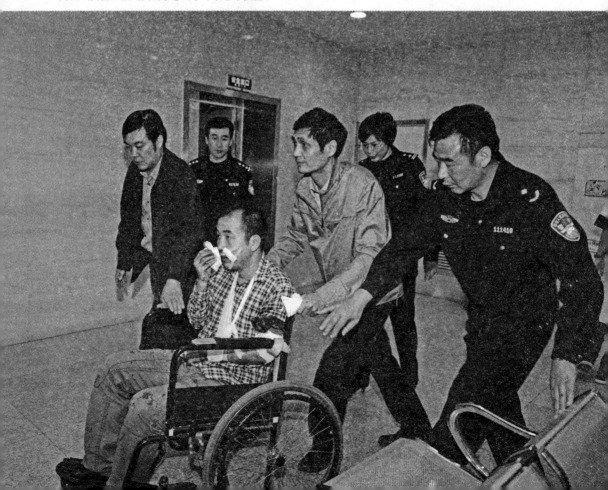

王家友的刀柄上有个绳套，绳套缠在了王家友手腕上。

一把没夺下刀来，周益斌知道危险，正要躲闪，左上臂就被从下到上挑开了一道十多厘米的口子。周益斌只好用右手抓住王家友的衣角。见周益斌受了伤依然不松手，王家友挥刀朝周益斌脖子上捅去，周益斌用右臂一挡，刀尖从嘴角到鼻尖划破了他的左脸，这道足有五厘米的血口子，顿时鲜血迸溅。

来不及闪躲，第三刀又刺向了周益斌的胸口……

周益斌侧身躲避，尖刀在夹克和内衣上划开一道二十多厘米的口子之后，又在胸部留下一个口子。随后，尖刀又往下刺伤了周益斌的腹部。前后不出十几秒的时间，周益斌身上已经中了四五刀。

周益斌不能退缩，他迎着尖刀，一手抓住王家友持刀的手，另一只手掐住王家友的脖子，一个"锁喉摔"将王家友摔倒在地。王家友倒地后，顺势翻身把周益斌压在身下，举起刀来又要扎下去，周益斌仰面死死抓住了王家友的双手。

两人一个在上一个在下挣扎僵持，包抄上来的民警赶过来，咣咣两电棍砸在了王家友的头上，然后攥住了王家友握刀的手。在夺刀的过程中，指导员周玉生的手也被划伤。

周益斌爬起来，掏出手铐，铐住了王家友。那银色的手铐上，带着他的血，鲜红得刺眼。

王家友被抓住后，战友们要送周益斌去医院，他拿手抹了一下嘴角的鲜血说："就脸上划破了一点儿，没事，我自己去医院包扎一下就行，你们先把他押回去。"说完，冲战友们摆了摆手。

胳膊和胸腹上的伤口渗出的鲜血，因为隔着藏蓝色的夹克上衣，战友们都没有发现。大家犟不过周益斌，加上指导员周玉生的手也被划伤，只好先行押走了王家友。

战友走后，周益斌才感到左臂已经抬不起来了，他捂着左臂往巷子外面走，想打车去医院。

此时周益斌的衬衣已被渗出的鲜血染红，左手臂滴滴答答在流着血。附近一家手机店的老板娘拿来一块毛巾，替他包扎手臂。

在巷口，周益斌艰难地挥手打车，有好几辆出租车在他面前停了下来，看到他浑身是血，一踩油门忙不迭地开走了。足足等了有十几分钟，围观的群众远远看着，没有人上前帮一把，也没有一辆车停下来。

周益斌有些绝望，泪水在眼眶里打转。他想喊一声"我是警察"，也想喊一声"救救我"，可他硬是没有喊出来。

正当他孤立无援之时，一个五十多岁的大伯，骑着一辆电动车在周益斌面前停了下来，后座还有一个两岁不到的小男孩儿。还没等周益斌开口，大伯就喊周益斌上他的电动车，周益斌说了声"谢谢"。

到医院十几分钟的路上，大伯边骑车边说："你是便衣警察吧，刚才是不是在抓坏人？"

周益斌应了一声。一路上，大伯不停地对周益斌说："别紧张，没事的，医院马上到了。"这句话，大伯重复了好多好多遍，周益斌想，可能是大伯怕他流血太多昏过去。

电动车飞驰过的路面上，点点滴滴都是周益斌殷红的鲜血，像一瓣瓣凋零的樱花。

到了急诊室门口，大伯扶周益斌下车。此时，他才发现大伯孙子的衣服也被血浸透了。周益斌让大伯留个电话，大伯一个劲挥手，叫周益斌赶紧进去诊治。

临走的时候，这位大伯嘱咐医生说："一定要好好救这个孩子，他是个警察，是个英雄。"

虚弱的周益斌没再坚持，跟跟跄跄跑进了急诊室。随后，局领导和战友闻讯赶到了医院。周益斌身上有多处刀伤，仅面部就缝了十针，手臂的伤也很深，好在周益斌躲过了几次致命的攻击，没有伤及神经。

10月28日，醒来后的周益斌和萧山警方委托《都市快报》、萧山电视台寻找这位做好事不留名的大伯。最终在蜀山中心幼儿园，通过电动车上的那个小男孩儿，找到了萧山区环卫处新塘环卫所垃圾收集工龚德权老人。

当时正值轰动全国的"小悦悦事件"发生后不久，媒体也正在讨论该不该搀扶摔倒在地的老大娘。通过《新华每日电讯》、浙江卫视等数十家媒体的报道，龚德权的义举感动了杭州城。之后，杭州市萧山区见义勇为基金会授予龚德权萧山区见义勇为积极分子称号。杭州市城市管理委员会等单位分别授予龚德权杭州市城管系统道德模范、萧山区城管系统美德标兵、优秀城管人等称号。

周益斌追逃犯喋血街头，反而成了这个事件的新闻背景。

我们不要仇恨

周益斌受伤后，闻讯赶来的有领导，有战友，还有妻子和三岁的儿子。

"那天下午四点，我还发短信给他呢，说晚上加班不回家吃饭，他没有回。"周益斌的妻子说，她没想到，那个时候丈夫正在喋血街头。"下午五点，他的同事打电话给我，说要接我到医院，我一下明白出事了。我让他们不要来接我，我说我能行。其实，我在开车来医院的路上，突然想起他求婚时和我说的一句话，'做警察老婆，要有心理准备'，我突然很害怕……"

周益斌住进了医院。当他动完手术醒来后，战友们宽慰他说："我们也给你解气了，那小子骑在你身上的时候，我们两电棍把那小子的头给敲破了，也缝了好几针呢。"

周益斌笑笑说："嗨，打他干吗啊，他也是个可怜孩子。"

"这小子是个惯犯，你指望坏人能变好啊？可怜他做什么？"战友们说。

周益斌轻叹一声："这两天，我一直在想，虽然我有一流的信息战追逃经验，但缺乏一流的制敌功夫。要把这小子逼急了，他出来报复我倒不怕，真要拿刀去砍我三四岁的儿子，这不成冤冤相报了吗？咱也要想想，要不是没吃没喝没钱买药，谁去当那偷电动车的毛贼啊！抓他不是目的，让他不再犯罪才是我们要做的。"

11月3日，浙江省公安厅、杭州市公安局的有关领导专程到萧山第一人民医院，向病床上的周益斌宣布记个人二等功的命令，并颁发奖章、证书和奖金。

周益斌出院之后，第一件事是委托看守所的战友，帮王家友买了一些治疗前列腺炎的药物。随后，又跟承办王家友案的警察说："别因为'厚嘴唇'扎了我，就加重对他的处罚，在移送检察院的时候，能轻点儿就轻点儿，哪怕是他如实供述罪行，也是从轻的情节啊！"

此后，周益斌一直关注着王家友案件的进展。2012年3月19日，当周益斌听说王家友案第二天就要开庭时，他连夜冒着阴雨到超市买了两身内衣和一条毛毯，3月20日一大早赶到了看守所。

　　王家友被押出看守所的铁门时，看到笑眯眯的周益斌，他愣了一下。周益斌递过袋子里装着的内衣和毛毯说："知道你的案子今天开庭，我来看看你，这些日子天冷，怕你病重，给你带了几件内衣。看你样子，胖了不少啊！"

　　在看守所呆了五个月的王家友，比被捕时起码胖了三十多斤，与原来的清瘦判若两人。王家友听后一言不发，撅着嘴，不敢直视周益斌的眼睛。为了消除这种尴尬，周益斌说："我知道你家里人没来给你送衣物送钱，也没给你请律师，我来就是想告诉你，我抓你是我的工作职责，当警察不抓你就是失职，你拿刀扎我是为了逃命，我能理解。我跟你无冤无仇，你捅我几刀我也不会记恨你，反而是你让我立了功，说起来我还得感谢你。我会跟你一起到法院去跟法官求情。人这一辈子像咱俩这样的缘分也不多，我们不要仇恨，只要平安的生活，对吧！"

　　听着周益斌这番话，王家友本来绷紧的脸部神经慢慢缓和下来，看着周益

王家友在法庭上接受宣判时周益斌就站在他的身后（丁一鹤供图）

斌点头说了一个字："嗯！"然后低下头，一脸歉疚地接过装毛毯和内衣的塑料袋。

随后，王家友被押上囚车奔向法院。周益斌开车紧随其后赶到法院旁听。在冷清的旁听席上，王家友没有见到自己的亲人，看到的只有坐在前排的周益斌。

当审判长宣布休庭合议时，周益斌追了出去，向审判长求情后又很快折返回来。王家友不知道周益斌在做什么，他的脸上毫无表情，仿佛在掩饰着自己的紧张。当法官宣布以盗窃罪和故意伤害罪两罪并罚判处王家友有期徒刑两年六个月时，他撅起的嘴巴带动着面部神经，显出了一丝微笑。

王家友被法警押出法庭的时候，周益斌追上去又叮嘱了一句："好好改造，出来后一定来找我，我给你找份工作，再也不要干傻事了兄弟！"

突然，王家友挣脱法警的手，向着周益斌深深地弯下腰，什么也没说，低头走出法庭。那个瞬间，他眼里有晶莹的泪水在流转！

六、拉网小调

一个个逃犯归案，让一份份卷宗画上句号，成为一份份封存的档案。随之封存的，是我们的警察追逃路上一个个充满艰辛和汗水的故事。

只因为太多的精彩，无法一一细数，我们只能把一个个精彩的收网故事，浓缩成一曲收网咏叹调。

"天老爷"无头案

山东省诸城市公安局刑警大队大队长王波说："讯问的时候，一定要有理、有力、有节。但对那些有疑点的家伙，一定要死盯到底。"

王波这样说，确有切肤之痛。发生在诸城市的一起离奇杀人案，就经过了追逃、放人、再追逃的反复过程。最后，王波他们把作案的两个逃犯都抓回来，才把十七年前的一起无头官司理清。

这两个逃犯年轻的叫韩兵、年长的叫陈宝，陈宝是韩兵的表舅。陈宝1967年出生在吉林省蛟河市，但他没有户籍，案发后连照片都没留下。他的外甥韩兵倒是有照片，但也没户籍。

　　两人没户籍的原因是闯关东的后遗症。他们的上一代在上世纪六十年代闯关东之后，生于东北的子女，很多都在九十年代初期回到山东老家生活，有些人根本没迁移户口，有的办了迁移手续却为躲避计划生育等原因没落户。不过，这不影响他们在老家娶妻生子。韩兵从东北回到诸城老家后，就娶了邻村外号"天老爷"的老王家的女儿。1994年12月，"天老爷"被离奇杀死，韩兵、陈宝下落不明，此案成了无头案。

　　2003年11月24日，犯罪嫌疑人之一的韩兵在吉林省桦甸市落网。讯问时韩兵坚称，杀害他岳父"天老爷"的是他表舅陈宝，因为韩兵当时在场看到了，心里害怕就跑了。无论怎么问，韩兵就是一口咬死跟自己无关。因为案发时没有其他证人，陈宝又没有归案，无法给韩兵定罪，诸城警方只好放人。被放出来的韩兵干脆哪里都不去，就在诸城老家跟妻子一起生活。王波他们一直怀疑韩兵说了假话，但没证据就不能再抓人。

　　清网行动开始后，十七年前的这起无头案，理所当然地落在了刑警大队头上。可是，当年留下的资料除了两个嫌疑人的名字之外，其他信息几乎是空白的，甚至连嫌疑人陈宝的照片都没有，户籍信息更是空白。

　　王波大队长召集追逃小组开案情分析会时，要求追逃小组把案情吃透，再确立追逃思路。追逃小组长由刑警中队长郝洪明担任，他们来到当年案发的村庄了解情况。据知情人透露，韩兵的岳父"天老爷"在当地口碑不好，天不怕、地不怕，是个"老天老二他老大"的主儿，村里人都很少搭理他。他早年丧妻，不在村里居住，独自一人住在村东边果园里的小屋里。他和一儿一女关系都不好。儿子与他仇深似海，带着老婆闯了关东，直到老父亲去世才回到家乡生活。

　　郝洪明从知情人那里了解到一个极其隐秘的内情："天老爷"对亲生女儿做过禽兽之事，而且女婿韩兵也知道！这是以往不了解的，郝洪明他们立即找到"天老爷"的女儿了解情况。可她一口咬定，父亲是表叔陈宝杀的，其他的都不清楚。而"天老爷"的儿子在他死后才回到老家，对案情更不了解。韩兵倒是在老家生活，虽然作案嫌疑很大，但已经抓过一次，总不能再抓，而且他也的确不了解陈宝的去向。

想破解当年的谜团，必须抓获陈宝，而抓获陈宝，只能从陈宝的亲友那里找线索。最后，郝洪明查到了陈宝的一个哥哥在诸城。陈宝的哥哥说："陈宝在吉林蛟河出生，出生后就没有办过户口，在吉林的时候结过婚生了两个儿子，可他不成器，把老婆孩子扔在东北，跟一个姓尹的女人相好，还把这个女人带回山东老家。出事后陈宝就跑了，再也没回过诸城。"

除了这些内容，陈宝的哥哥说他一概不知。如此一来，尹某成了新线索，陈宝很可能还跟尹某一起生活，查到尹某就可能找到陈宝。另外，陈宝的哥哥很有可能知道弟弟的下落，也很可能与陈宝有联系。几经周折，追逃民警查到了一个陈宝哥哥联系过的大连手机号，而作为一个乡下农民，他在大连根本没有任何亲友和联系人。

山东省诸城市公安局刑警大队大队长王波（右一）与同事商议案情（张光玉供图）

在取得了这些情况后，追逃小组长郝洪明将前期摸排的情况汇总，与王波一起向局领导赵玉德汇报情况，他们一致认定：从杀人动机来看，韩兵知道岳父对妻子有不轨行为，韩兵嫌疑最大，身为表叔的陈宝应是打抱不平，但不至于非要杀人。

赵玉德果断拍板：先传唤韩兵，然后立即赶赴大连追踪陈宝。

2011年8月12日，韩兵被郝洪明叫到公安局。再次讯问时，韩兵依然坚称岳父是陈宝杀的。

"陈宝跟你岳父之前没打过交道，无冤无仇凭什么杀他？"郝洪明一拍桌子，"你当我是三岁小孩儿啊？现在说了算自首，还能保住命。你不想要命，那就等我们把陈宝从大连抓回来再说。"

韩兵一听，连忙说："我就砍了一刀，挑断脚筋砍死我岳父的都是陈宝。"

郝洪明继续讯问下去，韩兵再也不吐口了，只承认砍了一刀。郝洪明清楚，只有两个人都到案才能弄清楚内情，只好先刑拘韩兵，再掉头赶到大连抓捕陈宝，以免夜长梦多。

2011年8月20日，大队长王波率领追捕组赶到大连。在当地警方配合下，先从事先掌握的疑似陈宝的手机号查起，查询结果是这个号码好长时间没开机，机主资料也全是假的。此路不通，他们又围绕尹某展开调查。通过大连市公安局暂住人口管理系统，最后发现一个叫尹某的女子暂住在大连市甘井子区辛寨子镇，年龄、户籍都跟与陈宝同居的女人相近。

为把信息搞清楚，王波又联系吉林蛟河警方，通过当地警方查询尹某的婚姻及家庭成员情况。蛟河警方反馈的消息是，尹某家庭成员信息上只有一个女儿，但在女儿的监护人一栏，除了尹某还有陈宝。

可以确定这个尹某就是跟陈宝同居的女人。王波大队长率领追逃小组立即赶往大连市甘井子区辛寨子派出所，在当地警方的配合下，找到了尹某的暂住地。因为没有照片做比对，为避免打草惊蛇，王波他们一直在外围守候，连续蹲守了三天后，终于摸清尹某全家的活动规律，其中有个四十多岁的男子总是早晨出门，傍晚回家。此人极有可能就是陈宝。

2011年8月26日下午，大队长王波下令实施抓捕。在当地公安机关的配合下，下班回家的陈宝在家中被抓获。陈宝很快承认了伙同韩兵杀人的事实。

将陈宝押回诸城后，郝洪明连问都不问，直接给陈宝拍了一张照片。他拿着照片给韩兵看，韩兵顿时傻了，说话颠三倒四，口齿不清，神情恍惚。"你想想吧，想好了再说！"郝洪明撂下一句话，走了。

郝洪明换到另一个讯问室提审陈宝时，陈宝还原了当时的情境：十七年前案发那天，韩兵来找陈宝，让他陪着去岳父家找媳妇，原因是妻子跟韩兵吵架后回了娘家，韩兵多次去找，岳父"天老爷"总是不让见，无奈之下来找身上有文身看起来能镇住"天老爷"的陈宝相助。两人见了"天老爷"后，双方都在气头上，"天老爷"指着陈宝的文身就骂了起来。随后，"天老爷"提了杀猪刀拼命，被韩兵抢了过去，接着又要去拿猎枪，被陈宝夺下来。"天老爷"年近五旬，当然斗不过两个年轻人。陈宝夺过刀子先在"天老爷"后背砍了一刀，"天老爷"咬着牙一声不吭，死活不说女儿下落。韩兵急了，夺过刀子在"天老爷"的后背上又砍了两下，他还是咬牙硬挺。韩兵见岳父如此强硬，干脆拿刀将岳父的两根脚筋挑断。

郝洪明再去提审韩兵时，韩兵终于承认"天老爷"的脚筋是他挑断的，他恨"天老爷"，因为他知道岳父对妻子做下禽兽之事，但他同时又害怕这无法无天的"天老爷"，一直隐忍着不敢去招惹他。直到有了陈宝这个帮手，他才敢壮起胆子一雪前耻。

一起无头案，就这样在十七年后告破！

"清网侠侣"

王延丽和李劲夫妇都是贵州省从江县公安局民警，在清网行动中，王延丽担任规劝组副组长，李劲担任追捕组副组长，同事戏称他们两个副组长是一对"清网侠侣"。夫妻二人与战友们一道顽强拼搏，攻坚克难，成功抓获网上在逃人员四十九名。

2011年7月8日，王延丽在办证大厅接待一名群众时，按照习惯在网上核查身份，发现她是故意伤害案在逃人员阿福的妹妹。

王延丽既兴奋又担心被她察觉，赶紧稳住自己的情绪，借口网络慢，一

清网侠女王延丽（丁一鹤供图）

边为她办理业务，一边跟她聊起了家常，对方无意中说哥哥春节时曾跟父亲联系过。发现这一重要线索，王延丽说："你们家户口信息不全，你有你哥的联系电话吗？"对方说不知道，但王延丽从她的眼神里看出，她一定在隐瞒些什么。

晚上，王延丽和战友们分成两组开展规劝工作。王延丽到阿福的妹妹打工的地方与她聊天，问她是否和阿福联系，最近情况怎么样，有没有遇到什么困难。她沉默了一会儿说："我知道你们是为我哥好，但是我真没有他的电话，我如果能联系到他就劝他自首。"

另一组到阿福家里与他父亲谈话，但是老人家从头到尾什么都没说。通过这次接触，王延丽认定阿福与家人一定是有联系的。

第二天，王延丽再次找到阿福妹妹，通过一个多小时的耐心规劝，她终于明白了负案在逃始终要被追究、只有投案自首才会得到宽大处理，就含着眼泪跟王延丽说了实话："我是知道哥哥在哪儿，就是害怕他在牢里面被人欺负。"

有了这个突破点，王延丽紧接着说："现在实行规范化管理，牢头狱霸早就不存在了，这点你可以放心。"打消了她的顾虑后，她同意回家跟父亲要哥哥的电话。王延丽担心她父亲不给号码，提出与她一起去劝老人家，她拒绝了，说老人家在儿子外逃后，一直对警察有成见，看到警察一定不会配合。

事情陷入了僵局。王延丽冷静地梳理思路。从与阿福妹妹的交谈中得知，目前只有她在美容院挣钱养家，她父亲对美容院老板很感激。于是，王延丽就想通过美容院老板来做她父亲的思想工作。在王延丽的坚持下，美容院老板答应了。通过他们王延丽了解到，老人家认为同案人员均已判刑，待他们服刑完毕他儿子的法律责任将不再追究的不正确想法。王延丽又让美容院老板对老人家详细讲了相关法律规定，纠正了老人家的错误认识。老人家终于说出了阿福的电话号码，当晚，阿福妹妹当着王延丽的面打电话劝哥哥投案。

7月12日下午，阿福在叔叔和妹妹的陪同下来到公安局自首。

王延丽还没来得及跟李劲分享规劝阿福成功的喜悦，局里召开紧急会议，通报了涉嫌盗伐国家珍稀林木的在逃人员陈国在广东省惠州市出现了，要立即派人前往抓捕。李劲主动请缨，7月17日一大早，他就带队出发了。

李劲和两名战友日夜兼程赶到了惠州市。当地警方告诉他们，陈国大概在惠东县一带。等他们匆匆赶到惠东县城，才得知陈国不在县城而在黄埔镇，于是他们不顾一身疲倦又追到黄埔镇。

黄埔镇有三十多万外来人口，他们将这三十多万条外来人口信息一条一条比对后，却没有发现陈国的踪迹。他们分析，陈国因为在逃避警方的抓捕，随时都会转移务工场所，他的特长是砍伐树木，而那些在大山里流动性最大的、给家庭作坊砍树的散工，黄埔镇警方恰恰没登记在册，他肯定隐藏在其中。而黄埔镇到处是家庭作坊，人生地不熟，要想摸排出有价值的线索难度可想而知。

晚上九点多钟，当得到陈国在黄埔镇一家作坊出现的消息时，李劲他们立刻与当地警方进行了周密的部署和分工，迅速赶往抓捕地点。该场所只有一个大门出入，两名同志进作坊里找人，剩下的同志在门口把守，他们早已把陈国的照片翻来覆去看过很多遍，模样都印在了脑子里。十几分钟后，进作坊的两名同志出来摇摇头说："没有发现陈国。"

就在大家准备离开作坊的时候，在附近一个小卖部里发现一个买烟的人和陈国十分相似，因为是背影，大家也不敢确认。等那人从他们身边经过时，李劲就用从江方言喊了一下："陈国。"那人应声回头，大家一看，就是照片上那个家伙，于是立即上前将他制伏。

捷报传到局里，局里要求李劲他们第二天一早先到福建漳州，再到浙江温州接收两名在逃人员。他们经过三十多个小时的日夜兼程，成功地完成了交接。

7月23日上午九点，李劲一行三名民警顺利将三名逃犯带回，高效率地完成了这次跨省抓捕和接收任务。

7月的一天，王延丽通报了涉嫌抢劫在逃人员嬴某已返回贯洞老家的线索。得知他躲在亲戚家，李劲他们决定立即对其进行抓捕。凭近阶段规劝工作的经验，王延丽认为嬴某可能会自首，就找李劲商量暂缓行动。李劲说："你们早已发布通告并且多次走访其亲朋好友，直到目前嬴某还是没有自首，说明他存在侥幸心理，根本不想自首，只有通过抓捕才能让他归案。"

可是，嬴某曾答应母亲会回来自首，既然现在已经回来了，为什么不跟王延丽他们联系呢？在与战友一起讨论分析后，王延丽觉得嬴某抱有观望心理，只要追捕组施加点儿压力，他一定会自首。于是王延丽坚持再进行一次规劝。李劲有些顾虑，他说："现在已经掌握了嬴某的具体位置，直接抓捕就行了。你们去规劝容易打草惊蛇，万一他跑了呢？"

王延丽争辩说："嬴某这次能够回来，说明我们规劝是有效果的。现在抓捕的确很容易，但自首的机会只有一次，这对他的一生都有影响。"见李劲没有说话，王延丽又说，"他所在的位置附近只有两个路口，只要你们守住路口，他肯定跑不了。"

李劲想了一会儿说："能避免肢体冲突是最好的。"

王延丽和战友再次上门，将现在的政策形势分析给嬴某的母亲听，告诉她今天是嬴某最后的机会，希望他能珍惜。迫于追捕组的压力，加上王延丽的真情规劝，不久，嬴某在母亲的陪同下主动投案。

在清网行动中，王延丽和李劲彼此支持，相互勉励，发挥各自性别优势和各自的职务专长，将"追捕"与"规劝"有机结合，达到了事半功倍的效果。

一个人的婚礼

"婚期定在10月23日，正好是星期天，地点在泰安，办完婚礼谁都不耽误上班。"山东青岛市公安局四方分局河西派出所年轻民警朱海生，跟女朋友宋文蓓掐着指头，总算把婚期敲定了。

这场被小两口戏称为"海誓山盟"的婚礼，要办两场，第一场在泰安，那是宋文蓓在泰山脚下的老家；第二场在威海，是朱海生面朝大海的故乡。

在此之前，清网工作太忙，朱海生不好意思请假，现在所里的逃犯抓得差不多了，这婚必须得结了，再不办，女朋友不但有意见，弄不好还会怀疑他这个帅小伙有外心了。

定下婚期，接下来是通知双方父母。宋文蓓的父母祖籍是山东泰安，但都在新疆工作，岳父当记者，岳母是老师。老两口一听唯一的宝贝女儿要结婚，连忙坐上火车，三天三夜往山东泰安赶。这种大事，要让泰安亲友做个见证，也让泰山见证他们的海誓山盟。

2011年10月21日，周五。朱海生早已买好第二天一早的车票，给泰安老家亲戚买的礼物也装满了两大包。朱海生的心思早已不在单位，正当他提着包准备下班时，领导递给他一张去武汉的飞机票："在武汉发现一名逃犯行踪，你跟我去历练历练。"

朱海生愣了，他张了张嘴，又把要说的话咽了回去。他知道此时正是所里全力追逃的关键时刻，为了不给组织添麻烦，他没有把结婚的喜讯告诉领导和同事，本打算利用周末时间把喜事办了。这下可咋整？自己好说，女朋友那边不好说。女朋友好说，这节骨眼上，岳父岳母不好说。岳父岳母好说，女朋友那七大姑八大姨怎么说？

毕竟，朱海生是个警察，而女朋友是外地来青岛打工的大学生，再加上比自己矮一头、大两岁，还有一个更重要的细节是，原定两地举办婚宴，本来就没计划朱海生的父母到泰安去，这亲家不到，可别在这个节骨眼上闹误会了。这些误会，都需要朱海生跟女朋友说清楚，可他偏偏又笨嘴笨舌，鼓起勇气拨通了那个再熟悉不过的手机号码，支支吾吾什么都说不出来。电话那头的宋文蓓沉默了一会儿，然后说："不用说了，我明白了，你去吧，我自己回家办婚

半边脸因为抓逃犯的时候蹭破皮的朱海生与新娘在派出所补办了婚礼（山东省青岛市公安局供图）

礼，亲戚那边我去解释！"

21日晚，朱海生上了飞机。22日早上，女朋友坐火车去了泰安。临出门时，面对新婚妻子，朱海生没敢多说话，还是新娘在门口嘱咐了句："出门注意安全。"

10月23日中午，在泰安市某大酒店的婚礼现场，新娘宋文蓓当着爹娘，面对满堂的亲朋好友逐一解释：新郎出差办案了，这场婚礼我一个人来的。为了让亲朋好友知道姑爷是啥模样，宋文蓓从包里拿出一张两人的合照，让大家传着看。两个人的终身大事变成了新娘"一个人的婚礼"。

亲友们善意地起哄，给新郎打个电话吧，听听声音也算结婚了，不算假的。为了在婚礼上对所有亲朋有个交代，宋文蓓当场给朱海生拨电话，想让他跟在场的岳父岳母说几句。但宋文蓓的电话打过去，立刻就被朱海生挂断。

此刻，朱海生正盯在命案逃犯住的武汉一家宾馆的大堂里，好不容易发现了逃犯的踪迹，为避免打草惊蛇，朱海生挂断了电话。

泰安那边，宋文蓓哭了。

朱海生坐在酒店大堂，装作没事人一般，但心里忐忑不安，他不知道，回青岛后媳妇会怎么收拾自己。

晚上，宋文蓓再打电话，这次，朱海生接了，不过人已在武汉到长沙的路上。第一个逃犯抓住了，另一个逃犯从武汉逃往了长沙。

第二天，宋文蓓再打电话，朱海生又在去深圳的路上了。

二十四小时内，朱海生追着逃犯跑了三省四地。11月2日，他们终于在深圳将十三年前诈骗银行二百八十五万元的网上逃犯承某抓获归案。返程的飞机上，战友们都掩饰不住地兴奋着，唯有朱海生躲在一边闷闷不乐。看到他的半边脸因为抓逃犯的时候蹭破了皮，头儿过来劝："这么没出息啊，不就是蹭破点儿皮嘛，又不会留疤，放心，找不到媳妇我把表妹介绍给你。"

"别逗了，我还不知道媳妇怎么收拾我呢。"朱海生一脸愁容，此时才忍不住把媳妇一个人结婚的事情说出来。

河西派出所杨东胜所长得知此事后，特意将新娘宋文蓓请到派出所，向宋文蓓解释朱海生缺席婚礼的原因，并在派出所的会议室里为这一对新人举办了一个别开生面的婚礼，派出所领导作为证婚人，郑重宣布两人婚姻合法有效。在同事们热情的掌声中，一对新人喝下了以可乐代替的交杯酒。

四方分局主管刑侦的副局长方建辉得知此事后，在追逃路上给杨东胜所长打电话："一定代我多敬几杯可乐。"

打开那把锁了十九年的锁

在清网行动中，进步最快的英雄要数黑龙江省哈尔滨市南岗分局刑侦一大队大案中队副中队长李树涛了。参加公安部清网英模报告团的代表们起哄让他请客，同样来自东北的王大伟掰着指头数着念叨："副中队长、指导员、中队长、副大队长、教导员、大队长、党委委员、副局长，你看吧，你这叫连升八级！"

虽然是起哄，李树涛从副中队长跃升到木兰县公安局副局长，的确有点儿"坐火箭"的意思。而他之所以能够得到如此重用，与一扇尘封了十九年的门有关。

追逃英雄李树涛在人民大会堂参加清网行动报告会（丁一鹤供图）

2012年4月，全国公安机关清网行动先进事迹报告团首场报告会在人民大会堂举行，李树涛第一个登台报告，讲的正是这扇门的故事。

这扇门要从2011年5月开说。清网行动开始后，年逾花甲的哈尔滨市居民张桂芝老人在家人的搀扶下找到李树涛，眼含热泪地说："李队长，我知道你破过许多案子，抓了很多坏人。可你为什么不能把杀死我儿子的凶手抓到呢？我儿子被害后，我就把他的房门锁上了，不敢再进去。我怕看到他的照片，怕看到他使过的东西。那门已经锁了整整十九年，你们还要让我锁多久啊？抓不到凶手，我死也不会瞑目！"

张桂芝的儿子叫汪顺利。十九年前的一天傍晚，王成刚、朱凯在南岗区凌春饭店喝酒，与邻桌吃饭的汪顺利发生口角。王、朱二人在街边西瓜摊上拿起西瓜刀扑向汪顺利连捅五刀，汪顺利当即死亡，二人随后潜逃。

张桂芝老人的话刺痛了李树涛的心。李树涛主动请缨和队友展开全面侦查，很快发现了一条至关重要的线索：2010年1月6日，逃犯王成刚的哥哥、父亲、母亲三人同乘一班飞机前往上海。

围绕这条线索，他们迅速展开调查。据说他们前往上海是给父亲看病。李树涛分析，王成刚的父亲如果真是去上海看病，那病情一定很重。王成刚如果与家中保持着联系，就很有可能前往探望。如果不是去看病，并不宽裕的他们举家飞往上海实属异常！李树涛当即奔赴上海，经对各医院认真核实，并未发现王成刚父亲的就诊信息。

李树涛立即调整思路，很快又发现了一条重要信息：在他们从上海返回哈尔滨的航班上，有一个叫焦昌的人与其同行。这个焦昌不是外人，而是王成刚母亲的外甥。李树涛马上排查，发现王成刚家人在上海期间，焦昌与他们同住一家宾馆，跟焦昌同房间居住的还有一个叫"王刚"的人。这个"王刚"立即引起了李树涛的警觉。他拿出王成刚十九年前的照片与这个王刚进行比对，顿时眼前一亮！尽管两者相貌有别，但面部主要特征完全相同。毫无疑问，这个改变了身份的"王刚"，正是李树涛苦苦追捕的命案逃犯王成刚。

李树涛很快查明王成刚居住在山东省济南市，与妻子管青做童装批发生意。随即，李树涛带领抓捕小组马不停蹄直奔济南，很快查到管青的住处。李树涛化装成蹬三轮车的车夫，跟踪她一周，却未发现王成刚的踪迹。后经外围侦查，发现王成刚已潜逃至泰安市。10月26日，李树涛和侦查员赶到泰安市王成刚的住地，正赶上他刚刚迈出家门。李树涛一眼就认出了王成刚，冲上去把他死死按住。王成刚问："你们是哪儿的？"

李树涛说："哈尔滨南岗刑警！"

王成刚叹了一口气说："我知道早晚会有这一天！"

事后，王成刚交代，这几天感觉心神不宁，不敢在家呆着，正要逃往杭州一带。

但是，李树涛早他一步！

王成刚归案后，李树涛并没有马上告诉张桂芝老人。老人从媒体上得到了消息，带着锦旗赶到南岗分局，哭着跪倒在局长面前，叩谢公安。当时，李树涛正在外地追逃，老人与他通电话说："树涛啊，凶手抓到了你为什么不告诉我？你在哪儿？我现在就要见你！"

李树涛说："大娘，还有一个朱凯没抓到。不抓到他，我没脸见您！等抓到后，我陪您一起把那扇门打开！"

随后，李树涛乘胜追击，从朱凯的亲属关系入手开展工作，发现他姐姐朱红经常与吉林市一个叫李光军的男子联系。李树涛将李光军的户籍照片与朱凯十九年前的照片进行对比，再次惊喜地发现，李光军正是改变身份的朱凯！刻不容缓，李树涛他们于11月3日连夜赶往吉林。为了抄近道，车子在坎坷的土路上连续爆了两个车胎。李树涛跟队友们调侃说："这是好征兆，是连续报捷的意思！"

他们冒着寒风，摸到一个村子找人拽车补胎，一直折腾到后半夜一点多才赶到朱凯家的楼下。为避免惊动四邻，他们在车里又熬了半夜。天刚蒙蒙亮，李树涛他们冲进屋里将还在熟睡的朱凯一举擒获！

回哈尔滨那天，李树涛扶着张桂芝老人，亲手打开那扇紧闭了十九年的房门！老人看着儿子的照片，失声痛哭："儿啊，儿！杀害你的凶手都抓到了！你的仇报了，你的冤伸了，妈死了也能闭上眼了！"

像狼一样撵着逃犯屁股跑

山东省济宁市公安局市中分局副局长周中华负责经侦系统网上逃犯的追逃工作，他的绝招是，先把自己变成逃犯身后时刻撵着逃犯跑的嗷嗷叫的狼，而且不是一只，是一群。

2011年8月29日，周中华率领跨省追捕组，踏上了历时三个多月的漫漫征程。出发前，他立下军令状：任务完不成，决不回家！

逃犯刘江是他们的重点抓捕对象。刘江从2009年开始，打着投资"矿山"的幌子，以高息为诱饵，在山东、河北、天津一带，大肆进行非法集资犯罪活动。受害人多是下岗职工，被骗后不断上访，严重影响了社会稳定。

刘江不抓，民愤难平！山东、河北、天津三地都上网追逃，周中华先联系其他两地警方，把他们发动起来，然后带队直奔辽宁阜新市刘江的老家。

先期侦查的三个追逃民警到阜新市一看，刘江所谓的矿山只剩下破厂房烂机器，满目疮痍，连个人影都没有。中国刑警学院毕业的周中华通过辽宁省公安厅的同学，又联系阜新的同学，最后找到刘江户籍所在地的派出所所长。所长找来刘江的侄子问话，侄子的回答是刘江行踪不定，不知道他去了哪里。

"那还有谁能联系上他？"周中华问。

像狼一样撵着逃犯屁股跑的山东省济宁市公安局市中分局副局长周中华（丁一鹤供图）

　　"刘江的姐姐在北京工作，他们感情很好，他姐姐应该知道，具体住哪儿不知道，只听说在军博附近。"刘江的侄子说。

　　周中华立即赶到北京，正面和刘江的姐姐接触，没想到她极不配合，说没有见过，也不知道刘江在何处。之后，周中华不断地给她打电话，她干脆不接。周中华不停地短信"轰炸"，刘江的姐姐终于答应第二次见面。周中华对她说："你弟弟非法集资，抓他归案是我们的责任。如果你真的为你弟弟好，就应该劝说他投案自首，争取宽大处理。我想，你也不愿意看到他被从严追究的那一天吧？"

　　刘江的姐姐终于说了实话：事发后，刘江确实到过北京，但现在不知去向。刘江的母亲住在黑龙江，他的女儿目前在成都读大学。

　　周中华立刻带队飞赴成都。通过学校老师的安排，周中华在成都一家小茶馆与刘江的女儿见了面。但刘江女儿说："我爸没到过成都，即使打电话也总是变换号码。"经过进一步给她说明利害，讲清法律、政策，刘江女儿表示愿意帮助做规劝工作。

在成都调查期间，一名受害人发来信息说她曾见过刘江有一个名字为"查剑峰"的身份证。周中华立即进行调查，发现"查剑峰"的身份证在济南、石家庄、北京、内蒙古额尔古纳等地都有使用记录，与刘江的作案轨迹基本一致。随即，周中华带队一路追查到额尔古纳，调取有关监控录像，与刘江照片比对，确定了"查剑峰"就是刘江。周中华冻结了与"查剑峰"有关的所有账号，此后，刘江再也不敢到银行取款了。

2011年9月13日下午，刘江的姐姐突然给周中华打电话：刘江去黑龙江老母亲那里了。

机不可失！周中华迅速从海拉尔出发，坐了十五小时的火车、七小时的大巴、五小时的小镇末班车，才赶到黑龙江的边陲小镇绥阳。可他们还是晚了一步，狡猾的刘江又逃走了。

周中华找到刘江的母亲，请她把家人召集在一起，和他们进行了一次长时间的交谈。周中华说："刘江是你们的亲人，那些上当受骗的人难道就没有亲人吗？我作为公安局副局长在这里保证，只要刘江主动投案，把骗来的钱退还给受害人，他一定会得到宽大处理！不然的话，我们会继续追下去，直到抓住他为止！"

刘江的亲友虽然答应了，却没有任何效果。怎么办？继续撵狼！

按着刘江逃窜的路线，周中华他们在黑龙江、吉林、辽宁、山西，又足足用了二十多天的时间，明察暗访、跟踪追击。周中华冻结了刘江转移的涉案资产，冻结了他的账户，掐断了他的经济来源，刘江的活动余地越来越小。同时，周中华又不厌其烦地给刘江的亲属发短信、打电话，让他们规劝刘江早日醒悟。

经过整整六十天的较量，2011年10月29日，刘江的心理防线彻底崩溃了，自己走进了济宁市公安局市中分局。投案前，刘江给正在追逃路上的周中华打电话："周局长，你们逼得太紧了，让我都没活路了，除了投案，我无路可走了。"

对于劝不回来的逃犯，周中华照样跟在逃犯屁股后面撵，直到撵得逃犯精疲力尽，最后将逃犯摁住。

11月16日，周中华又马不停蹄赶往广西，去抓另一个诈骗逃犯甘洪亮。

2004年3月，甘洪亮自称是"中航建设集团机械分公司"总经理，虚构投资项目，在济宁骗了三百多万元投资款后潜逃。一些受害的小业主，为筹集资金，到处借款、贷款，最后倾家荡产。

甘洪亮潜逃多年，有一定的反侦查经验，办案人员五次抓捕都扑了空。济宁市公安局市中分局乔培战局长气得直拍桌子："抓，周中华你一定要给我把这小子抓回来，如果再让姓甘的逍遥法外，上愧苍天，下愧百姓！"

周中华到达南宁时，手头上仅有的线索，就是甘洪亮2011年夏天在南宁市区一个工地上出现过。周中华翻阅了工地的用工登记，拿着甘洪亮的照片，让每个民工辨认，结果一无所获。甘洪亮老家在广西梧州一个小山村，周中华带人直接赶到他老家，与他的大哥谈了几个小时，没有任何进展，但细心的战友在他们家墙上发现了甘洪亮妻子在桂林的电话。

于是，他们又火速到达桂林，找到甘妻的住处。甘妻仿佛见到亲人一般哭诉说："甘洪亮两年多没有回过家了，也没有打过一个电话。"

周中华心急如焚。怎么办？是坚持，还是撤回？

先回到南宁重新梳理案情，扩大侦查范围。一个工地管理员向周中华反映，他见过照片中的男子，虽然叫不出名字，但知道这个人曾开过一辆白色起亚轿车，还能记得车牌号的后三位数。周中华他们连夜比对，找到了这辆车，车主姓黄，是甘洪亮的同乡。追踪过去一问，得到的消息是甘洪亮在海口、广东罗定各有一家公司。周中华马上调整部署，留下两人到甘洪亮的老家蹲守，他带队前往罗定和海口。

先到罗定，查证结果是甘洪亮的公司因为没有年审，营业执照在一年多之前已被吊销，租赁的房子也因拖欠租金被房东收回。然后再去海口，周中华找到甘洪亮所谓的公司，不过是一处出租的民房。经信息比对和走访确定，甘洪亮在一年前，用他大哥甘洪明的身份证租赁了这处民房，与一个叫"小刘"的女子同居。民警们守候了五个小时，等来了小刘。小刘说，她上个月刚跟甘洪亮去过广西梧州，在一个不知名的村子住了一段时间，发现甘洪亮结过婚后，便赌气一人回到了海口。

根据小刘的描述，在梧州警方的大力配合下，2011年12月15日，在清网行动的最后一天，周中华他们锁定了甘洪亮的藏匿地：梧州倒水乡一个偏僻的小村庄。

从梧州到甘洪亮的藏匿地要翻过两座大山，山路狭窄，到处坑坑洼洼。车子开不动了，就推着走，车轮打滑扬起的沙石不断打在脸上。一段直线距离不到三十公里的山路，周中华他们花了五个多小时。傍晚，追捕小组悄悄爬上一处小山坡，摸到了树林中的一个小木屋。周中华一下把门拉开，一个箭步冲过去，把甘洪亮按倒在地！

距清网行动结束不到六小时，被周中华一路追踪的甘洪亮终于落网。这一刻，周中华解气地冲着甘洪亮吼了一句："你大爷的，你不能跑慢点儿？"

清网"状元"

清网行动中，福建泉州警方的追逃数在全国名列前茅，公安部给泉州市公安局荣记集体一等功。而福建省的"追逃状元"，是泉州市下属的晋江市公安局刑侦大队五中队侦查员张运。

张运用四个多月时间，辗转五省三十多个县、市，行程五万多公里，劝回和抓获逃犯六十三名，其中部督命案逃犯两名、省督逃犯三名，个人抓逃总数名列福建省第一。可以肯定的是，这个数字在全国也名列前茅。

2011年8月，一封来自菲律宾的信函让福建泉州市公安局局长林锐备感责任重大。菲律宾晋江同乡会得知国内正在开展清网行动，便发函要求尽快抓捕杀害施荣源的犯罪嫌疑人万兴怀。

1998年1月15日下午，晋江市龙湖镇前港村七十岁老人施荣源在家中遭歹徒抢劫杀害。因死者的亲属是菲律宾的知名华侨，这起案件在海内外造成十分恶劣的影响，主犯万兴怀被公安部列为督捕逃犯。十多年来，狡猾的万兴怀销声匿迹，也从未回过家。警方多方追捕，也没能取得突破。

林锐局长立即将此信批给了晋江市公安局，最后抓捕万兴怀的任务交给了张运。张运并不是福建人，而是河北衡水人，家人都跟他在晋江生活。简单地安顿了一家老小，张运就带领一个追捕组赶往重庆梁平县万兴怀的老家。

万兴怀长期没有回过家，张运就围绕着他的兄妹、亲戚、同学和要好的朋

名列福建全省第一的晋江市公安局刑侦大队五中队侦查员张运，在清网行动中劝回和抓获逃犯六十三名（丁一鹤供图）

友逐一进行调查摸排。还赶到宁波、福州对他在外打工的兄妹进行排查，但一直没有获取有价值的线索。张运跟当年侦办此案的民警反复沟通，发现案发后其老乡曾经反映过万兴怀时常会谈起家里的事。因此，张运坚信嫌疑人一定会跟家里有联系。

张运重新对收集来的各种线索进行分析研判，发现2011年6月12日有一个广东省四会市的公用电话和一部手机与万兴怀的母亲通过话。而他的亲属中都没有人到过广东打工。多年的追逃经验告诉张运，这两个电话很可能与万兴怀有关。

张运率领追捕组赶往广东省四会市。几经周折，找到了和万兴怀母亲联系过的那部手机机主。经了解，原来是万兴怀借用了老乡的手机打电话给母亲，当他得知民警到过重庆老家后，马上从原来暂住的地方搬走了。

虽然一时无法取得实质性的突破，但可以确定的是万兴怀在四会市呆过较长的时间。张运针对万兴怀有很多老乡住在四会市东城区一带的情况，开展秘密调查访问。最后，张运发现万兴怀用化名在建筑工地上以打零工为生，时常四处找老乡借宿，而且还喜欢打牌。

在当地公安机关的配合下，张运他们白天化装成安监部门的工作人员，以安全检查为名对东城区一带的工地逐一进行走访摸排，晚上在嫌疑人老乡聚居的东城区务江村主要出入口进行守候。十多天的连续工作，他们走遍了东城区的大小工地二百多处，每天晚上还在村口守候到半夜。

9月26日晚上八点多钟，有一个体貌特征与万兴怀相似的男子从村外走来。张运和同事便悄悄跟了过去，发现那男子走进一家出租房里。为了确保万无一失，张运通知关系人进去辨认。当确认那名男子就是万兴怀后，张运迅速冲了进去，将正在打麻将的万兴怀按倒在地！

张运抓获万兴怀的消息传到了海外，菲律宾晋江同乡会专门派人送来牌匾感谢。2011年10月，当泉州公安局海外追捕组到菲律宾时，受到华侨们的热情接待和鼎力支持，很多华侨主动帮助查找工作对象并协助做思想工作。短短半个月的时间，就成功劝回十八名潜逃到海外的逃犯投案自首，其中一名是公安部B级逃犯。

第六章　深海拖网

我们常说"人海茫茫"、"苦海无边回头是岸"。其实人海也和真正的大海一样，有深海、浅海、死海。清网行动张开的大网，一步一步走向深蓝，中国警方深海拖网，抓出了那些躲藏极其隐蔽的形形色色的逃犯——

有进入深山古刹当和尚、道士、尼姑的；

有努力奋斗成富豪，致富路上当慈善家、当"楷模"的；

有走向前台当演员，逃亡中仍不甘寂寞硬要跳出来装"大瓣蒜"的；

有整形、变性、改头换面，让你抓到都对不上号的；

有隐姓埋名到草原上放羊、戈壁滩上种枣、雪域高原挖虫草的……

徐心联（左一）第一次见到老家派出所所长陈新（左二），他眼前这三人正是苦苦追踪他的九江警察（丁一鹤供图）

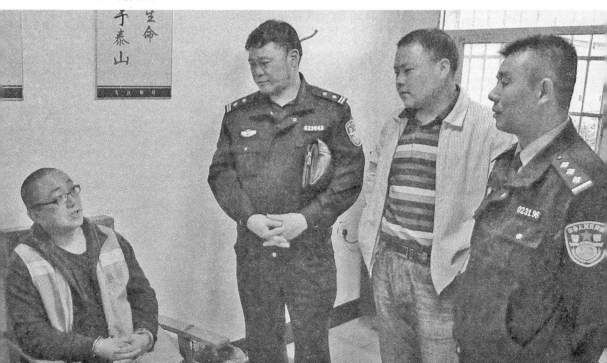

一、放下屠刀难成佛

逃犯就生活在我们生活的世界里，你能把他们想象成什么样？一路奔逃、满面风尘？衣衫褴褛、胡子拉碴？还是人模狗样、招摇过市？也许是，也许不是，逃犯以非正常的方式在考验着我们正常人的想象力。

在清网行动中，浙江杭州净慈寺和尚"惟迪法师"，总被不停地提到。这个曾经是杭州两座名寺赫赫有名的"一把手"，却是个双手沾满鲜血的逃犯。

1994年江西九江县发生两死一伤命案时，现在担任徐心联家乡沙河派出所所长的陈新，是当年侦办此案的侦查员。如今带队到杭州抓捕徐心联的九江县公安局副局长王义明，当年也跟陈新一样是个小警察。

徐心联落网后拒绝一切采访，试图撬开徐心联嘴巴的各路记者都铩羽而归。2012年4月20日下午，笔者赶到九江县公安局时，得到一个更糟糕的消息，这天上午徐心联刚在九江市中级人民法院"过堂"，而且当庭痛哭流涕，情绪起伏很大。九江县公安局政委担忧地说："此时采访，肯定不是时候。"

但时间不等人，为了顺利采访徐心联，笔者请九江县公安局政委，徐心联老家沙河派出所所长陈新、副所长王飞翔，第一个给徐心联戴上手铐的刑警中队长程和建，以及看守所长等人，一起去做徐心联的工作。

经过半个小时的等待，监舍内传出来的消息是徐心联坚决拒绝采访。笔者只好硬着头皮说："我试试，这么大老远跑来，总要见一面。"

穿过重重铁门，进到监舍内一个管教干部的房间内，几位警方的领导满脸

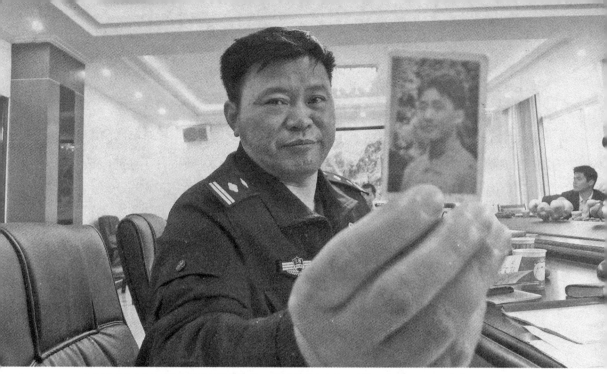

江西省九江县沙河派出所所长陈新将徐心联案发时的这张照片揣了十七年（丁一鹤供图）

无奈地站成一圈儿，围着坐在沙发上的徐心联，还在苦口婆心地劝说。看到有人进来，徐心联视若无睹。

　　劝说已然无用，只能打他个措手不及，才有可能拿下他。笔者将事先准备好的一袋苹果和一盒茶叶放在徐心联面前的桌子上说："我是北京来的作家，我只跟你说三句话，如果你不同意接受采访，三句话说完我立即就走，绝不纠缠。"

　　徐心联抬了一下眼皮，没吭声，但他还是扫了一眼苹果。想必他已然明了，这苹果代表着平平安安，而那茶叶的名字叫"顶上春芽"，这发新芽的寓意也很明显。

　　不等徐心联开口，笔者说："第一，为了采访你，来之前专门剃了跟你一样的光头，只为跟你平等对话。我不是把你当作罪犯，也不跟你探讨犯罪，只想关注你这十七年来干了什么、想了什么；第二，不是我要采访你，而是组织安排采访。我采访过的杀人放火坑蒙拐骗的罪犯成百上千，比你杀得多、下手狠的多了去了，要采访也用不着千里迢迢来九江求你。我只是想，要是你被判死刑，你要带着全部秘密离开吗？你想不想把你的人生经历甚至痛苦、委屈和要说的话留在这个世界上？当然我还可以告诉你一个数据，我采访过的死囚犯，起码有十几个保住了性命；第三……"

还没等我说出第三条，徐心联抬起头说了一个字："行！"

4月21日，从上午九点到晚上九点，笔者与徐心联在看守所绿草茵茵的小院里，在高墙铁丝网下晒着日光浴，聊了整整十二个小时。其间为了提神，戒烟多年的徐心联甚至还抽了笔者带来的几支香烟。分手前，他还不忘当场挥毫写下了几幅字。

这天九江的太阳出奇地灿烂，以至于笔者胳膊上被晒爆了皮，将近两个月才好。也就在这次晒伤刚好的6月13日，从九江传来消息，徐心联被判死缓，不上诉。

不可思议的杀戮

时间回到案发时的1994年7月27日。徐心联刚满二十一岁。

徐心联家在江西九江县城郊的沙河镇杨花村，祖祖辈辈都务农。徐心联兄弟姐妹四个，一个姐姐嫁了出去，靠摆小摊生活。两个弟弟当时都还小。

徐心联初中毕业就辍学回家务农。他的老父亲在生产队当过队长，即便没有报酬，照样干得很卖力，声誉也很好。老父亲对外是个老实本分的人，他们家的地标被邻居一次次挪动、一点点蚕食。眼看家里的地慢慢变小，徐心联说："你带我去跟他们评评理吧，把咱家的地争回来。"

父亲说了两个字："不争。"

对外宽仁的父亲对子女却很严厉。徐心联至今刻骨铭心的是，三年级那年夏天，邻家小孩儿拿徐心联的课外书看，徐心联去要时，跟人家打了起来。闻讯赶来的父亲正好肩膀上搭着一条汗巾，当场朝徐心联抢去，抽得他身上一条条血楞子，半月方消。

徐心联的母亲是典型的农村妇女，爱唠叨，但心肠慈悲。徐心联跟母亲有个共同点是不敢杀鸡，也就不好意思吃鸡肉，只有喝汤的份儿。有一次奶奶生病，娘儿俩商议着要杀只鸡，两人大眼瞪小眼都不敢杀。最后还是徐心联动了个心眼儿，叫小时候吃过朱砂精神有点儿不大正常的叔叔杀，结果鸡脖子划出血来，那老母鸡却惨叫着跑了。老母亲说："看它命不该死，放生吧。"

徐心联十五岁就辍了学。在庐山水泥厂当驾驶员的三叔托了熟人，把徐心联介绍到九江市庐山区汽车修理厂当学徒，学习发动机修理。

徐心联很不安分，村里有两个同伴要到少林寺那边的武术学校去学拳，问他去不去。这等好事哪能不去？徐心联偷偷跟着去了河南登封，在少林寺不远的一所武校里，只呆了四五天，就风光无限地回到村上：上身穿武校的训练服，后背上印着一个龙飞凤舞的"武"字，下身是表演时才穿的黑色灯笼裤，脚上是雪白的回力鞋。

实际上，徐心联纯粹是跟着去瞎玩，没钱交学费，人家武校不要他，最后他连少林寺都没舍得花钱进去玩。但他要面子，把手头上所有的钱都买了这身行头。

当然免不了老爹的一顿狠揍！揍完之后只好还去修理厂当学徒。到1994年案发时，二十一岁的徐心联已经出徒，开始拿工资了。

案发后，有人说他在湖北的五祖寺练过武术，甚至还有人说他小时候当过和尚，其实根本没那么回事，大家这么说，只是当年见徐心联从少林寺回来，穿着那身虚张声势的行头而已。不过，徐心联身手敏捷、机警过人，在当地得了个绰号叫"徐猫"。

转眼徐心联过完了二十一岁生日。有一天趁周日回家的时候，路过九江市水泥厂，看到好友王军民宿舍门开着，他就敲门走了进去。这次偶遇，改变了他的一生。

二十四岁的王军民是九江水泥厂的工人，徐心联是通过一个同学认识他的，一来二去就成了朋友。这次敲门，徐心联还遇到了一个叫张勇的人，这个张勇自称是贵州人，刚从海南闯荡回来，跟着几个九江的朋友来玩，朋友介绍朋友，就认识了王军民，而且已经在王军民这里住了两个月。

至今无法查证这个张勇到底是哪里人，因为谁都不知道他的来历。徐心联只知道，这个张勇见多识广，把海南描绘成了可以一夜暴富的天堂。

两天后的1994年7月27日，徐心联邀上三名同伴郭劲、刘选金、廖庆力，来到王军民在厂里的单身宿舍，与王军民、张勇、郭亚兵会合，共同商讨去海南淘金的大业。

王军民说："我们准备去海南，你们去不去？"

徐心联说："我好不容易从徒弟熬上师傅，一个月挣八九百，我不去。"

廖庆力是徐心联的朋友，已经结婚，他也说："我有老婆孩子，也不去。"

"看你们那点儿出息，到海南一个月能赚好几千，舍不得老婆孩子，一辈子在家受穷，我连正式工作都不要了，你们怕什么？"王军民有些不屑地说。

徐心联和廖庆力都有些动摇了。前有曾经闯荡过海南的张勇引路，后有王军民煽风点火，几个年轻人聊得热血沸腾。王军民说："兄弟同心其利断金，我们这一去天涯海角，就要抱着混不好就不回来的决心。我们得想个法子，先把退路断了！"

"怎么断？"几个小伙子纷纷询问。

"咱们惹点儿事跑了，就不用想着回家了。我上中学时，同学徐敏踢过我一脚，落下了病根，我现在腰椎体结核，就怀疑是徐敏踢坏的，一直咽不下这口气，咱们干脆将徐敏搞掉再走。"王军民提议。

几个脑子发热的年轻人立即表示赞同，好像谁不同意就是可耻的逃兵一样，哪怕是杀人。徐心联接着话头说："那我们去准备几根棍子吧！"

王军民说："那个人学过武术，人少打不过，还是用刀。"

当天下午，王军民、徐心联等人买了菜刀四把、剥皮刀两把、三棱刮刀一把。随后王军民、徐心联去徐敏的住处踩点，又安排刘选金到九江市区去租来一辆红色大发牌面包出租车。

晚上踩点回来后，王军民把事先准备好的刀具放在一个蛇皮袋内。几个人到达徐敏在铁路九江南站附近的住处后，却发现徐敏家里黑着灯，人还没回来。王军民就请大家去饭店吃饭，在饭店里，刘选金用一把菜刀切完西瓜，再次上车时随手插进短裤内，谁知道这把刀之前还切过辣椒，直辣得刘选金肚皮上起了一层红疙瘩，他一边挠着一边把刀放在了车上。

1994年7月27日晚上十点，他们第二次到达徐敏家楼下，王军民顺手把这把切过辣椒的菜刀递给徐心联说："你是生面孔，他不认识你，你第一个上去敲门，开门就砍！"

按照王军民的分工，廖庆力在楼下看车，徐心联、郭劲、刘选金持刀来到二楼徐敏房门口，王军民、郭亚兵、张勇持刀在一楼等候，敲开门后集体持刀往里面冲杀。

徐心联戴上墨镜，敲响了徐敏的家门。徐敏打开门，话还没来得及说，头上就挨了徐心联一菜刀。接下来，六个如狼似虎的年轻人展开了无情的杀戮。郭劲冲进房内将徐敏妻子按在沙发上，王军民等人持刀围攻徐敏。徐敏退到房内，随手抓起电扇抵抗，大声高喊着："救命啊！救命啊！"

郭亚兵砍中徐敏手臂一刀后，便同郭劲、刘选金逃离现场。郭劲临走时还从徐敏妻子的脖子上抢走了金项链。屋子里只剩下王军民、徐心联、张勇三人，他们继续围攻徐敏，将徐敏杀死在阳台上。

砍倒徐敏后，徐心联跑下楼来，见王军民还不出来，连忙上去叫他赶快走。王军民夺过徐心联手里的刀，和张勇又将趴在客厅沙发旁徐敏的妻子活活砍死。中途换刀的时候，徐心联左手中指被划破，留下了一道疤痕，至今犹在。

杀红了眼的几个年轻人根本没注意到，在他们将徐敏妻子乱刀砍死的时候，这位年轻的母亲把只有两岁的儿子紧紧护在身下，不料孩子的两条腿还是露在了外面。所以，徐敏儿子的腿部也被王军民砍了十刀，落下了终身残疾！

最后一个下楼的是手持三棱刮刀的王军民，他是徐心联下楼之后，又追上去拽下来的。

经法医鉴定：徐敏全身有五十六处刀伤，系被他人砍击头部致使颅脑损伤伴失血性休克死亡；徐敏妻子全身有十七处刀创，系他人用三棱刮刀刺破右肺引起失血性休克死亡。

下楼的时候，王军民说了一句话："杀得过瘾！"

几个浑身是血的年轻人，坐上出租车就往九江方向跑。深夜十一点左右，他们赶到九江开发区的江边，烧掉血衣，又将所有凶器扔到水塘里。他们下车扔刀的时候，出租车司机没敢要车钱，一脚油门就开车逃跑了。

七个年轻人，深夜在开发区躲了一晚上。第二天一早，他们才商议着如何逃跑。

徐心联说："要跑一起跑，我们这就去海南！"

王军民说："事情有没有弄大还不知道呢，要是杀死了人，哪里也去不了，还是分头跑吧，谁也别管谁了。徐猫，你跟我走！"

徐心联突然明白了，王军民根本就没想去海南，只是用这个借口让自己和无知的兄弟们当了帮凶。他突然恨上了王军民，但此时却不得不坐在一条贼船上。

"咱往哪里跑？"王军民等其他人四散逃走后，问徐心联。

"到湖北黄梅，我有个认识的老和尚在那里。"电光石火之间，徐心联突然想起一个人，就在滔滔长江对面。

原来，徐心联的姐姐嫁到庐山东林寺边上的一户人家，徐心联经常去姐姐家走亲戚，也顺便到东林寺里去玩，没事就烧个香、磕个头。由于徐心联年纪小又剃着光头，寺里的老和尚常文经常逗徐心联说："小孩儿，来这边当和尚吧，给我当徒弟。"

徐心联隐约记得，常文老和尚讲自己六岁起在湖北黄梅的小庙六家庵出家，后来六家庵被焚毁，常文化缘重修了这个小庙，但香火一直不旺，小庙里只有常文老和尚一人。平时，常文都在六家庵，偶尔也到东林寺挂单修行。

等徐心联和王军民赶到六家庵时，帮着在六家庵看护的一个老爷爷告诉他们，常文外出了，几天后才回来。这天晚上，两人只好暂住在六家庵。当晚两人发生了激烈争吵，徐心联质问王军民："我们为去海南才惹事，却没想到是去帮你杀人。对男人动手可以，你为什么连人家的老婆孩子都杀？这是灭绝人性！"

王军民的回答是："一不做，二不休！只要报了仇就行。"

可是争吵归争吵，徐心联只能跟着王军民逃亡，原因是钱都在王军民身上，徐心联身上只有二百多块钱，没钱跑不远。

8月4日上午十一点，王军民和徐心联来到了九江新桥头汽车站，准备从九江坐车逃到南昌。徐心联先去买汽水，回来要上车的时候，却看见两个联防协警直奔王军民坐的车而去。当他们拧住王军民的胳膊往车下拽的时候，王军民无助地喊着："徐猫，上啊！救我！"

徐心联装作没有看见，任由王军民被抓走。徐心联不想救这个欺骗他的人，同时他知道，事情闹大了，要不是死人了，警察不会在案发一周后还在车站布控。

当天下午，徐心联独自跑到长江边，望着浑浊咆哮的长江，他含泪一猛子扎了进去。在湍急浑浊的江水中，徐心联一边泪水奔涌，一边奋力挥动双臂。不知道过了多久，他醒来的时候已经躺在了长江对岸的湖北黄梅，满身是水的徐心联摸了摸口袋，那二百多块钱还在。

落发剃度入佛门

到1994年8月4日，除徐心联、张勇在逃外，王军民等五名犯罪嫌疑人全部落网。1995年9月8日，江西省九江市中级人民法院判处王军民、郭亚兵、刘选金死刑；判处郭劲死刑，缓期两年执行；判处廖庆力有期徒刑十五年。1999年，徐心联和张勇被上网追逃。

九江灭门案轰动一时，徐心联和张勇不知所踪。身为专案组成员的陈新，至今还珍藏着一本六十四开的笔记本，记录着当年此案的办案经过，包括调查中了解到的徐心联的绰号叫"徐猫"，都一一记录着。

2007年11月，陈新被任命为徐心联老家沙河镇的派出所长。自此以后，清明、中秋、春节，只要遇到传统节日，陈新就到徐心联家里去走访。这只是明里的，暗地里，九江县公安局刑警和派出所的民警，在这些关键时间节点上，都化装去徐心联家附近蹲守，等着可能悄悄潜回家的徐心联。

这本标记为"九三年陈新"的工作笔记，记录着当年案发时的详细案情（丁一鹤供图）

可是，这一等就是十七年。十七年来，死者徐敏的父母天天以泪洗面。而徐敏受伤的儿子，当年手术后切掉了膝盖骨，走路一瘸一拐。更让人忍受不了的是，徐敏老父亲带着孙子无数次来找公安局，问什么时候能抓到那两个跑了的逃犯。老人家说："这些人坏啊，杀了我儿子和媳妇，让我白发人送黑发人，还把我三代单传的孙子砍成了瘸子。我老了，谁给我养老送终？我死了，谁来照顾我这个残疾孙子？不抓到他们，我死也合不上眼啊。"

看着白发苍苍的老人眼含泪水，牵着孙子，一次次、一年年，一瘸一拐，抹着眼泪离开公安局，九江县公安局一茬茬民警，满是无奈和愧疚，脸上就像被抽了个大耳光，火辣辣地烫。

等了多年之后，眼看追逃无望，徐敏父母带着孙子，举家搬离九江这个伤心之地，到广东讨生活。

没有人想到，十七年前徐心联竟然游过长江，跟跟跄跄再次奔往常文老和尚的六家庵。

常文刚刚从外地回来，一见徐心联就问："你怎么来了？"

徐心联说："我想出家。"

徐心联不敢告诉常文老和尚他杀了人，无处可逃。但常文老和尚一看就明白，徐心联遇到了难以逾越的人生障碍。但他并没有追根究底，只是淡淡地说："我没有那么深的学问和道行，再说我都快六十了，你拜我门下，我不能教你什么，能不能出家要讲究缘分，你自己去寻求缘分吧。"

常文老和尚给徐心联指点的方向是安徽潜山的三祖寺。第二天，徐心联拜别常文，坐车去了安徽。有多远跑多远，只要能逃命，徐心联不怕远。

安徽潜山县天柱山脚下的三祖寺，藏于群山之中，是禅宗第三祖僧璨昔日的道场，禅宗六大祖庭之一。常文让徐心联去找的正是三祖寺的住持宏行法师。

来到偏僻幽静的三祖寺，徐心联买了些香烛直奔寺里去找住持。可寺庙里负责人事和外事接待的知客师告知说："宏行法师去九华山传戒，你下个月再来吧，能不能收留你我作不了主。"

你不留我，我直接去九华山找宏行法师。徐心联心里着急，坐车直奔九华山而去。一下车才知道，九华山寺庙众多，人来人往熙熙攘攘，他四处打听宏行法师也没找到宏行法师在哪里。但既然来了，就各个寺庙去转转，四处拜拜佛，留下一点儿香火钱，也算结个佛缘。在小天台的一个寺庙里，徐心联狠狠心捐出了几十元。因为他看到那里立了很多功德碑，只要捐钱就能把名字刻在碑上。

"在这里刻下名字，就是被抓住枪毙了，也要让人知道我在这个世界上来过一趟。"徐心联留下钱走了。多年之后，法名惟迪的徐心联再来九华山时，四处在功德碑上找自己的名字，却一直没有找到。

就这样在九华山晃荡了二十多天后，掐算着宏行法师回寺庙的日子，徐心联又回到了三祖寺。一出潜山汽车站，徐心联突然看见眼前的地上躺着一张身份证。捡起来一看，这张身份证是安徽宿松县一个叫王龙贵的人的，生于1967年，比自己大六岁，长相倒是跟自己有点儿相似。

拿着这个身份证，徐心联来到三祖寺。但宏行法师还是没有回来，徐心联哀求知客师说："我立志出家，现在无处可去，又没有什么钱在外面住旅馆，让我住在这里行不行？我什么都能干。"

知客师见这个满面风尘的年轻人话说得诚恳，不忍拒绝，只好说："你在寮房住下吧。"

终于有了落脚之处，徐心联满心欢喜，但却不敢懈怠。第二天一大早，徐心联就早早起来帮着砍柴、挑粪、种菜、扫地。随后，僧人们给他端来一份斋饭。捧着那碗无肉无油的素斋，徐心联的眼泪噼里啪啦地落在了饭碗里，然后大口大口地吞进肚里。这是他这辈子吃过的最香的一顿饭。

徐心联明白，想在这里留下，首先要比别人起得早、睡得晚，多干活、懂礼貌。徐心联聪明勤快，从不多言多语，面相也很周正。知客师观察了十多天，就把徐心联留下来当了带发修行的居士。

半个月后，宏行法师从九华山回来了。他把徐心联叫到跟前，问他出家的缘由。徐心联哪敢实话实说？只得编造谎言说在老家谈恋爱，双方父母反对，万念俱灰想到了出家。这是很多遭遇情感挫折的年轻人出家的普遍理由。

宏行法师当然看出徐心联没有说实话，但他不再细究，只是说："孽障重，不怕，遇到人生劫难也不是说这辈子就没希望了，只要弘法立身，也可成佛作祖，是心即佛。但出家的清苦，你能受得了吗？”

“我能！给我剃头吧！”徐心联咬着牙含泪说。

宏行法师说：“剃度先不急，过了九九重阳节再说吧。”

过了几个月，寺庙的几个和尚见徐心联一心向佛，就悄悄劝他说：“你去求宏行法师，请他为你剃度。”

徐心联再次去祈求，宏行法师果然答应了。1995年农历二月二十九这天，三祖寺为徐心联举行了剃度仪式。这个仪式的场景，曾经在电影《少林寺》中出现，只是被剃度的不是觉远和尚，而是惟迪和尚。自此，法名“释惟迪”的徐心联皈依佛门，成为一名小沙弥，也就是初入佛门的小和尚。

宏行法师教育徐心联说：“皈依，是学习佛法开始的第一课。苦海常作渡人舟，千处祈求千处应。你当有慈悲心怀，断恶修善！要严守杀、盗、淫、枉、酒五戒，立此身成佛之大愿。要知道，生老病死都逃不过因果，切记出家人责任，弘法立身、普渡众生！”

跪在宏行法师面前，看着头发缓缓飘落，徐心联的眼泪不停地奔涌，他无语地啜泣着，不知道自己是伤心痛苦，还是快乐欣慰，更不知道前方有什么在等着他。他只是任由泪水打湿衣襟，因为他心里清楚，这是他生命的转折点！

“因果循环”四个字，在他的脑海中生了根。杀人种下的因，什么时候结果？徐心联不知道，他只想那一天来得越晚越好。

宏行法师递给他两本书，一本是《禅门日诵》，一本是《觉海慈航》，这两本佛教念诵集是僧人早晚必修的课程，宏行法师说：“去好好研习吧，参透了你就觉悟了。”

令徐心联没想到的是，他仅用一个星期就背诵下来两千四百多字的《楞严咒》。而这部极难的佛经，一般人最少几个月甚至几年才能背诵下来。两个月后，宏行法师送给他的这两本书，他竟然也能全部背诵。

后来，几乎没有英语基础的徐心联，在浙江大学拿到土木工程学士学位，他的英语六级就是靠超常的记忆力通过的。乃至后来他被投进看守所，抓他的公安局副局长王义明让他学点儿法律，他竟然说：“你给我一本法律书，我背下来就是。”

"心绞痛"

随着对佛教的理解，徐心联内心的苦楚也越来越深。当年那血肉横飞的场景，让遁入空门的徐心联永不能忘！几乎每天晚上，回想往事他都会无缘无故流眼泪。他说不清自己的心情，不是痛苦，不是害怕，只是万千烦恼丝塞满了他的胸膛，他想哭出来，却又不敢放声。只有在白天的忙碌中，他才会暂时忘记自己做下的孽障！

每天早上四点钟，他要准时起来撞钟，然后是上山砍柴、烧水、种菜。到晚上天黑下来，他再次陷入无边无际的黑暗之中，就像被关在一间没有光亮的小屋里，一夜夜在黑暗之中左右突围，却永远冲不破心灵上笼罩的阴影。

每天晚上，他都要把一首诗背诵好几遍：罪从心起将心忏，心若灭时罪亦忘。心忘罪灭两俱空，是则名为真忏悔。

夜夜忏悔的徐心联，很想达到大彻大悟的真如世界。但只要一闭上眼，满脸是血的徐敏就会举着电扇向他冲来！在夜夜揪心的忏悔中，徐心联落下了心绞痛的病根。此后，这个病长期折磨着他。徐心联自己也知道，他的病更多来自心理问题而不仅仅是生理问题，但他一直不敢去医院，只好靠强身健体来抵御病痛。

就这样，法名惟迪的徐心联被心魔一天天折磨着。1995年3月，宏行法师把他叫到跟前说："你有慧根，我想送你去佛学院学习，对将来有好处，你考虑一下。"

徐心联想都没想，立即说："一切谨遵师父教诲！"

1995年4月，徐心联拜别宏行法师，来到位于福建厦门南普陀寺内的闽南佛学院。10月，正在闽南佛学院学习的惟迪接到宏行法师的通知，让他回寺办手续，受俱足戒。需要说明的是，当僧人有三个阶段：一是剃度，也就只是个小和尚，又称沙弥；第二个阶段就是受戒，即经过一定时间的培训和考核之后，合格者发放戒牒，受戒之后叫比丘，凭戒牒就可以四处云游、挂单，走到哪里都会有寺庙管吃管喝；第三个阶段是接法，也就是传承衣钵。这不是一般僧众所能达到的境界，必须修炼到一定程度才有这个资格。

这一年，经国家宗教局审批，全国五百个沙弥集中在湖北黄梅五祖寺受戒，徐心联也在其中。

受戒有一套严格的规矩，在四十五天里，每天只能睡三个小时，要把所有业障全部忏悔掉。俱足戒要受三大戒：沙弥十戒，菩萨四百戒，比丘二百五十戒，共六百六十戒。不是所有参加的沙弥都能受戒，有些功课不熟悉、缺乏慧心或者文化底子差的沙弥，是不能完成受戒的。

最后的考试，惟迪各门都排名第一，被推为五百沙弥的"沙弥头"。让惟迪为难的是，被选上沙弥头的人，按规矩要"打斋"，就是要拿钱买菜请大家吃素斋。参加学习的有五百个沙弥，可宏行师傅只给了惟迪五百元戒费。惟迪只好推辞说："我没钱，我不当沙弥头。"

这哪里能行？此事被五祖寺的方丈昌明法师知道了，他临时改了规矩，由五祖寺出面请了这顿客。这顿饭惟迪记得很清楚，有香菇和豆腐。事后惟迪自己编了一个顺口溜：受了五祖戒，吃上雪花菜（豆腐）。

作者丁一鹤（左一）在九江市看守所院内采访徐心联（右一）（潍河供图）

在黄梅五祖寺受训四十五天之后，五祖寺发放了戒牒。第二天，惟迪拜别昌明大和尚下山。他去的第一站是湖北黄梅的六家庵，他要拜见把他引进佛门的常文老和尚。在见到常文的那一刻，惟迪悲从中来，趴在地上大哭不止。

在六家庵住了一晚上，第二天惟迪赶回了三祖寺。在三祖寺住了一周左右，临回闽南佛学院之前，宏行住持语重心长地说："你已经成为比丘，不要把自己当作一般人。身为佛教中人，弘法为第一要务，一定要谨记。"宏行法师还对惟迪提出要求，让他以后多多练习毛笔字，每天不少于半小时，增加文化修养。

拜别宏行法师，惟迪回到厦门闽南佛学院。三年的学习过程中，除了学习课本知识完成学业之外，惟迪把《金刚经》抄写了一百多遍。令厦门佛学院的老师和同学记忆深刻的是，这期的学员中，惟迪的唱念是最出类拔萃的，唱念就是我们俗称的"念经"。

云游的"苦行僧"

1998年7月，惟迪从厦门佛学院毕业。同学们有的回到出家时的寺院，也有的去了一些名山古刹。惟迪却与四个同学一起结伴云游天下。从就近的福州西禅寺、涌泉寺、太姥山开始，到浙江的普陀山，上海的龙华寺、玉佛寺、静安寺等各大寺庙。

途经的很多寺庙都想留下他们，可他们头也不回地走了。这些一肚子学问的佛学院学生，都想寻找一个合适的容身之处。对惟迪而言，更是如此。也就在这期间，惟迪认识了六祖寺的一个尼姑，正是她后来帮助了惟迪。

1998年10月，惟迪云游到了河南登封少林寺，从寺庙里出来后，想去寻找当年曾经来过的武术学校，但学校已经拆掉，早已物是人非。

惟迪伤心之余，来到登封县城等车去洛阳。突然，一位老太太被摩托车撞倒在地，围观的人很多，但没有人施以援手。摩托车早已逃逸，老太太浑身是血。惟迪把老人送到当地医院。当时他身上只有一千多元，留下五百元交了医药费，他对医生说："我是过路的，求你们帮忙救治她，赶紧联系她的家人。我要赶路，先走一步。"

医生见他是个和尚，而老人确实是被机动车撞伤的，也就没有阻拦他。实际上，惟迪怕警察，担心警察一来露了馅。后来他也做过很多好事，但都不敢留名，甚至连法名惟迪都不留。

这年冬天，惟迪又回到了三祖寺，担任"精进佛七"法会的维那，也就是念佛时的领唱、领诵。春节之后，宏行法师任命惟迪担任三祖寺的知客兼维那。但是，惟迪的想法却是趁年轻跑遍四大名山。

在1999年正月零星飘散的小雪里，宏行拉着他的手说："我已经风烛残年，走不动了。你去朝山，要带眼睛、带耳朵，不要只顾游山玩水，要学学人家的宗风。你将来的责任很大，三祖寺要靠你弘扬佛法。"

惟迪一路辗转，在四川峨眉山、成都文殊院、重庆罗汉寺游历了两个月后，佛教的四大名山他已经去过普陀山、峨眉山、九华山三处，只剩下山西五台山。于是，他从成都直奔山西而去。

惟迪每到一座寺庙，都要为徐敏写个牌位供奉在佛前。他要在五台山为徐敏夫妇超度供奉，再去一趟五台山佛母洞，从那里"转世投胎"。

五台山佛母洞又叫千佛洞，是佛教信徒朝拜五台山的必到之地。洞体由一大一小两洞组成，外洞大，内洞小，传说出入此洞可以轮回死生、脱离凡尘。内洞为葫芦形状，可容六七人，有乳石及石笋形状如五脏脊骨，所以入洞称为"投佛母胎"，出洞称为"佛母重生"。按照佛家的说法，"佛母重生"能够洗掉以往所犯的"罪过"，获得"新生"。

从佛母洞出来，惟迪找了个没人的山谷，嚎啕大哭了一场，直哭得心里空荡荡犹如大风吹过的山谷。

一个月后，他又云游到了云南鸡足山、昆明竹林寺。最后，他从瑞丽到了缅甸。惟迪想学一学达摩祖师，到异域弘扬佛法。那样，应该不会有人追到缅甸了吧？

可是刚踏进缅甸的土地，一群荷枪实弹的士兵突然把独自一人的惟迪围住了。他们不由分说上来就抢他身上的佛珠。一个军官模样的人一把扯开珠串，那些士兵疯了一样趴在地上抢佛珠。一百零八颗佛珠分完之后，那些没有抢到佛珠的士兵，又冲上来搜遍了惟迪的全身。

和尚遇到兵，一样是有理说不清，何况是外国的兵。惟迪傻在了那里。除了包里几件衣服，惟迪身上什么值钱的东西都没有。接下来，更让惟迪担心的情况出现了，那些士兵把惟迪的汗衫扒下来，撕成了几十条布条，每人发了一条拴在胳膊上。士兵唧里哇啦乱喊，惟迪什么都听不懂，只有等待着最糟糕的状况出现。

"不会杀了我吧？"惟迪双手合十，闭着眼口中念念有词，反反复复只有那四个字"阿弥陀佛"。

接着，他的肩膀被拍了一下。他睁开眼一看，那个军官竟然从口袋里掏出一千元人民币，塞到惟迪随身的包里，用手指了指中国的方向，用生硬的汉语说："快走吧，跑！"

然后，那个军官带着士兵隐入山岳丛林之中。直到那些兵消失得无影无踪，惟迪咬了咬自己的手指，才发觉这不是梦境。他撒腿就往中国方向跑。

后来他才知道，他出国的时候，正赶上缅甸政府军跟地方武装发生冲突，他遇到的不知是哪一方面的军队，把他的佛珠和身上的衣服当成了护身符。

惟迪一边跑，一边摸摸自己贴肉缝制的一个口袋，身份证还在！逃亡路上，钱包可以丢、戒牒可以丢，什么都可以丢，但他当年在三祖寺门前捡到的那个安徽宿松县王龙贵的身份证万万不敢丢。

还是自己的国家好啊！坐下来想想以往的生活，惟迪觉得经过这些年的流浪忏悔，现在应该找一个好去处安身立命了。

惟迪开始考虑自己的落脚点。其实，从佛学院毕业时，他就已经开始有意考察了。在全国范围内，惟迪选中了三个地方作为自己的落脚之处：一是自己读书的福建厦门，二是山东青岛，但他最中意的是浙江杭州，此地是天堂福地，更是寺院林立的东南佛国。

徒步去杭州！惟迪发誓要做一次苦行僧，洗清身上的罪孽！

惟迪1999年7月从云南瑞丽启程，徒步沿着云南德宏、保山、大理，四川攀枝花、宜宾、重庆，湖北恩施、宜昌、武汉、黄石，直到安徽潜山一线，足足走了四个多月。这四个多月的时间里，惟迪一路夜宿桥洞、山林、街边，不花一分钱，走到哪里化缘到哪里。很快他就变得又黑又瘦，衣衫褴褛。

有时候走得太累了，看到路边一个土堆，靠在土堆上躺下就睡，第二天一看，正睡在一座坟上。惟迪在坟前点上一支烟，道一声阿弥陀佛，继续赶路。

路上遇到礼佛的居士，见他是个苦行僧，上来就给钱。惟迪摆手说，我不要，你要给就给个馒头，要是能给块咸菜就更好了。

走到巴东县一个小煤矿，煤矿老板把惟迪叫住："和尚从哪里来？"

"云南，一路走来。"

煤老板不信，仔细一看破衣烂衫，信了。从腰里抽出一沓钱说："你坐车坐船回去都够了。"

"我不要钱，我发愿不用一分钱走着去杭州。你要是愿意，给我一个馒头、一块咸菜、一碗水。"

到了宜昌，过长江要摆渡。站在滚滚长江边上，惟迪再也没有当年叫徐心联时泅渡长江的心境。他对船家说："我没钱，你能不能带我过长江去。"

船家说："都是路上人，上来吧。"

穿着好心人送给他的旧棉衣，惟迪终于在11月底走到了武汉。惟迪想到归元寺挂单住几天，他知道当年自己受戒时的昌明大和尚，也是这个寺庙的方丈。他想去拜谒一下昌明。可把门的看他穿得破破烂烂，又黑又瘦又脏，把他当成了神经病。

咚！咚！咚！跪在归元寺门口，惟迪磕完三个响头之后，继续向前走。赶到安徽潜山三祖寺，正巧宏行法师到北京开会去了。回到自己久别的房间，惟迪换掉那身破衣服，洗去一路风霜，倒头便睡。

这一睡就是两三天。等他醒来，师兄弟们说："不要走了，等住持回来再说吧。"

"我不能停下来，还要继续行走！"

接下来是江苏苏州灵岩山、西园寺。在西园寺，惟迪见到了他在厦门佛学院的一位同学，当时已经升任知客。听完惟迪这一路的经历，他感慨说："不用说如此苦行，就是能下这个决心，已经不得了了，当年如来住雪山，达摩入中土，也不过如此。"他极力挽留惟迪，"苏州这边有个庙要开光，想请一些高僧大德来，要不我推荐你去？"

"不，我想去杭州。"

接下来是常州天宁寺，这是计划中必去的一处寺庙。天宁寺是佛教禅宗的著名寺院，其"梵呗"唱诵向为全国汉传佛教寺院公认的典范。所谓"梵呗"，即佛教音乐，其主体为"唱赞"和"诵经"两大部分，还包括介于"唱"与"诵"之间的偈、咒、真言、礼佛号等。

在厦门佛学院学习时，惟迪最大的特长就是唱诵，传授他唱诵的老师就是学自天宁寺，所以他必须要来此"朝山拜祖"，更想修练他的唱诵功夫。因为对一名僧人而言，唱诵功夫如何，是至关重要的。

但天宁寺的知客一看惟迪穿得破破烂烂，拒绝惟迪挂单。惟迪只好说，你不让我挂单我就住外面，每天进来跟你们一起做功课行不行。第二天一早，天还没亮惟迪就早早进来，知客师被惟迪的真诚打动，立即给他安排挂单。

四个月后，惟迪基本掌握了天宁寺"唱诵"的风格特点。他的"唱诵"节奏沉稳扎实，唱腔悠扬潇洒，韵味古朴清雅。他的唱诵功夫大大提升了一个台阶。这鼓一声、钟一声、磬一声、木鱼一声、佛号一声……梵音千里，余音绕梁，洗净了人世间无数尘埃，止息了身体内外的一切扰攘。

此时的江南，正是草长莺飞春暖花开，惟迪又要离开了。天宁寺的僧人诚恳地挽留他，但惟迪只是淡淡地说："我要继续拜山朝圣。"

净慈寺监院

2000年9月，惟迪站到了西湖边上的杭州净慈寺门前。

东南佛国杭州的八大名寺中，城西有灵隐，城南有净慈。净慈寺坐落在西子湖畔的南屏山下，为南宋时期佛教净宗六祖延寿禅师所建道场。这座寺庙不仅历史悠久，更富有文化底蕴。宋代诗人杨万里的名句"接天莲叶无穷碧，映日荷花别样红"，就是在净慈寺门前写下的。中国历史上最富传奇色彩的和尚济公，为净慈寺第八十三代住持。近代中国最有名的和尚弘一大师李叔同，受戒于净慈寺。

净慈寺前有雷峰古塔，建于南屏山的支脉夕照山，每当夕阳西坠，塔影横空，自成一景，这就是著名的"雷峰夕照"。寺内有明洪武年间用两万斤黄铜铸造的大钟，古钟初动，山谷皆应，湖面空旷，随风飘动，这就是著名的"南屏晚钟"。

一座寺庙有如此深厚的文化底蕴，又面向西湖这天下胜景，自是绝好去处。从2009年9月开始，惟迪在净慈寺挂单。由于他唱诵功夫极好，很快开始辅助"维那"做领诵。三个月后，惟迪成为净慈寺常驻僧人，两年后成为知客。

2002年下半年，净慈寺监院妙高法师把惟迪叫到跟前说："我认识浙江大学的一位陆教授，他是位佛教徒，浙江大学正好开了一个土木工程专业的班，我建议你去学习一下，将来寺庙的维修建设都需要人才。"

知道妙高法师这是有意栽培自己，惟迪立即报名参加了浙江大学土木工程专业的本科学习。这是一个成人继续教育班，惟迪每天晚上都要骑着自行车去上课。

尽管惟迪上过厦门佛学院，但没有人知道，他只有初中文化基础，很多高深的专业理论对惟迪来说是非常困难的，况且，他的英语只能从头学起。然而惟迪竟然将英语课本全部背诵下来。那些土木工程知识，不但被他背诵下来，还被他临时抱佛脚应用到了净慈寺的建设上。

净慈寺的消防安全工作之前每次检查排名总是靠后。在惟迪负责管理之后，他向妙高提出为寺院配备消防器材，改造电线线路，健全消防制度，划定

徐心联在讲述逃亡路上的辛酸与悲苦（丁一鹤供图）

七个片区，每个片区都有消防责任人，签订消防责任书。还不定期组织消防演习，让每个人都学会使用消防器材，甚至每个人都要学会画寺院地图，都知道消防器材在哪里。

经过这样一番建章立制，不但让净慈寺拿到了杭州市的消防奖励，其他寺院也纷纷组织来净慈寺参观学习。此举使大家都看到了惟迪的管理创新成果。

2003年，惟迪又负责起了寺院的基建工作。此前净慈寺内的地面是黄土铺地，一下雨泥泞不堪。惟迪建议在地面上铺砖，但妙高是个很传统的老派人，喜欢古朴之风，加上这是一笔不小的开支，最终没有同意。这难不住聪明的惟迪，那年正巧杭州市改造南山路，惟迪带着一帮僧众，把修路时拆下来的旧路牙石全部拉进净慈寺，将寺内的地面铺好。

在浙江大学土木工程专业的学习，为惟迪提供了用武之地。当时净慈寺大雄宝殿年久失修，很多木质构件都烂掉了，一到梅雨季节就漏水。惟迪负责改造时，废弃了古建筑以前惯用的在牛毛毡、黄泥巴上加盖琉璃瓦的方式，而是在裂缝处先铺上最先进的防水材料，再用水泥砂浆找平，最后铺上琉璃瓦。对屋顶进行翻修时，惟迪采取缩小盖瓦、增大底瓦的方式，增加了雨水的流速和流量，既节省了经费，又保证了美观。

惟迪在杭州佛教界名声日隆。1952年出生的妙高和尚是净慈寺的监院，相当于行政一把手。2005年，惟迪成为了净慈寺的副寺，这是仅次于监院的实权人物，具体负责寺院基建、维修、水电、后勤、杂务、土地、房产、租赁和绿化等工作。而净慈寺当时没有住持，惟迪遂成了净慈寺的二把手。

2005年3月，千岛湖密山寺的延光法师接任净慈寺监院，惟迪仍担任副寺。也就是这一年，惟迪顺利通过英语六级考试，拿到浙江大学土木工程专业的学士学位。当然，他还通过广东韶关六祖寺那位尼姑，办理了一个叫"罗明生"的身份证。

在延光法师到来之前，净慈寺烧火做饭都是烧柴，惟迪多次跟妙高建议用煤气和锅炉。如此大动干戈，妙高当然不同意。延光法师一来，惟迪就建议说："你要让大家看到净慈寺有所改观啊，咱们身在西湖景区，每天做饭都飘着烟影响景致。净慈寺里三十多个僧人，加上六十多个职工，近百人吃饭、喝水、洗澡，靠烧柴肯定不行啊。"

延光法师很快同意，惟迪负责改造了厨房、锅炉，还建起了浴室，甚至还搞起了健身房，只要一有空，惟迪就到健身房里健身，练出了一身腱子肉，后来他还拿到过健美证书。

徐心联之所以这样做，是担心自己生病去医院。因为到医院人家要问姓名，要用身份证，他担心自己被抓，十七年来无论大病小病，他从没去过医院。惟迪记忆中最厉害的一次是2007年，长期的心理压力和劳累，使他患上了冠心病、心绞痛，直疼得蜷缩在床上冒冷汗。那一次，他感到自己要死掉一样，甚至想到了自己的父母，疼得一脸冷汗与热泪。即便如此，他也坚持不去医院。

惟迪不但是个工程建筑方面的高手，而且在征地拆迁方面，也显示出他与众不同的一面。2006年首届世界佛教论坛在中国举办，净慈寺作为主会场之一。此时，惟迪向延光法师提出，早年政府和部队占了很多净慈寺的寺产，这时候不要，其他时候可就要不到了。延光法师全权委托惟迪出面办理。

净慈寺的隔壁，是西湖景区南线管理处以及部队驻地。惟迪借世界佛教论坛的理由，找政府找领导。惟迪的说法足够温和也足够震撼："咱杭州是东南佛国，历代主政者都在此建寺造塔，流传后世成为杭州景点，比如苏轼、白居易在西湖上留下苏堤、白堤，吴越王钱弘俶出资建造雷峰塔、保俶塔，他的后代钱学森成为一代大科学家，这是善因善果啊！"

领导也是人啊！一听这入情入理的话，哪有不同意的道理？最后，政府出面帮助净慈寺在西湖边上腾出四十六亩地，竟然一分钱没要。而惟迪把原有的场地，经过装修做了净慈寺的接待室，用以接待世界各地来的高僧大德。

净慈寺西面有部队占地三十亩，还有家属院中住着七十九户人家。惟迪再次请求政府出面协调。政府拿出五千万元用于动迁，惟迪则一家一户去动员。到最后几家钉子户时，惟迪说："你不能跟佛祖争地盘吧，佛祖还要保佑你家后代绵延不绝呢，你们提什么条件都行，要钱给钱，要房给房，只要你们搬走。"

这都保佑后代万世了，哪有不搬的道理？很快，这三十亩地也被惟迪完成了动迁。

2006年4月，首届世界佛教论坛在杭州举办期间，净慈寺举行了隆重的释迦牟尼佛发舍利供奉法会，国内外媒体纷纷报道，净慈寺由此愈发名闻中外。

2007年，灵隐寺监院觉乘法师来净慈寺担任住持。觉乘法师只干了半年就走人了，到2007年7月，妙高法师再次回到净慈寺，但他已经不太过问寺里的事情了。而此时，惟迪的声誉越来越高，他已经不是当年惟命是从的小和尚了，况且惟迪编制的净慈寺整体建设规划已经完稿，他不但要大兴土木，还要把本不属于自己的东西想方设法要过来。惟迪想要的可是佛家的顶级圣物：释迦摩尼的佛发舍利，也就是释迦摩尼的头发。

释迦摩尼的佛发舍利也跟钱学森的祖上吴越国王钱弘俶有关。当年为保存释迦摩尼佛发舍利，他在夕照山上建起了家喻户晓的雷峰塔。1924年名闻遐迩的雷峰塔坍塌，2002年10月重建于原址。但发掘出来的释迦摩尼佛发舍利，却珍藏在浙江省博物馆。

惟迪盯上释迦摩尼佛发舍利之后，就积极争取在净慈寺建一座舍利殿，再伸手向博物馆要舍利。如此，可以在净慈寺甚至佛教史上大大地留下一笔。

2007年11月23日，净慈寺开工建设舍利殿，建成后准备将佛发舍利供奉入殿，理由是更好完成一塔（雷峰塔）一寺（净慈寺）的佛教文化呼应，恢复净慈寺这个全国重点寺院的千年品牌，形成佛教旅游"南钟北鼓"（南有净慈钟，北有灵隐鼓）的新局面。

当然，命运更是给了惟迪一个机会，使他重建了杭州八大名寺之一的香积寺，而且当上了香积寺的住持。

2008年底，当地政府准备复建香积寺，经过慎重考虑，任务落在了懂工程建设的惟迪身上。

香积寺始建于北宋，已有一千多年历史，原名兴福寺，宋真宗赐名香积寺。所谓香积，也就是寺庙伙房。香积寺把伙夫头儿作为主佛来供奉，这在我国寺庙中还是个创举。香积寺在运河及杭州佛教界拥有很高的地位，是通过运河进入杭州的第一座和离开杭州的最后一座寺庙。晚清、民国时期，南来北往的香客坐船从运河上岸，总是先到香积寺上炷香，留宿一晚，第二天再到灵隐寺、净慈寺。因此，香积寺也被称为"运河第一香"。元朝末年，香积寺被一场大火毁掉，后来屡建屡毁，清康熙年间香积寺内建了两座宝塔，1963年双塔列为杭州市重点文物保护单位。

当时政府原计划投资五千万元，惟迪说："我算过了，光动迁费就要六千万，五千万连地都腾不出来。"

惟迪对香积寺的设想是，结合唐宋和江南风格设计，而材料方面大量采用最新科技的工程木材料，既美观又省钱，寿命更长，这也将是世界上第一次将工程木用于寺庙建设。惟迪最终说服了有关领导。于是，由惟迪主持设计施工，杭州运河集团出资四亿元的香积寺复建工程很快启动。

从拆迁到完工，惟迪一直住在工地上。2010年2月7日，新香积寺正式落成开放，由大雄宝殿、天王殿等建筑群组成，总建筑面积一万三千多平方米。新香积寺既体现了杭州传统寺庙的建筑风格，又推陈出新、独具特色。

2010年香积寺落成后，惟迪被任命为住持。2011年1月，妙高法师离开净慈寺，惟迪兼任净慈寺监院，当上了香积寺和净慈寺两个寺庙的一把手，由此开始乘坐奥迪A6，来回奔波于两寺之间。

此时的惟迪有两大心愿，一是把香积寺从运河集团那边"要"过来，二是把释迦牟尼佛发舍利请到净慈寺舍利殿。

香积寺落成开放后不久，惟迪拿着一份1994年1月31日颁行的国务院关于宗教场所的管理条例找到了有关领导，这份条例的第八条明确规定：宗教活动场所的财产和收入由该场所的管理组织管理和使用，其他任何单位和个人不得占有或者无偿调用。

按照这个规定，运河集团花掉四亿多元建起来的香积寺，却不能归运河集团所有，运河集团当然不干。从此，惟迪开始请有关领导出面做工作。按照惟迪的算法，刨除土地费、管理费、拆迁费等费用，运河集团实际支出2.75亿元。惟迪开出的条件是，以香积寺的门票、捐赠等收入每年返还一千万元给运河集团。

惟迪之所以每年出一千万元"还债"，是因为他接手香积寺之后，2010年全年收入一千万元，到2011年底，预计年收入可达两千万元。

如果徐心联没有被警方抓获，此事的结果还难以预料。

同样结果难以预料的还有净慈寺舍利殿，这座以配合政府申遗工作为由的舍利殿建成后，惟迪要做的工作就是迎来释迦牟尼佛发舍利。

当然，惟迪要做的事情还有很多，只是，连他自己都想不到，留给他的时间越来越少了。在杭州的十一年间，惟迪达到了自己人生的巅峰，成为杭州市青年联合会委员，净慈寺、香积寺的监院、住持，多次出国访问，代表净慈寺接待各路宾客名流。

但盛极必衰。

放下屠刀你也成不了佛

2011年清网行动大网撒开之后，十七年前制造灭门血案的徐心联成了九江县第一批被追捕的逃犯之一，局长下了死命令，活要见人、死要见尸。

这些年来，自从当上沙河派出所所长，陈新没少到徐心联家转悠，一次次动员徐心联家里人劝他投案自首。2011年6月，徐心联的老母亲跟往年一样，淡淡地对上门的陈新说："这么多年我都没见过他，不知道他在哪儿，我找儿子还找不见呢。"

陈新耍了个心眼说："那我们帮你采集个血样，上网查查，管他死活，估计能查到你儿子。"

一听这话，徐心联的老母亲操起扫把就把陈新往外赶，哭喊着说："你们公安局有本事就把人抓回来，不要总是找我们的麻烦！"

徐心联母亲的反常举动，坚定了陈新的想法：徐心联还与家人有联系！

挖地三尺，也要把他抓回来！可什么线索都没有，陈新心急如焚，连晚上睡觉都做梦抓住了徐心联。急归急，抓不到人，急也白搭。陈新冷静下来，对徐心联家庭的所有相关信息进行分类后，发现徐心联的三弟在庐山东林寺附近一个餐馆做厨师，姐姐也在东林寺那边开店，却没有什么迹象证明他们跟徐心联有联系。而徐心联的二弟在杭州开公司，是个大老板。按说他该衣锦还乡，经常回老家显摆一下。但徐心联的二弟不但不回家，连电话都很少打。这有点儿反常，是不是有意回避别人，让别人摸不清自己的底细？

陈新开始琢磨徐心联的二弟。他通过杭州警方排查徐心联二弟的社会关系。陈新很快发现他的社会关系中，有一个叫惟迪的人，是杭州净慈寺、香积寺两座寺庙的一把手。两人平时不怎么来往，但每逢过年、端午等传统节日，惟迪都会给徐心联的弟弟打个电话，不过每次都不会聊很久。从2011年8

江西省九江县公安局副局长王义明在人民大会堂讲述他带队赶赴杭州抓住徐心联的过程（丁一鹤供图）

月2日到10月16日，徐心联的二弟跟惟迪法师通过八次话，最长通话时间一百零六秒。

一个寺庙的和尚在每逢佳节倍思亲的日子，主动打电话给徐心联的二弟，肯定非同寻常，这个和尚有疑点。

接着，陈新调取了惟迪的户籍资料，此时他才发现，惟迪的俗名叫罗明生，户籍地为广东韶关曲江区。户籍照片上的惟迪，是一个圆头大脸戴眼镜和尚，和陈新手中从学校毕业合影照上翻拍下来的徐心联十七年前的黑白照片，完全是两码事。

陈新两只手各拿了一张照片，左看看，右看看，怎么也不敢相信这就是一个人，但他心里又坚信这是同一个人。随后，陈新灵机一动，调取了徐心联二弟的身份证。奇怪的是，惟迪的五官与徐心联二弟非常相似。陈新把全所民警都叫来，让他们分别作出判断。沙河派出所副所长王飞翔谨慎地说："是不是到省厅找专家给鉴定一下？"

陈新牛眼一瞪："专家有我了解他吗？我都追了十七年了。这个惟迪法师俗名不是叫罗明生吗？王飞翔，你去广东查，查他个水落石出。"陈新下了决心。

11月27日下午，王飞翔与九江县刑警队三名民警来到广东韶关曲江区大塘派出所，在常住人口登记表上，王飞翔发现，罗明生的户籍是广东曲江，出生地是湖南耒阳，表上突然还冒出了迁入地"江西"两个字。

这是怎么回事呢？王飞翔找到罗明生父亲当年工作的铁木厂。老厂长介绍说，罗明生的爷爷是湖南耒阳搬来的，罗明生的父亲从铁木厂下岗后，总打骂儿子，罗明生九岁的时候就离家出走，至今不知所踪。

难道查错了？罗明生九岁离家，当和尚也未可知啊！

既然来了韶关，怎么也要见见这个罗明生的父亲。王飞翔他们以办户口的名义，询问罗明生的去向，可无论怎么问，罗明生的父亲就是什么也不说。王飞翔几乎把所有的道理和法律都掰开了揉碎了，春风化雨夹带着疾风暴雨，四个小时过后，罗明生的父亲才说："是算命的老段头儿联系的，听说我儿子离家出走多年了，说是有个人在南华寺做和尚，顶我儿子的名将来为我养老送终，给了我点儿钱。我儿子没这个人帅，也不戴眼镜，现在去了哪里我都不知道。我拿了钱你们不会把我抓去蹲监狱吧？"

"你说实话，就不抓你。"王飞翔说。

"那我说了吧，那算命的老段头儿是江西赣州的于都人，说是给了一万元，他留了一部分，没给我那么多。听说是韶关一个寺庙的尼姑托他办的。"罗明生的父亲说。

王飞翔当天查清，正是惟迪法师托韶关六祖寺的那个尼姑，让老段头儿假托罗明生的名义帮惟迪办理的身份证。

2011年11月27日晚上，陈新把所有的情况向九江县公安局领导汇报后，又报告给正在江苏追逃的副局长王义明。此时，分管刑侦的副局长王义明刚带队抓住江苏的一个命案逃犯，拿到九江传过来的惟迪的资料后，王义明连夜带队驱车赶到杭州市公安局，与当地警方进行了沟通。

28日凌晨，王义明和中队长程和建把从江苏抓来的逃犯送到杭州看守所后，又得到消息，惟迪的手机号先后与韶关和九江有过联系，这更增加了他们对惟迪的怀疑。但随着线索越来越多，王义明心里的疑惑却越来越大。

一是徐心联和惟迪相貌差别很大。二是十七年前，徐心联作案时只是一个初中毕业的汽车修理工，这个惟迪却有浙江大学本科文凭，是一个土木建筑工程师，投资四亿多元的香积寺就是惟迪一手复建的。他还能写一手好字，他的一幅字曾拍卖到三万元。三是徐心联因为朋友一句话，就敢操刀杀人，连两岁的小孩儿也不放过。可"惟迪法师"却是两座著名寺院的一把手，汶川大地震、玉树大地震，他都组织寺院捐款，还年年义务献血，是杭州有名的大法师、大善人。血债累累的杀人犯能如此行善吗？

可是，徐心联的各项线索又都集中指向惟迪。如果惟迪不是徐心联，又怎么解释呢？为慎重起见，王义明又安排民警偷拍了徐心联二弟的照片，发现徐心联二弟与惟迪长得出奇像，那鼻子、那眼睛，简直就是一个模子刻出来的。王义明决心动动这个惟迪。

抓这个在杭州佛教界很有影响的大人物，那可不是说着玩的。抓不到徐心联，回局里交不了账；抓错了惟迪，王义明这个小小副局长也不用干了。佛家无小事，错抓名寺的住持毫无疑问会令全国哗然。

实际上，11月28日凌晨，惟迪就接到了广东韶关那个尼姑的电话，告诉他有警察在查他身份。惟迪一早起来，就把寺庙里的事情安排了一下，并安排人去买了一张30日从杭州到九江的火车票。他没说别的，只说自己有些私事要去处理一下。

而这一天，九江和杭州两地，陈新和王义明也分头忙活起来。

28日中午，陈新来到徐心联家，先是拉家常，接着又请徐心联老母亲到派出所走一趟，他哄着老太太说："上级指示要给犯事逃跑的家人抽个血，上面说了，要给营养费的。"

陈新本想在徐心联老母亲家采集血样，但怕周围群众闹事，才把老太太逛到了派出所。陈新当时想，如果不行就趁老太太吐唾沫的时候搞点儿唾液，没想到老太太竟欣然答应。采集完血样之后，陈新不但请老太太在镇上饭馆吃了一顿饭，开车把她送回家，还专门买了一箱牛奶送给老太太。

与此同时，王义明带领中队长程和建于28日下午四点赶到了到杭州市公安局刑侦支队请求支援。这时候王义明已经确认，惟迪法师当天跟九江联系两次，其中拨打的一部手机是徐心联姐姐的，拨打的固定电话是徐心联三弟工作单位的。

王义明带队赶到杭州市拱墅区联系当地警方。动惟迪涉及宗教部门，当地有关人员谁也拿不定主意。就是抓错了扒了这身警服，也要动动这个惟迪，王义明拍了胸脯。

　　事先调查时得知，不离惟迪左右的香积寺监院来自少林寺，王义明他们怀疑此人是惟迪的保镖，所以请求当地警方出动了包括十个防暴警察在内的三十多名警力协助抓捕。

　　28日晚上十点多，王义明他们进入净慈寺，分头把住各个路口。王义明先到车库，确认惟迪的奥迪A6还在，随后，他们以消防检查的名义敲开了惟迪的房门。

　　幸运的是，当程和建亮出九江警察的身份，用九江话说了一句"莫作声"后，惟迪没有反抗，很顺从地伸出手让程和建戴上手铐，跟着警察来到当地公安局。

　　自始至终，惟迪一言不发。

　　为了确认惟迪的真实身份，当晚回到拱墅区分局时，程和建拿着一根棉签，在惟迪嘴里刷了一下，扭头就走。而剩下的人也不跟惟迪说话，所有的人都在用九江话交流着这一路追逃的经历。

　　晚上十二点，惟迪终于用九江话说："我是徐心联。"

　　江西和浙江两地警方连夜进行了DNA检测，鉴定结果显示：惟迪法师就是徐心联。

　　事后王义明了解到，这些年来，成为"惟迪法师"的徐心联确实做了不少好事。自从到杭州之后，他每年都去献血。2010年7月1日，他还带领两个寺院的僧人和信众一百多人献血。他希望通过此举能救更多的人，靠自己的影响力服务社会，也平和自己的心灵。

　　2008年，徐心联一部手抄《金刚经》拍卖五十万元，作为善款捐助给慈善机构。汶川大地震时他个人又捐出一万元。2011年云南大旱，惟迪义卖了一幅七十字的佛经，将三万五千元捐给灾区。按照惟迪的说法，他个人收入的一半都拿去做了善事。

　　不仅如此，惟迪在政治上还获得了不少荣誉。从2005年开始，他先后担任第九届、第十届杭州市青联委员，2008年又成为第九届浙江省青联委员。而在他被捕前，即将成为杭州市拱墅区政协委员。

自2005年起，他便萌生过自首的念头，但是迟迟"说服不了自己"。他先后出访过缅甸、泰国、印度、澳洲、新西兰、日本、韩国等很多国家，也从没想过利用出国的机会潜逃。随着净慈寺、香积寺等各方面工作的一步步推进，他想把手头的事情做完再去自首。可是事情像滚雪球一样越来越多，直到2011年11月28日早上，接到韶关那个尼姑的电话后，身背业障的惟迪自言自语说："因果循环、如影随形。法不孤起，仗境方生。道不虚行，遇缘即应"。

惟迪被抓获后，还有一笔一百二十万元的善款打到他的账户上。但奇怪的是，很有钱的惟迪却从来没有给过父母钱，他的说法是这些钱都是修行得来的，应该拿去做善事，出家无家，不该给父母。

徐敏的老母亲无人赡养，自己的老母亲不敢赡养，但惟迪在杭州期间，一直在照料杭州市的孤寡老人孙奶奶。孙奶奶的儿子孙子早年一起出车祸去世，儿媳妇另嫁他人。2001年孙奶奶到净慈寺烧香时，被入寺不久的惟迪碰到。得知老人无依无靠，他就尽起了照顾老人的责任，年年送米送面送油，别人送给他的保健品，也都转送给了老人。惟迪像儿子一样奉养老人十年，最后得到的回报是，当老人得知惟迪被抓起来后，她以为只有律师能救惟迪的命，在惟迪的律师面前长跪不起，请求律师一定要保住惟迪的命。

送徐心联进看守所之后，王义明对徐心联说："你们佛家讲究放下屠刀，就能立地成佛。但你不要忘了这句话，善有善报，恶有恶报，不是不报，时候未到。欠债还钱杀人偿命天经地义，你就是放下屠刀，也成不了佛，法律和正义，能放过你吗？"

在羁押期间，九江县看守所对他特别关照，腾出一间牢房让徐心联练字。徐心联写得最多的一幅字是：因果循环、如影随形。但每次在书法作品上落款，他都落上：南屏净慈寺惟迪！

在九江市中级人民法院开庭之前，徐心联用隽秀的行书写了一份悔过书，他说："我自己种下的苦果，我知道我终须偿还。我想我在这个世上的使命可能已经结束了，我的忏悔也就结束了。"

看守所里的徐心联希望他的律师能找到徐敏的亲人，用他多年积攒下来的钱做一些补偿，可徐家拒绝了这个请求。春节后，徐心联又提请检察官赴广东找被害人家属协调，但因积怨较深，被害人及家属并不接受民事赔偿。

2012年3月26日，九江市人民检察院以故意杀人罪向九江市中级人民法院提起公诉。九江市中级人民法院于2012年4月20日公开审理了此案。

在法庭上，徐心联数度落泪，他在陈述那场血腥梦魇时说："随着佛法潜修，当年的所为令我苦不堪言，至今时常被噩梦惊醒，辗转反侧，周而复始。"在律师举证期间，徐心联几度用戴着手铐的双手擦拭泪水。

辩护中，律师并不回避案件本身带来的严重后果，他认为徐心联在年轻时的冲动之举，毁灭了一个家庭，给生者造成了无法弥补的伤痛，应依法接受惩处。但本案案犯1995年判处死刑立即执行三人，判处死缓一人，此次如再次启用极刑，确有不妥。律师希望法院在依法惩治的基础上留有余地，适度宽大处理，对徐心联能够在死刑以下量刑。

2012年6月13日，九江市中级人民法院一审以故意杀人罪判处被告人徐心联死刑，缓期两年执行。法院判决书中，肯定了"出家期间，被告人徐心联能谨持戒律，倾心佛事，积极从事社会慈善事业，在佛教界具有一定影响"。同时，法院考虑到徐心联案发后对所犯罪行有悔过表现，归案后能如实供述自己的罪行，本人及亲属愿意主动赔偿被害人亲属经济损失，具有从轻情节，结合我国现行刑事政策，故对徐心联判处死刑，可不必立即执行。

听到这个判决结果，徐心联再次泪流满面，双手合十向法官深深鞠了一躬，轻轻道了一声：阿弥陀佛！

"跑得了和尚跑不了庙"

徐心联在被捕后念念不忘的是，因为他给佛家抹了黑，他一直担心因为自己影响了佛家形象。其实这种担心大可不必，佛是佛，他是他，两码事。倒是佛教度化了身背血债的徐心联，功德无量。

沿着鲁智深、武松走过的路遁入空门，是逃犯躲避追捕的中国特色之一。佛门净地远离尘嚣，的确可以作为隐蔽之所，但他们忘了，佛家是最讲究因果报应的。还有一句俗话说得好：跑得了和尚跑不了庙。

在清网行动中，从寺院中揪出的逃犯五花八门，绝不止徐心联一个。

十四年前，李某在河北省张家口一家KTV犯下命案之后，就近逃到山西五台山，先是在寺庙门口靠卖香烛糊口，随后吃斋念佛当了居士，每天诵经礼佛之余，顺便给死者超度一番。

后来他发现五台山香火太旺，各地来上香的游客太多，不乏就近的张家口人，他害怕被熟人认出来露了馅，随后又逃到内蒙古，干脆在草原上的一个寺庙出家。可在荒凉的草原上，他耐不住寂寞和一名女香客相爱，又还俗当上了新郎官。清网行动后，他觉得还是寺庙比较安全些，又跑到满洲里的一个寺庙藏起来。2011年12月11日，正在诵经的李某被抓获。

多年的逃亡，让李某养成了很多独特的习惯。一是穿衣睡觉，只要有风吹草动随时起身逃跑；二是怕夜半狗叫，狗一叫他就紧张得要命；三是家乡口音犹如天籁，他经常跟随着张家口口音的人走一段，只为听几句乡音，但可笑的是，他见到河北牌号的汽车却很紧张。

同样在十四年前，四川盐亭二十岁的木匠何某入赘到岳父家，听乡邻说妻子与他人关系暧昧，从而迁怒于岳父，乱刀砍死岳父后逃到海南。走到天涯海角才发现故土难离，回川后在成都街头偶遇一位和尚，在这位出家人的点化之下，他躲进四川眉山青神县的北塔寺剃度出家。

躲进寺庙也无法避开熟人，有一次竟然看见两个他认识的盐亭老乡来寺庙里烧香，随后他干脆来到地处偏远的佛光寺修炼。在这只有他一个人的佛光寺里，他每天磕头烧香虔诚忏悔，祈求佛祖保佑。

罪孽可以忏悔，对于亲人的思念却挡不住他回家的道路，他先是回到家乡远远望一眼家门，后来干脆给家人打了个电话报平安。警方最终将他从寺院请回了盐亭的看守所。

在陕西省旬邑县，从陕西省马栏监狱脱逃长达十七年的张某，竟当上了寺院的住持。1984年8月，张某因犯盗窃罪、纵火罪被陕西眉县法院判处有期徒刑十二年。1994年10月3日，余刑仅剩一年半的张某竟让猪油蒙了心，与另一罪犯外出放牛时，逃出马栏监狱。

张某流窜于延安、西安、汉中、宝鸡等地，2011年10月22日被眉县警方在凤县柏林禅寺抓获。十七年间，张某先后到太白县青峰寺、凤县柏林禅寺出家为僧，被抓获时已经当上了凤县柏林禅寺的住持、凤县政协委员。

张某在脱逃的这十七年间，不但没有重新犯罪，反倒在担任住持期间，四处募集善款，重新修缮寺院及寺院周围的乡村道路。他被抓获后，有一百多名居士联名写信请求司法机关对他从轻处罚。

用十七年的逃亡去换这一年六个月的劳改放牛生涯，人生中最宝贵的十七年时光，在终日藏匿与惶恐不安中度过，不能堂堂正正做人，更不能在父母膝前尽孝，心灵和身体都没得到救赎。被押回脱逃前服刑的马栏监狱后，他还得继续放牛。

而在北京市公安局顺义分局抓获的逃犯中，六十四岁变身尼姑的张某，几乎演了一出闹剧。张某是北京顺义人，伙同他人以购买香港某公司原始股，每手按照10%返利为诱饵，发展下线人员一百余名，涉案金额八百余万元。在清网行动之前的2011年4月，她干脆削发为尼逃到了张家口某寺庙。

2011年6月17日，顺义警方来到张家口，翻过了五座山，寻访了十二座庙，最后才找到张某躲藏过的观音庙，可此时张某已悄悄潜回顺义。6月21日凌晨，警方将藏在一个度假村的张某抓获。记者在采访她时，她还为清网行动说好话："都清网了，你往哪里跑啊？天罗地网，哪里都跑不了。"

而新疆乌鲁木齐警方在辽宁省朝阳道观甘露宫抓获的道长"三永"，竟是持枪抢劫新疆医科大学第一附属医院财务室的逃犯朱某，已经潜逃了十年。

朱某第一次犯罪是帮朋友偷了一台电脑，后来到北京上大学被抓回乌鲁木齐坐了三年牢。出狱后他到四川峨眉山学过武术、针灸、推拿按摩，2001年回到乌鲁木齐竟然自己造了一把手枪，跟做生意赔本的哥哥来到新疆医科大学第一附属医院财务室抢钱。没想到哥哥钱没抢到却被当场抓住，朱某朝天开了一枪，趁乱逃跑。

他一气跑到辽宁出家当了道士，因为他学过中医针灸按摩，经常免费为当地村民看病，还治愈了一位聋了十几年的老大娘。

与朱某一样抱着侥幸心理，希望能平静地在道观生活下去的还有四川彭州市阳平观的二当家"志玄"。2011年12月6日，阳平观门外涌进几位彪形大汉，说是来检查消防安全的。这几个人进门就将志玄左右夹击。行家一出手，便知有没有，志玄与对方胳膊接触的一刹那，就知道遇到了高手。

最后进入道观的是志玄的同胞兄弟，他是专程来劝投的。志玄出家前姓常，出身武术世家，爷爷是民国时期河南省永城市名噪一时的"常铁头"，父亲是当地武术学校校长。2000年10月22日，常某与女友发生口角，拿水果刀刺伤女友，女友在送往医院抢救时不治身亡。常某一路乞讨跑到四川出家后，因为聪明好学，很快升为道观的"二当家"。

沿着中国传统文化指点的鲁智深登上五台山的这条路，这些逃犯遁入空门当了和尚、道士、尼姑，甚至还像徐心联那样当上了住持，虽然他们中有些人做了很多善事，却终究难以抵消自身的罪责，最终还要被投进监狱再修练一番。

善与恶有时候往往就是一念之差，却要用很多年去忏悔、去赎罪。

二、亿万富豪借尸还魂

2011年10月15日，上海期货界赫赫有名的亿万富豪江雁南，在上海浦东新区世博演艺中心大摆筵席，庆祝他的女儿满月。宾客散尽，江雁南顺从地戴上手铐，跟随抓捕他的警察去往九年前他持枪抢劫的常州。

路上，江雁南对常州警察孙景瑜说："我拿三千万，能不能放了我？"

孙景瑜回答得很干脆："不能！"

进了常州市看守所，江雁南又问："我拿五千万，能不能取保候审？"

警察变成了监管民警，但回答依然没变："不能！"

2012年6月，站在法庭上的江雁南轻叹一声："可笑我年少轻狂，纵使我天赋奇才，身家数亿，也难抵消十年前的那一时冲动！"

交损友持枪抢劫

1974年4月，江雁南出生在一个军人家庭，父亲在部队是师级干部，后来转业到地方担任领导。但江雁南从没想靠父亲这棵大树乘凉，他想试试自己的身手。

上世纪九十年代，江雁南从名校的工商管理专业毕业后，进入期货市场初试身手，就大赚了一笔。这笔钱，差不多是他父亲当兵几十年的全部收入。2002年，踌躇满志的江雁南拿着这第一桶金，在老家浙江衢州市承包了一家歌厅和溜冰场，进入娱乐业。

娱乐行业总是鱼龙混杂。在这个行业里混迹不久，江雁南就结识了一些在当地吃得开的小混混儿，跟江雁南走得最近的有华荣和董平。在当地，这哥儿俩一个号称"双枪将"，一个号称"小李广"，很有梁山好汉的意思。但真正有枪的，是闷声不响的江雁南。在开办歌厅不久，江雁南到江西上饶黑市上买了一把仿"五四"式手枪。

买枪是为了震慑那些小混混儿，别来他的歌厅闹场子。而且，江雁南当过兵的父亲皮箱夹层里，珍藏着五发货真价实的子弹。他偷偷把子弹弄出来，装到枪里，枪弹合一，严丝合缝。江雁南的人生就像这把子弹上膛的手枪，不管是否击发，他人生的弹道已经改写。

三个年轻人混迹于娱乐场所，除了吃喝玩乐就是赌博。很快，江雁南的几十万元扔进了赌场。2002年9月，在输掉最后的三十多万元之后，为还债，江雁南低价变卖了歌厅和溜冰场，即便如此，还欠着六万多元赌债。

"要是能发一笔横财就好了，也省得被债主整天追着跑。"面对华荣和董平，江雁南吐露了自己的烦心事。

"你有枪，我们可以去抢啊！"董平提醒。这个董平有抢劫前科，"抢"是他获得钱财的捷径。

"扯淡，抢银行，那可是死罪！"江雁南不敢犯险。

"谁让你抢银行了？咱不用在衢州抢，到上海去抢，那边富人多，抢来钱就够你还赌债了。"董平不以为然地说。

"那就去干一票？"江雁南试探着问。

"我去叫上华荣，咱哥儿仨分工合作，准行。"董平说完，马上一个电话把华荣叫来。

三个人谋划起了抢劫。他们的计划是：江雁南租一辆车，再弄几个假车牌作掩护，到上海找个富人区干一票。

2002年10月17日，三人开车直奔上海。没想到，一上路就出师不利。他们把假牌照挂在租来的车子上，刚进上海，就被细心的上海交警逮了个正着，机敏的江雁南悄悄将手枪藏在了车座下面。交警只是对他们使用假车牌的违规行为进行了处罚，并未检查车上的作案工具。即便如此，三人还是惊出了一身冷汗。交完罚款后，三人连忙开车逃离上海。

他们再也不敢在上海下手，最后决定绕过上海，到苏锡常地区寻找下手机会。10月18日晚上，三人最终把目标锁定在常州市新北区河海东南花园别墅区内相对独立的一栋别墅。三人分工非常明确：最大胆的华荣拿枪，与经验丰富的董平入室抢劫，江雁南开车在别墅区外望风接应。

2002年10月19日凌晨四点，华荣和董平翻越围墙进入别墅区，还没站稳就被在小区内巡逻的两个保安发现。董平反应快，迅速翻墙跑回车上，上气不接下气地催促江雁南："快跑！"

江雁南猛地一脚油门，一溜烟儿跑掉了。被两个保安堵住的华荣落了单，马上被逼到了墙角。情急之下，华荣掏出手枪，哆嗦着指着保安吼道："别过来，我有枪！"

深夜里，黑洞洞的枪口闪着蓝光，颤抖着指向两个保安。保安连忙用对讲机报案。华荣更加惶恐，伺机夺路而逃。两个保安飞身扑上来，一个抱住华荣持枪的双手，一个抱住华荣的身子。

"别动！别动！枪里顶着火！"华荣吓得大喊。

华荣怕，保安也紧张得要命。三个人纠缠在一起。等巡警赶过来将华荣制伏时，才发现华荣和那两个保安就像刚从水里捞出来一样，全身被冷汗湿透。

由于是持枪抢劫，常州市公安局城北分局将此案作为一号重案，派出精干警力，全力追捕江雁南和董平。2003年，董平被浙江温州警方抓获，而江雁南一直负案在逃。

巧追踪锁定真凶

这次抢劫虽然没有得手，但持枪抢劫毕竟是个重大隐患，天知道这些亡命徒手里还有没有枪，天知道他们会不会卷土重来。常州警方不敢懈怠，他们从未停止过追捕。仅仅江雁南在浙江衢州的老家，他们就去了十几次，但全部无功而返。

2011年清网行动开始后，常州市新北公安分局把江雁南列为清网第一案，主管刑侦的副局长崔国斌和刑侦大队副大队长孙景瑜负责追逃。

　　孙景瑜是个老刑警，一脸厚道，但抓逃犯却以稳准狠著称。他找出当年的案卷材料，对江雁南的行踪、亲友等重点环节仔细研究，把追逃重心放在了江雁南的老家。在调查江雁南亲友的过程中，孙景瑜得到一条消息，江雁南的父亲曾开着一辆奔驰车在浙江去上海的路上违章。但这辆豪车的车主，不是江雁南的父亲，而是一个名叫彭燕的女子。

　　一个三十出头年轻女性的豪车，却让一个六十多岁的老先生驾驶，说明两者之间关系不一般。这个彭燕是什么人？会不会是江雁南的妻子？但在彭燕的相关信息中，又写明是"未婚"，这是怎么回事？

　　2011年10月20日，孙景瑜带队直奔衢州民政部门，查明彭燕的确是江雁南的妻子。但2010年1月，彭燕与江雁南办理了离婚手续。彭燕怎么跟逃亡中的江雁南离婚？为什么案发八年后才离婚？为什么彭燕离婚后，名下突然冒出来亿万资产？是不是逃亡中的江雁南转移给她的？

　　顺着这个线索，也许能找到江雁南的蛛丝马迹。追逃小组在浙江衢州江雁南和彭燕双方父母居住地走访时发现，江雁南全家早已搬走，但江雁南老街坊的一句话，却提供了江雁南可能藏匿的方向：江雁南家人非常有钱，好像在上海做期货生意。

　　"江雁南人生的第一桶金，就是搞期货赚的，他很可能到上海重拾老本行。"孙景瑜眼前一亮。

　　孙景瑜向分局领导汇报之后，2011年10月23日，新北分局副局长崔国斌带队赶赴上海。在当地警方配合下，查明了彭燕在上海的多处房产和几部高档轿车的信息。在随后的走访中，孙景瑜得到一个意外消息：彭燕在上海东方医院刚生完二胎，是个女儿，还没出满月。

　　彭燕跟江雁南已经离婚，并没有再婚，这个孩子是谁的？孙景瑜立即赶到东方医院调查。调取彭燕的住院病历时，孙景瑜突然发现在家属一栏中赫然写着"江有汜"，但"有汜"两个字是涂改后补在上面的，而下面被涂改的部分，仔细辨认就可以看出那两个字是"雁南"。

　　"江雁南！"孙景瑜差点儿喊出声来。那么，这个"江有汜"是何许人也？孙景瑜没有贸然动手，虽然一步步接近目标，但到最关键的时刻，既不能误抓好人，又不能打草惊蛇。

警方很快查到了"江有汜"的相关信息，虽然此人的身份证号是贵州毕节地区的，但现在的户籍地址却在浙江衢州。调查中孙景瑜得知，江有汜在上海浦东金融中心的期货中心经营着一家期货公司，是近几年在上海期货市场崭露头角的新贵，掌控资金几十亿，个人财富也有三四亿左右。

孙景瑜调取了"江有汜"的户籍资料，将"江有汜"的照片与江雁南的照片进行比对，发现两人的眉毛、左耳以及左侧颧骨下方的黑痣等处完全相同。毫无疑问，这个"江有汜"，就是在逃九年的江雁南！江雁南借用"江有汜"的身份，把自己"漂白"了。

2011年10月25日晚上十点，在上海公安部门的协助下，孙景瑜在上海浦东新区世博演艺中心地下停车库，等到了喝完女儿满月酒的江雁南。

"我知道你们会来的，我跟你们走。"江雁南见到孙景瑜出示的警官证，没有任何反抗，只是提出最后的要求，"让孩子先走吧，我不想孩子看到我现在的样子。"

孙景瑜摆了摆手，刚刚围过来的警察全部散开，地下车库恢复了平静。江雁南拿出他在国外订制的手工制作的高级手机打了最后一个电话，然后把手机交给了孙景瑜。

"欧了！"孙景瑜掩饰不住地笑出声来。

做慈善借尸还魂

坐在囚车里回常州的路上，平时少言寡语的江雁南，却轻松地掏心窝子，跟孙景瑜聊起了这些年来的经历。

当年案发后，江雁南没敢回老家，而他又不甘于流落荒郊野岭，他明白大隐隐于市的道理，而他所知道的最大的市，就是上海。

江雁南来到上海，进入期货市场再试身手，靠他的聪明，轻松就赚到了几十万。当时的期货市场，对身份的认证并不规范，江雁南陆续借用别人的身份证开户炒期货，很快赚得盆满钵溢。根据多年操盘期货积累的经验，江雁南竟

孙景瑜（右二）看着江雁南（右一）打完最后一个电话，掩饰不住地笑出声来（江苏省常州市公安局供图）

然研发了一个炒作期货的软件。有了这个软件，就相当于有了独门秘笈。江雁南创办了自己的期货公司，一年最少能赚个四五千万。几年下来，他的财富迅速积累。在他被捕前一个月，在上海最昂贵的地段，他为刚刚出生的女儿买下了价值一千多万元的六室一厅的豪宅。

江雁南虽然身家数亿，但他只能低调行事。逃亡九年来，他再也没用过自己的真实名字。只要用到身份证的地方，包括坐飞机、住宾馆，他都用别人的身份证。2009年，当年和江雁南一起抢劫的华荣和董平相继出狱，落魄潦倒。江雁南辗转得到消息后，通过中间人，转给他们二十万元作为安抚。

江雁南从来没有忘记过自己犯下的罪恶。立足上海之后，他就通过朋友咨询公检法的相关人员，持枪抢劫未遂，自首后能不能取保候审。然而，几年来打听的结果都是，持枪抢劫即便投案自首，也要判实刑，坐牢是毫无疑问的。听到这些，江雁南退缩了。他不想去蹲监狱，又担心被抓。用什么办法才能消减自己的罪孽呢？

2008年5月，四川汶川大地震，江雁南拿出了三十多万元，购买了帐篷和药品送到灾区。他想用对灾民的爱心，温暖他冰凉的心，拯救自己失落的灵魂。但是，这场自我救赎并没让他的灵魂得到平静，而正是汶川大地震给了江雁南"漂白"身份的念头。当江雁南带着救灾物资来到汶川灾区时，他注意到，很多人在地震中死亡后，因为找不到尸体无法销户。身为生者，却像一具行尸走肉；而那些死亡的人，肉体消失了，他们的名字却还留在世界上。

离开四川的时候，他给当地的一个朋友留下了一笔钱，托人四处打听，寻找跟他年龄相仿、相貌相近的死者。江雁南提出两个条件：死者最好姓江，最好是七十年代出生。

经过一段时间的寻访，江雁南最终经过中介找到了一个失踪的贵州毕节人，1970年出生，名叫江有汜。江雁南花重金买到了江有汜的一代身份证。随后，他在上海找到一个假证贩子，用自己的照片"补办"了二代身份证。

借尸还魂之后，江雁南又以"江有汜"的名义，回到浙江衢州市购买了一处房产，按照当时的政策，在当地买房可以落户。于是，江雁南再次成了衢州人，成功"漂白"了身份。

江雁南一跃成为上海期货市场的"新贵"，然而因为有案在身，即使拥有巨额财富，他也不敢安然享受。辛辛苦苦赚下的这些钱，一旦被抓，岂不竹篮打水一场空？2010年，江雁南授意妻子以他涉案失踪为由，成功办理了离婚手续。事实上，江雁南的目的是把自己的财产转移到妻子名下。

逃亡的罪犯，能够抚慰自己心灵的事情，往往是延续香火。即便将来走上断头台，他也会感觉自己的生命在继续。离婚后不久，江雁南与妻子生下了第二个孩子。在宝贝千金出生当天，在江雁南父爱光辉闪耀的那个瞬间，他在出生记录的父亲一栏中，签下了他的真名，这是九年来他第一次使用这个名字。江雁南没想到，正是这个名字，最终暴露了他的行踪。

2011年10月25日晚上，江雁南为女儿办完满月酒，他看着妻子抱着孩子钻进了一辆奔驰车。这么多年来，江雁南一直不跟妻子同乘一部车，已经成了习惯。在江雁南的潜意识里，他担心某天会遇到常州警察。这一天，真的来了。

妻子像往常一样，坐上车走了。江雁南挥起手，摇了摇，又摇了摇。随后，他的手被戴上了冰凉的手铐。

三、"珠宝大王"落网南宁

深海拖网中，广西警方"拖"出了"珠宝大王"林捷。二十三年前，他携公款潜逃，差点儿毁掉一家国有棉纺厂。逃亡的日子里，他隐姓埋名，从摆地摊的修表匠到南宁市的著名珠宝商，还当上了南宁市民营企业家联合会副会长、广西珠宝协会副会长、南宁市兴宁区政协委员。

是到赎罪的时候了

2012年3月20日上午十点，阴雨绵绵中，浙江省金华市浦江县公安局禁毒大队教导员边晓龙来到浦江县看守所。在此之前的3月6日，浦江县人民检察院已经对林捷提起诉讼。

犯罪嫌疑人进了看守所，就像行李寄存到了存包处。只要公安局将案子移交到检察院，就再也不能随便见嫌疑人了。想见可以，先到检察院办手续去。看守所凭票提人，只认手续不认人，全国都这个规矩。所以，当过刑警大队副大队长的边晓龙想见自己抓的犯罪嫌疑人，还要层层办手续。

浦江县看守所在浦江城郊一个山清水秀的地方。三月的江南已是花团锦簇，桃花红、梨花白，梯田在细雨中温润地展开。浦江县看守所与青山绿水为邻，但牢房里的林捷，却看不到外面的江南风景。尽管二十三年前，他对这一切都很熟悉。现在，他能看到的，只有在阴雨天气中冒着寒气的铁栏，以及看守所惨白的墙上的水印。偶尔，他也能听到窗外传来一两声布谷鸟自由的鸣叫。

这天是周一，号子里的林捷正拿着起诉书翻来覆去地琢磨，狱警的一声大喊，让林捷打了一个激灵："116号，提讯。"

天知道这一天会有什么事情发生。林捷惴惴不安地走出监号。狱警给他戴上手铐之后，直接把他领进讯问室。

　　这间不足十平方米的讯问室由一道铁栅栏从中间隔开，林捷进门的一边通往囚室，只有一把特制的带护栏的椅子，这椅子是留给犯罪嫌疑人的。而铁栅栏对面，是一张讯问台和两把普通木椅子，那是提讯的司法人员坐的。铁栅栏这边，也有一个小门，从小门出去，就是外面广阔的世界。

　　林捷坐在铁椅子上，狱警将铁椅子前面的护栏上了锁，随后只说了一句"好好交代"就离开了。在铁栅栏的外面，边晓龙用他惯常的淡淡的音调说："听说检察院起诉了，我来看看你。起诉书收到了吗？"

　　"收到了，给边大队添麻烦了。知道怎么判我不？"坐在椅子上的林捷像见到亲人一样。

　　边晓龙隔着铁栅栏先递过去一支烟，林捷鼻子轻微耸了一下，仿佛整个冰冷的讯问室都充满烟草的香气。"中华？软盒的？"

　　"哦，我今天来是看看你，顺便问问你还有什么需要我帮忙的。"边晓龙一边说，一边把打火机隔着铁栅栏伸进去，打着了火。

　　林捷欠起身，在火苗与香烟接触的一刹那，林捷狠狠地嘬了两口，然后深深吸进去，一丝烟都没吐出来。那种久违的醇香，让林捷有些陶醉，以致边晓龙的话他都没听明白。他除了一个劲地道谢之外，接下来的话就是："边大队，你想想办法帮帮我吧，能帮我找找人，判个缓刑吗？"

　　"案子已经到法院了，判多少年我说了不算，得法院定。不过，今天来我要告诉你两个事。我记得抓你的时候，你说过汶川地震的时候你捐过款，但你的律师没有向检察院提交有关证据。想办法把你这些年捐款的证明收集好，提交给法院，对你的判决有好处。谁能帮你找到这些证据？"边晓龙的口气依然很淡，脸上也看不出更多的表情。

　　"我弟弟！求求你给我弟弟打个电话吧，他能找到。"林捷本来毫无血色的脸上突然泛起了红润。

　　按照林捷提供的号码，边晓龙当即打了过去，同时打开免提，让对方帮助林捷收集捐款的证据。听到话筒里的声音，林捷提高了嗓门说："要是找不到发票，就找南宁民营企业家联合会和广西珠宝协会，让他们出个证明。我捐

被边晓龙亲手抓获的林捷对边晓龙却千恩万谢（丁一鹤供图）

款的事，他们都知道。"接下来，林捷又对边晓龙说，"再给我妻子打个电话吧，让她无论如何也要拿出一些钱来，资助一下浦江国棉厂那些贫困的下岗职工。二十四年了，是该补偿他们的时候了。"

二十四年前的天文数字

　　林捷之前还有一个名字叫林毅，那是在他的老家福建省福清市的名字。到了浙江浦江县，他的名字改成了林捷。那时候还没有身份证，也没人查。后来，林捷到了广西，又改了一个名字叫林松涛。

　　无论叫什么名字，在填写出生地和出生日期时，他都填上1967年2月20日出生于福建省福清市。林捷的父亲是当地乡村小学的校长，母亲是乡村医生。

在兄妹四人中，林捷是男孩儿中的老大，他还有个跟他长相相似的弟弟。

初中毕业后，林捷就开始做生意，先是到福清包装装潢厂做销售业务。后来，不到二十岁的林捷谈了女朋友，他的女朋友家开了一个生产饲料的工厂，林捷就到女朋友家的厂子做饲料生意。

上世纪八十年代，二十多岁的林捷提着人造革密码箱奔波于大江南北。为了购买生产原料，1987年秋天，林捷登上了从济南开往山东博兴的长途汽车。在车上，林捷认识了博兴棉纺厂的一位副厂长。闲聊中那位副厂长说："我们厂子有几车皮的皮棉要卖，正愁找不到买主，你要是能买下我们这些皮棉，可就救了我们的急了。"

这让林捷看到了商机。林捷通过老乡介绍，带着山东博兴的棉花样品跑到浙江省浦江县。拿样品给浦江国棉厂领导一看，领导当即派采购员跟随林捷来到山东。1988年3月，林捷将山东博兴的这批棉花卖给了浦江国棉厂，这单二十万元的皮棉生意很顺利，林捷不但赚到了钱，还得到了浦江国棉厂领导的信任。

1988年5月，林捷又带着浦江国棉厂的业务员来到山东滨州。在做成一笔二十一万元的皮棉生意之后，林捷在这里遇到了福建平潭老乡陈健。陈健是个资深的皮棉商人，他告诉林捷："我在沾化还有三个车皮的棉花要卖，咱们合伙吧。"

每个车皮的棉花大约二十万元，三个车皮需要六十万元。看到陈健出示的销售棉花的批号后，林捷立即将此消息告诉了跟他到滨州买货的浦江县的业务员，业务员打电报给厂里，浦江国棉厂通过支票转账八十万元到滨州。除掉第一笔支付的二十一万元货款，还剩下五十九万元。

但实际上，根本没有陈健所说的这价值六十万元的三个车皮的皮棉。更令林捷坐蜡的是，由于当时皮棉紧缺，国家限量采购，滨州那二十一万元的皮棉在装车前，也被当地工商部门查封。

为了能做成与浦江国棉厂的这单生意，林捷在和陈健商量后，决定直接从老百姓手中收购皮棉。瞒着浦江国棉厂，两人将五十九万元现金分成两份，分别打到了林捷和陈健的个人账户上。由于是从老百姓手中直接收购皮棉，要支付现金，陈健让林捷把三十万元现金全部取出来，放在宾馆里。按照林捷的说法，后来陈健携款跑路，只给林捷剩下十万元。林捷把其中五万元存到银行，又写了一封检举陈健骗钱的信，连同这五万元的存折寄给了浦江国棉厂。随后，他带着剩余的五万元现金跑路。

林捷和陈健拿走的这五十九万元，在1988年可不是个小数目。当时浦江国棉厂职工有将近一千人，全年利润也就一百多万元，工人月工资不足百元。这五十九万元，相当于浦江国棉厂千余名职工多半年的工资。如此巨款被骗，对于这个国有小厂来说，无疑是灭顶之灾。这家国棉厂在苦苦支撑了多年后终于倒闭。

从修表匠到珠宝大王

1988年8月陈健被抓获，1989年因诈骗罪被判无期徒刑。

林捷开始了他的逃亡生涯，他从山东一路往西南狂奔，来到了广西河池地区的巴马县。这个时候，林捷的名字换成了林松涛，他的第一份工作是在山上打石头。打石头很苦，林捷当然不想干，有事没事就跑到小县城溜达。在巴马县城，林捷认识了来自福建莆田一个修手表的老乡。见这个买卖能赚钱，林捷花十块钱买了一块旧手表，跟着这个老乡学着进行拆装。一个礼拜之后，巴马大街上多了一个摆摊的年轻修表匠。

这期间，林捷认识了在巴马县读师范的刘小敏。来自广西环江毛南族自治县的刘小敏只有十九岁，两个年轻人相遇，很快擦出了爱情火花。

二十多年前，偏远的广西小县城，可供娱乐的场所也只有电影院了。只要有机会，林捷就请刘小敏去看电影。一来二去，两人谈恋爱的事情传到了学校里。学生谈恋爱在那个年代可是天大的事情，老师找刘小敏谈话，如果不停止与林捷的交往，学校就要给处分。

那个年代，中专生毕业之后就是国家包分配的干部，而干部身份对一个年轻人来说太重要了。但刘小敏义无反顾，她咬着牙一言不发。刘小敏在老家当校长的父亲也赶来阻止这场不对等的爱情，但没有人拦得住。最后，不知道是谁报了警，说一个修表匠勾引女学生。

最后，林捷因"勾引女生"被罚款七百元。他借了开发廊的老乡二百元，又借了邮电局的朋友二百元，再从几个老乡那里凑了二百元，加上自己所有的积蓄一百元，终于交上了罚款。警方也不好再插手此事，而上中专已经第三年的刘小敏被勒令退学。退学就退学，刘小敏干脆跟林捷住在了一起。

两人要领证结婚，但刘小敏的父母因为女儿退学很伤心，根本不给刘小敏户口本。头脑灵活的林捷托人开了个假迁移证明，将林捷的户口迁到刘小敏的户籍上，最后瞒着刘小敏父母，偷出户口本办理了结婚手续。婚后两人离开巴马来到广西南丹县大厂镇，用两人兜里最后的九块钱，再一次摆起地摊修手表。

一年后刘小敏怀孕，1992年5月生下了一个女儿，后来又生了一个儿子。三年后，刘小敏的父母见生米煮成熟饭，只好认了林捷这个女婿。

1992年7月，在南丹县大厂镇开修表摊的林捷，承包了南丹县三个百货公司的修表专柜，开始带徒弟修表。1994年，林捷买了一栋带底商的小楼，刘小敏在小楼的一层开起了红蜻蜓、七匹狼服装专卖店。

生意做大的林捷，于1999年投资六十万元在当地开办了清风山庄，主营野味海鲜。听说国家要开发龙滩电站，2000年6月，林捷与朋友投资四百多万元承包了龙滩一家大酒店。但这次投资最后以失败告终，因为电站进行封闭式管理，龙滩电站内部有自己的酒店，没人来林捷的饭店消费。饭店倒闭后，林捷卖掉车子和房子才还清借款。2003年，林捷试图东山再起，到贵州投资生产地条钢。一个月后，因为生产过程污染严重，投资一百八十万元的厂子，最后作价六十万卖给了当地人。

2005年元旦，林捷在河池市开了当地第一家珠宝店。这家珠宝专卖店总投资一百五十万元，其中林捷投资四十万元，其他三个投资人都是当年他起家时一起修手表的朋友。随后，林捷又将目光转向了南宁，他和另外两个股东合资在南宁开了一家珠宝公司，名为缘德福，总资产两千多万元，他是最大的股东，并任公司董事长。后来又开了一家分公司，两个公司加起来有五十多名员工。缘德福，成了林捷的品牌，也是南宁有名的珠宝品牌。

2010年5月，林捷投资一千万元在南宁朝阳区开办了中国黄金旗舰店。林捷成为当地最大的珠宝商之一。

2008年汶川大地震后，林捷代表公司向灾区捐款三万余元，2010年为公益事业个人捐款一万元，2011年向困难大学生捐款一万元。林捷的善举和企业的实力，使他在2010年10月当选广西珠宝协会副会长、南宁市民营企业家联合会副会长。2011年7月，又被选为南宁市兴宁区政协委员。

"请给我留点儿面子"

清网行动开始后，公安机关多次通过林捷的家人和朋友，敦促林捷投案自首争取宽大处理。但林捷觉得，当年已经退给浦江国棉厂五万，1996年父母又帮着退了五万，这笔账应该已经了结，凭什么还找我要钱？他抱着一丝侥幸心理，觉得只要浦江那边找不到自己，也就拉倒了，不会太追究的。林捷把诈骗当成了欠债，这可是性质完全不同的两码事。

2011年10月，清网行动进入攻坚阶段，林捷尚未到案。10月中旬，浙江省浦江县公安局刑警到福建福清市，找到林捷的弟弟和他七十多岁的父母，想再次劝说林捷自首，但没有结果。

浦江警方在调查中发现，林捷的弟弟在福清开着豪车，经常外出做生意，但从不说去哪里做什么。警方发现林捷的弟弟有的通话来自广西河池，手机尾号是9999，而且通话次数不多，仅有偶尔几次。联想到有人反映林捷在广西，警方立即调取了机主资料。资料显示，手机用户叫林松涛，户籍所在地是广西南宁市大学东路华建花园小区。警方通过户籍系统调出林松涛的照片，经过比对，发现林松涛就是林捷。

2011年11月16日，浦江县公安局刑侦大队副大队长边晓龙带领侦查员来到南宁，在当地警方的配合下，一路追踪林捷的去向，最后追到了广东深圳。11月28日，边晓龙查到林捷在深圳罗湖区金晶珠宝国际交易中心。抓捕小组立即行动，找到了正在进货的林捷。

边晓龙走上前，拍拍林捷肩膀说："是林捷吧？我是浦江来的。"

"哦，我知道了。我跟你们走，但请不要给我戴手铐，这里的人我都认识，请给我留点儿面子。"一副大老板气派的林捷很配合。

边晓龙带着林捷回浦江的路上，问林捷为什么不早投案自首。林捷说："我还是放不下现在拥有的一切嘛。"

边晓龙抓住林捷时，从他身上搜出因私出国护照、港澳通行证等很多证件。但林捷说，他从来没有想到出逃国外。得知浦江警方找他的消息，他只想托关系找浦江警方通融一下。边晓龙告诉他："你想简单了，不过你要是早自首，结果肯定比现在好得多。"

林捷被捕后，浦江国棉厂的老员工恍若隔世地想起当年被骗的惨痛，而身陷囹圄的林捷也才想起来要补偿那些下岗职工。可惜，再多的补偿也晚了。

四、雪域挖出采花毒枭

犯下重大罪行的逃犯，往往选择那些出人意料的"绝域极地"躲藏，比如边关大漠、深山密林、雪域高原。最出人意料的地方，往往是逃犯们的首选。当厦门警察在雪域高原的藏羌村寨抓到大毒枭夏永奎时，惊奇地发现此人不但成功戒毒，娶了当地村长的妹妹生下儿子，甚至还要领着当地村民发家致富种药材呢。

逃亡毒枭处处留情

夏永奎在厦门市思明公安分局的缉毒警察眼里，可是厦门"天字一号"的大毒枭。这个年轻的毒枭从四川广安邻水老家拉出一支"子弟兵"，在汕头、厦门等地贩毒，形成了一个组织严密的团伙，团伙成员不是至亲就是同乡，夏永奎是这个团伙的老大。

2009年1月，厦门市公安局思明分局禁毒大队一举抓获夏永奎的七个马仔，仅从这七人的供述中，发现夏永奎团伙在2006年到2009年1月间，至少贩卖海洛因二三十公斤。夏永奎的马仔们分别被判处死缓、无期徒刑等重刑，而遥控指挥贩毒的夏永奎，携带贩毒所得的上千万元赃款逃跑。

夏永奎多次和公安部门打交道，反侦查意识和经验非同一般。在逃亡过程中，他每到一处，都要变换通讯工具和姓名，而且居无定所，打一枪换一个地方。为迷惑追捕民警，夏永奎还多次指使他人在湖北、湖南、广东等地使用网络电话虚拟他的行踪，和追捕民警玩起了捉迷藏，等民警好不容易追踪过去，却又发现他在另一个地方出现，真真假假就像孙悟空揪了一把毫毛漫天撒开，气得厦门警察牙根都痒痒。

因为手握千万巨款，这家伙逃跑路上依然过着花天酒地的生活，一路奔逃还不忘泡妞，而且泡妞手段极其卑劣。2009年，他把大姨子的养女搞到手，还跟这个女娃生下了一个孩子。他的妻子得知后，愤然在老家跟他离婚，一气之下连他们女儿的名字都改了。2010年，他再次凭借挥金如土的豪爽，泡上一个湖南常德籍的二十四岁女孩，两人双宿双飞、一路奔逃。等警方找到这个常德女孩儿时，夏永奎早已人间蒸发。

清网行动中，厦门市公安局将全国各地的逃犯分片包干，四川、贵州、重庆两省一市归西南片区，由厦门市公安局第三追捕组负责，厦门市公安局副局长范锦昌担任第三追捕组组长。作为西南片区内案值最高、贩毒数量最多、社

夏永奎落网时已经与当地人毫无两样（福建省厦门市公安局供图）

会危害性最大、最狡猾难抓的毒贩，夏永奎自然成为第三组追捕的首选目标。

第三追捕组和思明禁毒大队组成联合追捕组，全力追踪夏永奎。整个思明禁毒大队除留下一名大队领导坐镇厦门外，其余人分成四组，循着夏永奎的活动轨迹，抽丝剥茧，穷追不舍，足迹遍布闽、粤、湘、鄂、川、渝等地。虽然线索落空的居多，但追捕民警坚持针对夏永奎渔色猎艳的弱点，彻底清查夏永奎所有可能接触过的异性。

2011年10月底，联合追捕组突然发现，夏永奎与前妻所生的女儿账户上，莫名其妙地打进十七万元，这些钱是分三次在重庆的柜员机上存的款。这笔钱一定与夏永奎有关，警方紧紧锁定夏永奎前妻和女儿的相关信息。很快他们查到，几个月前夏永奎女儿的手机接到过十几个从四川打来的电话，而且都是女性打进来的，但继续追查时，这些电话已经停机销户。

这条线索，很可能就是夏永奎一不小心露出的狐狸尾巴！2011年12月2日，联合追逃组直奔四川。几个从几乎零海拔的厦门岛来的警察，沿着岷江峡谷盘旋向上，一路穿过映秀、汶川、理县这些大地震重灾区，翻越海拔四千五百米终年积雪的鹧鸪山，赶到了目的地。当年红军爬雪山过草地就在这里。

"四十二加二十一等于多少？"突然，有人提的一个简单问题让所有人愣了一下，大家认真计算，就是算不清楚，大脑就像灌进了糨糊。赶紧去买红景天，再备氧气袋，大家才算缓过劲来。

山寨里的女孩儿

12月3日，阳光灿烂的川西高原晴空万里，几个厦门警察一出门，立即被冻得都跳起来了。零下十几度，是他们从没遇到过的严寒，回到房间把带来的衣服都穿上，也没觉得暖和，最后又买来手套、帽子、羽绒服才敢出门。

厦门市公安局督察处二队队长曾清勇、思明区公安分局禁毒大队副大队长陈志毅以及联合追捕组成员刘一波、陈跃辉等人见到当地县公安局分管刑侦的王副局长，当地警方以高原人特有的粗犷和热情接待了他们，并为追捕工作提供了一系列便利。在当地警方的强力配合下，经过一天紧张的调查，那个可能与夏永奎有关的电话，是一个少数民族女孩儿使用过的。

"夏永奎怎会和少数民族女孩儿扯上关系，难道是侦查方向弄错了？"带着疑问，他们在当地银行、国土部门的协助下，查明使用过这个手机号的女孩儿二十四岁，住在该县某乡一个少数民族村寨，在县城有一套一百平方米的房产，但该房大部分时间无人居住。二十四岁的农村女孩儿怎么会有经济能力购买房子？这买房子的五十七万元巨款，会不会是夏永奎的？如果是，夏永奎极有可能躲藏在少数民族女孩儿所在的村子！

追捕出现重大突破，厦门警察精神一振，可王副局长的一席话就像三九寒流，把厦门警察的心都给冻住了："这个村前几天打群架，去劝阻的派出所所长都被打伤住了院，你们近期不能进去。"

怎么办？抓捕逃犯，一旦涉及民族问题，谁都担不了这个责任。硬的不行来软的，化装侦查可是警察的拿手好戏。几个人弄来几身当地的少数民族服装，抓把土往脑袋上揉几下，化装后的陈跃辉和陈志毅两人一亮相，王副局长就笑了："前世你俩应该是这里的人，干脆你们留在这里挖虫草吧。"

这个少数民族村寨海拔近四千米，山高谷深林密，村里人口仅一百余人。这里不通公路，只有一段十余公里的"猎人小路"与外界相通。村庄里有位少数民族姑娘，与一名形貌体征与夏永奎相似的汉族男子同居。这个汉族男子在村里人缘极好，经常被请到各家吃喝，还准备带领村民在当地种草药。警方判定，这个汉族男子就是夏永奎。

12月7日深夜，侦查了一整天的刘一波回到旅店，罕见的严肃呈现在他的脸上："今天有两件事，一个好的，一个坏的，想听哪个？"同事们焦急地等待着答案，他继续说，"好消息是，夏永奎今天上山采虫草时摔伤了腿，坏消息是，他的电话停机了，可能是把手机摔丢了。"

谁都知道这两个消息意味着什么，逃犯摔伤了腿，追捕起来当然方便多了，起码夏永奎再不能随心所欲到处乱跑；可是电话停机，就等于失去了追踪目标。不能再等下去，必须立即行动。他们连夜制订抓捕方案，迅速查找夏永奎的就医信息。

12月8日一上班，追捕组以最快速度走访了当地三家主要医院，又请县局派来配合的同志打电话向乡卫生院了解，均未发现夏永奎就医的讯息。只剩下最后一种选择了，当天上午十一时，追捕组齐聚当地公安局王副局长办公室，王副局长回答得很干脆："进村，我们全力配合！"

夜袭带刀毒枭

经过五个小时在崇山峻岭之间的颠簸，一辆当地民用牌照的瑞风商务车摇摇晃晃盘旋而上，于当晚十九时许到达乡派出所，车上除了厦门警察，还有两名配合抓捕的当地警察。这天晚上，远离喧嚣尘世的高原的天空异常纯净，圆月映照着远处的雪山。民警们又顺着山谷步行十余公里，当晚二十一点多，他们终于赶到村口。开车加上步行，整整八个小时，除了粗重的喘息，此时的厦门警察都在心里念叨：千万别有高原反应，不然回不了厦门了。

按照原定计划，首先要找村干部配合才能抓捕夏永奎，然而进村侦查的一名当地警察小李随即带来了令人震惊的消息，夏永奎的同居女友是村长的妹妹，而且两人还生了一个女孩儿。

"幸好，今晚村长喝醉了。"小李补充了一个好消息。

情况有变，抓捕计划也随之改变，不能依靠村干部，只能靠自己了。在小李的带领下，队伍潜行到村庄最北部的一栋民居旁，这里就是夏永奎藏身的地方。此时已经有进无退，在包围夏永奎的住处之前，所有警察都抄起一根木棒。接着小李敲门，房门打开后又猛地关上，夏永奎回身冲向窗户。可没等他打开窗户，一根粗重的木棒就将他连同窗户砸进房间。

七个警察冲进房间扑向夏永奎，把他按在地上，他身下一把锋利的砍刀已出鞘一半。一个抱着婴儿的女子站在屋子里，不知所措地哭泣着，电视还在播放着节目。

"你们是谁，这是干什么？"夏永奎抬起头质问。

"夏永奎，你真能躲啊……"厦门警察用普通话喊了一声。

夏永奎身体突然一软，彷佛全身力气被抽走一样，瘫在那里。

"我们是厦门公安局的，要不要告诉你老婆为什么抓你？"

瘫软的夏永奎一瞬间眼神涣散，低下头说："不……不用了，我跟你们走……"不停哭泣的女孩儿不清楚到底发生了什么，夏永奎最后说了一句，

民警趁着夜色连呼哧带喘地将
夏永奎带出村寨（福建省厦门
市公安局供图）

"你不用等我了，照顾好咱们的孩子。"

不能给夏永奎更多的时间了，必须赶在别人发现之前撤离村寨。看一眼可怜的女孩儿，警察们架着夏永奎就往村外跑，直跑得上气不接下气。没出半个小时，小李的电话响了，是女孩儿当村长的哥哥打来的，强硬口气中带着威胁：必须把夏永奎送回来，不然让所有警察有去无回！

怎么办？赶紧向王副局长求救。就在此时，几十个火把像一条长蛇探出村寨尾随而来！

"快，动作快点儿，快跑！"民警们互相催促，他们知道，如果让村里人追上，不但民警们有危险，夏永奎这个大毒枭肯定带不走。

小李一边跑，一边劝着村长。直到上了接应的车辆，大家心里终于一块石头落了地，小李掐断电话，喘着粗气笑了。

12月9日凌晨四时，押着夏永奎的车回到县城。将夏永奎投进看守所后，所有人才算真正松了一口气。这时候大家才发现早已饥肠辘辘，从8日十三时起到现在，十五个小时里，他们粒米未进、滴水未沾。

第二天一大早才知道，当晚村长带着村民赶到乡派出所要人，被王副局长在电话中劝说一番，当得知夏永奎是个身负重案的大毒枭时，村长只好带着人回了村寨。

在押送夏永奎回厦门的路上，夏永奎的供述让厦门警察惊叹不已：几年前夏永奎上网聊天认识了这个少数民族女孩儿，就抛开重庆女友来到川西，化名夏华留在村里，平常没事就上山采草药、挖虫草，并且用这些草药戒掉了本来很严重的毒瘾。他本想在这里终老一生，没想到让女友给女儿打款时，被厦门警察发现了踪迹。如果再过些日子，夏永奎就要带着村里人在雪山上种草药了。

五、潜伏者

作为一场足以载入史册的追逃行动，作为一部反映清网行动的全景式报告文学，如果缺少挖出吉思光、史宝月、吴正莲、吴刚这几个逃犯的故事，显然是一种缺憾。但这些人的故事已经通过全国多家报纸、杂志、网络相继报道转载，读者对他们的故事已经耳熟能详。因此，我们选取他们的某个侧面，看看这些潜伏者，在逃亡路上到底是怎么隐藏的。

这些荒诞事件，其戏剧性远远超过任何一位编剧的想象。促成这个荒诞事件的各方因素，却着实值得深思……

吉思光：《潜伏》里的潜伏者

在谍战剧《潜伏》中饰演保密局档案股股长盛乡的演员吉思光，被发现是1998年结伙袭警抢枪后潜逃了十三年的逃犯，被黑龙江齐齐哈尔市警方抓捕归案后，真真正正成了"明星"。

在羁押期间，吉思光很注重自己的形象，有电视台的记者采访他时，面对镜头，他总是习惯性地整理衣衫，配合镜头，回答问题时态度也很诚恳。谈起当初冒着危险去演戏，他也一改以前的说法："我并不是为了出名，我只是想更好地生活！"

1998年12月6日晚，齐齐哈尔市公安局铁锋分局刑警杨林被三名歹徒扎伤并抢走枪支。案发后，齐齐哈尔市和铁锋区公安机关迅速组成专案组及时捕获了犯罪嫌疑人魏某。两天内又抓获了李某、刘某。

对于当年的抢劫，吉思光称自己是为了"面子"。他大专毕业后在当地夜总会做主持人，有一些钱。但他自小就喜欢和"江湖"上的人打交道，他喜欢那种"义气"和勇敢。一次，他去洗浴中心洗澡，看见有一群身上有着文身的男子成帮结伙在一起，觉得他们很威风，他主动上前与这伙人搭讪，认识了在社会上有些"名气"的李哥和刘哥。为了快速融入这个群体，他经常请两位"大哥"吃饭，这样挥霍了一阵子，吉思光赚的钱就不够花了。看到他没有钱了，"大哥"也显得很义气："兄弟，没钱了，不行就跟我们混吧！"而这些人，就是之后与他共同实施抢劫犯罪的人。

1998年的冬天，几个"大哥"全部被收入法网，吉思光逃到了深圳。

当初为什么选择叫"张国锋"呢？吉思光说，他在逃亡时，在网上看到一个招聘信息，求职人就叫"张国锋"，上面还有身份证号，他灵机一动，将号码抄了下来。之后按照此人的信息，找人制作了一张假身份证。

吉思光说，他也怕父亲或同学、同乡认出他，所以这十多年来，他一直都留着小胡子，除非剧情需要万不得已时他才会剃掉。演出完毕，他马上又会留起来。吉思光总是忍不住就聊起剧组里的那些趣事，说那些大牌演员也是很平常的人，如果他不是逃犯，说不定也可以是大牌。

人生如戏，银屏内外，吉思光同样上演了一幕惊心动魄的"潜伏"（黑龙江省齐齐哈尔市公安局供图）

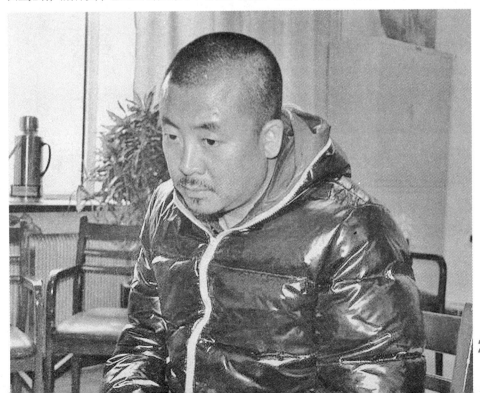

出演《潜伏》时，有一场盛乡接受审讯的戏。当吉思光坐在审讯椅上时，他面对镜头表现出的惊恐是否发自内心，我们不得而知。

从1998年二十五岁的吉思光逃到深圳在建筑工地打工开始，他干过无数种卖苦力的工作。到2007年时，吉思光发现自己的外貌已经有了很大变化，他鬼使神差地来到了浙江的横店影视城当上了群众演员。由于吉思光有很不错的艺术功底，仅仅过了两年，他就成了各种电视剧里的配角。"张国锋"在横店有了些名头。

潜逃中的吉思光做了好事不敢留名。一天下午，吉思光在湖边行走，突然听到了不远处一个轻生者落水，路过行人的呼救声。吉思光跳进水中将人救起来。接到报警后警车呼啸而来，吉思光跟跟跄跄地站起身，挤出人群逃离现场。第二天，当地媒体报道了好心人勇救轻生女孩儿不留名的新闻。吉思光看了新闻，他心中的滋味像打翻了五味瓶。

多年来吉思光怀着赎罪的心理，好事没少做，就是不敢留名。

由于为人低调又很仗义，吉思光受到各个剧组的青睐。当他出演《潜伏》

吉思光制作的个人简历（黑龙江省齐齐哈尔市公安局供图）

时，吉思光感到，自己就是现实版的余则成。他的逃亡也是一种"潜伏"，但与余则成比起来，他的"潜伏"比余则成还要痛苦，还要遥遥无期。

同样是"潜伏"，吉思光与余则成不同。吉思光是逃犯，余则成是英雄，即便厌倦了不见天日的生活，他也没有勇气去自首。所有人都怕失去自由。

吉思光被捕后说："所有的痛苦都结束了，被你们抓到的那一刻，就是我新生的开始。这么些年来，我心里有多苦只有自己知道……"

落网后的吉思光，手中仍握着不少片约，还在新摄制的电视剧《少林猛虎》中扮演角色，而且该剧已经拍了三十多场。

被押解回齐齐哈尔后，吉思光见到了刑警杨林。看到杨林拄拐杖的身影时，他扑通跪在地上，声泪俱下："一个七尺汉子，拄着拐杖，我很愧疚，是我把他毁了。"

令民警们最为惊讶的就是吉思光竟然出演过热播电视剧《潜伏》中的角色。别说警察，包括吉思光所有的亲朋在内，谁也没看出《潜伏》中保密局档案股股长盛乡就是吉思光。更没有人想到，此前他还演过电视剧《神医大道公》、《武则天秘史》、《唐宫美人天下》等三十多部电视剧的配角，与孙红雷、刘晓庆、杨幂等大牌明星共同演出。谁能想到，演绎过那么多别人的人生的吉思光，最终还要回到自己逃犯的人生轨道上……

吴正莲：贩卖自己的"A级人贩"

吴正莲是云南高原大山皱褶里的乡村妇女，一个很少走出大山的乖妹子，却涉嫌拐卖妇女儿童近三十人，成为公安部的A级逃犯，案发后她更名换姓改嫁河南深山。

2009年4月29日，公安部发出A级通缉令，追捕在逃重大犯罪嫌疑人吴正莲。

为抓吴正莲，网友们微博上集资八万元奖励线索举报人，十二小时被转七万多次，连姚明、孟庭苇都转发了。

吴正莲是清网行动中河南警方抓获的第一个公安部A级逃犯。

吴正莲是云南省文山壮族苗族自治州广南县八宝镇人，嫁到夫家之后，开始跟随丈夫侯某做起了贩婴"生意"。她参与的是一个家族式贩婴团伙，扮演的角色主要是在侯某等"找来"孩子后，她把孩子送往广东、福建等地。当年贩婴时她正处于哺乳期，所以运送孩子不易引起怀疑。

案发后不久，吴正莲的丈夫侯某等人相继被抓获，吴正莲也于2008年8月因拐卖儿童被广南县公安局逮捕。据媒体报道，2007年至2008年两年期间，吴正莲伙同丈夫侯某等人连续九次作案，涉嫌拐卖妇女、婴幼儿多达三十余人。因吴正莲正值哺乳期，被监视居住。

2009年春节，吴正莲将一岁多的大儿子送到娘家交由父母看管，尔后背着小女儿悄然外逃。

不久后，公安部启动第四次打拐行动，发出三批次A级通缉令，捉拿三十名重大拐卖儿童的犯罪嫌疑人。广南县警方历尽千辛万苦，先后出动警力三百余人次，深入全县各乡镇、村寨张贴通缉令，拉网式摸排、盘查线索三百余条，又辗转广东、广西、贵州、山东以及江苏等十余省（区）三十多个县市展开追捕工作，遍访吴正莲的可能藏身之处，行程千万里，耗资百万元，但还是没抓到吴正莲。

清网行动展开后，云南省广南县警方重新梳理了线索，又前往广东、海南等吴正莲曾逃亡的地方侦查，都没发现吴正莲的踪迹。通过警方大量工作，终于获知吴正莲很可能藏匿于河南省南阳市。

当谜底揭破之时，连警方都大跌眼镜：为了躲避抓捕，人贩子吴正莲最后把自己也"贩卖"出去了，隐姓埋名远嫁到河南桐柏山区的小山村，过着与世隔绝的日子。

暴露吴正莲踪迹的，是她已经三岁大的女儿。吴正莲的第一任丈夫侯某被判处无期徒刑后，吴正莲带着这个六指的女儿逃走。2011年11月，广南县公安局获悉吴正莲和老家有联系，从而分析她可能藏匿于河南南阳。

2011年11月，警方在吴正莲女儿所在的幼儿园和她的老家都得到了孩子是六指的信息，确信化名"熊中仙"在河南与他人结婚并生下孩子的神秘女子就是吴正莲。

云南文山州警方马上通知了河南省南阳市公安局。

2011年11月7日，南阳市公安局组织了一支由市技术侦查支队、刑警支队和桐柏县公安局民警共二十余人组成的抓捕组，会同广南县公安局一行四人赶赴回龙乡实施抓捕行动。

警方真正见到吴正莲时，她怀抱孩子端坐不动，有意将头发放下遮住半边脸。警方问话她不搭腔，问多了，一口咬定自己叫"熊中仙"，村民们也都证明说她就叫"熊中仙"。警方比对她与通缉令上的照片，吴正莲与"熊中仙"虽然很相像，但黑白胖瘦却各不相同，细心的民警还发现"熊中仙"的两颗上门牙特别小。

而通缉令照片上吴正莲的特征是脸型短，面部扁平，单眼皮，有两颗包金虎牙。就在警方满心疑惑时，忽然瞥见"熊中仙"失神的一瞬间，紧抿的嘴微微张开，神态酷似通缉令上的照片。原来，为了改头换面，吴正莲竟连两颗金牙也取下来了。

由于吴正莲在广南家乡时说的是苗语，到广东时又说过一段时间普通话，来到河南后，又开始学说当地方言，因此，她的口音"四不像"，民警与她交流十分困难。最后，通过比对"熊中仙"怀里三岁多女儿的手指，才确认她就是吴正莲。

落网后的吴正莲讲，她是在广东期间认识现在的河南丈夫并嫁到河南的。她只告诉丈夫自己是云南到广东打工的女子，关于自己的身世，她从不多说。两人结婚后，因为没有户口等资料，一直没有到民政部门登记。每次丈夫问起，她都称自己托云南老家的亲戚在办。

在河南的山村里，吴正莲几乎不和人交流，见人只笑不说话。邻居到她家

落网之后的吴正莲一脸茫然

去串门，她也不露面。她把头发留得很长，一绺长发总是遮着半张脸，平时也总低着头。村民都觉得这个女子很神秘，但对她印象都不错。平时她丈夫若跟人发生矛盾，她总会上前，劝自己的丈夫让步。她很疼爱自己的女儿，怕老人照顾不好孩子，她把孩子送到附近的幼儿园。

吴正莲变成人贩子，原因之一是受丈夫侯某影响。侯某和另两家亲属都多年从事人口拐卖。其次是当地极度贫困，个别人拐卖人口发了不义之财后，引起身边一些亲戚和乡邻的羡慕，纷纷入伙，最后在一个山沟里冒出轰动全国的数个家族式贩婴团伙。

贩婴令人发指，但她的愚昧更令人扼腕叹息！

第七章　落网之鲨

　　有些重大案件，以特有的文化符号和专有名词，根植于我们的记忆之中，甚至成为我们历史的一部分，更成为逃犯生命中不敢回望的血腥。这记忆，就像鲨鱼张开的血盆大口。

　　随着清网行动的深入，大网一步步收紧，一条又一条恶鲨、凶鲨、毒鲨、猛鲨相继落网。他们的落网，标志着清网行动取得了可喜战果，也标志着一个个血腥符号的终结。然而，这些鲨鱼张开血盆大口吃人的经历，这些鲨鱼落网前后的故事，既令人震惊，又发人深省。

　　这是我们不愿意回望，但又应该认真回望的伤痛。

十八年前"中俄国际列车大劫案"中的"漏网之鱼"贾小明在清网行动中被抓获归案（邹慧供图）

一、中俄国际列车大劫案

清网行动中，"中俄国际列车大劫案"主犯贾小明、宗立勇、邵迅分别在桂林、南宁、北京落网，十八年前这桩轰动世界的案件再次进入人们的视野。

1993年5月26日到31日，北京至莫斯科K3次国际列车驶出国门后，先后遭到三个抢劫团伙的血腥劫掠，三伙劫匪手持瓦斯枪、匕首、电棍，抢劫乘客护照、钱财，并强奸、轮奸多名妇女。此案震惊中外，史称"中俄国际列车大劫案"。

六天六夜的险恶旅途

北京至乌兰巴托、莫斯科的K3/4次国际列车，途经中、蒙、俄三国，从1960年开始运行，是新中国成立后开行的第一趟涉外列车，从二连浩特出境，全程7865公里。

1989年戈尔巴乔夫访华后，中苏关系正常化，俄罗斯对中国商品的大量需求，让很多中国人找到了商机，中俄边贸风起云涌。北京到莫斯科的K3/4次国际列车，成为最重要的贸易通道。

跑一趟俄罗斯就能变成万元户，巨大的诱惑使大批"国际倒爷"上了这趟国际列车。这趟列车从北京站始发，北京倒爷占了大多数，其中有不少没有正当职业或者是刑满释放的两劳人员，之前的生存方式是在北京西单等商业区练摊。这些倒爷们到莫斯科赚了钱，频频光顾当地的赌场，常常把刚赚来的钱输个精光，然后赤手空拳再回北京倒货，或者滞留莫斯科。

这些欠下赌债的倒爷们，很快发现国际列车的一个漏洞。铁路警察各管一段，中国乘警在二连浩特列车出境的时候下车，俄罗斯的警察却不接力赛式地上车执勤，人家的法律是车上一旦出了事，需要途经地的警察上车处理，而且俄罗斯警察不大爱管中国人的事情。

也就是说，从中国出境到莫斯科这六天六夜，列车上没有警察执勤。从二连浩特到莫斯科这漫长的一段，成了无人监管的盲区。对一些本来就不大本分的倒爷来说，正是捏软柿子的好时机。

当时国际列车上除了北京倒爷，还有一些福建、上海倒爷，以及组织偷渡出国的浙江蛇头。剽悍的北京倒爷们就盯上了南方倒爷和浙江蛇头，他们先是在列车上小偷小摸，后来发展成抢劫。从1993年开始，发展成以北京人为首的四大抢劫团伙。

刚开始，这四大团伙还有个内部规定：北京的倒爷、留学生、出国官员及外国人不抢。后来，随着胃口的扩张，发展到什么人都敢抢，什么女人都强奸。这趟国际列车，成了劫匪们的"狩猎场"，其中有三起案件令人发指、骇人听闻。

一是"3·10"轮奸案。1993年3月10日，江苏南京某单位女工会干部高某出访莫斯科。在六天六夜的旅途中，这位江南女子先后被十名劫匪集体轮奸了三次而无人相助。后经查明，主犯是北京倒爷贾小明。

二是"4·26"轮奸案。1993年4月26日，一位南方某省停薪留职的女记者刚出莫斯科车站，便被一伙中国劫匪挟持轮奸。

三是"5·26"特大抢劫、强奸案。1993年5月26日至31日，这趟"财富列车"先后被三伙匪徒轮番洗劫，变成"厄运列车"，有二十多名中国旅客遭抢劫，三名妇女被强奸、轮奸，多人被打伤、刺伤。有一个叫洪晓强的劫匪，在抢一个天津的旅客时，因为旅客手上戴着一个金戒指撸不下来，他手起刀落，把戒指连同手指头全都剁了下来。

在莫斯科市内，这些劫匪们也同样无法无天地残害中国人。在几个中国人常住的旅社，劫匪们冲进房间先是对受害人一顿毒打，然后捆绑蒙眼，疯狂劫掠。到后来，中国旅客一到莫斯科就被劫匪收走护照，卖完货把钱交给劫匪才放行。

"5·26"劫案发生后，多名受害旅客向中国驻俄罗斯大使馆报案。大使馆在6月3日紧急向中央报告。此案引起中央高层重视，时任中共中央总书记江泽民拍案而起，愤然批示：此事令人发指，建议派得力干部去俄，尽早破案，予以严惩。否则不足以平民愤，也丢中国人的脸！

江泽民总书记的批示送到了时任公安部部长陶驷驹的案头。紧急部长办公会议决定，立即成立专案组，迅速开展侦破工作。当天下午，铁道部部长韩杼滨听取了铁道部公安局副局长张启增的汇报后，作出具体指示。当晚，由公安部刑侦局、铁道部公安局和北京市公安局组成了专案组。

6月8日晚，北京铁路公安局会议室内，一场壮行酒喝得慷慨悲壮。时任北京铁路公安局局长单玉圭下达出征命令，副局长姜战林具体部署。会后，一瓶五粮液被打开，单局长端起一碗酒递给赴俄的特别行动小组组长、北京铁路公安处副处长程亚力："我交给你这八个人，不仅要完成任务，你还一定要把他们给我平安带回来！"

程亚力接过这碗酒："宁为玉碎、不为瓦全，如果有一个人回不来，那就是我！"说罢，酒干碗碎。

当晚十一点，程亚力回家告别，给儿子留言："斌斌，爸爸走了，去很远的地方工作，在家听妈妈的话，好好学习，长大做一个对社会有用的人。"凶残的劫匪有刀有枪，又身在异国他乡，出去到底怎么样，程亚力也不知道。回来了叫嘱咐，如果回不来，好歹也算烈士遗言。

6月9日清晨，程亚力带队远赴俄罗斯。因为当年中俄两国的警务合作机制尚不完善，受制于当地法律，俄罗斯警方虽知道中国警方的行动，但却很难给予支援。跨国擒匪不能暴露警察身份，不能带枪，只能拿着擀面杖与链条锁防身。理由都编好了，擀面杖是包饺子用的，而弹簧锁是锁行李用的。

中国警方多路出击，展开了一场声势浩大的国际追剿。程亚力等人最后通过俄罗斯警察的帮助，将牛顿等主犯引渡回国。

警方查明，制造"中俄国际列车大劫案"的主要有四个团伙，将近一百人。经过三个多月的追剿，到1993年10月，警方打掉四大犯罪团伙，共抓获和引渡主要团伙成员六十八名。

1994年4月，北京铁路运输中级法院开庭审理此案，查实的抢劫犯罪就达八十一起，被抢旅客上百人。随后，法院以抢劫罪判处三十一人无期徒刑以上刑罚（含死刑），十四人被判处十年以上有期徒刑。苗炳林、朱兴金、牛顿、赵金华四个团伙头目及部分主犯被枪决。

江总书记在公安部侦破此案情况的报告上批示："很好，望在已有成绩的基础上，再接再厉，抓好落实。"

江总书记"再接再厉"的批示，实际上是针对那些尚未抓获的漏网之鱼。此后的十多年里，又有多名劫匪分别在北京、上海等地落网，但主犯贾小明、宗立勇等人一直在逃。

南京美女的噩梦

在贾小明的黑色人生中，最典型的就是"3·10"轮奸案。

时光回溯到1993年3月10日，在北京开往莫斯科的K3/4次国际列车上，贾小明与库万和、顾志强、吴宝顺、钟继泉、刘金鹏等团伙成员相遇。几个人坐在5号包厢喝酒聊天，以消磨这六天六夜的漫长时光。

贾小明早在上车前，就看到了一位让他心猿意马的漂亮女人，而让他更高兴的是，那个漂亮女人就在同一车厢的6号包厢。贾小明在自己的包厢喝了会儿酒，心思动了起来，他化名"高军"敲开了6号包厢的门。

6号包厢内，除了那个漂亮女人外，还住着一男一女两名旅客。贾小明没话找话地与那位漂亮女人攀谈起来，自我介绍是北京市崇文区人。从交谈中，贾小明得知漂亮女人姓高，江苏南京人，曾在某歌舞团做演员，后来在南京某大型企业工会工作。前两年她离了婚，如今只身一人去俄罗斯出差。

一听说高某没去过俄罗斯，贾小明随即高谈阔论起来，先是对俄罗斯的花天酒地一番渲染，然后话锋一转，告诉她，俄罗斯现在治安很乱，像她这样的漂亮女人很容易遭遇骚扰和袭击。

经这么一唬一诈，高某果然有些害怕。贾小明随即又安抚她："我在俄罗斯多年，有好多朋友，我可以罩着你。"他的话让高某心安不已，以为遇上了好人。她对贾小明也不再防备。贾小明趁机讲自己如今离了婚，就想寻到一份真爱，看到高某就不免心潮澎湃，觉得她就是自己苦寻的另一半……

两个人也就谈了一个多小时，高某却已将"高军"视为心上人。此后，贾小明又力邀高某去5号包厢坐坐。谁知，她一进包厢，包厢里的一帮男人邪念顿生，他们当着高某的面说了许多荤段子，还有两个男人竟然对高某动手动脚。高某很反感，匆匆起身告辞，回到自己的包厢。

她前脚刚进包厢，贾小明后脚就跟了进来。为了取悦高某，他故意大骂他那帮朋友没素质，讨得了高某的好感。贾小明见高某包厢里的另两人都去了餐车，觉得时机成熟，猛地抱住了高某，在他甜言蜜语的攻势下，高某竟糊里糊涂地答应了他。高某以为，这"列车寄情"会得到爱情的幸福，岂料，却将她推向了人生的深渊！

贾小明得手后，得意地回到自己的包厢，对一帮兄弟吹嘘道："我给你们找了一个'国花'，有戏！"

经贾小明这么一点拨，车厢里的几个男人按捺不住了。钟继泉等四人轮流去高某的包房，对其进行猥亵、威胁，意图发生性关系，均遭拒绝。当晚，钟继泉用刀撬开高某的包房，持刀威逼、殴打，企图强奸高某。而此时，俄罗斯海关人员查验护照，钟继泉强奸未能得逞。随后，库万和将高某叫到3车厢9号包房，贾小明伙同库万和先后将高某强奸。

高某向同包厢的男子和列车员求助时，遭到这几名歹徒的恐吓："少管闲事，不然对你不客气！"

因为无人伸出援手，就在这趟列车上，可怜的高某惨遭三次噩梦般的轮奸。到莫斯科后，高某报了警。

贾小明有两点没有说谎，一是他离了婚，二是他的确是北京市崇文区人。1978年，贾小明上山下乡返城，被分配到一家工厂工作。一年后，贾小明因扒窃被劳教两年。劳教结束后，他成为东单地区第一批卖服装的倒爷。其间，他与一位比自己大十余岁的女子结婚，并有一个儿子。

1990年，贾小明发现身边很多人往俄罗斯倒服装，挣了很多钱，于是他也加入了赴俄罗斯淘金的队伍。1991年，贾小明花钱托人以留学名义申请办理了一张去匈牙利的护照。出国前，他与妻子办理了离婚手续，大有不富贵誓不还

在法庭接受审判的贾小明
（邹慧供图）

乡的架势。

然而，俄罗斯虽然商机较多，但并非遍地黄金。贾小明在俄罗斯待了几个月，却没做成一件像样的生意。眼看带来的钱快要花尽，他不由得焦急万分。当年的俄罗斯由于政局不稳，治安案件层出不穷。正是在这样的背景下，一些不法分子盯上了前来俄罗斯淘金的中国商人，肆无忌惮地进行抢劫。

贾小明一不留神就从"国际倒爷"变成了劫匪。一天，贾小明在北京时的一位老朋友找到了他入住的小旅馆，这位老朋友是苗炳林团伙的成员，他见贾小明过得十分寒酸，就神秘地对他说："兄弟，老哥介绍个好项目给你做，立马能发财。"

贾小明眼前一亮，连忙问："什么项目？"

那人笑而不答，而是把贾小明直接带到了苗炳林面前。苗炳林见贾小明人高马大，身体壮实，他笑着拍了拍贾小明的肩头道："马无夜草不肥，人无横财不富。我也不瞒你，我们是专做抢劫生意的，现在世道很乱，就看你有没有胆量趟这浑水。"

不惜离婚舍家的贾小明本来到俄罗斯就是求一条财路的，既然做生意赚不成钱，干脆一不做二不休，他爽快地答应要做这"无本的买卖"。很快，贾小明就成了活跃在莫斯科的苗炳林抢劫团伙的成员之一。

隐身恶鲨桂林落网

1993年6月，由于贾小明护照到期，他回到了北京，侥幸躲过了警方的追捕。宗立勇不敢回国，流窜到东南亚数国以逃避法律的严惩。

贾小明潜逃到桂林，再也不敢使用自己的名字，更不敢出门找工作，挥霍着抢劫分得的赃款，在快坐吃山空时，贾小明大着胆子做起了生意。他开过服装店，还借一位亲戚的身份证开户炒起了股票。贾小明似乎有着精明的生意头脑，无论是做买卖还是炒股票，他都赚了不少钱，很快拥有了百万身家。

但不管干什么，他只能躲在幕后。十八年里，他不敢和北京的亲人联系，就是自己的父母，也没打过一次电话，更没敢回过北京。

有了钱后，贾小明与当地一名小他十多岁的女子同居，生意交给了同居女人打理，他则整天游荡于游戏厅和棋牌室，过起了逍遥自在的日子。

2002年6月27日，贾小明被北京铁路公安局网上通缉。他做梦都怕被抓住，平时只要一听到警笛，他就不由自主地打哆嗦，以为警车就是来抓他的。惶恐不安中的贾小明更加低调，他在当地很少抛头露面，成了一名神秘的"隐身大款"。为了应对各种可能的检查，贾小明还学会了当地的一些方言，把自己装扮成土生土长的桂林人。

清网行动开始后，贾小明戏剧性地进入警方视野。广西桂林警方接到神秘举报，称桂林市叠彩区芦笛路一名男子"有问题"。桂林警方开始对他进行调查，发现他常年独来独往，没有工作，经济来源也不正常，说话中偶尔流露出北京口音，形迹十分可疑。警方上网比对发现，该男子与"中俄国际列车大劫案"被通缉的贾小明非常相似。

一天中午，贾小明走进一个电子游艺室时被民警控制。面对民警的询问，贾小明拿出很旧的第一代身份证。

民警看了看，问："说一下你身份证上的出生日期。"

贾小明支支吾吾说不出来，然后故作镇定地用桂林话反问民警："你们凭什么抓我？"

"你到底叫什么？说吧，你说你的房子是你买的，但我们查过，你购房用的身份证却是假的。"警察直接点明，"你为什么用化名？"

"哦，我真姓李，桂林本地人。"贾小明还要抵赖。

民警用桂林土话特有的发音说了一个"二"，问贾小明是几。贾小明一脸茫然答不上来。这么简单的问题都不知道，肯定不是桂林人。几番较量，贾小明败下阵来，不得不承认自己就是网上逃犯贾小明。

2011年7月3日，押解贾小明的列车到达北京，坐在囚车上，望着陌生的北京，他慨叹一声："变了，什么都变了，我都认不出来了。"他向民警提了一个请求，请车子走一下崇文门，他要看一下自己年轻时走过的路，远远地给十八年未见的父母鞠个躬。

2012年5月18日，北京铁路运输中级法院开庭审理了贾小明一案。人们看到，五十二岁的贾小明头发花白，满脸络腮胡子如同一层白霜，再也找不到当年"叱咤风云"的模样。

法院认定，贾小明犯抢劫罪、强奸罪事实清楚，证据确实、充分，指控罪名成立。贾小明被判处无期徒刑，剥夺政治权利终身，并处没收个人全部财产。

宣判后，贾小明没有提出上诉。他被押往监狱服刑。如果说贾小明在逃的十八年间，是坐了精神的"心牢"，那么他现在住进了真正的监狱，或许应该是一种心灵桎梏的解放。

"投名状"

在贾小明被判刑之前的2012年2月9日，同一团伙的"小兄弟"邵迅，被北京市铁路中级法院一审以抢劫罪判处有期徒刑十五年。

十八年前，二十二岁的邵迅背着一大包羽绒服，乘坐国际列车北上俄罗斯淘金。当年的邵迅是一个初中学历的上海小伙子，一句俄语都听不懂，多亏了北京人徐刚出面帮助，他在俄罗斯赚到第一桶金。因此，邵迅把这个人称"瘦子"的徐刚当作大哥，而邵迅被称作"小上海"。

1992年12月，邵迅第二次踏上了去往俄罗斯的列车。临出发前，邵迅还介绍了马建、周勇等四个朋友到俄罗斯去做生意。马建等四人于1992年11月提前出发，邵迅随后于12月赶到，约好在俄罗斯相聚后，再托人帮他们办理去德国的签证。

一路上很顺利，元旦过后邵迅来到莫斯科，卖完货物后住在了大哥徐刚家里。当天晚上，正当他欣喜地将赚钱的消息告诉徐刚时，房门突然被"砰"的一声撞开，冲进来几个北京口音的男人，手持刀枪顶住他们，利索地将两人捆住并蒙上眼睛。邵迅的财物被洗劫一空，连手表也给撸走了。

等他们回过神来，歹徒们早已呼啸而去。邵迅坐在地上不停地抹着眼泪。护照和钱款都被抢走，连国都回不去了，自己一句俄语都不懂，难道要流落异国？

想到这些，邵迅很害怕。但徐刚似乎并不担心，他拍拍邵迅的肩膀说："兄弟，不用急，我认识这边黑道上的人，我去找找他们，看能不能想办法把你的东西要回来。"

第二天中午，徐刚回来，有些为难地说："我通过熟人找到那些抢咱的人了，他们是'朱三哥'的手下。'朱三哥'说可以还你护照，但回家的路费你要自己抢回来。昨晚你不是说跟你一起来的那四个上海人有钱吗？咱就抢他们的。"

"那怎么行？我们是朋友，回上海还要见面的。"邵迅不答应，他哀求徐刚说，"你借给我点儿钱让我回国吧，回国后我就还给你。"

"你看看我这手，这是最轻的惩罚！把他们惹急了，咱俩连个全尸都留不下。"说着，徐刚伸出左手，看到那被烧得变形的食指，邵迅吓得闭上了眼睛。无奈之下，邵迅只好偷偷打电报，让远在上海的女朋友来俄罗斯给他送路费。

几天后的一个早上，"朱三哥"的手下李民直接闯到徐刚的住处。在李民的威逼利诱和徐刚的旁敲侧击之下，邵迅最终把马建、周勇四人的地址告诉了李民。但令邵迅没想到的是，李民又逼他"入伙"，纳一份"投名状"，也就是领着李民抢劫他的朋友。邵迅不从，李民威胁说："不去就办了你，让你女朋友来了活不见人死不见尸！"走投无路的邵迅一咬牙答应下来。

1993年1月6日，团伙头目朱兴金也就是那个"朱三哥"，带着李民、徐刚等人，押着邵迅来到了马建、周勇的住处，逼着邵迅按响了门铃。屋里的人一看来者是邵迅，没有任何防备就打开房门。朱兴金猛地一推邵迅，邵迅一个趔趄冲进屋里趴在地上。朱兴金、李民手持瓦斯枪，其他人手持片刀开始了疯狂洗劫。

邵迅眼睁睁看着自己的朋友被洗劫一空。在马建他们怨毒愤恨的眼神里，邵迅几乎空白的大脑闪过一个更可怕的念头：这辈子，中国是回不去了。

这是邵迅第一次抢劫。这次抢劫的数额是一万五千美金，还有手表两块，金戒指一枚，皮夹克、真皮包各一件。从此之后，"小上海"邵迅成为朱兴金犯罪团伙的一员。他的任务就是带人用上海话敲开南方倒爷的门，或者按响门铃后，让团伙成员入室抢劫，俗称"点道的"。因为当时纵横莫斯科抢劫的四大团伙都是北京人，南方倒爷一听北方口音根本不开门，只相信南方同乡。

后来邵迅才知道，这一切是北京大哥徐刚给他做的"局"——让邵迅身上没钱没护照之后，不得不加入他们团伙，充当帮凶。后来，邵迅的女友到俄罗斯找他送路费，也被迫加入了这个犯罪团伙。

邵迅参与朱兴金团伙抢劫多起之后，成为其他团伙眼中点石成金的"金手指"。苗炳林团伙也盯上了邵迅，后来，苗炳林通过徐刚将邵迅纳入魔下。

"别忘帮我把钱捐了"

邵迅刚刚回国，他的女友以及徐刚等人纷纷落网。邵迅开始了长达数年的逃亡生涯。邵迅明白，上海不能呆，那里的"朋友"不会放过他，警方也饶不了他。他跑到了安徽小九华山，到一个小庙里当了带发修行的居士。本想断绝与外界的一切联系，一心向佛、静心修行，但每天夜里他都会梦到那些打打杀杀的岁月中的刀光血影，梦到被他抢劫后那些同乡们仇恨的眼神，那些刺耳的敲门声、门铃声让他白天精神恍惚，时刻担心警察从天而降。寺院住持见他魂不守舍如同惊弓之鸟，也不多问，只说他"尘缘未尽"，劝他回到尘世了断尘缘后再来修行。

一个月后，邵迅跑到香港。他有一个亲戚在香港经营着一家酒楼。这个亲戚收留了他。于是，他隐姓埋名成了香港酒楼的一名黑工。

1994年4月，"中俄国际列车大劫案"在北京宣判。1995年，香港公映了吕良伟主演的电影《中俄列车大劫案》。看到当年带领自己抢劫的大哥们纷纷被枪决或者入狱的消息，邵迅在惊恐之余，略略松了口气。毕竟，当年的同伙大都不在人世，知道他案底的人已经很少了。

邵迅当时并不知道，1993年7月17日，北京铁路警方发出了对他的追捕令，警方还专程到邵迅上海的家中查询其下落，为防打草惊蛇，警方没把邵迅犯罪的消息告诉他父母。2002年，铁路警方对邵迅网上通缉，但此时邵迅已经改名，容貌身份也已大变。

1995年，邵迅发现香港人愿意到深圳的娱乐场所消费，内地人更热衷于出入夜总会。他便以港商"林永海"的身份来到深圳，开办了一家小型夜总会。很快，邵迅挣到了逃亡路上的第一桶金。几年之后，邵迅又开办了自己的酒楼和美容院。此时，他的资产已达到上千万元，成为深圳一个不大不小的"港商"。

但邵迅并没有真正的香港身份，只是最初内地招商引资时，没有严格核实，他因此钻了空子。香港回归之后，与内地的交流越来越多，他担心自己的身份迟早会露馅儿。为了漂白身份，2006年，邵迅通过一个香港朋友，趁广州市辖的增城市城市扩容的机会，以"林永海"的名字上了户口，拿到了新的户口簿和身份证。

为了让已近暮年的父母享受天伦之乐，2006年，邵迅在深圳布心山庄购买了一套别墅，悄悄把父母从上海接到深圳生活。在他深圳的别墅门口装的不是门铃，而是探头和对讲机。因为邵迅在莫斯科抢劫时，总是冒充熟人敲门或者按门铃，这么多年了，他一听到门铃或者敲门的声音，就条件反射地紧张冒冷汗。

年近四十的富商"林永海"孤身一人，很多人都给他张罗对象。此时，母亲隐约知道儿子犯下天大的罪过，善良的老人不让邵迅结婚，一则担心儿子说梦话走漏消息，二是以免连累他人。

邵迅看似平静的富翁生活，其实处处暗藏危机。因此，逃亡路上他一直用做慈善的方式抚慰着自己的心灵，换得片刻宁静。向贫困山区的学生和孤寡老人捐款，是邵迅每年必做的事情。但他做好事从不留名，甚至连"林永海"的名字都不敢用，他担心自己的善举会引来媒体的追踪，身份因此曝光。

　　自从拥有了合法的身份之后，邵迅的心安稳了很多。此时的他功成名就，身边唯缺一个知冷知热的女人。就在他拿到身份证不久之后，一个比他小十六岁的女孩儿王某闯进了他的生活。但是，邵迅不敢跟她深入交流，只是不远不近地相处着。

　　2008年5月，四川汶川发生强烈地震，举国悲痛。善良的人民纷纷向灾区捐款，邵迅也一次次地拿钱，让王某去参加不同形式的捐助，有时候还当着王

邵迅在法庭上说他最害怕的就是敲门声（邹慧供图）

某的面拿出很多钱请朋友代为匿名捐款。王某忍不住问："你的钱总是让别人去捐，为什么你自己不去？"

"我做慈善不为名，只为对社会有所回报，寻求一份宁静。"邵迅淡淡地说。

正是邵迅这种看似淡定的心态，撩动了王某的心弦。王某知道，邵迅并不是一个拥有巨大财富的人，也不是一个挥金如土的人，但却对远在四川的灾区百姓奉献出如此爱心，这样有大爱的男人，正是自己可以托付终身的人。王某主动向邵迅表达了爱慕之情。

邵迅那颗早已结冰的心慢慢被爱融化。2009年初，邵迅拿着"林永海"的户口本与王某登记结婚。婚后，邵迅担心在深圳生活多年会露出蛛丝马迹，随即带着新婚妻子离开了深圳，与几个朋友到广西南宁市开办了一家保健品公司。

随着妻子的怀孕和公司经营规模的扩大，邵迅觉得上天对他的眷顾已经够多，他计划拿出更多的钱用于慈善事业。于是，在南宁立足不久的邵迅，因为频频捐款的善举，很快成为当地小有名气的慈善家。邵迅相信因果报应，他相信自己的善举会得到回报。

2011年8月28日，广西南宁市青秀区五象广场，正在举办一场为贫困学生捐资助学的公益活动。当地著名慈善家、千万富商"林永海"被邀请到场。

突然，几名操着北京口音的男子悄然进入活动现场，在"林永海"眼前出示警官证之后说："十八年了，我们终于找到你了，跟我们走吧。"

邵迅先是一惊，接着坦然伸出双手，他平静地说："我不想辩解，我应该受惩罚，这是报应。"此时，他还不忘向周围的人们致以微笑。抱着不到一岁儿子的妻子闻讯赶来，邵迅叮嘱她说："别忘帮我把钱捐了。"说完，跟着北京铁路警察登上了北上的列车，接受迟到十八年的审判。

邵迅怎么也不会想到，他的被捕竟是因为他对父母的孝心。邵迅父亲于2011年1月20日病逝，他的母亲6月份回上海，在派出所注销户口时，登记的现住址是深圳市布心山庄。逃犯邵迅的父母为什么住在深圳的别墅里？这个线索很快引起上海铁路警方的注意，2011年6月22日，这个重要信息反馈到北京市铁路警方。经过警方调查，布心山庄的别墅已经出租，一名叫林永海的男子来收过房租，林永海有上海口音。警方调取林永海的户籍资料后，发现林永海就是邵迅。

邵迅曾经设想过无数种被捕的场面，但他从来没有想过作恶的自己会在做慈善的现场被带走。自从在网上看到公安部开展清网行动以来，他就预感大事不妙，在焦虑中，他的头发大把大把地脱落，成了"鬼剃头"。而越心慌，他就越热衷公益事业。

当邵迅戴上手铐的那一刻，他表现出少有的坦然。"逃亡十八年了，我现在年纪大了，也跑不动了，被抓了也就踏实了。"

他一再叮嘱妻子，一是别忘捐款，二是拿出钱来赔偿那些被他抢劫的人。

开庭当天，邵迅的妻子王某执意要来旁听，但邵迅不愿妻子看到自己现在的样子，坚决拒绝了。王某通过律师表示，愿意赔偿被害人所有损失，以帮助邵迅减轻罪责。

由于年代久远，很多人和很多情节已经模糊，直到看到起诉书之后，邵迅才知道自己参与了十起抢劫。他坦然地说："我没有要为自己辩解的，我应该受到惩罚。对我之前犯的罪，我每天都在忏悔。对被害人造成的伤害，我深表歉意，我愿意接受法律的制裁。"

2012年2月9日，邵迅被北京市铁路中级法院一审以抢劫罪判处有期徒刑十五年。判决后，邵迅如释重负，明确表示不上诉。他平静地说："这是报应！"

"东城老七"

2011年7月22日，苗炳林团伙的"东城老七"宗立勇在首都机场归案。此时，他早已加入澳大利亚国籍。

宗立勇的落网颇具宿命色彩。这天，在首都机场T3航站楼，一名男子办理出境手续时，他迟疑了一下，才将护照递到边检民警小王手里。就是这个动作，让小王警惕起来。

"去澳门干吗？"小王不露声色地问道。

"去、去、去旅游。"男子结结巴巴地回答道。

"北京好玩吗？"小王又试探性地问了一句。

"好玩吗？"男子愣了一下，反问道。

几番试探，小王觉得这个中年男人一定有问题，于是把他带到值班室。

小王发现该男子的护照用名是"李勇"，而在出境卡上填写的却是"宗立勇"。在系统内查询该名字，电脑上显示出"公安部通缉犯"字样。

小王问道："宗立勇是谁？"

听到"宗立勇"几个字，中年男子立刻大声嚷嚷起来，情绪激动地说自己是澳洲人，警方无权扣押他。

在宗立勇随身携带的物品中，有一本日历。后来他对边检民警说，这是为了记住日子，逃亡这么久，他是数着日子过的。

当年宗立勇逃跑后，国际刑警组织发布了红色通缉令，全球缉拿宗立勇。宗立勇亡命天涯的路上，几乎走遍欧洲各国，他改名"李勇"，并于2006年潜回国内。宗立勇害怕行踪暴露，因此不敢找工作，一直靠赌博为生。7月22日，他本打算去澳门赌博，但是在办理出境手续时，竟鬼使神差地在出境卡上填上了自己的真实姓名。

迄今为止，仍有个别参与过"中俄国际列车大劫案"的劫匪在逃。但是，追逃没有时限。对于那些还没有归案的在逃劫匪来说，全球通缉令将伴随他们直到生命的最后一天。

二、冷血"凶鲨"

没有人天生就是罪犯，但在特定环境和特定人群的影响下，却变得除了犯罪别的什么都不会，而且变本加厉地变成绝命杀手！十八岁就成为死囚的曾小金，在监狱里用"以命抵命"的方式，换来一套弱肉强食的生存哲学。获释出狱后，在狱友齐玉国的一声召唤之下，曾小金等四人纵横赣粤两省杀人越货、绑架勒索。在连杀六人之后，曾小金成为江西省第一个公安部A级逃犯。

孤男寡女深夜失踪

2008年10月30日下午，江西省南昌市某医院女大夫向南昌市公安局东湖分局报案："我丈夫找不到了，从昨天下午开着长安福特轿车离家后再也没有回来。"

失踪者陈晓峰是跟妻子同一医院的主任医师，多年来一直循规蹈矩，他的妻子坚信，如此离奇失踪，肯定是出事了。

接到报案后，东湖分局刑侦大队迅速成立了由副大队长黄海负责的办案组立案调查。黄海带领情报科长郭雷宇等人调查发现，10月29日下午，陈晓峰驾车到南昌县泾口乡接到二十一岁的某制药厂女业务员张笑，开往高新区艾溪湖方向。与此同时，张笑的家人也向南昌县公安局泾口派出所报案，称张笑失踪两天了。

一对男女同时失踪，而且是男医生与女医药代表，究竟发生了什么事？是私奔？还是另有隐情？在随后的调查中，陈晓峰的一名同事反映：10月30日凌晨一时三十分左右，他曾接到过陈晓峰的电话，隐约听见陈晓峰说自己出事了，要求替他报警，话还没说完电话就挂了，该同事再打回去的时候，电话关机。

电话关机的时间是凌晨一点多，一对男女打电话给同事要求报警，是不是遇到了什么不测？黄海和郭雷宇兵分两路，一路根据陈晓峰身上携带的银行卡等物品线索，到银行调查陈晓峰及张笑的银行账户信息，另一路从陈晓峰的福特轿车入手，循着这辆车子的活动轨迹展开调查。

调查发现，10月29日晚十一时四十分，一男子持陈晓峰的银行卡在建行高新支行自动取款机上取走现金七千元，在自动取款机前，还停着一辆无牌照的长安福特轿车。

午夜时分、偏僻的建行高新支行、无牌长安福特轿车、不明身份男子用陈晓峰的信用卡取钱……还有一个特别的细节让黄海心里一沉：取款人不但化装取款，而且按下按键的手还戴着胶皮手套。

另一路民警在对陈晓峰轿车的调查中发现，10月30日凌晨一时左右，有辆无牌长安福特轿车驶出市区，从银三角收费站往进贤县方向开去。随后，进贤一辆"赣"字头轿车车牌被盗。凌晨三时三十分左右，一辆挂着被盗牌照的长安福特轿车上了赣粤高速，并于上午七时在赣州下了高速公路进入105国道。这辆轿车一路南下，先后在105国道江西的南康、信丰、龙南，广东的连平、从化路段出现过。这辆车极有可能就是陈晓峰的车。

黄海带着民警沿着江西省内的公路逐个站点、卡点调查取证。通过对这辆轿车经过银三角收费站过磅时留下的数据判断，车上应该有六个人。除了陈晓峰与张笑，为什么多了四个人？这四个人是谁？而赣州收费站反映车上是五个人，又少了一个，深夜谁又会下车？去干什么？黄海带着这些问题，从发案时间、嫌疑人特征等信息进行分析研判，判定这不是男女私奔，很可能是被绑架了。是谁绑架了他们？东湖警方在全省及周边区域发出协查通报。

与此同时，东湖分局刑侦大队打黑队队长孙勇带一组民警跟随这辆长安福特轿车的踪迹，一路追踪到了广东省清远市。但在清远市这辆车又离奇失踪，孙勇追踪小组无奈返回。

协查通报发出一周后，江西赣州方向又传来消息，陈晓峰所驾的轿车在赣州市出现，但车上的人早已不知所踪。令办案民警疑惑的是，在车上没有发现血迹和打斗痕迹。难道是判断有误？陈晓峰、张笑二人是否为掩人耳目找人取款，南下清远后，又悄悄返回赣州市隐藏？

在赣州警方协助下，办案民警在停车现场附近的出租屋、旅馆进行调查走访，希望能够找到他们的下落或者目击者，但一无所获。

案件扑朔迷离。

杀人游戏

要说清楚这个案子的来龙去脉，有几个时间节点非常重要，第一个节点需要从1983年"严打"开讲。

江西省新建县的曾小金，是那次"严打"落网的一条小鱼。那时曾小金刚满十八岁，是个四处游荡的乡村孩子。初中毕业后他在镇上开了个诊所，这个跟当大夫的表哥学了几年的小个子男孩儿，连正式行医执照都没有，却有十足的年轻气盛。几个同学叫着他去帮忙"借钱"，他就提着根木头棒子去了。"借钱"的事情没弄好，十几个人全部进了看守所。领头的枪毙了，曾小金被投进了豫章监狱。曾小金的判决书上写着：以流氓罪判处死刑缓期两年执行。

命保住了，可刑期也足够长。监狱干部见他个子小年龄也小，有意要培养他，就按照他的专业，对口分在监狱医务室。后来曾小金当上卫生组长，负责几个监区的卫生。按说，对于一个死囚而言，他已经足够舒服了。可这个戾气未收的小子，因为年终没拿到减刑奖励，跟生活科长闹翻了，先拍桌子骂娘，后卷着铺盖走人。

"奶奶的，老子帮朋友借个钱，凭什么判我死缓？此处不留爷，自有留爷处。老子被你管，不如我管人去。"身高不足一米六的曾小金，蹦起来像个铁豌豆。这个锤不扁砸不烂的狠家伙，在监狱里形成了自己的哲学：弱肉强食，有利益就是朋友。利益哪里来？拿命去搏！

五短身材的曾小金夹着铺盖来到劳改大队，扔下铺盖就说："我是来当组长的。"

组长多大？管一百多个犯人。人家一听不干了，你个三寸丁谷树皮，不知道天高地厚，先给你熟熟皮子再说。曾小金也不含糊："老子什么都没有，只有贱命一条，有种你把老子弄死！"

一场拳拳见血、掌掌到肉的无声肉搏在所难免。双方火并的结果是，没人有胆量打死曾小金，曾小金当上了管一百七十多人的生产组长，相当于车间主任。也就在这期间，曾小金结识了同是在狱犯人的监区居委会负责人齐玉国。两人互相照应，交上了朋友，自此以后，再也没有人敢欺负曾小金。

"老子拿命去换！"这是曾小金的生存哲学，也是"严打"给这个"流氓犯"的深刻记忆。

此案的第二个时间节点是2008年7月，曾小金终于等到了获释出狱的日子。提着简单的行李，曾小金走出监狱门口，第一次见到了监狱之外的风光，他在等着家人来接他。

一辆破旧的桑塔纳小轿车停到了他身旁，车中走下三个男人，不是他的父兄，而是曾经在狱中的好兄弟齐玉国、闵盛奎、闵建军。齐玉国、闵盛奎、闵建军当年入狱，都是因犯绑架、抢劫罪获刑，其中两人被判死缓，一人被判有期徒刑十四年。他们簇拥着曾小金上了车，拉着他到当地一家洗浴中心一洗多年晦气。换上新衣时，酒店的宴席早已备好。酒足饭饱之后，兄弟们带着他去歌厅K歌，那花花绿绿的灯光、花花绿绿的陪酒女，都让曾小金眩晕……

出狱后的曾小金社会关系很简单，除了父母弟弟外，亲朋好友中他跟姐姐、姐夫走得比较近。姐夫在当地做点儿送煤的小生意，对这个迷途的小舅子能帮就帮。服刑期间，曾小金通过自学考试拿到了中医大专文凭，同时又拿到了一个法律大专文凭。在亲朋好友的帮助下，曾小金再次在镇上开起了一家诊所，生意还算说得过去。

但多年监狱的束缚，拴住了他的身子，却拴不住他狂野的心。离开监狱之后，他那套"搏命"的生存哲学，解决不了生存问题。出狱两个月后的一次狱友聚会，在齐玉国一声召唤之下，曾小金成为江西第一个公安部A级逃犯。于是2008年9月也成了曾小金的第三个时间节点。

齐玉国、曾小金等四人再度相聚。席间，齐玉国突然说道："现在他妈的日子难过，没钱什么都干不了，要想个法子捞点儿钱用才好！"

四人在"捞钱"这个问题上很快达成共识，没有什么比以前的"老本行"来钱快。齐玉国提议，对夜间驾车在偏僻地方谈情说爱的男女下手，采取甲地抢劫、乙地杀人、丙地埋尸的三步法，神不知鬼不觉。

艾溪湖在南昌城东部，偏僻幽静，远离城市喧闹，既是谈情说爱的场所，又成为曾小金他们的"猎场"。

2008年9月21日晚上十时，曾小金和齐玉国、闵建军三人来到艾溪湖"练手"。在路边他们看到一对男女坐在草地上，旁边停了一辆黑色轿车。齐玉国和闵建军持刀将他们控制住，曾小金把车门打开，将他们塞进车里，用胶带封住了他们的嘴。

齐玉国开车把他们带到艾溪湖旁一个废弃的工棚里。很快搜出了男女身上的钱财，逼问出他们银行卡密码后，用绳子活活勒死了他们，然后将尸体扔进后备厢，开车到宜丰一个板栗园里挖了一个大坑，将那对男女的尸体埋掉。埋掉尸体之后，三人把抢来的车开到广州市花都区，丢弃在一个地下停车场，又坐大巴回到了南昌。在南昌到宜丰的路上，闵建军拿死者的银行卡取了五万元。

这是曾小金一伙出狱后干的第一票，杀人对他们来说，就像踢掉路上的一块石子。

曾小金向黄海吐露心声说：我知道谁也救不了我，我在这世上唯一的牵挂就是我儿子（丁一鹤供图）

第二票就是陈晓峰和张笑。当时两人正在艾溪湖边的福特轿车后排上聊天，车窗被漫不经心地敲响。陈晓峰极不耐烦地摇下车窗，刚问了一句"什么事"，就被一只手掐住了脖子。面对突如其来的攻击，陈晓峰连声呼叫："干什么？放手，放手！"

他蹬踹的双脚被另外一人抱住，头上挨了一铁锤，一股热流糊住了他的眼睛。与此同时，张笑的嘴巴被一只大手捂住，一把尖刀横在了脖颈处："要命就别动，不许乱叫。"

陈晓峰和张笑的手脚被胶带绑住后，他们的车很快被开动起来，十几分钟后，又有一个劫匪上了车。四个劫匪从陈晓峰和张笑身上搜出两千多元现金，九张银行卡。曾小金、齐玉国逼问出银行卡的密码后，拆掉福特轿车的车牌，开车到高新区建行的一台取款机上，用陈晓峰的银行卡取了七千元钱。

随后，就开始商议怎么处理这两个人。他们觉得挖一个大坑埋人太费劲，上次在宜丰板栗园处理那对男女时累个半死。齐玉国说："我有个进贤梁家渡的亲戚刚死，墓地那边的土好挖，把他俩埋那儿算了。"于是，轿车直奔进贤梁家渡。

惊恐万状的陈晓峰心里只有一个想法，就是赶快报警，所以他主动提出打电话让家人往银行卡上打钱。齐玉国同意了。10月30日凌晨一点三十分，陈晓峰拨通了同事的电话，他急促地小声告诉同事自己出了事，要同事赶紧报案。话没说完，他的电话就被夺过来抠掉了电池。

陈晓峰的同事回拨后没打通电话，因为情况不明又是深夜，没有立即报警。实际上，即便报警也晚了，陈晓峰打完电话不到半小时，就被闵胜奎和闵建军勒死在梁家渡一座新坟旁。然后，恶魔们在坟边挖了个坑，把陈晓峰埋进新坟里。新坟里添了个尸首，土是新的，谁都不会想到这簇新坟里多出一个"入土不安"的人。

他们之所以没有立即杀掉张笑，是看她年轻又有些姿色，想玩弄之后再杀。随后，四人带着张笑开车上了赣粤高速。上高速前，他们还特意偷了一辆别克车的车牌，套在陈晓峰的福特车上，一路直奔齐玉国熟悉的广东清远方向。路上，四个恶魔剥光了张笑身上的衣服，多次试图奸淫，最后由于车中人多空间小，没有得逞。进入广东清远县境内，他们担心张笑碍事，活活勒死了她，埋尸清远山区。然后把车停在了清远，他们坐大巴车跑到深圳龙岗坪湖镇住了一个晚上。

第二天下午六点，齐玉国带着三个恶魔出了旅馆，直奔坪湖镇一个烟酒专卖店。走进门才发现，灯火通明的店内，女老板阿琴正跟几个人在搓麻将。他们等了一会儿，不见麻将散席，只好离开。

闵盛奎丧气地说："算她走运，打麻将捡了一条命。"

闵建军也嘟囔着："那个卖烟的女人看上去不像很有钱，要找个大老板才好。"

齐玉国说："那咱们还回清远吧。"

于是，几个人离开坪湖镇返回清远市。这四个恶魔回清远的路上，总结了两次作案经验，发现随机寻找作案目标难以保证捞到大量钱财，想弄大钱，就要有针对性地寻找老板、生意人下手。齐玉国当时就想起一个人，是齐玉国出狱后在清远打工时认识的做钢材生意的王老板。

第二天，四人开上丢在清远的福特车去找王老板，以进货的名义，将王老板骗了出来。在一个偏僻的橘园里，他们从王老板身上搜到了几千元钱和几张银行卡。当他们故伎重演逼问银行卡密码时，舍命不舍财的王老板至死不吐口。这四个恶魔哪里还有耐心，闵胜奎和闵建军两人将王老板勒死，藏在了后备厢里。

如此嘴硬之人实在罕见，好不容易弄到手的银行卡里肯定存有巨款，没有密码打不开，曾小金心中不甘："他老婆肯定知道密码，把他老婆叫出来，女人好问些，不怕她不说。"

随后，齐玉国又打电话给王老板的妻子，骗她说王老板在酒店喝醉了，让她来接回去。这番话果然蒙住了王老板的妻子。当天晚上，曾小金、闵胜奎两人掐住王老板妻子的脖子逼着要钱时，她说店里有四万元现金。四人开车来到王老板妻子的店里，找到那四万元钱后，押着她开车往江西方向逃去。

随后他们逼问出了银行卡密码，一路上，见有自动取款机就由闵建军去取钱。到了赣州境内，他们在车上将王老板妻子掐死，顾不上挖坑埋掉，直接把王老板夫妻的尸体抛在江西赣南山区的深山沟里。到达赣州后，他们将车抛弃，然后坐大巴返回了南昌。

令人发指的是，王老板夫妇家中还有一个患脑瘫的小孩儿，生活无法自理，一直由夫妻悉心照料。夫妻双双被害，脑瘫的孩子无人照料。直到十多天之后，来串门的亲戚敲开门，才发现这个可怜的孩子已经活活饿死在家中。

恶魔们在连杀六人之后，又欠下一条人命。

醒悟悔已迟

就在四个恶魔疯狂作案时，身在南昌的东湖区刑警大队副大队长黄海、情报科长郭雷宇，正被局长张增和训得灰头土脸："你这副大队长和情报科长干什么吃的？活要见人，死要见尸！"

东湖分局主管刑侦的副局长陈天财也坐不住了，他亲自带队，全力寻找失踪者的下落。黄海还是坚持最初的判断，陈晓峰和张笑两人很可能被害，犯罪团伙的人数约为三四人。从他们曾经取款和在清远市失踪的情况看，要想抓住他们，一是从陈晓峰的银行卡入手，二是继续查找陈晓峰的福特车。

11月4日凌晨，陈晓峰的一张农行卡在高安市取款，办案民警迅速抓住战机。郭雷宇他们将银行ATM机留下的视频信息进行搜索比对，很快查明了犯罪嫌疑人的身份，齐玉国、曾小金等四人进入警方视线。

11月8日，当齐玉国、曾小金等四人悄悄回到南昌时，等待他们的是东湖警方布下的天罗地网。警方获得准确情报后，张增和局长当即决定，当晚紧急收网。

晚上，四个恶魔在新建县城某酒店吃饭，办案民警立即包围了这家新开业的酒店。因为生意火爆桌桌客满，店内人员复杂，警方担心抓捕时伤及无辜，尤其担心无辜客人被恶魔们当作人质，只好耐心等待。等到齐玉国四人酒足饭饱之后，办案民警一路跟踪他们到了南昌市一家歌厅，一举将齐玉国、闵盛奎、闵建军三人抓获。曾小金因为进入歌厅之前中途上厕所，当他在歌厅门口看到警车后，立即隐身于黑暗之中逃脱。为迷惑警方，他还故意将手机扔在歌厅里的显眼位置。办案民警错抓了捡到曾小金手机的路人，狡猾的曾小金早已金蝉脱壳。

为了打探警方虚实，几天后曾小金又悄悄潜回南昌，在媒体上见到自己被通缉的消息，他怀揣着几万元带血的赃款，开始了亡命天涯。之后的三个月，曾小金乘坐长途汽车辗转于江西、湖南、湖北、浙江、上海、河南等省市，漫无目的地漂泊，因为他感觉只有移动的长途大巴车才是安全的。每到一个地方，曾小金不敢住旅店，不敢在车站、码头等地方逗留，而是藏匿在网吧、洗脚屋甚至蜷缩于桥梁涵洞之下……最终，曾小金选择了深圳。在这个外来人口远远多于本地人的地方，混口饭吃不成问题。

一个偶然的机会，曾小金在网吧偷到一张年龄与自己相近的男子的身份证，身份证上的名字叫贺年，江西吉安人，年龄、脸型都与自己差不多。拿着这张身份证，曾小金走出网吧和洗脚屋，亮在了阳光之下。

只要手头有钱一天，曾小金就会醉生梦死一天。在深圳花天酒地的玩乐中，曾小金的挥金如土引起了酒店领班王某的注意。两人相识后，曾小金很快俘获了这个湖南女孩儿的芳心。刚开始，曾小金也只是玩玩而已。但看到王某死心塌地把一切交给自己之后，曾小金用贺年的身份证租了一处门面房，开起了麻将馆，生意竟然出奇地红火，半年下来就有十余万元的利润。王某干脆辞掉了酒店的工作，帮助曾小金打理起麻将馆的生意。

日子就这样平静地过到了2010年中秋节。这一天，一声响亮的啼哭，突然触痛了曾小金人性中最柔软的部分，这个人性丧失殆尽的恶魔的父爱被唤醒。捧着自己留在这个世界上唯一的血脉、唯一的生命延续，他突然顿悟到生命的可贵。

孩子满月后，曾小金关闭了麻将馆，因为麻将馆里的赌博行为很容易引起警方的注意。他现在首要的是找一个更安全的藏身之所，将孩子抚养大。当初，曾小金没来得及细细感受父母和亲友给他的爱，就进了监狱。他不想让自

曾小金认真地写下了自己的家庭地址，希望能找到一张儿子的照片，他想揣着儿子照片上刑场（丁一鹤供图）

己的儿子感受不到父爱，哪怕是最贫贱最微小的爱。因为爱，曾小金从此有了压力和动力。

抢劫而来的钱财已经花光了，关闭麻将馆更失去了生活来源，而王某在家带孩子也没有工作。曾小金先是给深圳一家模具厂推销模具，一个月有五千多元的收入，但这个工作要接触很多人，曾小金觉得并不安全。后来他买了一辆电动三轮车，靠载客养家糊口。他认为，只有淹没在市井中才是最安全的。

王某喜欢搓麻将赌博，仅仅2011年上半年，她就输掉了家中的四万元积蓄。曾小金没有责怪她，他总觉得自己欠她很多，所以他尽量满足妻子的要求，自己省吃俭用也不让妻儿受一点儿委屈。虽然在外面载客很累很苦，但回到出租屋看到妻儿以及这个温暖的家，一身的疲惫便荡然无存。

对曾小金来说，在这个世界上已经没有什么比儿子更重要的了，儿子就是自己的一切，是他苟且偷生的全部理由。孩子慢慢长大后，王某想带着孩子跟曾小金回老家看望公婆。曾小金哄王某说："我在老家把市长的儿子打伤了，不敢回去，更没法领结婚证。"王某对曾小金的话总是言听计从。她与曾小金同床共枕近三年，却对丈夫的过去一无所知。直到曾小金被捕那天，她都不敢相信自己的丈夫竟是抢劫杀人的恶魔。

2011年清网行动铺天盖地的消息让曾小金顿生寒意。他终于明白，警察不会放过自己。一旦自己遭遇不测，王某没有生存能力，必须首先安顿好儿子，他才能放心地逃命。他想把儿子交给父母或者弟弟，一旦自己落网好有人照料，如果有可能，就为儿子在老家上户口，将来也好上学。于是他哄着王某跟他一起带着孩子回到了南昌市新建县生米镇。

曾小金没有去见亲友，只是向王某指了自己的家门。王某抱着儿子走进曾小金的家门，她的心凉了。曾小金的父母体弱多病，老母亲还患上了严重的白内障，根本无法照顾这个孩子。接着王某又抱着孩子到曾小金的弟弟那里，因为弟弟结婚后没有儿子，曾小金想把儿子过继给弟弟，但弟媳妇身体不好，也无法照顾孩子。接下来是求助姐姐和姐夫，但遭到了外甥女的反对："案子太大了，家里多出一个孩子就暴露了，公安局一定会找来！"

王某抱着孩子哭着回到深圳。曾小金听完王某的讲述，只好长叹一声。

曾小金没有想到，东湖警方根据他离不开女人、离不开亲友、离不开故土的这"三个离不开"，三年来一直盯着他所有的亲友。当王某9月11日从他姐姐家离开时，立即被东湖警方觉察到了。

黄海带领追逃民警顺线追查，发现从曾小金家离开的女人来自深圳，是带小孩儿到曾小金家走亲戚的。警方将曾小金一家的亲朋好友仔细梳理了一遍，并没有发现他们在深圳有亲戚。难道是曾小金在逃亡路上娶妻生子？一系列的线索将警方的视线引向深圳。

2011年11月25日，东湖分局认为抓捕曾小金的时机已成熟，向南昌市公安局相关领导进行汇报。面对如此一条"大鱼"，南昌市局领导高度重视，分管刑侦工作的于晓光副局长于11月28日组织召开专门会议，部署展开跨区域、跨警种的追捕行动。

11月29日上午，追逃组锁定曾小金租住在深圳市沙井街道，立即与深圳警方取得联系，请求协助抓捕。深圳警方立刻安排警力进行布控。中午一时，回家给妻儿做完饭的曾小金刚下楼，蹲守多时的深圳民警站在了身材矮小的曾小金面前。曾小金平静地用广东话说："等我妻子拐过路口再给我上手铐吧。"

他的目光一直望着抱着孩子去搓麻将的王某，直到王某消失在街口，曾小金才抬起眼看了一下抓他的警察，顺从地伸出双手。令警察惊奇的是，那一刻曾小金眼里竟然笼罩了一层水雾。

被押解回南昌的途中，曾小金对东湖分局刑警大队副大队长黄海说："我知道早晚有这一天，我能给老婆打个电话吗？你们抓我的时候她不知道，我想安排一下后事，进了看守所就没机会了。我就一个要求，不要让我儿子知道他爸爸是逃犯。"

黄海拿出了手机。曾小金报出一个号码后，黄海打开了免提。

"你在哪里？你怎么了？"听到曾小金的声音，王某着急地问。

"儿子吃饭没有？要让孩子吃饱饭，我的事你不要多问，你把儿子带回南昌我老家，交给我父母和姐姐，他们会帮助照顾的。你不要等我了，我不姓贺，也不是一般逃犯，这辈子你见不到我了。我只求你一件事，好好照顾儿子。"

"好好照顾儿子！"这话曾小金一连说了好多遍。最后，曾小金叮嘱说："你到南昌找到我家，放下孩子你就走吧。记住，我叫曾小金！"没等王某接话，曾小金硬生生挂断了电话，然后嚎啕大哭。

第二天，王某就抱着孩子赶到了南昌。这个可怜的女人在东湖公安分局门前茫然地徘徊着，她想见见自己的丈夫，她无法相信对儿子百般疼爱的曾小金会是一个身负六条人命的恶魔。可是，她再也无法见到活着的曾小金了。即便执行死刑前法院给予死囚和家人会面的机会，她也难以见到，因为她跟曾小金并没有合法的婚姻手续。

曾小金被投入看守所后，前所未有地陷入了深深的纠结。他不知道孩子现在跟谁在一起生活，他担心儿子长大后因为有个杀人犯的老爹而受到歧视，担心没有生存能力的王某会让孩子受苦，或者将来跟后爹生活受气。在黄海面前，曾小金终于吐露了自己的心声："我知道谁也救不了我了，我在这世上唯一的牵挂就是我儿子。如果有可能，在我死后帮我给孩子找个好人家收养，或者把孩子送到福利院去，也总比在老家强。"

黄海没敢答应曾小金的请求，因为于情于理，即便曾小金个人愿意，孩子有生母，也有爷爷奶奶，无论如何都不能送人，福利院也不可能收。但从另一个角度看，曾小金的想法虽然残忍，但并不是没有道理。这种道理，来自于曾小金独特的人生经验。

曾小金用人生中最后的三年逃亡生涯，体味了生命、骨血、温暖。这个冷血恶魔，最后唯一的愿望是，让警方给他找一张儿子的照片，他想揣着儿子的照片上刑场。

三、"一号公案"

能让许文有这个以"铁腕打黑"著称的公安局长惦记的人，绝不是一般人。清网行动中令许文有最"惦记"的逃犯，第一个是A级逃犯宋涛，第二个就是铁军。

坊间传闻铁军身高一米八三，长相酷似费翔，是二十一年前沈阳黑道上的"头号杀手"，替人讨债逼债，好勇斗狠，有沈阳"一号公案"为证。

1990年9月26日，两伙黑道中人在沈阳三好街发生火并。一方领头的叫铁军，另一方领头的叫徐长生。凶悍无比的铁军抡刀砍伤对方数人，其中徐长生伤势严重，被送到医大二院抢救。铁军得知消息后，竟然骑着自行车提着染血的长刀闯进医院，将正在急救室抢救的徐长生活活砍死在手术台上！

铁军此举意在"扬威立腕儿"！此案轰动沈阳城，铁军"一战成名"，被列为沈阳当年的"一号公案"。警方全城搜捕，但铁军就像空气一样人间蒸发。这样的对手，也让无数沈阳的老刑警们摩拳擦掌，抓到他不仅过瘾，也可一战成名。但二十一年下来，铁军让沈阳几代刑警郁闷了二十一年，谁都想逮这条"大鱼"，可谁都找不到他藏身何处。

清网行动开始后，包追此案的和平分局成立了由局长唐继栋牵头的"铁军专案组"，他们集全局之力、汇全警之智，对铁军当年的社会关系、活动轨

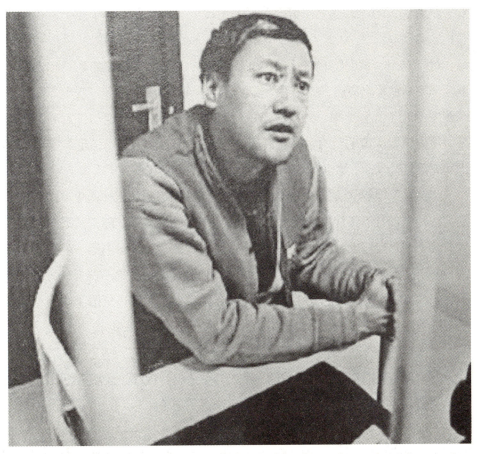

铁军在接受警方的讯问（辽宁省沈阳市公安局供图）

迹等重新梳理摸排，但依然没有丝毫进展。清网行动进入了决战决胜的冲刺阶段，A级逃犯宋涛已经落网，对铁军的抓捕更是迫在眉睫。

11月12日晚九点，沈阳市公安局局长许文有来到和平分局，名义上是督导和平分局清网行动决战决胜，更深层次的意思是督促和平分局尽快抓回铁军。毕竟，许文有也喜欢跟匹敌的对手过招。听完唐继栋局长的汇报，许文有用他惯有的凌厉口气说："以人要人，向逃犯亲属要逃犯，我就不信他不跟家里人联系！"

很快，一个意外的线索引起了唐继栋等人的注意，案件有了转机。和平分局副局长王晓飞组织法制、内保、刑警、技侦、南湖派出所等相关部门，围绕铁军一案开展工作后，办案民警找到了当年被害人徐长生的弟弟。徐长生的弟弟无意中提供了一个线索，铁军案发逃亡后，一个外号叫"黄毛"的女子跟着铁军跑了。这个"黄毛"后来生过一个儿子，带回了沈阳，孩子的长相酷似铁军！

对于这个"黄毛"，老刑警们并不陌生。当年她在道上的名头比铁军还响。但自从铁军出事后，"黄毛"再也没有出现，直到1995年"黄毛"带着一个四岁的儿子回到沈阳。如果孩子是铁军的，那么铁军一定与"黄毛"有联系。警方调取"黄毛"的手机通话清单发现，2011年8月，"黄毛"给铁军的老姨郭某打过电话。这个线索非常重要，警方立即传讯"黄毛"。

"黄毛"坦然承认，1990年10月，她陪伴铁军逃到了吉林通化市柳河县柳河镇，并于1991年10月12日给逃亡的铁军生下了一个孩子，随"黄毛"姓氏。目前孩子在北京打工，但并不知道生父是谁。"黄毛"还爆出另一个细节，两人1994年夏天带着孩子返回过沈阳，住了一段时间之后感觉不安全，又双双跑到黑龙江省齐齐哈尔市的龙江县生活了一年。"黄毛"逐渐厌倦了这种看不到希望的逃亡生涯，1995年两人分手，"黄毛"回到沈阳，一心抚养儿子。

"铁军浪迹天涯，不知在哪里。"说到这里，"黄毛"长叹一声。

办案民警紧追不舍："难道你一个人养孩子吗？铁军什么都不管？"

"黄毛"回答："他自身难保，哪里管得了孩子。"

"你刚回来的时候没有什么收入，靠你自己养不了孩子。说吧，铁军每年给你多少钱？你要不说，我们就去北京找你儿子。"民警使出了杀手锏。

"黄毛"眼看无法掩饰，只好说："别找我儿子了，我跟你们说。他每年给五千块，都是他老姨转给我，他在哪里，我真的不知道。"

民警又去找铁军的老姨郭某和铁军的哥哥嫂子。经过旁敲侧击，从他们那里汇总起来的信息是："黄毛"说的是实话。铁军已经改名漂白了身份，住在黑龙江省鸡西市密山县，并用新身份结婚且生有一个女儿，但他们都不知道铁军的新名字叫什么。

最后一道难关，就是铁军的母亲。她很可能掌握铁军的新身份，但让一个老母亲"出卖"自己的亲生儿子，谈何容易。不能强攻只能智取。于是，铁军的母亲被请到了公安局。

"铁军在鸡西密山，是我们抓回来，还是你说出来？你知道儿子藏在哪里不说，就犯了包庇罪。老人家，我们是为了你好，也是为你儿子好。现在清网行动的政策这么优惠，快让儿子回来吧，再跑就真的是死路一条啦！"民警的话句句像钢针，扎在铁军母亲的心头。

"他现在叫郭子顺，是在黑龙江，藏哪儿我真不知道。"

查到名字就好办，民警立即上网对"郭子顺"的户籍进行筛查。为了保险起见，警方将户籍信息上的照片让"黄毛"和铁军的老姨辨认，确认"郭子顺"就是铁军。必须立即出动！铁军身在中俄边境，一有风吹草动就可能越境逃走，那就不好抓了。

2011年11月19日晚，沈阳市和平公安分局清网行动指挥部内灯火通明，沈阳市公安局副局长闫守国，命案专家指导组成员、时任监管支队支队长邓万宏，和平分局局长唐继栋坐镇沈阳指挥，由和平分局卢斌副局长带领刑警大队副大队长张亮等四人组成专案追捕组，连夜奔赴佳木斯市围捕铁军。

追捕组昼夜兼程，赶到铁军的藏身地，位于中俄边界的宝泉岭农场。有消息反馈，铁军在宝泉岭开了一家名叫"金来顺"的饭店。

11月22日中午十二时三十分，几名便衣警察夹带着寒风走进饭店。饭店老板正在热情招呼客人，看见有人进来，急忙迎上来。高个儿、英俊、长相像费翔，不用问就知道是铁军！

卢斌带着几名壮汉不奔饭桌，却直奔高大威猛的老板，紧紧将其围住。"老板姓郭吧？"一口的沈阳方言。

"是，郭子顺。"铁军有些发愣。

卢斌笑了："铁军，咱们是不是该回家了？"

被五名民警围在中间，反抗已是徒劳。铁军叹了口气："是该回家了。"

时隔二十一年，铁军再一次回到了他熟悉的沈阳。

铁军供述了他的逃亡过程。当年将徐长生杀死后，他通过叔叔的关系，带着"黄毛"逃到吉林省通化市柳河县柳河镇，后又通过嫂子的关系逃到黑龙江省龙江县。与"黄毛"分手后，铁军只身逃往河北邢台，1997年在邢台打工期间，花五千元在当地重新办理了户口，并领取了一代身份证，将身份漂白为"郭子顺"。1998年，铁军又通过亲属将户口从河北邢台迁到了黑龙江密山。

逃亡中的铁军最初整天提心吊胆，在通化和龙江期间精神高度紧张，一感到有什么风吹草动就立即更换住处，直到跟"黄毛"分手，漂白身份到黑龙江密山结婚生子后，才逐渐安定下来。他始终不敢告诉妻子和女儿自己的真实身份，他明白：杀人偿命，欠债还钱！

至于这一天何时到来，铁军并不知道。但他知道，这一天肯定会来。

在二十一年的逃亡路上，铁军身上的戾气始终没有消磨。被押回沈阳后，应众多媒体的请求，警方曾在看守所安排了部分媒体记者的集体采访。这次不足十分钟的采访，足见铁军的性格。

已经四十四岁的铁军走进讯问室后，看见一排摄像机、照相机对着他，愣了一下，脸上闪过一丝不快。"我不知道你们啥意思，我不接受采访！"这是铁军坐下后说的第一句话。见照相机、摄像机仍对着他，铁军低下头用手挡脸，扭动着身子躲避镜头，有些慌乱。

记者与铁军沟通时，他抬起头目露寒光，逐一打量了所有记者好几遍。无论什么问题，他一律拒绝回答。"我没有准备，不知道聊啥。""昨天不审完了吗？""我聊不了，我没那文化！"

对于二十一年前的杀人案，铁军不耐烦地说："为啥砍人？年轻气盛呗，没啥可说的。"

随后，铁军便用手捂住脸，低着头一言不发。记者连问几句，他时而侧转身体，时而怒视记者和民警，最后竟然站起身，用戴着手铐的手拖着讯问椅要走。管教做工作，铁军回答："我那点儿文化，唠不了，我啥也不知道！再说，我一个死人，没啥说的！"

铐镣加身，依旧强横无比。这就是铁军。

对于铁军的性格，我们在这里不必去做任何评判。他的人生是他自己搞脏的，需要他自己去擦。只是这代价太大了。除了二十一年的逃亡，即便不抵命，也要在牢狱里蹲上十几年。而他的老母亲，他的两个儿女，他的两任都谈不上合法的妻子，将情何以堪？

与那扬名立腕儿的一刀相比，这是多么沉重的代价啊！

四、变态狠鲨

身为公安部副部长，刘金国见过的案子不能算少，看完杨树彬犯罪团伙的材料，还是让这位老公安感慨："真是骇人听闻，令人震惊！"

代号"9·11"

杨树彬到案后，一个令人发指的系列血案震惊全国。

时间回溯到2002年9月11日，吉林市船营区一栋居民楼的下水道无法排水，一楼的下水道不断涌出油腻腻的肉馅。疏通管道的人来后，掏出很多碎肉和碎骨头，那些骨头不像是猪马牛羊的。他们立即报警。

杨树彬和同伙张玉良从外面回来，正好和警察一起赶到。他们明白东窗事发，但冷静出奇的杨树彬决定冒险上楼，清理掉除尸体之外的所有线索！杨树彬经过楼道时遇到相识的邻居，还故作轻松地和他们打招呼，甚至和邻居一起分析下水道里涌出的是什么肉。

警方挨家挨户敲门查证，当查到杨树彬的顶层房间时，却敲不开门。警方在不得已的情况下，用破门工具将门打开。那场景让所有人目瞪口呆：卫生间里两具残缺不全的女尸泡在大盆里，血淋淋的场景仿佛屠宰场。

杨树彬等人虽然销毁了大量证据，但警方依然确认了被害人是两名陪酒女郎，并通过各种侦查措施锁定凶手是杨树彬、张玉良、吴宏业、戢红杰四人。

随后，他们被警方列为网上逃犯。

吉林警方先后七次成立专案组意欲破案，却查不到这四个人的去向。公安部也下发通缉令，但四名犯罪嫌疑人却石沉大海。更离奇的是，杨树彬、戢红杰的八名家人也人间蒸发。他们去了哪里呢？

九年后，离奇的巧合再次出现，不经意间发现杨树彬踪迹的不是刑警，而是哈尔滨的巡警许建国，而且两人竟然是一个胡同长大的"发小"。

2011年8月1日，哈尔滨市公安局巡警支队七大队大队长许建国上网浏览时，突然发现通缉令上杨树彬和张玉良的照片很面熟，原来是小时候同一个胡同的邻居，当年经常在胡同口打照面。

第二天一早，许建国就带领民警回到当年住过的胡同，走访后得知：杨树彬1993年被通缉后失踪，他所有亲人的户口2006年都迁走了，迁到哪里谁也不知道。而戢红杰在吉林老家的父亲和弟弟也同时迁走了户口。

难道杨树彬会带着所有亲友逃亡？如果是这样，那这个杨树彬就太可怕了。警方追踪逃犯最重要的一个法宝，就是从逃犯的亲友那里打开缺口。如果找不到他们的亲友，就像一团乱麻中找不到一个线头。

相关情况上报到哈尔滨市公安局，公安局长任锐忱撂下狠话："只要有万分之一的希望，挖地三尺也要把他挖出来！"随后，哈尔滨市公安局成立了以局长任锐忱为组长，副局长韩崎、孙君亭为副组长的专案组，全面搜捕杨树彬团伙。这个专案组代号就叫"9·11"。

许建国他们带领民警围绕杨树彬展开调查，走访了三百多人都没结果。正当希望渺茫时，当年一位街坊提供的一个线索，使案件出现转机。那位街坊告诉许建国，他老父亲到哈尔滨某医院住院，他去探望时，恰好看到杨树彬的弟弟杨树凯也住在同一病房，但床头名牌上的名字却是"王×凯"，中间那个字他记不清了。

许建国连忙赶到那家医院，在医疗档案中很快找到"王学凯"。当然，除了这个名字之外，病历上的家庭住址、电话号码都是瞎编的。

到户籍信息库中搜寻"王学凯"，这无疑是大海捞针，因为全国叫"王学凯"的人太多了，只有一个个地排查。一个个被怀疑的对象排除掉之后，许建国他们终于查到了化名"王学凯"的杨树凯。令许建国兴奋的是，在户籍信息中，杨树凯母亲的名字也出现了，居然用的是真实姓名，只是出生日期改小了四岁。后来许建国才知道，杨树彬的母亲患有精神分裂症，杨树彬之所以不敢给老母亲改名，是怕她犯病时叫不上自己的名字，引起别人怀疑。

"王学凯"相关的户籍、电话、银行、旅行等信息，全部指向了内蒙古包头市。既然杨树凯改名叫"王学凯"，那么杨树彬也可能改名叫"王学彬"，或者叫"王学×"。经过对户籍的搜索查询，许建国锁定了一个叫"王学礼"的人，经过人像比对，确定就是杨树彬。与此同时，许建国还查到了杨树彬在包头车管所留下的尾号3288的电话号码。

2011年10月26日，哈尔滨市公安局指派巡警支队副支队长张晓波、张航带领许建国等专案组人员赶赴包头市展开侦查。在当地警方配合下查明，杨树彬等四名逃犯与杨树彬、戢红杰的八名亲戚，共十二人全部漂白了身份。

杨树彬漂白身份后改名"王学礼"，他已和漂白身份后改名为"马海燕"的戢红杰结婚生子，孩子目前五岁。夫妻两人在包头市经营台球厅、游戏厅和足道馆。从外表看，"王学礼"是一个文质彬彬的大老板，不但有钱，而且为人随和。张玉良漂白身份后改名"王学国"，与包头市一女子结婚，经营着一家保健磁疗商店。吴宏业漂白身份后改名"王华炎"，在包头市郊区的煤场帮人做煤炭生意。

一周下来，所有逃犯的住处及活动轨迹全部锁定，任锐忱局长指示："快速出击，必须将犯罪嫌疑人一网打尽。"

2011年11月2日，哈尔滨市公安局巡特警支队长孙君亭带领十二名特警抵达包头。他们按图索骥，很快找到了杨树彬和同伙的居住地。下午四点三十分，跟踪四名逃犯的警察同时动手。

在距离包头市区二百多公里的一个小煤场里，孙君亭和郑金玉擒住吴宏业；张兴旺和李宏伟抓住了逛商场的戢红杰；杨卫国和周嘉林冲进了张玉良的商店，将正躺在摇椅上的张玉良铐住；杨树彬身材高大，又练过武术，许建国和张晓波带领八名特警一直严密监视着杨树彬，发现他走进一家朋友开的足疗馆。

得到收网指令后，许建国和张晓波走进足疗馆，以消费的名义提前看房。但一个个房间查过去，却不见杨树彬的踪迹。许建国急中生智，拨通了杨树彬

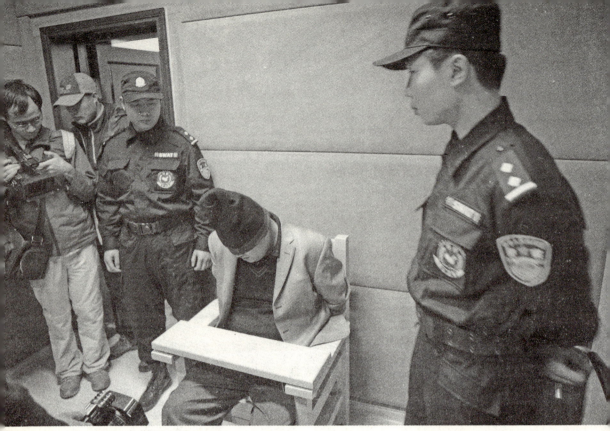

杀人恶魔杨树彬被抓捕归案

的手机，想通过铃声找杨树彬。但拨通之后，既没有听到手机铃声，杨树彬也没接电话。

只剩下最后一间包房没查了，许建国拔出手枪，向那唯一没有查看过的房间悄悄走去。他一脚踹开包房，黑暗的屋子里一名男子仰躺在按摩床上，手里拿着正在振动的手机发愣。许建国冰冷的枪口顶在了他脑袋上！杨树彬听到了许建国的低吼："警察！别动！我这儿顶着火呢！"

杨树彬想反抗都来不及了，只好乖乖戴上手铐。后来许建国才知道，杨树彬逃亡中养成了一个习惯，手机总是调在振动上，从不接陌生人电话。

第二天一大早，杨树彬等四人被押回了哈尔滨。

许建国没想到，杨树彬这个"发小"除了在吉林市杀死两个"小姐"外，竟然还留下步步惊心的一连串血腥。警方很快拿下了张玉良和吴宏业的口供，但杨树彬却徐庶进曹营一言不发。最后，许建国亲自提审了杨树彬。两个小学时期的"发小"，二十年后隔着讯问台相对而坐。

许建国说了两个字："天意！"

杨树彬重复了这两个字："天意！"

接下来，杨树彬交代了他的全部罪行。

杀人恶魔

杨树彬幼年丧父，自小顽劣，初中毕业后，到东安发动机制造公司上班，在此认识了比他大六岁的吴宏业。二十岁那年，杨树彬成了哈尔滨"道上的人"，因为他形象酷似《上海滩》里扮演许文强的周润发，江湖人称"发哥"。

张玉良是杨树彬的"发小"，也是小学同学。大学毕业后分配的单位效益不好，他下海经商一直亏钱，与妻子的关系破裂。张玉良穷困潦倒之际，杨树彬和吴宏业拉他合伙做生意，三人南下深圳，在那里遇到了戢红杰。戢红杰随即成了现代版的"孙二娘"！

杨树彬交代他的罪行如下——

1993年1月7日，杨树彬伙同刘卫军、李江涛两名同伙，在哈尔滨市一家台球室持刀刺伤两人、刺死一人，刘卫军、李江涛落网获刑，杨树彬逃亡。

1998年11月，杨树彬和一名同伙在广东省佛山市抢劫一女子十万元，同伙被抓获刑，杨树彬再次逃亡。

2000年1月，杨树彬和张玉良以嫖娼为由，将一名陪侍女子骗到深圳市罗湖区一出租屋内，抢得十余万元后，将陪侍女子掐死后碎尸，分装在五个黑色塑料袋内，抛入垃圾桶、下水道。

2000年春节后，杨树彬、张玉良和戢红杰在深圳市罗湖区一出租屋内杀害两名陪侍女子，抢得人民币五十余万元。

2001年6月，杨树彬、张玉良和刘爱彬在山东文登市抢劫二十万元，刘爱彬落网后被判无期徒刑，杨树彬和张玉良继续逃亡。

2002年4月，杨树彬、张玉良和吴宏业在深圳市罗湖区一出租屋内，杀害两名陪侍女子，劫得赃款十余万元。

2002年9月，杨树彬、张玉良、吴宏业和戢红杰在吉林省吉林市船营区一出租屋内，杀害两名陪侍女子，劫得赃款十六万余元。

2003年，杨树彬、张玉良、吴宏业在浙江台州一出租屋内，杀害两名陪侍女子，劫得赃款十六万余元。

2003年，杨树彬、吴宏业在浙江省嘉兴市一出租屋内，杀害一名陪侍女子，劫得赃款八万元……

十条人命都变成肉馅和骨头碎渣！许建国傻了！他没想到，这个文质彬彬像个绅士的"发小"，竟然如此血腥、如此变态！而如出一辙的作案方式，让许建国简直不敢听下去。

当年，杨树彬带着做生意失败的"发小"张玉良，和当年的同事吴宏业来到深圳，三个人共同的话题是如何发大财。抢劫弱势的"小姐"，成了他们的致富之路。

他们锁定的抢劫目标正是吉林籍的陪侍女子戢红杰。戢红杰是吉林省舒兰市人，母亲早年去世，她十六岁时到深圳等地当了"小姐"。当杨树彬拿出一枚价值不菲的钻戒送给戢红杰时，她拒绝了，她说她只赚自己该得的那五百元"小费"，这下对上了杨树彬的胃口。

杨树彬说："你给我当老婆吧！"

戢红杰的回答是："你敢娶，我就敢嫁！"

接下来，这恶魔四人组开始了他们的杀戮生涯。戢红杰以"小姐"的身份出入娱乐场所进行侦查，选择抢劫作案的目标后，杨树彬以老板的身份去消费，吴宏业和张玉良则以马仔和客户的身份极尽巴结之能事，挥金如土的杨树彬通常拿出高额报酬作为诱饵，将戢红杰选定的"鱼"钓到出租屋。他们先是用残忍手段连续数日折磨，逼迫受害者说出银行卡密码，再逼迫她们让家人往卡里打钱，或者通过第一个受害者钓来第二个受害者，最多一次他们劫得五十万元。将受害者挤干榨尽后，这些女孩儿就变成了肉馅和骨头渣，被冲进下水道或者被抛入河道、垃圾桶。

作案流程由杨树彬制定：杨树彬亲自确定抢劫目标，作案前购买的手机卡尾数必须是777、888之类的"吉利号"，出租房选在符合大款身份的高档小区，房内必须有浴盆便于肢解尸体，不刀劈斧砍尸体而用绞肉机以免响声过大惊动邻居，到银行取款时必须戴棒球帽遮脸，防止被看清真面目……

杨树彬一伙之所以能够逃亡九年，改名换姓漂白身份，是他们逍遥法外的一个重要手段。而正是一些地区户口管理存在巨大漏洞，让杨树彬这四个恶魔有了生存空间。

漂白身份也枉然

　　2002年吉林市案发后，四个恶魔逃到包头，当煤贩子的吴宏业遇到了山西女人马健华，正是这个马健华，帮助杨树彬他们穿上了合法的外衣。

　　塞外包头，就是当年山西人"走西口"的目的地。多年前，马健华跟随丈夫王某带着孩子到内蒙古打工，马健华与丈夫感情不和，与丈夫分居后认识了吴宏业，死心塌地爱上了他。

　　杨树彬先是利用马健华，让吴宏业顶替马健华的丈夫王某，改名"王华炎"，将户口落在了山西省兴县蔡家崖镇。杨树彬的计划很周密，在山西落户后，根据包头市买房落户的政策，再把户口迁到包头，变成"合法居民"。

　　痴情的马健华隐约感到吴宏业、杨树彬这几个人"惹过事"，但她绝没想到他们是人间恶魔。2005年马健华回到山西省兴县蔡家崖镇老家，通过关系找到办证人员，把丈夫的名字改为"王华炎"，户主是改名为"王华炎"的吴宏业，马健华丈夫"王华炎"的照片则是吴宏业的。随即，戢红杰的父亲和弟弟改名落在这个村。

　　正是杨树彬他们漂白了身份，才给抓捕工作带来极大困难。吉林市警方曾多次到哈尔滨调查，甚至一住就是几个月，但案件一直没有进展。

　　漂白身份后，杨树彬定下一条规矩：绝不能再回哈尔滨，更不能跟哈尔滨的任何人发生联系。但他的亲弟弟杨树凯却偷偷跑回哈尔滨住院治病，在使用"王学凯"的名字住院时，让早年的一个街坊看到了。就是这个线索，让杨树彬他们现了原形。

　　1998年至2004年间，杨树彬和同伙在广东省深圳市、浙江省台州市、嘉兴市和吉林省吉林市等地，绑架、杀害异性陪侍人员十人，抢劫赃款二百多万元。而这些杀人成性的恶魔在供述他们的杀人动机时，只是轻描淡写地说了一句"来钱快，好接触"。

此案一经披露，立即震动全国。各大新闻媒体一窝蜂地报道了这起系列案件。

从网上看到杨树彬落网后，一个2002年侥幸逃脱的女子来到了哈尔滨公安局指认杨树彬。当年这个女子和她的妹妹一起被杨树彬团伙绑架，遭受了非人折磨，十三天后逃出来时，从原来的一百零六斤变成了八十六斤。她的头上留下一道疤，腿上肌肉坏死、腿骨变形，下体被杨树彬等人用钳子摧残，无法过夫妻生活，下颌骨被打坏，很长时间只能吃流食，被毁的乳房做了整形手术但不成功，每天都疼……她的妹妹受惊吓过度，至今不能怀孕生育。

杨树彬在供述杀人动机时，只是轻描淡写地说了一句"为了钱"。而他的两个马仔坦然承认这些年来为了图财把杀人看作自己的工作，当警方询问谁参与了碎尸时，张玉良笑着回答："基本都是我们一起干的，不怕您笑话，别人干活儿，我还真瞧不上。"而吴宏业则表示，只要杨树彬一声令下，他就二话不说叫干啥就干啥，完全是出于哥们儿义气。戢红杰则称，自己虽然不愿意作恶，但觉得杨树彬多年来给了她一种家的感觉，她不想失去他，便做了帮凶。有意思的是，戢红杰在包头还背着杨树彬找了一个情人，而杨树彬其实早已知道，却并不戳穿，睁一只眼闭一只眼。

中国有句古话，放在这四个恶魔身上一点儿都不为过：禽兽不如！

禽兽不如的杨树彬也说过一句人话，身陷囹圄时他才想起家中还有一个五岁大的孩子，他苦苦哀求许建国，千万不要将事情告诉孩子，担心他将来做人抬不起头来。

五、"刨锛党"

"刨锛党"！

相信很多人都听说过这个带有强烈时代和地域特色的词。1996年11月，一个恶性犯罪团伙出没在吉林省长春市和吉林市两地，他们手持一种叫"刨锛"的凶器血腥劫掠，无恶不作。

长春警方立即展开围捕。1997年8月15日晚上21时左右，长春市公安局南关分局刑警大队副大队长赵秋生身着便衣来到设伏区域巡查，走到东大桥北侧一百余米处的伊通河西岸时，发现一名男子形迹可疑，于是他亮明身份上前盘查。

没想到，此人二话不说，从后腰里抽出刨锛向赵秋生的脸上刨去。满脸是血的赵秋生紧紧抓住对方的手不放，就在赵秋生即将制伏该男子时，附近又蹿出三个歹徒，同时用刨锛向赵秋生头部猛砍，赵秋生倒在血泊中。随后，四名歹徒将赵秋生的尸体扔到伊通河中，趁夜逃走。喋血桥头时，赵秋生只有三十九岁。1997年12月10日，赵秋生被公安部授予二级英模称号。

连警察都敢刨的"刨锛党"，像疯狂的瘟疫一样蔓延，遍布吉林全省甚至东北各地，哈尔滨、沈阳等地的犯罪分子仿效"刨锛党"趁势作案。当时的情景足可以用风声鹤唳、草木皆兵来形容。据说，长春的学校为了保护学生安全，实行全封闭管理，有的学生都配上了BP机，以便家长能随时联系上孩子，以确保孩子的安全。而在吉林市，不管大人小孩儿走在路上都头戴安全帽，更成了当时一道独特的风景……

提起"刨锛党"，老百姓切齿痛恨，警方更是如临大敌。甚至一个老先生从单位拿着把锤子晚上回家，也被当作嫌疑人抓起来问了好久才放人，而一个愣头小伙子到理发店要理个"锛儿头"，把理发师吓得剃头推子都掉到地上。

据说，有个侥幸逃生的受害人遭暗算时恰好回头，看到了凶手，才知道凶手用的是"刨锛"。"刨锛"是木匠常用的一种工具，外形与缩小的刨地镢头差不多，变成凶器却匪夷所思。"刨锛党"的主要行凶手段是趁人不注意，从背后用刨锛向受害人后脑猛击，打死或者打伤人之后抢劫财物。因为谁背后都没长眼，防不胜防，令人心惊胆颤。

这个由十二人组成的犯罪团伙，在长春、吉林两市以暴力手段实施抢劫，连续作案二十余起，致死、致残十余人。

赵秋生牺牲后，鉴于案情特别重大，影响特别恶劣，手段特别残忍，长春市公安局统一指挥，迅速从长春市公安局刑警支队、南关区公安分局、九台市公安局抽调精干警力组成联合专案组，于1997年9月下旬将此特大抢劫团伙摧毁，抓获团伙成员十人，闫文江等三名主犯被判处死刑，其他团伙成员均获重刑。

"刨锛党"落网后最后的坊间传闻是，闫文江被执行死刑那天，有辆出租车在囚车前面挡道，闫文江对押解他的武警战士说："让我下去，我把他刨死！"要死的人了还这么说，如果不是开玩笑，那就是疯了。

在这个由十二人组成的"刨锛党"中，两名重要成员邓海岩、赵海瑞畏罪潜逃，被列为公安部督捕逃犯。时隔十四年后的2011年10月9日，邓海岩在黑龙江落网。

清网行动开始后，九台市公安局党委高度重视对于邓海岩的追捕力度，毕竟，邓海岩是九台市人。负责追逃的刑警大队抓住国庆长假的时机，开展了大量细致的摸排工作，办案民警来到邓海岩的家乡九台市莽卡乡塔库村进行调查。

民警在调查中得到消息，邓海岩很可能正在黑龙江省大兴安岭地区藏匿，但只知道他藏在塔河县一个叫"十几站"的林区，具体位置谁都说不清楚。九台市公安局刑警中队长叶长武立即将这个情况向局党委汇报。李金局长果断决定，立即由刑警大队组成专案追捕组，奔赴大兴安岭地区全力追捕。

"刨锛党"成员邓海岩被押回九台市公安局（吉林省九台市公安局供图）

10月3日一大早，叶长武中队长带领侦查员卫颖、卜祥龙等人从九台出发，开始了北上追捕邓海岩之路。

10月4日中午，叶长武带队到达大兴安岭地区塔河县，一打听，这个与"十几站"相关的林区地域辽阔，但人员散落，聚集地相对集中的是十八站，这是一个乡镇。叶长武他们一头扎进这个位于大兴安岭东麓深山老林里的镇里。

历经五个昼夜艰难的排查，叶长武寻访到当地三名知情者，了解到邓海岩确实在此地藏匿，已化名为"李刚"。追捕组紧紧盯住这三名知情者不放，经过反复、耐心、细致的思想教育和法律政策宣传，最后他们同意配合追捕组实施抓捕行动。

为确保抓捕成功，追捕组精心制定了抓捕邓海岩的行动方案，决定对其进行诱捕。10月9日中午十二时许，一名知情人给邓海岩打电话，称有东西让他来取。邓海岩接完电话后，骑自行车来到十八站市场附近取货时，被早已设伏在附近的四名民警抓获。刚开始，邓海岩谎报自己的身份，但当叶长武用吉林口音说自己是九台市公安局民警时，邓海岩低下了头。

逃亡路上，对于当年伊通河大桥上那血腥的一幕，邓海岩从未忘记，那个刑警队长不屈的眼神，永远地镌刻在他的脑海里，让他常常从梦中惊醒。

邓海岩归案后，四名追捕民警不敢耽搁，立即驱车押解邓海岩返回九台市。一路上，邓海岩低头不语、双手紧握、嘴角颤抖。叶长武对他说，人做错事一定是要付出代价的。这话，邓海岩听起来仿佛丧钟，他担心回到九台就会吃枪子儿。

直到叶长武跟他讲了从抓捕到起诉再到审判的司法程序后，邓海岩才稍稍缓了一口气说："我以为回去就枪毙呢，杀了你们公安的人，肯定捞不着好！"

六、黑老大之兄

江西抚州是一座千年古城，古往今来出过不少名人。临川区是中国著名的才子之乡，曾经闪耀过王安石、晏殊、晏几道、汤显祖这样的"文曲星"。初唐四杰之一的王勃，就在他的传世之作《滕王阁序》中用"邺水朱华，光照临川之笔"赞美过临川。

而在过去的十年里，让国人知道临川的，却是轰动一时的"江西第一黑老大"熊新兴。

"江西第一黑老大"

熊新兴绰号"国国"，出生在临川区嵩湖乡，父母都是老实巴交的农民。熊新兴读完小学便辍学，给当地一个文物贩子当学徒做生意，后来当了师傅的乘龙快婿。师傅兼岳父因为倒卖文物被判无期徒刑，熊新兴另谋生路，带领一帮嵩湖子弟到抚州闯天下。

到2005年4月5日被逮捕，熊新兴用了不到十年时间，通过暴力扩张疯狂聚敛钱财，打造了他的"黑金帝国"。身为抚州联达经济贸易有限公司法人代表，他还先后担任抚州市临川区两届政协委员，成为抚州市著名的亿万富豪之一。

1997年，熊新兴试图进军房地产行业，他发现拆迁时使用暴力最简单最直接，而且他还打算开赌场，没有打手不行。于是，他想到了张文锋。此时，张文锋因故意伤害罪正在监狱服刑。

为了拉拢张文锋团伙，熊新兴将张文锋的哥哥张文军安排到自己身边开车，后任命为博福公司法人代表，负责开设赌场、逼收赌债、暴力拆迁。在张文锋被关押期间，熊新兴找关系对他进行"特殊照顾"。1997年12月，张文锋被释放后便带领手下的喽啰投靠了熊新兴。此后，熊新兴开始了大肆扩张。熊新兴犯罪集团犯下贷款诈骗罪、保险诈骗罪、行贿罪、非法买卖枪支弹药罪、赌博罪等共计十三宗重罪。而他的资产，仅在抚州市的房地产就多达十八处，价值1.4亿元。

2002年以来，抚州市民多次向各级部门举报熊新兴黑社会性质组织的犯罪事实，江西省"打黑除恶专项领导小组"就群众举报的问题要求抚州市公安机关查处，但由于"保护伞"的暗中保护，调查不了了之，从而更加助长了该犯罪集团的嚣张气焰。

据警方搜集的罪证，1997年以来，熊新兴犯罪集团先后以残忍手段致死三人、重伤五人，诈骗银行贷款近亿元。

2005年4月5日，熊新兴因涉嫌故意伤害罪被公安机关逮捕。2006年9月26日，九江市中级人民法院一审判处熊新兴死刑，剥夺政治权利终身，并处没收个人全部财产。这个黑恶团伙的其他主犯也都被判处四至二十年不等的有期徒刑。

"下水"之前有命案

熊新兴有三个哥哥，大哥二哥至今在外打工，三哥熊安兴却被他拉下了水。

中纪委、省纪委与省公安厅部署抓捕熊新兴时，熊安兴将熊新兴藏在办公室里的猎枪和公司账本转移到嵩湖乡老家，随即逃之夭夭。如果仅仅是这些事，熊安兴也不至于逃跑。他之所以被公安机关列为B级逃犯，是因为他还与一起命案有关。

当年，熊安兴在嵩湖乡老家与他人合伙开办了一个养鸽场，但鸽子经常晚上被盗。有一天晚上11点多，鸽场的一个合伙人来找熊安兴说："刚才鸽子又被偷了，我骑着摩托车去追，没追上。"

熊安兴翻身起床问："往哪儿跑了？"

"抚州城区那边，估计跑远了。"那个股东说。

熊安兴冲出门，发动他的桑塔纳轿车直奔鸽场，见鸽子确实被偷走许多，他掉头就往抚州城区追去。追到杨家村路段时，他看到前面有个人骑着摩托车，车后拉着几个蛇皮袋，怀疑此人就是偷鸽子的贼，连续按了几声喇叭。没想到摩托车越跑越快，追了几公里之后，那辆摩托车突然翻倒在路沟里，终于被熊安兴追上。他冲上去二话不说，拿着汽车防盗锁就往那人头上砸。等发现那人满脸是血奄奄一息时，熊安兴害怕了，连忙叫人把对方送到医院。刚到医院，对方就断气了。

随后，熊安兴伪造了交通事故现场，以交通事故报案。经熊新兴出面斡旋，此案以交通事故结案，经过协议调解，最后赔偿对方家属六万元。

2005年4月5日，熊新兴被捕后，熊安兴知道庇护他的大树一倒，当年那起命案恐怕要被翻出来。人命关天的事，他不能不跑。他逃到了江西抚州和浙江衢州等周边县市，一逃就是六年。

"歪嘴刑警"

熊安兴一案必然落到临川公安分局刑侦大队大队长邓军的头上。之所以由他承办此案，原因有三：一是邓军曾是熊新兴专案组成员之一；二是办完熊新兴涉黑案，邓军升任熊安兴嵩湖老家的派出所所长；三是清网行动时邓军是临川公安分局刑侦大队大队长，追捕熊安兴的事他本来就该打先锋。

邓军明白，抓熊安兴很难。

——熊家在当地是个大家族，亲戚朋友关系盘根错节，熊家在村里势力大，熊安兴跑到哪里可能都有吃有喝，都有立足之地。明知道他就在你附近转悠，可就是看不见摸不着。

——从邓军当所长之后，年年中秋、春节，他都要去看望熊安兴在外打工

在看守所里见到邓军（左二）来看他，熊安兴（右一）高兴地笑了（丁一鹤供图）

的两个哥哥，可两个老实巴交的哥哥只知道埋头干活挣钱，不掺和两个弟弟的事情，根本不知道消息，几年下来都没结果。

——找村里的干部，村支书两手一摊："他跑了，从不跟我们联系啊。"

——再找熟悉熊安兴情况的村民，可熊新兴人死影响在，谁也不敢戳这老虎屁股。人家摇头不语。

邓军被任命为临川公安分局刑侦大队大队长后一个月，清网行动开始了。邓军硬着头皮再去找熊安兴的妻子，人家回答得很干脆："有本事你们去抓他回来，我不知道。"

邓军认为她肯定知道熊安兴的行踪，她是怕丈夫被抓住后判得太重甚至性命不保。毕竟，曾参与熊新兴案的侄子熊建祥都被判了二十年呀。邓军对症下药，找到当年办案人员，调出熊安兴的涉案材料，经过分析，确认熊安兴虽然是B级逃犯，但只涉嫌包庇罪和故意伤害罪，按照清网行动的政策，这两项罪加起来也罪不至死。

邓军又走出一步棋，他带着一份法院、检察院工作人员的联系方式来到熊安兴家，对熊安兴的妻子说："我知道你不信我的话，没关系，你侄女婿不是在机关工作吗？他的话你该信吧？让你侄女婿找法院和检察院的人问问，看看我的说法对不对。"走出熊安兴家门，邓军又去了熊安兴父母和村支书家里，把同样的联系方式提供给他们。

这一招还真起了作用，熊安兴的妻子心动了，她请村支书去问律师，律师的答复也是一样。这下，她才觉得邓军是可以信赖的。她盼着邓军再次上门，可连续等了一个月，邓军怎么不来劝了呢？

熊安兴的妻子想不到的是，2011年10月中旬，邓军深夜出一个刑事案件的现场，正赶上那晚上夜黑风大，邓军让凉风一吹，突然中风面瘫了，嘴巴也歪到了一边，一说话就流口水，此刻正躺在医院里呢。

10月底，熊安兴的妻子忍不住托人打听，才知道邓军患病的消息，忙赶到医院探望。一见面就掏出一个红包，硬往邓军手里塞。邓军一看有门儿，歪着嘴开玩笑说："你说这钱我能要吗？你要是让熊安兴投案自首，我给你送红包！"

邓军悄悄"逃出"医院，跟着熊安兴的妻子，到嵩湖乡去做工作。熊安兴的亲友见邓军嘴巴都歪成这样了还来劝投，都有些不忍心，他们对邓军说："你回去好好养病吧，我们一定把熊安兴给你送去。"

2011年11月4日，头发花白的熊安兴，被妻子拉着来到医院，在病床前向邓军自首。这一刻邓军笑了，对熊安兴说："你倒是胖了哈。"

熊安兴也咧开嘴笑了："别提了，这几年我好难受，生不如死啊。你再说就羞煞我了。"

第八章　天网无疆

　　清网行动中，大量外逃的犯罪嫌疑人回国，不管是劝回来的还是被抓回来的，从侧面也给境外的逃犯们一个警告：不为别的，只为法律的神圣，也要把你抓回来……

办理完自首手续后，负案外逃的枪匪郑伟雄被戴上手铐

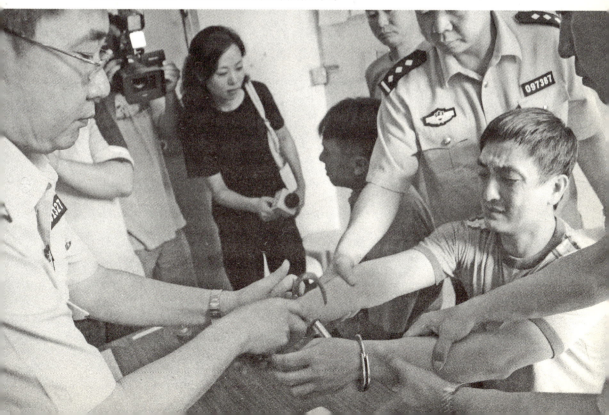

一、"三十六计"逼回逃亡枪匪

枪，在广东省汕头市潮南区，一段时期内成为一百二十万人的惊悚记忆，也成为六百多名警察的耻辱。

潮汕本地人口约一千八百万，全国各地潮汕人约一千八百万，海外约一千八百万，三分天下各有其一。潮汕人因善于外出打拼经商，分布海外五十多个国家和地区。出身潮汕的人中龙凤灿若星辰，很多人把潮汕人称作东方的犹太人，此言不虚。潮汕人性格豪爽耿直，重感情讲义气，他们是香港所谓"潮州怒汉"的原型。这种快意恩仇的性格容易造就英雄，也制造了不少悲情。

这种文化底蕴下的潮汕地区注定是清网行动中的焦点地区。

枪匪外逃

汕头市潮南区，曾是中国"枪患"的重灾区之一，当地治安的特点是"两抢"频发、黑枪泛滥。据汕头市公安局提供的资料显示，2008年汕头市一共抓捕起诉了一千多名"两抢"犯罪嫌疑人，其中持枪者占有很大比例。至今仍然能从网上搜索到关于"潮南枪患"的视频，其中触目惊心的镜头是，为了抢劫一辆摩托车，几个歹徒端着手枪当街行凶。

"潮南枪患"早就引起公安部和广东省公安厅的关注。从2008年6月15日开始，二百一十名武警、一百五十名特警、八十名便衣民警驻扎潮南区，省公安厅派出十五人的专案督导协调组，开始了枪患百日整治。此役，汕头市共破获刑事案件一千四百多起，抓获犯罪嫌疑人一千三百多人，仅潮南区就收缴枪支六十九支，子弹二百余发。

潮南公安分局局长陈志伟非常清楚打击黑枪面临的困境，他说："治安情况最恶劣时，汕头市一天可以接到上千起报警电话，但警察根本顾不过来，以潮南区为例，一百二十万人口，只配了不到七百个警察。"

为什么潮南有枪？陈志伟经过调研之后发现：潮南赌博活动多，看场的夺场的人有枪；潮南制假贩假多，望风的防检查的人有枪；潮南吸贩毒人员多，他们也有枪。陈志伟到任之后治理枪患的思路是：要治枪，先治赌、治假、治毒。

对症下药之后是重拳出击。陈志伟用数据说话：2009年到2010年，潮南公安机关共抓获各类犯罪嫌疑人超过两万一千人，让赌博、毒品、造假和持枪者在潮南无立足之地。严打整治近三年，到2011年上半年，汕头市潮南区终于实现了"零枪声"。

陈志伟刚要准备松口气，清网行动开始了。陈志伟的头接着就大了，因为小小一个潮南区的A、B级逃犯比有些省份还多。

清网行动中潮南区必须要抓的，就有号称"广东十大枪匪"的郑伟雄和郑泽伟。

2010年4月22日清晨六点半，汕头市潮南区某家具店张老板一开店门，一辆广州本田小轿车堵住了门口，车里下来四个男子，冲进店里要找老板。四名男子分别是郑伟雄、郑泽伟、张元滨和王亨振，均是潮南本地人。张老板的妻子一看来者不善，立即上前说道："四位大哥想买家具的话，请里面随便看看。"

郑伟雄用手搭着郑泽伟的肩膀说："这是仙家村的'尾哥'，今天来就是要弄点儿钱回去花花！你作不了主，去找老板来！"

张老板的妻子见状，跑出店外，拿起手机准备给儿子打电话，只听见店里"砰"的一声枪响……张老板倒在血泊中，被送到医院后不治身亡。四名犯罪嫌疑人随即潜逃。

据警方调查，此案的起因为坟地之争。张老板的父亲卧病在床，按照当地风俗，要先找块坟地建好坟墓，以便过世后安葬。2009年上半年，张老板聘请风水师找到一块坟地，得知邻村的一户人家也看中了这块地，但最后并没有要。张老板提着礼物去那家协商，对方说好不要那块坟地。于是，张老板的父亲过世后就葬于此处。但2010年清明节后，张老板接到一个电话，是最先看中坟地那户人家的外甥郑泽伟打来的，他在电话里说："你把我家的坟地霸占了，你是地霸？那么刁？如果不来和我谈，你没的好过。"

这次电话之后不久，血案发生。张老板的家人一直把张老板的尸体放在冰柜里，凶手不落网，尸体就不火化。随后，张老板的妻儿关闭了家具店，开始了上访之路，从汕头市委市政府，到广东省公安厅，然后是广东省委省政府……

案发第二天，潮南警方锁定犯罪嫌疑人作案所用广州本田轿车车主郑伟雄。2010年7月12日，潮南警方在云南省昆明市抓获王亨振。郑伟雄、郑泽伟、张元滨三人被警方上网追逃，并列为公安部B级通缉逃犯。

到清网行动时，郑泽伟和郑伟雄早已双双逃到国外。经过层层上报之后，中国警方通过国际刑警寻找他们的踪迹。

打草惊蛇

又敢当街杀人，又有本事逃往国外，这郑泽伟和郑伟雄究竟是何许人？

在潮南区陇田镇，这两人都是身家颇丰、势力颇大的人物。郑泽伟外号"尾哥"，他的家族工厂主要以生产光碟为主。郑泽伟的合作伙伴郑伟雄外号"奥狮"，他主要生产光盘配件中的盘片薄膜，和郑泽伟私交甚深。另外两名嫌疑人中，张元滨是郑泽伟的拜把子兄弟，在郑泽伟的工厂工作。王亨振无业，也跟着郑泽伟混，之前因非法经营被判刑，案发时他还在假释期间。

2010年4月21日晚，郑泽伟和郑伟雄两人闲来无事，喝酒喝到第二天凌晨五点，话赶话聊到气头上，张老板家坏了自家风水岂能容忍？两人扔下酒杯拿起枪，叫上其他两人就去报仇去了。郑伟雄帮郑泽伟两肋插刀，顺便也把刀插

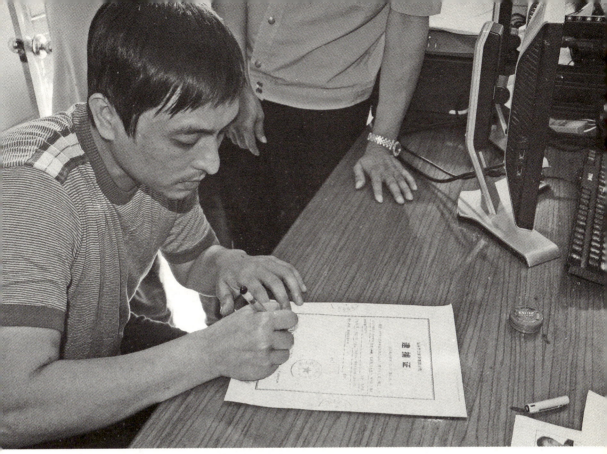

郑伟雄回国自首后在逮捕证上签字（广东省汕头市公安局供图）

到了自己肋骨上。几个人谁也没想过杀人后该怎么办，唯一的念头就是跑路。当天，四个人开车一气跑到广州。在广州躲藏肯定不是办法，那就继续往西跑，先去广西再说，反正天下潮州人多的是，走到哪里都有老乡。

逃亡路上几个人分手了。郑泽伟和郑伟雄逃到广西东兴市。两人每天都提心吊胆，白天不敢出门。此时的郑泽伟对郑伟雄心怀愧疚，觉得因为自己的事让他冒杀头的风险很过意不去。而郑伟雄本来就是脑子一热去帮郑泽伟壮胆的，根本没想后果。现在他除了后悔就是想念家人，尤其是想念七岁的儿子。夜里，郑伟雄有时候都能哭醒。当两人从网上看到公安部的通缉令后，觉得广西也呆不下去了，两人商量着逃亡境外，因为境外有很多做生意的潮汕老乡可以寻求帮助。

不久，他们从广西边境偷渡到了越南，从潮汕的华侨那里买了两份伪造的护照。这个消息很快被潮南警方掌握。陈志伟熟知中国与越南警方的警务合作机制，他的第一个想法是通过国际警务合作，把两个逃犯抓回来。但两个逃犯使用的是假护照假身份证，又时刻躲藏在暗处，越南警方也抓不到人。

这条路走不通，陈志伟使出了第一招：打草惊蛇。潮南警方从国内外各种渠道放出风去，让越南当地的潮汕华人都知道郑泽伟和郑伟雄是杀人逃犯，潮南警方正在赶往越南抓捕他们的路上。同时，潮南警方联系国际刑警组织，打压两个逃犯的生存空间。两人每到一处，好不容易找到在越南做生意的老乡朋友，却没有人敢收留他们，纷纷对他们说："中国警方正派人来越南，你们不能害我啊，赶紧走吧。"

话说到这分儿上，两人也不好赖着不走，只好仓皇辗转逃往柬埔寨。陈志伟再次放出汕头警察追到柬埔寨的风声。柬埔寨呆不下去，只好再走远一点儿，两人又去了菲律宾。可人还没到菲律宾呢，菲律宾的潮汕华人都知道了。

2011年7月，两人气喘吁吁跑到了菲律宾首都马尼拉，实在跑不动了，也没有钱了，只好暂时落落脚喘口气。

不能让这俩小子有喘息之机，必须像狼撵兔子一样穷追不舍。汕头警方立即向广东省公安厅汇报，请求联系菲律宾警方在马尼拉实施抓捕。

草木皆兵

2011年7月中旬，由公安部刑侦局、广东省公安厅刑侦局分别派出的两名刑警和汕头市公安局潮南分局朱益群副局长带领三名刑警，赶赴菲律宾对两人进行抓捕。一起去菲律宾的，还有山东省公安厅的一个跨国追捕组。

中国驻菲律宾大使馆的警务联络官与当地警方联系抓捕事宜。但当地警察的办案方式与我国大相径庭，中国警方查到郑泽伟和郑伟雄在马尼拉的上网地址，当地警方却无法提供协助，引渡等各种问题也无法解决。追捕组商议后，因地制宜立即改变策略，采取打草惊蛇、敲山震虎的办法，逼着他们从躲藏的地方走出来。

在马尼拉唐人街，中国警方找到了郑泽伟的一个关系人。此人原籍福建，四十多岁，江湖人称"龙哥"，早年在国内有过案底，现在马尼拉做纺织品内衣生意。警方通过"龙哥"向郑泽伟放出风声，中国公安来了好多人，汕头警方已经追到马尼拉。与此同时，我大使馆的警务联络官带领朱益群等人频繁去找当地的华人团体、中资机构，摸排有关郑泽伟和郑伟雄可能联系的华人，搜集有关资料和信息，在华人圈里形成草木皆兵之势。

在马尼拉，朱益群敲山震虎。在国内，潮南的追捕组张网以待。两个便衣民警在潮南区陇田镇上与当地一个治保人员一起吃早茶，聊到警方领导去向时，便衣"无意间"透露朱益群已经带队到达马尼拉，已锁定郑泽伟和郑伟雄在唐人街的落脚地，近期就要收网啦。

潮南警方发现，自从朱益群他们到达马尼拉后不久，郑伟雄就经常与家人联系。于是，另一组刑警立刻上门去做两人家属的工作，道理还是老道理：自首从宽、抗拒从严。

很快，从各个渠道汇集起来的消息证实，郑泽伟他们得知潮南公安追到了马尼拉，两人如惊弓之鸟四处躲藏，在马尼拉的华人中间已无法立足，正准备逃离菲律宾另寻去处。而且，两人向熟人和国内亲友流露出不愿再过身在他国、居无定所的生活，打算潜逃回国的想法。

汕头市公安局潮南分局局长陈志伟与送子自首的郑伟雄的父亲握手（广东省汕头市公安局供图）

围魏救赵

为防止他们回国后继续躲藏，陈志伟使出了第三招：围魏救赵。这一招的绝妙在于，一方面在菲律宾继续采取草木皆兵的高压态势，另一方面在国内多布疑兵，营造他们回国也无法逃匿的氛围。只留一个出口，那就是迫使他们回国投案。在这种情况下，再对两人进行分化瓦解各个击破，使他们无法抱团取暖。

潮南分局的民警找到了郑泽伟和郑伟雄在潮南的二十多位亲属和分布在广州、深圳、东莞等地的上百个关系人，告诫他们：郑泽伟和郑伟雄都是公安部悬赏通缉的要犯，谁敢窝藏或知情不报，将以包庇窝藏罪论处。

此举让两人的亲友在心理上产生巨大压力，对两人避之唯恐不及。这些消息，通过他们的父母妻子，很快传到了菲律宾。两人意识到，在国内投亲靠友已经不可能，而在国外又时刻面临被捕的危险。

在国内外形成草木皆兵的局面之后，潮南警方开始实施"围魏救赵"的分化策略。郑伟雄是从犯，只是跟着郑泽伟站脚助威，并没有开枪，而且他是三代单传，家庭观念强，孝顺父母，跟老婆关系很好，儿子只有七岁，他潜逃后家里的工厂无人管理。案发后，郑伟雄的父母妻儿又忧又怕，不知道郑伟雄会判多重的刑。全家人终日以泪洗面。逃亡中的郑伟雄总是想尽一切办法联系妻子，只要有机会，就会通过QQ与妻子聊上几句，报个平安，偶尔也通过视频看看妻子和儿子。

警方之所以没有在此之前捅破这层窗户纸，就是为了让他在亲情的感召下投案自首。7月20日，先是潮南区陇田派出所民警来到郑伟雄家敦促其亲属劝说郑伟雄投案自首，接着是派出所所长去劝投。随后，陈志伟带队上门做郑伟雄父母和妻子的工作。陈志伟对他们说："让郑伟雄早日回家吧，开枪行凶的不是他，我以公安局长的名义担保，他肯定枪毙不了，但牢必须坐。"

此时，陈志伟接到情报称，郑伟雄又从马尼拉飞到了柬埔寨，而郑泽伟去向不明。难道两人分头跑路？此时正是劝返郑伟雄的好机会。

事不宜迟，警方立即向郑伟雄的妻子和父母挑明，他们早已掌握郑伟雄曾经多次通过视频与家人联系的情况，请他们立即劝说郑伟雄回国自首，不然享受不到这次清网的好政策了。这是在救郑伟雄，千万不要错失良机。

7月24日，当到达越南河内的郑伟雄通过网络视频见到父母妻儿时，在父母和妻子的劝说下，远在异国他乡的郑伟雄泪流满面、痛心疾首。7月25日，郑伟雄坐汽车到达中越边境。7月29日，颠沛流离、潜逃四国的郑伟雄终于辗转回到家乡，在父亲的陪同下到陇田派出所投案自首。

陈志伟专程赶到陇田派出所接待了郑伟雄。见到陈志伟的那一刻，郑伟雄说："我解脱了，只有这样才能给死者家属一点儿安慰。"随后，郑伟雄含泪在逮捕证上签了名字，陈志伟亲手给郑伟雄戴上了手铐。

郑伟雄的老父亲坐在一旁听着陈志伟与郑伟雄的谈话，止不住地老泪纵横，嘴里一直念叨着："我们希望能够宽大处理，我们相信政府……"

郑伟雄在随后接受讯问时表示，他只是前往"壮场"的，并不是组织者，因此他思虑再三，决定投案自首，希望能够得到宽大处理。儿子现在都八岁多了，每当提到儿子，郑伟雄都失声痛哭，他懊悔地说："要是不回来，我可能

汕头市公安局潮南分局局长陈志伟接受回国的郑泽伟自首（广东省汕头市公安局供图）

一辈子都见不到儿子了。"

请君入瓮

郑伟雄归案后，潮南分局把攻坚力量转向开枪杀人的主犯郑泽伟。此时的郑泽伟孤立无援，处境更惨了。潮南分局放出话来：不管郑泽伟逃到哪里，我们都要逮住他。而被害人张老板的儿子承诺，愿意在警方悬赏的基础上，个人悬赏十万元抓捕郑泽伟，大有不抓住郑泽伟誓不罢休的味道。

11月19日，离投案自首的最后期限还有不到两周的时间，陈志伟没有上门劝投，而是让人把郑泽伟的家属叫到公安局。陈志伟的话说得很重："如果郑泽伟现在不回来，甚至晚一天回来，只要被我们抓到，肯定小命不保。要是尽快回来，能从宽的尽量从宽。我这是请君入瓮，怎么办，就看他自己了。"

此时的陈志伟俨然胜券在握。通过媒体的报道，郑泽伟的家属们已经知道，连公安部的A级逃犯都被陈志伟劝了回来，潜逃十八年的杀人逃犯都被他从边境上抓了回来，这个局长的强硬手腕不一般。随着工作的一步步深入，郑泽伟家属的态度从一开始的恐惧、怀疑、抵触、顾虑，逐渐向信服、信任转化。

在国内外都无立足之地的郑泽伟，明白自己已陷入了走投无路的绝境。2011年11月30日，外逃十九个月的郑泽伟终于在家人和村干部的陪同下到派出所投案。

张老板的妻子含泪说："真凶终于落网，我丈夫也瞑目了，感谢公安，今后再也不上访了！"

在太平间的冰柜里停尸一年零九个月的张老板终于入土为安。

二、"金三角"智擒女毒枭

2011年6月30日，公安部禁毒局局长刘跃进率队到沈阳调研，专门听取了沈阳市公安局禁毒支队追逃情况的汇报。当他听到跨国贩毒的大毒枭芦凤娟尚未归案时，当即指示：就是上天入地也要把芦凤娟追捕归案，不要让她在外面再害人了，要趁这次清网行动的机会把她追回来。她要在国内就在国内抓，要是逃到国外，就组织一次跨国大追捕！

由公安部禁毒局协调，黑龙江、云南警方密切协作，境外警方全力配合，启动国际禁毒警务合作机制。沈阳市公安局禁毒支队组成追捕组，沈阳市副市长、公安局局长许文有决策指挥，天罗地网撒向了公安部督办的特大跨国走私、贩卖毒品案件的一号逃犯芦凤娟！

毒网蔓延东北三省

2007年11月底，沈阳市公安局禁毒支队通过线索发现，有一个巨大的贩毒网络从境外直通沈阳，然后从沈阳连接长春、哈尔滨，延伸到东北三省数个重要城市。这种树状结构的贩毒方式以身在境外的贩毒分子为根基，以沈阳、长春、哈尔滨为主干，而沈阳则是从境外贩毒到东北的第一站，同时又是中转站，毒品从这里分流到东北三省各地。

由于摸准线索后立案侦查的时间是2007年11月30日，沈阳市公安局禁毒支队将此案定为"2007·11·30"特大跨国走私、贩卖毒品案。此案由公安部督办，沈阳市公安局禁毒支队侦办。

经过四个月的侦查，沈阳市公安局禁毒支队专案组派出三组人员赶赴吉林、黑龙江、云南，与沈阳专案组同时收网。2008年3月，此案告破，沈阳警方抓获犯罪嫌疑人三十余人，缴获冰毒八十余万粒，总价值高达一千六百万元。

这条从境外经云南向东北三省走私、运输、贩卖毒品的地下通道被堵死，此案也被公安部评为全国缉毒精品案件。但令人遗憾的是，警方只抓到了从境外将毒品贩卖到沈阳的王某。直到王某被押送回国之后，沈阳警方才摸清，真正的源头是黑龙江人芦凤娟，江湖人称"四姐"，与境外毒枭甚至军方高层交往甚密。警方收网时，芦凤娟成了漏网之鱼。沈阳警方后来多次派出追捕组赴境外和芦凤娟在黑龙江的老家，均无果而归。

堵住了流，却没有挖掉源头，就像砍树只砍掉了树干枝杈，树根留在地下，只要春风吹过，又将枝繁叶茂。

芦凤娟不可不除！许文有发了话："抓芦凤娟，不计一切代价！"

牡丹江发现毒枭行踪

多次追捕未果，芦凤娟被列为公安部网上逃犯，全国通缉。

三百余页的案件卷宗中，关于芦凤娟的线索主要来自王某的供述，其余都是支离破碎的。警方能够掌握的关于芦凤娟的信息，是她的老家在黑龙江省牡丹江市，至于详细情况，谁都不知道。

2011年6月17日，追捕组赶赴芦凤娟的老家牡丹江市展开调查。查询芦凤娟的户籍登记，发现芦凤娟属于"空挂户"，而且户内只有芦凤娟一人，没有任何亲属，更没有现住址。

追捕的难度陡然提升。情况反馈到沈阳指挥部，指挥部指示追捕组坚定信心，从芦凤娟的邻居、同学、朋友等关系人那里寻找突破口，用公安摸排走访的传家法宝进行最深入、最细致的调查。

在接下来的一周时间里，追捕组对芦凤娟户籍登记地址附近的一百五十余户居民展开了地毯式的调查走访。6月22日，追捕组终于寻访到芦凤娟早年的一个老邻居，那位老邻居回忆说："已经十多年没见过芦凤娟了，但听说她以前在邮局上班。"

追捕组立即到牡丹江邮政局调查，发现芦凤娟的确是邮局的职工，但早在1996年就办理了提前退休手续。既然芦凤娟办了退休，那就到退休办去了解一下情况。通常情况下，本单位与退休人员联系最紧密的往往是退休办人员。果然，追捕组从退休办主任那里了解到一个重要线索，2011年4月，芦凤娟曾经打电话咨询办理正式退休手续。她告诉退休办主任，她在东南亚某国做水果生意，如果单位有什么事情找不到她，可以和一个姓陈的女人联系。

那么，这个姓陈的女人是芦凤娟的什么人？6月26日这天是国际禁毒日，巧合的是，就在这一天，警方发现有两个云南边境地区的电话号码与陈某联系密切。这两个号码极有可能是芦凤娟的。为了不打草惊蛇，追捕组没有正面接触陈某，而是围绕着来自边境的两个可疑号码展开调查。

境外赌场盯住"四姐"

6月27日，追捕组赶到云南省西双版纳州，疑似芦凤娟的两个可疑手机号码就曾漫游到西双版纳，但此时这两个可疑手机号都已经停机，追捕线索又断了。

怎么办？追捕组把以往的信息全部调取出来，通过对大量的数据进行分析比对，最终又揪住了芦凤娟的狐狸尾巴，再次锁定了她的最新联络方式。综合各方面的信息，追捕组将芦凤娟的活动范围锁定在境外某地。

6月30日，经公安部和云南警方协调，沈阳警方与云南警方共同组建了中国警方追捕组，赴境外进行侦查。临行前，沈阳市公安局禁毒支队支队长张野驰破例请几位手下喝了一顿壮行酒。这个追捕组由多次赴外抓捕毒贩的老民警组成，他们知道跨国追逃的凶险，尤其是抓捕这个极其神秘的芦凤娟，将要遇到什么样的危险难以预料。张野驰说："喝了这顿酒，等把'四姐'抓住，咱们都不缺胳膊不缺腿地活着回来，我请大家喝好的！"

到境外后，想打听芦凤娟的下落，实在是难上加难。警方经过将近一周的深入调查，终于获取了准确信息，"四姐"经常出没于当地的各大赌场。抓捕组发现，各个赌场都有人保护，随处都可以见到持枪的武装人员，对于进来的生面孔，他们非常敏感。当他们有意无意地打听"四姐"时，赌场里的人对他们产生了怀疑，甚至有几次把枪口顶在他们的腰上搜身……他们只有装傻充愣，装出一副来自中国的土大款的样子。

在赌场转悠了四五天，追捕组很快发现了芦凤娟的行踪。同时，他们也从各方面了解到一些关于芦凤娟的信息。芦凤娟长期在各个赌场里挥金如土，是当地有名的赌客，是赌场里的"财神奶奶"，自然与各个赌场的关系都很好。显然，在赌场抓捕芦凤娟不太现实，赌场里人多枪多，别抓不住芦凤娟再伤了别人，只能另想办法。

设巧计引蛇出洞

"跟她做单大生意！"禁毒支队支队长张野驰提出了自己的设想，先引蛇出洞，再守株待兔。

很快，乔装改扮的警方人员与芦凤娟搭上线，说国内来了个大客户，想联系当地的毒枭做笔大生意，问芦凤娟愿不愿意做。已经两年没做生意的芦凤娟担心坐吃山空，她很想重新再建立一条通往中国的地下贩毒通道，只有打通这条黑金通道，她才能有源源不断的钱财入账，所以，当她听说国内来了买家之后，爽快地答应7月7日下午见面。

7月7日下午，中外警方联手，在接头地点严阵以待，只等芦凤娟进入事先设伏的房间。那紧张的气氛，仿佛能拧出水来。每个参战的民警都十分紧张，毕竟，这是在国外抓毒枭，而且还有很多武装人员环伺左右，即便当地警方也都忌惮三分。

追捕组从中午开始等待。一个小时过去了，芦凤娟没有出现。两个小时过去了，芦凤娟依然没有来。等待的滋味最不好受，所有人都焦躁不安，他们不知道芦凤娟会不会来，来几个人，带不带枪。

时钟指向了下午四时二十分，毫无防备的芦凤娟在附近的一处赌场豪赌之后，突然想起还有一笔生意要谈，步履轻盈地走进了事先约好的房间。

等待她的是与她一样操着东北口音的沈阳缉毒警察。令沈阳警察意外的是，卢凤娟并不像其他落网逃犯那样泄气或者惊恐，而是坦然坐下来面对老家来人，面不改色心不跳地说："你们带不走我，别把事情想简单了。"

"凭啥啊！你都这样了还横什么横？"沈阳警察一脸不屑。

"老弟，别不服气，我不忽悠你，我说几个名字，你们听好了……"芦凤娟随口报出了几个人名。沈阳警察没听明白，外方警察却瞪大了眼睛，连忙把中国警察拉到一边，急赤白脸地叽里咕噜了一通。沈阳警察听完翻译的话，心里也直打鼓，但还是硬着头皮说："先押起来，我们能抓她，就能把她弄回去！"

惊心动魄的"胜利大逃亡"

其实，沈阳警察这铿锵的话语，的确有点儿为自己壮胆的意思。那么，芦凤娟说出的几个名字为何让外方警察突然变脸呢？原来，她说的是当地几个地

沈阳警方将芦凤娟从缅甸押回国内进入国境的瞬间（辽宁省沈阳市公安局供图）

方武装头目的名字，她在境外的贩毒活动，都受到当地武装势力的庇护，按照芦凤娟的说法，她是在"帮军队做生意"。

外方警察无论如何也不敢与武装力量对抗，何况谁都知道芦凤娟之所以能随意在当地招摇过市，没有军方背景是难以想象的。当地警方迫于压力，不敢将芦凤娟交给中国警方，他们的意思是将芦凤娟留在境外。

那岂不是放虎归山？到嘴的肥肉可不能让狼叼了去，追捕组立即将这个情况反馈给沈阳指挥部。背靠强大祖国，咱怕什么？

沈阳指挥部第一时间向公安部禁毒局汇报，请求禁毒局予以支持。与此同时，芦凤娟也在做最后的困兽争斗，她提出要与追捕组长单独说几句话："反正你们也不能把我怎么着，干脆放了我，我给你一千万。你要是想跟我留在这里干，我保证比你当警察挣的多几十倍。"

"算了吧，你不要命我还要命呢！"追捕组长的答复让芦凤娟大失所望。

能否将芦凤娟顺利引渡回国，当地警方说了不算，最后要看当地地方武装高层的意思，否则当地警方甚至无法保证中国警方的人身安全，更别说引渡芦凤娟了。经过国内外两方人员的努力，7月8日上午十点，追捕组终于得到一个让他们既欣慰又暗暗犯嘀咕的消息：当地地方武装高层的答复是睁一只眼闭一只眼……

那意思是，我们答应是答应了，要是有武装人员持枪抢"四姐"，我们也莫能相助。你们自己看着办吧。

"还等什么？立即引渡！"追捕组带着芦凤娟直奔边境。

这是一段惊心动魄的历程。在奔向国门的路上，只要路边突然出现车辆和路人，他们都会不由自主地绷紧神经，眼睛一眨不眨地看着人员和车辆擦身而过。在驰入国门的那一瞬间，所有人身上的衣服就像刚从水里捞出来一样。站在界碑这边自己的国土上，回望郁郁葱葱的境外丛林山岳，所有人眼里的泪水都在肆意奔涌。

这场有惊无险的追捕，就像经历了一场死里逃生的劫难。

而芦凤娟再也没有了在境外的那种坦然。她供述说，2009年案发后，她在境外购买了八处房产，为自己准备了藏身之所。同时她还试图联系沈阳警方，让沈阳警方不要追查这个案子，如果沈阳警方撤案，要多少钱都行。

可是芦凤娟低估了沈阳警察。她不明白，罪恶是不能用金钱摆平的。

第九章　血染警网

　　如果说"清网"织就的是一张天罗地网，那么二百万公安民警就是英勇的收网者。

　　此次清网行动中牺牲、负伤民警人数之多，为历年来公安机关专项行动之最，先后有四百九十八人光荣负伤，二十二人献出宝贵生命。他们在清网行动中面对血与火、生与死的严峻考验，用牺牲与奉献塑造了"忠诚奉献、坚韧执着、协作拼搏、敢打必胜"的清网精神！

　　我们完全可以说，这张大网，是公安民警用热血和忠诚织成的网，是鲜血染红的网。

2011年10月29日，陈锡华烈士追悼会在云南省保山市举行

一、面对闪着寒光的尖刀

在警察眼里，逃犯是什么？

是目标，是对手，是敌人。甚至是日夜惦记的人，是魂牵梦萦的人。

虽然有些逃犯在政策的感召下，在强大的压力下会改过自新，会金盆洗手，会立地成佛，但相当一部分逃犯面对警察的追捕还是会逃，逃，逃！当被警察抓住时，他们会反抗，甚至会拼命！因此，追逃民警就成了当下的高危人群，随时可能面对凶犯的尖刀！

"离肝脏仅差一厘米！"

2011年9月17日下午，湖南省湘潭市公安局民警袁术芳接到线索，网上通缉逃犯杨登科在湘潭汽车西站一带出现。袁术芳二话没说，赶紧带人赶了过去。

曾因盗窃被三次判刑的杨登科，刑满释放后又涉嫌参与多起盗窃大案，涉案价值百余万元。袁术芳和两名战友都没有见过杨登科，唯一的辨认依据，只有一张他多年前的身份证相片，而且杨登科本人生性多疑，又是个累犯，反侦查意识强，抓捕难度大。

"这回决不能再让他跑掉！"下午两点，袁术芳等人赶到汽车西站，他们决定分别蹲守三处要道。袁术芳身着便装，骑着一辆电动车作掩护，警惕地注

袁术芳在清网行动报告会上（丁一鹤供图）

视着过往行人。时间过去了三个多小时，杨登科仍然没有出现，而闷热的"秋老虎"早已让他们汗流浃背。

日头已经偏西，过往行人逐渐减少，就在这时，袁术芳发现二十米开外有一个路人，很像杨登科。袁术芳稳定了一下兴奋而紧张的心情，假装要离开，蹲下身去锁电动车，而视线则越过车体死死盯住了来人。二十米、十米、五米……就在嫌疑人与袁术芳擦肩而过的瞬间，袁术芳喊了一声："杨登科！"

"哎——"对方下意识地应了一声，继而马上醒悟过来，"我不是，你搞错了！"

但袁术芳已经确定了他的身份，猛扑上去，死死地将他压在身下，任凭对方疯狂地踢打。杨登科的个子虽然不大，但毕竟年轻力壮，他发了疯似的反抗，袁术芳就是使出浑身力气也很难将他压死。就在袁术芳腾出一只手准备给他上铐的时候，意外发生了。杨登科拼死一搏，猛地挣脱了一只手，飞快地掏出一把长约四十厘米的尖刀，朝袁术芳的腰部猛刺。

袁术芳感到钻心的疼痛！面对逃犯的尖刀，袁术芳以超乎想象的力量，死死卡住了他的手！一秒，两秒，三秒……终于挺到了战友们到来！杨登科被制伏了，而袁术芳却昏了过去。

袁术芳身上被那个家伙捅了六刀，其中最深一处刀伤离肝脏仅差一厘米。在医院刚醒过来，袁术芳对同事说的第一句话是："千万别告诉我老婆！更不能告诉我父母！"

袁术芳的妻子身体不好，几次住院袁术芳都没好好照顾她。袁术芳的父母都是七十多岁的人了。二十多年前，袁术芳刚当兵不久，在一次扑灭山火的战斗中，为了保护战友负伤了，住了两个多月的院。袁术芳一直没有告诉母亲，过了十多年，她从儿子的战友那里听说了，把袁术芳狠狠骂了一顿。他当刑警以后，母亲总是担心他在外面出事。母亲对他说："崽呀，有事你得告诉娘呀！我晓得，穿上警服就是公家的人啦。你做什么我都不反对，可我就是怕白发人送黑发人啊！"

在医院里，朋友问袁术芳："你为什么这么拼命，难道真没想到后果吗？"

袁术芳将现场的第一反应再一次告诉他们："我当时真没多想什么，满脑子就一个念头，就是要抓住他！拼死我也不能放手！"

记者来采访他，他的回答更有意思："我不是什么英雄，我只是尽到了自己的职责，就像农民要种好地，工人要做好工一样，警察抓贼，这不都是我们'饭碗'里的事吗？"

领导来慰问，对他的英勇行为大加赞赏。他却说："我是农民的儿子，参军后又接受了严格的训练。几十年来，我养成了一个习惯，一定要把自己所做的每一件事，所办的每一个案子都做到精益求精，争取不留遗憾。如果当时我松手了，也许我会遗憾一辈子的！作为警察，我知道这身警服的分量！"

迎着马刀向前

如果说军人出身的袁术方当警察时就有一脸的"警察相"，那么浙江东阳市横店派出所的徐雨含则完全没有警察的那种气质了。

"徐雨含刚进所里时，我还有点儿怀疑，这个文静得有点儿像女娃娃的孩子，能否吃得消警察这份工作。"不仅是横店派出所所长徐超群，几乎所有见过徐雨含的人都认为，徐雨含像书生，甚至可以说有些像女生，唯一不像的就是警察。因为这个二十三岁的小警察，太白净、太斯文、太文静了。

偏偏就是这个不像警察的警察，这个"入错行"的奶油小生，让老警察徐超群震惊了。面对近两米长的大马刀，这个小警察硬生生地迎了上去——

"傻孩子，你怎么不躲啊？你傻啊！"老警察徐超群泪水奔涌。就连挥刀砍杀的逃犯贾坤也愣得傻站在那里束手待擒，他没见过这么不要命的警察。这个情节发生在2011年11月15日晚上的海南深山。

浙江东阳市横店镇，以著名的横店影视城闻名天下，南来北往的人也多。拆卖盗窃的电动车零件，是贾坤的生财之道。那天，贾坤脱身的方法让警察恨得牙根直疼，他用尖刀刺伤了一名民警的脚。民警跑不动，他却撒丫子跑了，一逃就是两年。

2009年贾坤在东阳横店镇拆卖偷盗的电动车零件，被派出所民警围住时，徐雨含刚刚从警校到横店派出所报到。被贾坤刺伤脚的警察一瘸一拐回到所里，就让刚参加工作的徐雨含倒抽了一口凉气。

2011年清网行动开始后，所长徐超群派民警远赴贵州、江西等地查找线

徐雨含在浙江省公安机关清网行动汇报会上讲述他以身挡刀的过程（丁一鹤供图）

索，前前后后花去了半个多月时间，直到11月份才得到情报，贾坤可能潜伏在海南。11月8日，徐超群亲自出马，他对徐雨含说："跟我到海南玩不？"其实，他是想历练历练这个苗子，让他身上多些阳刚之气。

赶到海口后，经过六天摸排，他们发现贾坤藏在海口市琼山区甲子镇的一个小村庄里，给当地人看果园。平时，他一个人住在果园里。果园附近方圆几公里之内只有一两户人家，周围到处都是小山丘，再加上果树茂密，贾坤一旦逃跑就难再抓到了。好在这间房子只有一扇门一扇窗，最好的战术是关门打狗。

然而，他们不知道的是，贾坤防身的利器，居然是一把长约两米的大马刀，刀柄超过一米五，刀刃超过半米。贾坤平时用这把刀砍果树、砍柴，关键时候，也砍警察。

海口市警方派出了六名民警，协助徐超群和徐雨含抓捕。11月15日晚上七点三十分，海口下着毛毛细雨，正是抓捕的最佳时机。他们把车子停在了离果园还有一里多路的公路边，悄悄步行前往。八人分工明确：徐超群带两个海口警察从房门正面进攻，徐雨含和一位海口民警堵住窗户以防其逃跑，其他警察呈犄角之势，包围小屋，随时支援。

离平房还有二十米时，他们散开队形开始包抄。突然，房间里的灯亮了。显然，在深山野地待久了的贾坤嗅觉十分灵敏，感觉到门外有异动。

徐超群几步冲到房门前，此时才发现这个房子太邪性，一个看果园的破平房，竟然装了一扇防盗门，徐超群根本没拽动。按照预定方案，徐雨含冲到了窗户前，他怕正门攻入的所长吃亏，双手一使劲，跳上窗台，半蹲在窗口堵住贾坤的去路。而这扇窗户，是贾坤唯一的逃命之路。

贾坤翻身起床，抄起放在床边的那把大马刀，冲向后窗准备夺路而逃，却被徐雨含挡住了去路。贾坤挥动大马刀，一个斜劈就朝徐雨含砍了过去。徐雨含咬了咬牙，右腿一较劲，直直挺了上去。

这一刀下去，徐雨含右腿鲜血迸溅。贾坤双手举着刀，也愣在了那里。他没见过这么不要命的人，甚至连疼都没喊。空气凝固了足足有两三秒，徐雨含才"哎呀"一声喊了出来，但依然堵在窗口。听到叫喊声的外围警察冲过来，闪着幽幽蓝光的枪口对准了贾坤。愣在那里的贾坤没有反抗，当啷一声扔下马刀，束手就擒。这时候，大家才看清这把吓人的凶器。

"傻孩子，你怎么不躲啊？你傻啊！"徐超群看着徐雨含鲜血浸透的裤管，连忙把他从窗台上扶下来，紧紧掐住了他的大腿根。

徐雨含仿佛还没感到疼痛，用他惯常的细声细气说："盯了这么久，说什么也不能再让他跑了。"

简单一句话，让老警察徐超群热泪奔涌。久经沙场的徐超群扭过头去，伸手擦了一把脸，满手的血水与泪水。

徐雨含受了这么重的伤，又搞不清是不是伤到了动脉，这地方前不着村后不着店，实在凶险无比。可谁也没带急救包，徐雨含身上背了一个公文包，他咬着牙用公文包的背带紧紧勒住大腿止血。可是，鲜血还是喷涌而出，背带和整条裤子全部被血水染红。徐超群含泪背起了徐雨含，边跑边喊："雨含，挺住，这就去医院，没事的，没事的。"

由于失血过多，徐雨含脑袋有些迷糊，但还是细声细气地说："没事，我没事！"

徐超群一边奔跑，一边打120，可他实在说不清他们的具体方位，只好赶到就近的海南省定安县人民医院。急救的医生也被徐雨含的伤势吓了一跳：右大腿伤口足足有十五厘米，呈L形，伤口的肌肉往外翻着。徐雨含大量失血，情况相当危急。医院马上调集所有在岗的医生，一边迅速输血，一边紧急清创、缝合伤口。急救手术整整做了一个半小时。

等在手术室门外的徐超群一边挠着头团团转着，一边用嘶哑的声音打电话向东阳汇报。看到医生出来，他紧张地迎上去，医生的话让徐超群长长松了一口气。医生说："万幸啊，就差两厘米没砍到大动脉，这两厘米救了他。"

连夜赶到海口的东阳市公安局副局长杜时兵恳求医生："一定要保住他的腿啊！"当听到手术成功的消息，他才放心下来。

醒来后，徐雨含细声细语地叮嘱徐超群说："千万不要让我妈妈到海口来，我不想让她担心。"

徐超群点了点头。他是到了海口后跟徐雨含闲聊时才知道，徐雨含的父亲两年前因癌症去世，家里只有母子二人相依为命。可徐雨含当时并不知道，在他手术后刚刚醒来的11月16日清晨，东阳市公安局局长陈锋、政委王立平赶到徐雨含家里，接着赶来的是金华市委常委、公安局局长毛善恩。徐雨含的母亲哪里见过那么多公安局领导啊，吓得腿都软了，领导们跟她握手，她却止不住地颤抖。当听说徐雨含并无大碍后，老母亲才黯然神伤地说："可惜，儿子现在出息了，他爸爸却看不到了……"

徐雨含这一刀没白挨，贾坤成为横店派出所在清网行动中抓获的第三十二个逃犯。

11月16日，浙江省公安厅纪委书记、督察长华远平批示：徐雨含同志千里追逃，光荣负伤，行为英勇，精神可嘉，请东阳及金华公安机关全力做好徐雨含的救治工作，并及时给予记功，以鼓励全体民警坚决打好清网行动攻坚战！

第二天，浙江省公安厅政治部主任华乃强作出批示：给予表彰！

11月19日，徐超群将逃犯贾坤安全押回东阳。11月25日，东阳市公安局局长陈锋赶往海南，接徐雨含回东阳。12月3日，金华市公安局政治部主任谢林平赶到东阳市人民医院，将二等功奖章佩戴在徐雨含胸前。12月31日，面对鲜红的党旗，徐雨含坐在轮椅上庄严宣誓。

2012年1月10日，浙江省委常委、公安厅厅长刘力伟签发命令，授予徐雨含2011年度"浙江省优秀人民警察"称号……

面对荣誉，徐雨含还是那么文文弱弱地说："我宁愿不要这些荣誉，也不愿挨这一刀。不是我不渴望崇高，是因为我经验不足才受伤。身为警察，荣誉重要，自我保护的经验和能力更重要，保住自己才能更有效地制止犯罪。这一刀，让我长了记性！"

最壮烈的一跃

2011年11月1日，前空军飞行员林青山，从四米高的粮仓中纵身一跃，在空中划过一道优美的弧线，落在粮仓外的麦田里。他没有想到，这也许是他人生最壮烈的一跃。因为他听见来自体内两声沉闷的响声。

林青山听到的声音，来自他的两条腿，咔！一声。咔，又一声！接着，他又听到嘴巴里因为生理反射发出的叫喊："哎呀……"

他很为不由自主发出这个声音后悔，一个大老爷们儿，真没骨气，那么一

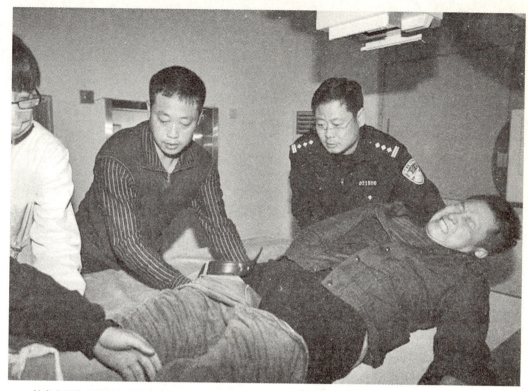
林青山受伤后被紧急送往医院（山东省青岛市公安局城阳分局供图）

点儿疼，怎么就叫唤起来了呢？可当他打算站起身时，却发现他已经站不起来了，他的两条腿齐齐折断！

林青山仰面朝着天空喊了一嗓子："你他妈别跑了！"然后自言自语地小声嘟囔了一句，"妈的，阴沟里翻船了！"

没错，从军十二年的前空军飞行员林青山，跳过几十次伞，训练过数百次，哪一次不比这次高？

在离林青山十几米远的地方，也躺着一个男人，抱着腿在龇牙咧嘴地喊疼，委屈地嘟囔着："你不追我能跑吗？"

"你不跑我能追吗？"林青山仰望着天空，嘴里吐着寒气回应着。

跟林青山对话的这个人叫姜汉方，一个逃亡近五年的网上逃犯。2006年12月26日，青岛市平度人姜汉方伪造沙场承包协议，诈骗青岛市城阳区王老板四十余万元后潜逃。警方多次抓捕未果，直到几个小时前的2011年11月1日凌晨，专案组获得重要线索：姜汉方在平度市南村镇出现。

头一天刚从外地追逃回来的林青山，与青岛市公安局城阳分局经侦大队副大队长陈继伟，民警袁杰、李雪岩组成四人追逃小组，于凌晨五点驱车前往平度。半个上午的搜索，没有发现姜汉方的踪迹。直到上午十点，专案组把目标锁定在洪兰西村西侧的一个粮食加工厂内。这个工厂除了一栋办公楼，四周都是车间和粮食仓库，工厂围墙外就是空旷的麦田。

　　十点二十分，四个民警从工厂门口开始，展开拉网式搜索。林青山是从厂房南侧开始搜索的，转过一个仓库，一个壮实的身影在林青山面前一闪。林青山追上去的时候，那人一回身，方脸，浓眉，塌鼻梁，厚嘴唇。没错，就是他。林青山喊了一声："站住！"

　　这一嗓子惊住了姜汉方，也把其他几个战友引了过来。姜汉方慌不择路，一转身窜进了工厂南侧的一个仓库里。

　　"这傻哥们儿，跑进仓库这不是自投罗网嘛！"四个警察堵住了仓库门口。跑在前面的林青山随后追了进去。

　　仓库内堆满了装粮食的麻袋，一直摞到车间南墙的窗户，姜汉方已经爬到麻袋上面，头顶快顶到仓库的顶棚了。林青山喊了一声："你下来！"姜汉方不理他，喘着粗气跟林青山对峙。"你不下来我上去了！"林青山又喊了一声。姜汉方还是不说话。

　　"我看你往哪儿跑！"林青山飞身蹿上了麻包，没几下就爬了上去。林青山一边爬，姜汉方一边用脚往下踢麻包。闪过几个滚下来的麻包，林青山的手都快抓到姜汉方的脚踝了，没想到，姜汉方一脚踹开了仓库的铝合金窗户。

　　"你别跳！"还没等林青山说完，姜汉方弯腰跳了出去。就差那么一点儿，林青山一把没抓住姜汉方。爬上麻包顶一看，窗外是一片开阔农田，高度也就四五米的样子。林青山连想都没想，纵身一跃，跟着姜汉方就跳了出去。

　　几乎在姜汉方落地的瞬间，林青山也落在了麦田里。很不巧，林青山落地的时候，左脚踩在一条排水沟里，右脚踩在一条田埂上。然后他就听见沉闷的两声"咔嚓"，随之而来的剧痛让他出了一身冷汗。

　　随后跟进的民警追进来爬上窗户一看，林青山和姜汉方都躺在麦田里，正准备跳下来，林青山连忙喊："别跳啊！千万别跳！"

　　战友们把林青山和姜汉方送到青岛骨伤科医院，林青山被确诊为左腿胫骨平台骨折、左膝盖骨碎裂，右腿胫骨远端粉碎性骨折、腓骨骨折。医院专门从北京积水潭医院请来专家为林青山手术。林青山除了两腿多处骨折之外，最严重的是脚踝的软组织也就是软骨摔碎了，以目前的医疗水平，损坏的软组织无法替代，专家只好把摔碎的软骨拼凑了一下，凑合着用。林青山的手术持续了八个小时，两条伤腿打入三块钢板，二十个钢钉。

妻子给林青山煲了鸡汤、骨头汤送到医院，林青山说："去隔壁，给老姜送点儿吧。"

妻子很听话，端着汤就去了隔壁。姜汉方一边喝汤，一边还嘟囔："你说，你们家老林要是不追我，不就没事了嘛，我俩也不用躺在这里受罪。你看，摔成那样才弄个三等功，多不值啊！"

林青山的妻子不爱听了，硬生生回过去说："你这话说的，你要是诈骗个三亿五亿的，也帮俺家青山弄个一等功，可你也没那本事是吧。你知道吧，当兵的就应该珍视荣誉，明知道是火坑也得跳啊，你说他不跳，你跑了他连个三等功都捞不着是吧？"

妻子回来跟林青山学舌，林青山笑笑说："你说了他也不懂。"

姜汉方能活动下地的时候，拄着拐杖来到林青山的病房，两人有一搭无一搭地闲聊，有点儿好吃的，也给林青山送来，顺便也喝点儿林青山妻子送来的骨头汤。姜汉方在医院里住了一个多月，出院的时候跟林青山告别说："是你把我追断腿的，等你出院，别忘到看守所看我啊！"

"看个屁，我这还下不了床呢！"林青山躺在床上挥挥手说，"你说你，多大点儿事儿啊，你瞎跳什么跳！咱俩之前都不认识，无冤无仇，你可把我坑死了，为追你落下残疾，不值当啊！你要是出去再坑蒙拐骗，老子还追你！"

"别，你可别追了，我也不敢了，我欠不起你这人情！"姜汉方讪讪而去。

在医院住满整整一百天之后，林青山回家继续休养，直到2012年6月，他还要靠着双拐走路。

2005年底，从军十二年的林青山转业时，有两个选择，一是到民航当飞行员，年薪数十万，二是进公安当警察，年收入三四万。林青山选择了当警察。他说："当警察跟当兵差不多，都有一种荣誉感，男人嘛，光图钱不要荣誉

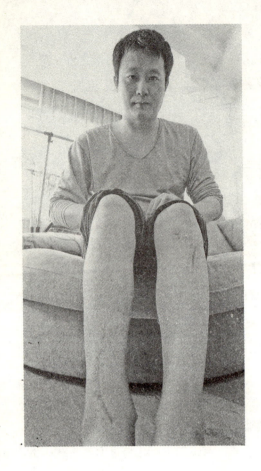

林青山摔断的双腿上至今伤痕累累（丁一鹤供图）

感，活着多没意思。"

清网行动中，林青山从全国各地抓回七个逃犯。他说："要不是摔断腿，说不定还能多抓几个。嗨，不说了，当警察的，无论是谁，关键时候都要冲上去，对吧？"

说这话的时候，林青山俊朗的脸上，一脸阳光！

警匪高手对决

在江西抚州临川区著名风景区梦湖之畔，民警揭慧斌、杨应惠也像林青山一样，从同样的高度跳到稻田里，上演了一场真正的高手对决。

不过，这一次摔断腿的不是民警，而是逃犯。

2011年8月31日凌晨，抚州市临川区青云派出所得到消息，十一年前的持刀杀人逃犯范金同在梦湖一带出现，所长安排民警揭慧斌、杨应惠在梦湖酒店旁蹲坑守候。

在警察队伍里，身高一米九的揭慧斌是大块头，体重一百九十斤。当警察之前，他是武警上海总队的防暴警察，武警散打队员，专门干的是反劫机的活儿。1992年，揭慧斌还获得过华东地区武警散打第三名。

所长之所以安排揭慧斌上阵，是因为这个逃犯也不含糊。范金同与揭慧斌同龄，都是三十九岁，身高一米八，体重一百八十斤，曾经是体校的田径运动员，身强力壮还心狠手辣。2000年6月，正是抚州大小黑恶势力猖狂的时期，范金同的朋友与别人发生火并，范金同得知后，提着刀赶过去，捅死一个捅伤一个，然后逃往广东、福建等地。清网行动后外地风声太紧，他只好潜回抚州躲避，在梦湖宾馆附近租了一座三层小楼的顶层居住。

在漫长的蹲守中，两个警察一直没发现范金同，两顿饭都没顾得上吃，只在路边摊上买了几瓶矿泉水解渴。

在经过七个小时的漫长等待后，揭慧斌终于发现范金同从梦湖酒店对面一座楼房内步行出来，正在楼下的小摊前买烟。机会终于出现，为了不惊动范金同，揭慧斌、杨应惠假装过路的行人慢慢向目标靠近，五米、四米、三米、两米……当两人就要接近时，范金同发觉情况不妙，撒腿就跑。

两名民警立即跟上，范金同是个田径运动员，尽管逃亡十一年，当年的功夫依然没丢掉，一下子把揭慧斌他们抛在身后，随后闪进一栋小楼。

揭慧斌、杨应惠随后跟上，追到这栋小楼的三楼楼梯口。范金同走投无路，一咬牙从三楼跳了下去，跳到了小楼外的稻田中。

紧追不舍的揭慧斌和杨应惠紧随其后，纵身一跃，落在了松软的稻田里。范金同爬起来狂奔了六百多米后，揭慧斌一个前扑，将跟跟跄跄的范金同扑倒在地。

这片地头上是一片瓦砾，揭慧斌的大腿、膝盖、肘关节、膝关节摔得鲜血淋漓，右腿髌骨撞伤。

等把范金同铐起来时，范金同杀猪一样嚎叫起来。这时候揭慧斌才发现，范金同的手腕摔断了。押送时，范金同的脚都抬不起来了，后来送到医院，才发现他的脚骨骨裂。

抓住范金同之后，揭慧斌从他身上搜出一把短刀。

面对如此玩命的警察，范金同龇牙咧嘴地说："我服了你们了，竟然如此不要命。"

揭慧斌只受了一些皮肉伤，包扎一下，休息了几天又踏上了追逃之路。

得知揭慧斌等人喋血追逃，公安部督察专员刘林华专程赶赴抚州，看望在清网行动中受伤的揭慧斌等四名临川分局的负伤民警。

2011年12月7日，潜逃十二年的抢劫逃犯施建龙，被临川区公安分局副局长黄耀文率领的追逃小组堵在了江西赣州市章贡区工业园区的建筑工地里。在警方的围追堵截之下，施建龙冒雨逃进了建筑工地的大坑里。文昌派出所副所长张咏纵身一跃，跳入四五米深的工地扑向施建龙。两人在泥坑中扭打在一起，在翻滚较量中，两人身上全是泥水、雨水，还有两人粗重的喘息声。

民警宋江文随后跳下深坑，两人共同将施建龙制伏。等把施建龙拉到地面上，同事们才发现，浑身泥水的张咏的胳膊和腿上鲜血淋漓。张咏的身上多处被钢筋刺伤，右脚脚踝扭伤，宋江文也有几处软组织挫伤。

二、生命永远定格在追逃路上

现在，恐怕没有人能计算出，二百零三天的追逃，我们的民警跑了多少里的路，翻过多少难攀的山，跨过多少大江大河……他们披星戴月，风餐露宿，在追逃路上用汗水甚至生命诠释着警察的职责。

这里，我们要说的是永远定格在清网路上的英雄。在公安部追逃英雄事迹展览上，我们会看到他们的名字：河南省淮滨县公安局副局长周国耀；河北省正定县新城铺派出所民警胡斌卫；大连市公安局金州分局民警李庆世、纪德胜……

破案是我的天职

2011年10月18日下午，河南省淮滨县公安局副局长周国耀得到一条重要线索：辖区一命案逃犯潜逃到了山西。

当晚，周国耀向局党委汇报了基本情况，连夜研究制订抓捕措施，确定由周国耀、郑锦成（麻里派出所所长）、周伟（刑警大队副大队长）组成三人抓捕组，第二天就出发。

回到家，已经很晚了，妻子喻侠还在等他。他说："明天去山西。"

妻子对丈夫说走就走已经习惯了，只是对他说："医生叫我告诉你，务必好好休息！"

五年前，周国耀就被查出患有糖尿病。工作忙起来，每天睡不到三个小时，打胰岛素都难以控制血糖。眼看他的病越来越重，妻子心疼地数落他："再这样下去，没准哪天就顶不住了。"

他却笑笑说："谁叫我是副局长呢，我不干，大伙儿怎么干？我向局党委交了追逃军令状：在逃嫌疑人一日不抓获，追捕组一日不撤！"

清网行动开始后，他北上天津，南下两广，西至新疆，东抵上海，连续四次出征，累计在追逃路上奋战了一百六十五天。追逃以来，他和家人单独在一起的时间不超过十天。每次回来，他都是"人瘦了，血压高了"。现在又要出发，妻子只好把几瓶治疗糖尿病和高血压的药塞进了他的包里，叮嘱他一定按时吃药。

10月20日下午，周国耀和战友驱车前往山西。到了目的地，却没有找到逃犯。经过一个多星期的艰苦摸排，终于找到一条重要线索：逃犯有一个直系亲属在河北张家口，他能够提供逃犯的确切信息。

周国耀立即赶往张家口。案子很快有了进展，摸清了嫌疑人在山西的行踪。这使整个抓捕组都兴奋不已。

"我们马上去山西！"周国耀看看阴沉的天色，怕下起雨来走不了。11月3日，三人又驾车上路了。刚刚走出几十公里就下起了雨，越往前走，雨就越大，路也越来越险。当他们行至山西大同市天镇县一处偏僻险峻的山路时，意外发生了——前面一个急转弯，雨天路滑，他们的车辆一下翻入路边沟中，连打几个滚儿，三人全都失去了知觉。

过了两个多小时，被过路群众发现，三人才被送往天镇县人民医院抢救。周国耀颅内出血、颈椎骨折错位、五根肋骨骨折，一直处于昏迷状态。郑锦成颈椎两处骨折，肋骨断了六根。周伟肋骨断了十根，右肩胛骨粉碎性骨折，双肺有挫裂伤，腰椎骨暴裂性骨折，有瘫痪的危险。天镇医院立即将他们转至北京人民医院继续抢救。

11月4日，身负重伤的郑锦成醒来后，问身边的人："其他人没事吧？案卷找到了吧？"

虚弱的周伟醒来，第一件事就是要找领导汇报摸排掌握的线索。他满脑子还都是追逃的事，哪里知道自己随时可能瘫痪。

11月6日二十一时二十分，昏迷三天的周国耀没有来得及对自己的亲人、战友说一句话，将生命永远定格在了追逃路上……

人们收拾周国耀的办公桌，一摞工作日记还安静地躺在那里。翻开扉页，他用大大的字写着："我是公安民警，我的岗位在抓逃一线。破案，是我的天职；为民，是我的追求。我愿为此奉献终生。"

11月9日凌晨，连续下了几天的雨淋湿了每个人的心。此刻，周国耀静静地躺在雪白的菊花丛中，像是安详地睡去了。他实在是太累了……

"国耀啊！你好狠心，你就这样抛下爹走了……"周国耀年逾八旬的老父亲几次昏厥过去。

周国耀的妻子不停地抚摸着丈夫的脸庞："国耀，你已经很久没吃我做的饭菜了，你起来吃一口啊！"

"爸爸！我想你呀，我再到哪里去找你啊！"周国耀的儿子拉着他已失去体温的手，声嘶力竭地哭喊……

周国耀、郑锦成、周伟，他们用行动唱响了一曲"生命不息、追逃不止"的壮歌。

踏着他们血洒的足迹，循着他们提供的宝贵线索，新的抓捕组在这一天宣誓出征。他们对着周国耀的遗体深深鞠躬："我们不会让英雄战友的血白流，誓死维护警察荣誉，誓死捍卫法律尊严，誓死完成光荣使命！"

我这次完不成任务了……

清网行动开始后，安徽省长丰县公安局经侦大队大队长仇多馥带领大队民警南下北上，东奔西跑，连续作战，到他牺牲时，他带领的经侦大队共抓获逃犯六名，清网率达到70%。

原长丰县石油公司职工裴长原在1998年诈骗工商银行四十万元，案发后他隐姓埋名，逃过了一次又一次追捕。面对这狡猾的狐狸，仇多馥对同事们说："他逃了十余年，难道就不和家人联系吗？难道真会成为一个与世隔绝的人？"

带着疑问，仇多馥通过各种手段对裴长原开展了严密布控。同时，仇多馥多次到他的两个女儿家做工作，谈政策，唠家常，从法律和人情世故的角度进行说服教育，敦促裴长原投案自首。在亲情感召、法律威慑和仇多馥耐心的开导下，6月11日，裴长原在女儿的陪伴下来找仇多馥投案。

2008年，合肥市肥西县的周莉莉因涉嫌职务侵占罪成为网上逃犯。案发后，她不断更换隐匿地点与联系方式，逃过了多次追捕。就在清网行动开始不久，仇多馥还去其老家抓捕过一次，但是民警"后脚"到，她"前脚"就溜了，只见到周莉莉七十多岁的母亲"刘奶奶"。执著的仇多馥没有灰心，他乔装成周莉莉以前的同事，在和群众攀谈中得知周莉莉比较孝顺，时常回来看望母亲。

6月14日，合肥地区普降大雨。仇多馥想，下这么大的雨，周莉莉也许认为民警不会来抓她。想到这里，仇多馥立即带领民警于当晚十点赶赴肥西县，他们在雷电交加的风雨中，奔波了两个多小时才赶到周莉莉的老家。民警在屋外完成布控后开始敲门，屋里的"刘奶奶"看到警察来了，神色慌张，本能地说："女儿不在家呦，就我一个人在家，她几年都没回来了，也不知道现在是死是活。"

仇多馥没有搭理她，到几个房间转了转，没有见到周莉莉，却看到床前有一只女士高跟鞋，床边的风扇还在飞速转着。有着丰富抓捕经验的仇多馥警觉地意识到逃犯应该还在家里，可能就躲在床下。他向民警们递了一个眼色，猛地掀开床板，只见周莉莉龟缩一团躲在床下，手里还握着另一只鞋子。就这样，网上又少了一个逃犯的名字……

"再想想点子、再努把力，全年的任务就完成了！"仇多馥喘着粗气对战友说。可是，任务是很快就要完成了，仇多馥却倒下了……

7月7日，江西南昌传来喜讯，仇多馥多次登门做工作的逃犯郑东终于向南昌警方自首了。郑东是长丰县人，2005年与人合伙做生意失败后，欠了合伙人二十多万元跑了。这二十多万可是合伙人家里东拼西凑借来的，郑东这一跑，使得合伙人深陷困境。为了郑东能早日归案，仇多馥多次到他的家里，做他家人的工作；找他的亲戚，要他们帮助劝说。在仇多馥不懈的努力下，郑东终于到南昌向警方投案了。仇多馥对教导员傅世权说："你留在家里，我去带逃犯回来。"

傅世权一听就急了，他知道仇多馥患有严重的高血压、高血脂等疾病，可是自清网行动以来，他没休息过几天，身体已经很疲劳。长丰县离南昌有五百多公里，天气炎热，而且他的父亲6月20日才动的手术，他不能老在外面跑了。于是傅世权告诉仇多馥说，还是自己去南昌执行任务更合适。谁知仇多馥坚决不干，说："我跟郑东的家人熟，见了面容易交流，他是听了我的劝说才去自首的，我去能稳住他，防止路上出岔子。再说，我老爸已经动过手术了……"他摆了一大堆理由坚持要自己去。

傅世权心里很清楚，这么多年来，仇大队干工作都是一马当先，有名的工作狂，认准的事情很难回头，只好由他了。当晚，仇多馥去探望了父亲，临走时，他安慰父亲说："我一回来就带你去医院复查。"谁知这竟成了父子俩的永诀！

7月8日上午，仇多馥带领民警李传武和协警耿松驱车前往南昌。在路过安庆市境内的时候，仇多馥对李传武说："这地方还有个逃犯的线索，等从南昌回来，再带你到安庆来，争取把这个人搞定！"

快到江西九江时，仇多馥感觉身体有些不适，全身无力，还伴有呕吐现象。李传武想让他去医院看看，为了不耽误行程，仇多馥说："没事，我身体好着呢，快赶路吧。"

颠簸了四个多小时后，他们到了江西南昌。此时，仇多馥的症状突然加重了，甚至出现了昏迷的状况。不能再耽误了，李传武硬是拉他去医院看急诊。

谁知经医生诊断，发现仇多馥是劳累过度诱发心脏主动脉夹层瘤破裂，病情非常严重，虽经多方抢救，但始终未见效。

李传武心急如焚，他一面紧急向局领导作汇报，一面留意仇多馥说的话，他知道这个时候大队长会有很多话要说……可仇多馥表情平静，就像一位精疲力竭的跋涉者只想好好休息一下。临去江西的前一天，他曾和大队的几位领导说，有几个案件等回来后共同研究；也是在临去江西的前一天，他把几份卷宗交给内勤姚大翠，说回来后再一起审阅；就在去江西的当天早上，他还打电话给住在合肥女儿家的妻子，告诉她从江西回来后去看望她们母女。

这些，仇多馥都没有忘记，他的脑子清醒得很。但此时此刻他却不愿意说了。他知道，留给自己的时间已经不多了，他要留足体力拣最重要的说。仇多馥嘴唇动了一下，李传武赶紧把脸凑了过去。仇多馥用尽最后的力气一字一句地说："我这次完不成任务了……你……一定要保管好材料，回去的路上要注意……安……全……"说完最后一个字，眼睛就闭上了。

没等到和火速赶来的妻子及同事见上一面，仇多馥就这样走了，走得那么匆忙。他刚刚四十七岁，正是工作需要他、家庭需要他的时候……他的亲友和同事们不会忘记这一天，长丰县许多父老乡亲也不会忘记这一天——2011年7月10日。

7月12日，天阴沉沉的，飘着蒙蒙细雨。老天也和人们一起，为一位普通的民警哭泣。在送别仇多馥的路上，自发而来的村民、干部、学生、群众缓缓而行，几十辆手扶拖拉机组成的长龙上悬挂的一幅幅白底黑字的条幅上写着："仇大队长，一路走好……"

在送葬的队伍里，有很多是他曾帮助过的村民。2003年仇多馥调任刑侦大

群众自发组织拖拉机队为仇多馥送行（安徽省长丰县公安局供图）

队大队长时，他们就曾自发开着一百多辆拖拉机为仇多馥送行，鞭炮从他工作过的张祠派出所一直放到县公安局。七十六岁的村民张耀本老泪纵横，泣不成声地向人们诉说，当年就是仇多馥来到张祠当所长才刹住偷盗风的，他家被偷的两头牛就是仇所长找回来的。村民蒋美金也来了，他对身边的小伙子说："孩子啊，给你的救命恩人磕个头吧！那年你掉进水塘，要不是仇所长不要命地救你……"

人群中，人们看见一位坐着轮椅的白发人，他只是喃喃道："我的儿呀！说好等你回来带我去看病，我天天盼呀！盼呀！想不到盼来的是你的骨灰，难道你就这样走了吗？连看我一眼也不看。你走了，谁来送我呀，谁来送你妈呀！我的儿呀……"

仇多馥就这样走了。他生前曾说过："干公安工作，既要对得起自己，更要对得起百姓。"

"请让我穿着这身警服走"

上海市公安局黄浦分局豫园派出所民警李国权的说法，和仇多馥的说法异曲同工——"如果有可能，请让我穿着这身警服，走完人生最后一程。"

2011年10月25日，李国权静静合上了眼睛。倒在追逃路上的李国权，这一年整四十岁。病床前，李国权的妻子抓着他已经没有温度的手哭诉："我们十五年的夫妻还没做够啊，老天啊，从你生病到最后永别，只给了我短短的三十八天，太短了，太短了！老公，到那边好好歇歇，别再追了。你停下来歇歇，等等我！"

追悼会上，逃亡六年、经李国权规劝而投案自首被取保候审的犯罪嫌疑人小戴，默默地低语道："李警官，感谢你让我结束了东躲西藏的生活。你是一个好人，一路走好！"

国务委员、公安部部长孟建柱批示：李国权是人民警察的优秀代表，他的身上体现了一心为民、无私奉献的高尚情操。

10月27日的上海，秋意正浓。年仅四十岁的李国权最后一次穿上警服，躺在花丛之中。亲人们、战友们的声声呼唤，再也无法把这位冲在第一线的追逃英雄唤醒。

　　四十天之前的9月16日深夜，连续追逃多日的李国权带着一身的疲惫回到了家中。一手顶着胃部，一手抚摸着已经熟睡的四岁儿子的小脸，目光突然变得不舍。妻子看见他头上、脸上直冒冷汗，连忙问他："怎么了？哪里不舒服？"

　　"可能是胃病或者胆囊炎犯了，都是老毛病，不要紧的！已经吃过药了，没事的……"李国权说完躺下就睡了。

　　半夜里，李国权疼得在床上直打滚儿，一身冷汗。妻子连忙把他送进最近的浦东安达医院。第二天，医院的诊断报告出来了，看到"肝癌晚期"几个冰冷的字，妻子两眼一黑，当场就晕厥了过去。

　　一百天之前的5月26日，全国公安机关开展清网行动。李国权所在的探组承担了豫园派出所70%的追逃任务，五十天内抓获了五个逃犯，但还有一个藏在福建深山中的逃犯小戴没追回来。

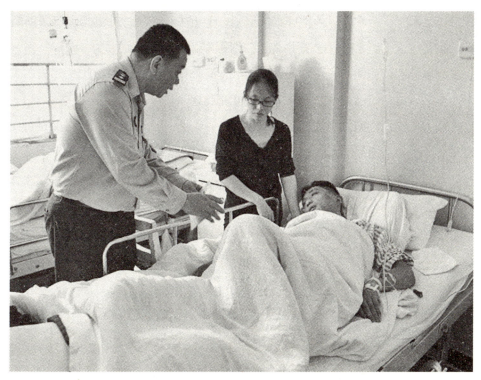

领导到医院看望李国权（上海市公安局供图）

六十天之前的八月盛夏，李国权与战友一路上坐火车、换汽车、搭农用车，最后步行到福建南平的一个偏远山村，找到了小戴的姐姐。

小戴涉嫌非法拘禁，于2007年被上网追逃，清网行动中由李国权包干。为抓捕小戴，李国权足足做了三十几天的功课。他从海量信息中梳理出了小戴亲属的联系方式，然后不间断地与小戴的亲属保持沟通，动之以情展开规劝。

时间不等人，一进村坐下来就谈法律、唠家常。可是，小戴的姐姐担心上海警察说的"优惠政策"不能兑现，就是不松口。李国权他们只好就近找了一家旅馆住下。

第二天一早，李国权又来到村口，看到小戴的姐姐正在忙农活，他上去搭一把手。小戴的姐姐过意不去，说："你是从大上海来的公安，怎么能到我们这里干这些粗活呢？"

李国权笑答："这没什么，阿拉上海男人就是什么活都能干、什么委屈都能受。"一句话逗得大家都乐了。

第三天，李国权他们又到了村口。这次，走在身后的同事突然发现李国权裤子上湿乎乎一片，以为他掉水坑里了，追上去正要问，却见李国权深锁眉头，脸都疼歪了。李国权摆摆手说："老毛病犯了，痔疮。"

同事们连忙劝他："赶紧到县城找家医院看看吧。"

李国权说："没关系，等回了上海再说吧。"

当天傍晚，小戴到当地的派出所投案自首。听到这个结果，李国权的眉头舒展了一下，却依然捂着肚子，只有他自己知道哪里疼得厉害。

2011年9月，黄浦分局收到小戴的来信，信中写道："衷心感谢李警官不辞辛苦地一次次劝说我的家人，使我有了重新做人的机会，我会永远记住这次教训，从今以后踏踏实实做人。"犯罪嫌疑人写信感谢追捕他的警察，这看似不可能发生的事情，对李国权来说并不意外。因为，以诚待人，包括对待犯罪嫌疑人，是李国权的处世信条。

胆囊炎、胃病、痔疮，是李国权的老毛病。回到上海，派出所的教导员听说李国权生病了，说："你可是我们的追逃尖刀，一定要注意身体，别把你这把刀弄坏了。"

李国权笑着回答："是好刀就要多磨多用嘛，请领导放心，我一切都好。"

也许只有李国权知道，他这把尖刀，已经悄悄卷刃了。一年之前的世博会安保工作，高强度的负荷和心理压力，让他变得又黑又瘦，体重减了十几斤，胃疼的老毛病也犯了好几次，但因为工作忙，单位组织的体检他连续两次都没有参加成。直到世博会结束，他也没有因为身体原因请过一次假。那两次体检，哪怕他能参加一次，起码还有挽救的可能。可是，一年之后，什么都晚了。

在清网行动中，李国权像是一只上满发条的闹钟，一刻都没停下来。在此前的二十年从警生涯中，李国权也没有停顿，只是，从上海市公安局预审处、分局刑侦支队到豫园派出所，他一步步走着"下坡路"。有人问李国权："别人都从基层一步步往上爬，你怎么越爬越倒退呢？"

李国权说："市局工作强调专业性，分局强调应变力，基层派出所更接地气，人活着，接地气踏实。"

在平常的日子里，李国权总是左手拿着茶杯，右手拿着笔记本，一声不吭地坐在那里琢磨事儿。他生前使用的最后一个笔记本，上面记载着二百八十三个电话号码和一百零二个身份证号，都与各类涉案当事人有关。有了这些号码，李国权就能通过警务查询平台，找到犯罪嫌疑人的蛛丝马迹，让他们无所遁形。

这个笔记本记录着因入室盗窃被上网追逃六年的小美。2006年，小美从农村到上海当保姆，因一时贪念盗窃了雇主家的财物。小美作案时年仅十九岁，身份证上的照片却是十六岁时拍的，脸上还透着一股稚气和土气。而2011年的时候，小美已经二十五岁了。仅凭这张照片，要从茫茫人海中找出小美肯定不容易。

李国权从小美的身份证号入手，通过警务查询平台，将小美的所有关系人逐一进行查找比对。通过连续几天对庞大数据库的查询，李国权终于发现小美的一些亲戚在杭州打工，而且极有可能与小美共同居住。这一次的抓捕行动出乎意料地顺利。当小美被民警押解回沪的时候，她问李国权："连我妈都说，我现在的长相和身份证上的照片根本就是两个人，你怎么还能找到我呢？"

李国权笑了："孙猴子会七十二变，他也没逃过如来佛的手心，是吧？孩子，错了不怕，改了就是好孩子！"

归案后小美对李国权说："李警官，是您让我结束了永无宁日的逃亡生活，您让我明白了一个道理，做错事就该负责任。从此以后，我可以堂堂正正重新做人了。"

人们只知道李国权是个追逃能手、办案能手，李国权却对他带的徒弟掏过一次心窝子："干了这么多年的破案追逃，我最大的心愿其实不是追到他们的人，而是追回他们的心。"

是啊，追人只是开始，追心才是终极目的。

弥留之际，李国权知道自己的日子不多了，他握着妻子的手，含着眼泪，不舍而又平静地说："以前不和你讲工作上的事，是因为我们有纪律。现在和你讲我的人生经历，是希望等儿子长大后，你能告诉他，他的爸爸是个警察，是个自认为还不错的警察，他长大了也要和爸爸一样，做个好人……"

世界上有很多像李国权这样的人：他在的时候不声不响，不露锋芒，甚至活得有些窝囊；等他走了，不再回来了，我们才发现他的珍贵与高尚，才不禁扼腕叹息。

当烈士远去，我们应该少些叹息，多些关怀。孟建柱部长在2011年12月26日的清网行动总结中，对于李国权等烈士的牺牲，满含深情地向全国警察说出了他的心声："此时此刻，我们更加深切怀念在清网行动中舍生忘死、英勇牺牲的二十二位同志。每当想起他们，我的心情就十分沉重。他们是为人民的利益而献身，他们的死比泰山还重，他们永远活在我们心中！各级公安机关一定要照顾好各位英烈的家属，关心他们的父母，关爱他们的子女，让老人受到悉心照料、颐养天年，让孩子接受良好教育、健康成长。他们的孩子，就是我们大家共同的孩子！"

妻子的怀念

云南省昆明市公安局便衣侦查分局中队长马良昊牺牲后，他的妻子含泪写下了如下的文字，让我们为之动容。

我与马良昊是中学同学，在学生时代，我就喜欢听马良昊的吉他弹唱——校园民谣《同桌的你》。年少的我们都在彼此脑海里留下了深深的记忆，我也知道马良昊的梦想，就是成为一名人民警察。1996年7月，马良昊以优异的成绩从昆明市人民警察学校毕业，分配到昆明市公安局从事刑侦工作。我被他开朗的性格和一身威武的警服所吸引，慢慢地我们从相知到相恋。恋爱是多么美好，但对工作繁忙的马良昊来说，约会是件奢侈的事，更多的时候我们是通过电话来了解对方的。2001年我们领了结婚证，由于马良昊工作太忙，以至于我们的婚礼一推再推，直到2002年才举行结婚仪式。沉浸在热恋和新婚的幸福中的我原来没有想过成为一名警嫂意味着什么。婚后，马良昊依旧整天忙碌，但外表粗犷的他总是无微不至地呵护着我，我也理解支持他的工作。我们互敬互爱，一家人过着甜蜜的生活。2005年我们有了爱的结晶，一个非常可爱的小天使，使我们的家庭有了新的欢乐。我们父母帮我们操持了不少的家务，一家人其乐融融，对未来充满了憧憬和希望，生活得幸福美满。

　　马良昊对公安事业有着深深的热爱，对自己从事的便衣侦查工作倾注了所有的心血。为大家，他舍了小家，到外地工作一去就是几个月。家人的理解和支持，让他更加全身心地投入到工作中，取得了不错的成绩，常得到领导和战友们的表扬和肯定。每当这个时候回家，他都要把他的喜悦让我和家人分享，我们也为他高兴。

　　他所带的中队，民警年龄偏大，马良昊是最年轻的一个。作为一名战斗在最前沿的基层指挥员，马良昊始终率先垂范，冲锋在前，带出了一支有着坚强凝聚力的队伍，今年中队被昆明市公安局荣记集体三等功。近年来，马良昊也因个人工作出色，两次荣立个人三等功，三次被评为优秀公务员，多次被嘉奖和授予荣誉称号。

　　他的战友们都说："马良昊是太累了。"

　　可每一个和他一样兢兢业业的同事、战友又有谁不累呢！我知道，他选择了这份事业，就注定要多一份付出、多一份奉献、多一份牺牲。清网开始后，马良昊更忙了，经常是白天黑夜连轴转，回家的时候更少了。因为女儿到了上学的年龄，找学校的事他也顾不上，我对他有些责怪。他就耐心地解释，清网行动与老百姓、与社会、与我们每个人都有直接的关系，对社会安宁有重要的作用，是利国利民的好事，是公安机关责无旁贷的任务，那么多的逃犯藏匿在社会上，对老百姓有多大的威胁啊。他还说，昆明市局上上下下都在争先恐后地开展抓逃工作，各部门都想方设法、全力以赴，便衣分局工作情况比较特殊，抓逃犯更不容易，大家都在加班加点，都很辛苦，他安慰我说忙过这一阵就好了。就在他发病的那一段时间，他说正在抓一伙长期从事盗销电动车的逃犯，经常不能回家。就在马良昊牺牲的前一天，好几天未回家的他打电话给我说要回家吃晚饭。今年刚报名准备上小学的女儿，见到多日在外加班、回家吃晚饭的爸爸也高兴得又唱又跳，缠着父亲说要买一个漂亮的小书包。晚饭做好了，刚端起碗的马良昊接到一个电话后说："老婆，对不起，我不能陪你们吃饭了，要去抓个逃犯。"这让我和孩子非常失望，女儿问："爸爸，你能不能不去加班啊？"马良昊俯身轻轻地对女儿说："宝贝，不行，爸爸要去抓坏蛋！"然后就匆匆地走了。虽然这样的事我都习惯了，甚至没有向他交代一声"保重"。但我万万没想到，这一走却成了永诀……

后来，从他的领导和同事那里，我才知道他生命中最后的一程。告别我们的那天晚上，马良昊率队在昆明城郊小厂村将一名逃犯抓获。连夜讯问后，马良昊就感到身体不舒服，但为了扩大战果，已经熬了一夜未合眼的马良昊和中队的战友，又到昆明市公安局技侦支队，研究另外几名团伙成员追逃的工作。这时他出现了剧烈头痛、恶心、呕吐的症状，大队领导让他到医院检查治疗，但他执意坚守岗位。领导和同事们再三劝说，可马良昊仗着年轻身体壮，只让同事送他去家里拿药，没想到，实在支持不住的马良昊一到家就不省人事，昏倒在地，再也没有醒来。

马良昊是一个孝子。作为家里的独子，他要时时关心着父母的身体和生活，自己的工作那么劳累，却总想着给有高血压的母亲买药；他是一个好丈夫，在我出国留学的几年里，他一个人担起了照顾老人和孩子的重任；他是一个慈父，从小就在他呵护中长大的女儿和他最亲，可与女儿分多聚少的他，却常常违背对女儿许下的承诺。六岁的女儿，没有出过远门，从来没有在爸爸陪伴下到哪里旅游，就在他去世不久前，愧疚的马良昊向就要上学的女儿许了一个大大的愿：陪她到香港迪士尼乐园。面对昏迷在病床上的爸爸，不懂事的女儿喊着："爸爸，你什么时候带我去迪士尼……"女儿的愿望也随着父亲的离去而破碎了！

突如其来的病魔，使他走得太匆忙，以至于没有来得及留下一句话给我和孩子，就这样永远离开了他深爱的亲人，永远离开了和他朝夕相处、并肩战斗的战友，永远离开了他挚爱的、并为之奋斗到生命最后一息的公安事业。在送他的时候，领导问我们有什么要求，他的母亲最懂儿子，她只要求让马良昊穿着一身新警服走，她说这是他最喜欢的衣服。"英雄无悔"，这是马良昊在他的手机屏幕上留下的，我明白，这就是他警察人生中无限忠诚、无怨无悔的真实写照。

请大家放心，我们一定会坚强起来。他是为了抓逃犯走的，是为了打击犯罪走的，是为了人民的平安走的，走得值得。他的一生平凡而短暂，却又光荣而崇高，我和家人为他感到骄傲，我为陪伴他走过生命的一程感到欣慰，女儿也会为这样一个英雄的父亲而自豪。我相信，他的战友们会更加努力工作，多抓逃犯，保护人民群众的安全，完成马良昊未竟的事业，给我们的国家、社会，给所有的老百姓一个晴朗明媚的天空。

三、死死抓住逃犯的手

2011年10月22日，云南省公安边防总队保山边防支队案件侦查队教导员陈锡华在抓捕负案在逃的犯罪嫌疑人时，与犯罪嫌疑人一起坠入水流湍急的引水河中，不幸壮烈牺牲。在他生命的最后一刻，仍然死死抓住逃犯，用自己三十六岁的生命谱写了一曲"为党和人民利益而战，为人民警察荣誉而战"的英雄壮歌。

10月20日，通过对多条线索进行层层甄别，发现"2011·5·06"贩毒案中逃往境外的网上在逃人员排永兴潜回国内，很可能躲藏在其老家云南省德宏州芒市木康村一带。支队领导指令他带队迅速赶赴芒市，对犯罪嫌疑人排永兴实施抓捕。

第二天，陈锡华和战友从云南保山出发，驱车五个多小时到达芒市。芒市素有"滇西雨屏"之称，这里地处中缅边境，山高林密，雨多路滑，交通不

少校陈锡华生前的标准照，阳光而帅气

便。到达犯罪嫌疑人排永兴的老家木康村时，天已经完全黑了下来，寨子里闪烁着几点微弱的灯光，绵绵阴雨笼罩在寨子的上空，一时难以对犯罪嫌疑人准确定位。

通过对外围环境的仔细勘查，陈锡华发现犯罪嫌疑人可以藏匿的地方很多，如果贸然行动，就会打草惊蛇，犯罪嫌疑人很可能再次逃往境外，那将给抓捕行动带来更大困难。陈锡华当机立断：暂缓抓捕，立即将情况通报德宏州公安局和德宏边防支队，请辖区公安派出所和友邻单位的同志控制住出入村寨的道路，同时发动群众，对犯罪嫌疑人的藏身之地进行精确定位，等到第二天情况明朗后，再进行抓捕。

第二天一大早，陈锡华接到群众举报电话，说是发现了犯罪嫌疑人的行踪。陈锡华立即赶到木康村，对人员进行了分工，由他担任抓捕行动组组长，带领李玮玮进村搜索，其他人分头堵住出村的每一条通道。

　　陈锡华带着李玮玮一边走，一边仔细观察周围的情况，寻找着蛛丝马迹。从村口往芒市新桥电站方向走了四百多米后，突然陈锡华指着泥泞的路面上一行清晰的脚印说："你看，这里刚刚有人走过……"他用手丈量着脚印，结合犯罪嫌疑人排永兴的身高、体重等特点进行推算，很快作出判断：这行脚印很可能就是犯罪嫌疑人留下的，脚印没有被雨水冲刷掉，说明犯罪嫌疑人刚刚经过这里。

　　两人接近了新桥电站的引水河，发现一名身穿红色外套的男子蹲在河边齐胸高的草丛里，鬼鬼祟祟地张望着。当他们潜行至距离可疑男子约十五米处时，陈锡华一眼就认出，这名男子正是犯罪嫌疑人排永兴！

　　陈锡华示意李玮玮从右侧的高地进行包抄，而他自己则沿着引水河边隐蔽接近犯罪嫌疑人。犯罪嫌疑人发现了正朝他逼近的陈锡华，立即起身逃窜。转过身才发现身后是一个深坑，无路可退，犯罪嫌疑人竟然一头迎着陈锡华冲了过来。陈锡华一个箭步冲上前去，一把将犯罪嫌疑人按倒在地。李玮玮也冲下堤坡，试图协助陈锡华抓捕犯罪嫌疑人。

　　雨越下越大。犯罪嫌疑人一边拼死反抗，一边拼命往河里翻滚，陈锡华与犯罪嫌疑人在河边接近五十度的陡坡上展开了殊死搏斗。李玮玮跑到河边时，陈锡华与犯罪嫌疑人翻滚着纠缠在一起，坠入了水流湍急的引水河中。

　　李玮玮来不及多想，紧跟着跳进河里，打算在水中协助陈锡华抓捕犯罪嫌疑人。但是由于连日来持续降雨，河水很急，长满青苔的河床又湿又滑，李玮玮刚一下水，就被冲出了十多米远。他用手抓住了岸边堤坝上的一条壁缝，才勉强稳住了身体。

　　此时，奔涌的河水中根本看不到人影，李玮玮大声呼喊："教导员！教导员！"却听不到任何回应。闻讯赶来的群众顺着水流的方向一路搜寻，十二时二十分左右，来到了引水河与芒市大河的交汇处。这里距陈锡华和犯罪嫌疑人搏斗落水处大约三公里。这时，众人发现有人被吸附在引水河的栅栏上，李玮玮赶紧跑过去辨认——这个家伙就是排永兴，他已经溺水身亡。李玮玮往上一拉，看见在排永兴尸体下方的陈锡华！虽然他已经停止了呼吸，但他的手仍然死死地抓住犯罪嫌疑人。

参与救援的群众含着眼泪对李玮玮说："从落水的地方到打捞的现场有将近三公里，只要陈警官放开手，沿途至少有八个地方可以顺利逃生，但他到最后都没有放开……你们警察真是好样的！"

　　在殡仪馆里，陈锡华的妻子泣不成声，她一遍一遍地抚摸着陈锡华的脸说："锡华，锡华，你醒醒，快醒醒吧，你怎么忍心撇下我和儿子就这么走了呢？儿子才七岁呀，我们娘儿俩该怎么活呀！"

　　陈锡华撇下疼爱他的父母走了，撇下他深爱的妻子、儿子走了，撇下他钟爱的公安边防事业走了。但，他为了人民的利益，为了警察的荣誉，走得那么无畏，那么壮烈……

　　更多的英雄故事，没有铭刻于碑文，没有记录于报章，没有定格于影像，而是散落在我们脚下的泥土里，升腾为我们头顶永恒的星辰。

第十章　鸣金收网

　　一个又一个久侦未破的大要案件成功侦破，一个又一个负案在逃的嫌疑人落入法网……

　　公安部决定，提前收网。

　　2011年12月16日零时清网行动结束。清网行动伴随着百姓的口碑在网上热议，中央领导批示，充分肯定"清网行动"。

2011年12月16日，公安部召开全国公安机关"清网行动"总结表彰暨开展"三访三评"深化"大走访"活动动员部署电视电话会议

一、老百姓的喝彩与中央领导的肯定

清网行动开始不久，社会反响就来了。老百姓口口相传说公安这回动真格的了！随着行动的深入，社会反响越来越强烈。人民群众拍手称快，受害者家属更是奔走相告，到后期，给公安机关的感谢信就有5.2万件之多。

在当今世界上，没有什么比网络反应更快的了——

新浪网民留言："给力！给人民一个安稳的环境！还警察英雄本色！赞！除恶务尽，不能松手！"

人民网网友特别提到杀害"环保卫士"索南达杰凶手落网的消息："索南达杰是我们青海人的骄傲，是我们的英雄，为了拯救藏羚羊付出了生命，这么多年过去了，终于让我们的英雄安息了，向公安民警致敬！"

河南一网民说："好久没看到这么激动人心的消息了！给力！"

还有网民说："打击犯罪分子，为人民伸张正义，这次清网行动抓获的犯罪分子如此之多，人民警察功不可没。"

有意思的是，网民纷纷留言对公安部的领导表示了敬意和感谢。

腾讯一名网民说："孟部长我向你敬礼！中国的长治久安需要你这样的部长！"

还有网民说："公安部的清网行动战果卓著，大快人心，应该给孟建柱记首功，如果公安部门都这样能征善战，我不觉得还有什么需要费力维稳的！作为老百姓，衷心地向你们说一声谢谢！"

"清网行动是好事，要常抓下去。国家应当每年举行一次清网行动，让犯罪分子无处藏身，社会才能走向安定！"

"成绩肯定。治安形势不容乐观。必须继续严打穷追！"

"再接再厉！布下天罗地网，让在逃人员无处遁形，让准备犯罪的人有所顾忌不敢肆无忌惮，让民众有盼头有希望！"

也有网民提出建议："全国动员，全民动手，警民联动，群众举报，媒体宣传，多管齐下，效果会更佳！"

"这件事情值得庆祝！鼓掌！不过，希望可以从根本上降低犯罪率！"

"真是大快人心的好消息！希望这样的活动持之以恒，常抓不懈，将坏人绳之以法，让我们老百姓有一个更加和谐，更加安全的生活环境！"

……

如果说网言网语是现代科技手法的新潮表达的话，那么传统中老百姓写来的白纸黑字更让人动容。下面是江苏建湖被害人的亲属王传彬写给刘金国副部长的信——

尊敬的刘副部长：

您好！

我是江苏"1998·10·14"客车抢劫杀人案受害人的家属，冒昧去信向您表达我们全家对孟建柱部长和您及所有公安部领导，以及建湖县警方的感激之情。在清网行动中，建湖县公安局经过大量艰苦细致的工作，成功抓获了潜逃十三年之久的两名逃犯，使我遇害的两个兄弟在九泉之下得以安息。现在我饱含泪水向您诉说具体情况：

1998年10月13日晚，我哥哥王传生（三十三岁）、弟弟王传杰（二十四岁）在连云港搭上了青岛开往苏州的长途客车。14日凌晨三时，客车行驶到盐城市建湖县时，从青岛上车的五名歹徒持刀抢劫乘客。兄弟二人奋起反抗，赤手空拳与歹徒英勇搏斗，重创一名歹徒，但终因寡不敌众，不幸遇害。案发后，建湖警方立即布控，当场抓获了逃跑中的两名歹徒李金华、赵朝金。在两个月后又抓获歹徒辛志民。后来，李金华、辛志民被判处死刑，赵朝金被判处死缓，另外两名歹徒王金军（系主犯之一）、王大君在逃。

两兄弟双双遇害后，江苏省、连云港市、盐城市以及建湖县，都给予了见义勇为表彰，媒体广泛报道后，在当地激起了强烈的社会反响。为了早日抓获逃犯，告慰英灵，伸张正义，十三年来，建湖警方一直努力追缉，但两个凶犯已举家潜逃，难以查获。

今年公安部清网行动开展后，建湖警方更加重视追捕王金军、王大君的工作。据我后来了解，他们的局长和许政委等反复研究缉捕方案。9月份，花副局长和华大队长率领追逃组到河南台前县抓捕王金军，他们在河南、山东、河北三省来往数次，终于在11月2日，在河北省故城县香坊村擒获了改名换姓的王金军。其后，他们又驱车赶到山东，辗转于菏泽、聊城等地，终于在11月18日，在聊城市一工业园区内将已变换身份的王大君抓获。江苏省、盐城市两级电视台对此都进行了报道，引起了社会广泛关注。

11月30日，建湖警方专程派人到我家，向我说明了"二王"在清网行动中落网的情况，令我全家欣慰万分。他们这种锲而不舍、恪尽职守、对人民负责的精神令我感动，他们这种见微知著、缜密严谨、勇于担当的工作作风令我敬佩！

十三年来，作为遇害者的亲属，我们一直关注着案件的侦查和审判情况，对于两名凶犯迟迟不能归案、死者不能瞑目，我们始终难以释怀。因为这起血案发生后，对我们原本不幸的家庭又是一个巨大伤害，七旬老母痛失爱子，妻子失去丈夫，幼子失去父亲，真是家破人亡！我从小父母离异，母亲没有工作，一个人带着四个孩子，全靠缝衣服挣点儿手工费，勉强把我们养大成人，其中艰辛不须详述。眼看母亲苦尽甘来，却发生了这件塌天大祸！所以，十三年来，擒获凶犯、伸张正义、告慰逝者、抚慰生者的渴求经常充斥着我的内心深处。现在，案犯终于落网，即将受到法律的严惩，活着的人感到安慰，遇害的人也能安息。真所谓：顽犟伏法，烈士流芳；正义得申，夫复何求！在此，我们全家对公安部部署的清网行动表示衷心拥护！这是一场清剿逃犯、保民平安的正义之战，对于震慑犯罪、伸张正义、维护国家长治久安具有极为深远的意义。最后，我们再次向孟建柱部长和您、向成功追捕"二王"的建湖民警表示诚挚感谢！

祝首长身体健康、工作顺利！

祝清网行动收获更大战果!

王传彬

二〇一一年十二月一日

被害人亲属的来信是真诚的，逃犯亲属的来信更能说明问题。山东省菏泽市鄄城县村民李振福的侄子李某在抚顺市开设馒头店时，骗取他人价值一万八千元的面粉后逃走，被公安机关网上追逃。抚顺市公安局望花分局和平派出所民警多次赴李振福在山东的老家走访。清网行动开始后，派出所所长刘志坤等一行再赴山东，看望李某的父母。李振福及李某妻子随民警到达辽宁抚顺后，望花分局局长郭红军亲自接待。得知因李某外逃，其家中生活非常困难的情况，郭红军自己拿出两千元钱予以资助，令李某家属十分感动。真情彻底打消了嫌疑人家属的顾虑。7月26日，李某到抚顺投案自首。

李振福给公安部发来一封信。信中说："作为家属，我们很惭愧，但这次经历也让我们很感动、感激、感谢！感谢你们培养出了这样的好警察，是他们认真细致的工作和热情的态度促成了我侄子的投案自首，是他们的熔铁炼金的工作精神拯救了我们的家庭，使一家人摆脱了整日担惊受怕的日子。衷心希望所有在逃人员能够作出明智的选择，尽快投案自首，争取宽大处理，早日与家人团聚！"

……

如此巨大的社会反响，很快传到了中南海，传到中国的最高决策层——

中共中央总书记、国家主席、中央军委主席胡锦涛，中央政治局常委、国务院总理温家宝，中央政治局常委、中央纪律检查委员会书记贺国强，中央政治局常委、中央政法委书记周永康等领导同志先后批示给予充分肯定和高度赞扬。

二、突显一个大字——"民"

一个又一个久侦未破的大要案件成功侦破，一个又一个负案在逃的犯罪嫌疑人落入法网，一项又一项纪录被刷新……清网行动开始时定下的目标早已突破。

公安部党委决定提前收网，明确清网行动年底时结束。10月17日，此次行动进入了决战阶段。用清网办工作人员的话说，那些天，真是"天天都有新情况，时时都有新战果"。

北京的冬天，朔风凛冽，滴水成冰。然而，天安门东侧的公安部办公楼里，清网行动领导小组办公室内，完全是一片热火朝天的景象。电话铃声不断，工作人员进进出出，巨大的显示屏上，红灯闪烁，数字跳跃，不断更新着各地清网行动的战果……

2011年12月16日零时，全国公安机关清网行动正式结束。同日下午三时，两百万民警组成的清网大军，在大江南北，在戈壁高原，在他们各自的岗位上，收听收看极其隆重的"全国公安机关清网行动总结表彰暨开展'三访三评'深化'大走访'活动动员部署电视电话会议"。

请注意，这不仅仅是清网行动的总结表彰会，而且是开展"三访三评"深化"大走访"活动的动员部署大会。

国务委员、公安部部长孟建柱率领公安部党委班子全部到场。

公安部常务副部长杨焕宁宣布大会开始。

公安部副部长李东生在会上宣读了公安部关于表彰清网行动成绩突出的集体和个人的命令。在雄壮的乐曲声中，我们在本书中写到的和没有写到的先进集体和先进个人代表走上台来，公安机关最高领导为他们颁奖。

公安部副部长、纪委书记、督察长，也是这次行动的总指挥刘金国总结清网行动——

他说，清网行动以来，全国公安机关和广大公安民警高举"为党和人民利益而战、为人民警察荣誉而战"的旗帜，坚持"有逃必抓、除恶务尽"，不断发起一轮又一轮强大攻势，创造了一个又一个奇迹。清网行动的深入开展，强化了公安基础工作，促进了社会治安形势的好转，极大地密切了警民关系，是维护国家长治久安、保障人民安居乐业的"民心工程"。

国务委员、公安部部长孟建柱的讲话，把会议推向高潮。他对这次行动的概括是——

"一大批久侦未破的大要案件成功侦破，一大批长年负案在逃的犯罪嫌疑人落入法网，充分显示了公安机关整体作战和人民战争的强大威力，不仅有力地伸张了社会正义、维护了社会大局稳定，而且有力地磨砺了队伍意志、锤炼了民警作风，进一步树立了人民公安为人民的良好形象。六个多月来，全体参战民警将革命精神与科技手段紧密结合起来，风餐露宿、夜以继日，不怕疲劳、连续作战，以辛勤的劳动和汗水、巨大的付出和奉献，忠实践行了人民警察忠于党、忠于祖国、忠于人民、忠于法律的庄严承诺，不愧为党和人民的忠诚卫士。"

　　清网行动是"1983年开展'严打'斗争以来抓获逃犯数量最多的一次，是改革开放三十多年来史无前例的"。

　　孟建柱强调了"三个第一"。这"三个第一"最凸显的就是一个字——"民"！

　　要坚持把群众呼声作为第一信号，真实掌握民意、着力化解民忧。广大公安民警要扑下身子、沉下心来，深入到条件艰苦的地方去、到群众意见较多的地方去、到矛盾纠纷集中的地方去，了解掌握群众生产生活情况，着力为群众排忧解难。要善于站在群众立场思考问题，耐心细致地做好政策宣传、解疑释惑工作，舒缓群众心理，理顺群众情绪，化解思想疙瘩。要坚持把传统走访办法与现代科技手段有机结合起来，着力拓展群众工作渠道，加强同人民群众和社会各界的沟通交流，努力做到讲话让群众"听得进"、办事让群众"信得过"、执法让群众"心里服"。

　　要坚持把群众需求作为第一选择，真情服务群众、着力保障民生。要积极回应人民群众对和谐平安的新期待，深入摸排群众反映强烈的突出治安问题，深入推进专项打击整治行动，既破大案又管小案，进一步增强人民群众安全感。要积极回应人民群众对公平正义的新要求，深化执法规范化建设，既坚持严格、公正、规范执法，又坚持理性、平和、文明执法，把执法的法律效果和社会效果有机结合起来，做到融法、理、情于一体。要积极回应人民群众对公共服务的新渴望，进一步加强和改进户籍、出入境、道路交通、消防等行政管理工作，让群众感到管理更人性、服务更贴心、办事更便利。

　　要坚持把群众满意作为第一标准，真诚接受监督、着力提升水平。要按照民意查摆不足，努力从群众满意的事情做起、从群众不满意的地方改起，使各项公安工作始终顺应群众要求、符合群众意愿。要坚持把"发案少、秩序好、群众满意"作为衡量社区民警工作成效的主要标准，进一步改进、完善考核评价机制，引导广大民警真正深入到社区、村庄，扎实做好打基础、管长远、惠民生的事情。

清网行动意义重大，影响深远。